벽공무한

碧空無限

이효석 지음

김남극 엮음

일러두기

1. 이 작품집은 《매일신보》를 기본 텍스트로 삼았으며, 『이효석전집』(서울대학교출판문화
   원, 2016) 4권에 수록된 『벽공무한』과 『李孝石全集』(창미사, 1983) 5권에 수록된 『碧空無
   限』, 『孝石全集』(춘조사, 1959)을 참고하여 바로잡았다.

2. 작품의 대화 부분은 원전에 따랐으나, 현재 맞춤법을 적용하여 고쳤다.

3. 대화 부분은 " "로, 혼잣말과 강조 부분은 ' '로, 정기간행물이나 영화 등의 제목은 《》로, 단
   행본 제목은 『』로, 단행본 속 작품 제목은 「」로 표기했다.

4. 현재 사용하지 않는 어휘나 이해하기 어려운 어휘는 맨 뒤에 어휘 사전으로 첨부했다.

5. 한자어는 한글로 바꾸었으며, 필요에 따라 한자를 함께 적었다.

6. 신문 연재소설의 특성을 고려하여 연재 횟수마다 한 줄 띄워 편집하였다.

벽공무한
碧空無限

이효석

차례

꽃묶음

⋮

늦여름의 해는 유난스럽게 길어 오후가 한층 지리하다.

세 시 반 신경新京행 급행차 시간을 앞둔 경성역 구내는 느릿한 속에서도 수선스럽기 짝없다. 역전 마당에 늘어선 무수한 새까만 자동차 속에 한 대의 하이야가 굼시르 와 닿더니 꽃묶음을 든 사나이가 내렸다. 대단한 차림도 아닌 그는 소설가 문훈文薰이다. 벽 위의 시계를 쳐다보고 시간을 헤아리면서 문 안으로 들어선다. 많은 시선 속에서 꽃묶음을 든 자기의 모양을 겸연히 여겨선지 빙그레 웃어 본다.

'여자 손님이나 보내는 것처럼 괜한 꽃묶음을 다─'

대합실 이곳저곳을 기웃거리다가 이 역시 그 무엇을 찾아 두리번거리는 젊은 의학박사 박능보朴能普를 만났다. 코 아래에 수염을 깜츠르하게 기른 거리에 수두룩한 풋박사의 한 사람이다.

"꽃은 잘 생각한 선물인걸."

"쑥스럽긴 하나 친한 동무 새에 무관할 듯해서."

"난 무얼 살꼬."

대합실을 나와 매점 앞에서 어른거리다가

"옳지, 위스키. 벌판에서는 취해야 하느니. 맑은 정신으로 만주 가는 친구도 없을 테니."

"거 장쾌해."

술병을 사 들고 꽃묶음을 쥐고 두 사람은 보내려는 동무 천일마天一馬를 찾으나 쉽사리 눈에 띄지 않는다.

대합실을 다시 들치고 차점 안을 살피고 나서 이 층으로 뛰어 올라갔으나 식당에도 보이지 않는다.

"만주를 댕겨 버릇하면 사람까지 느려지는 모양인가."

"이번 길은 뜻이 다르니까 준비에 공이 드는 셈이지."

"일마는 이러다가 만주 귀신 되지 않나 보게나."

일마에게는 늦어진 이유가 있었다. 며칠 전 사 두었던 하얼빈까지 가는 삼등 차표를 오늘 별안간 이등으로 갈게 되었다. 이번에 우연히 교섭을 가지게 된 현대일보 사장의 호의로 일이 적으나마 촉탁의 이름을 얻게 되고 여비에도 특별한 우대를 받게 되어 외부에 대한 체면도 있고 하니 기차는 이등으로 하라는 것이었다.

'뷰로'에서 표를 바꾸어 이등 차표를 받고 나니 기차 시간도 어언 임박해 있다.

사장의 명령으로 자기를 보내러 나온 신문사 동무 김종세金鐘世와 함께 역으로 나가는 차 속에 앉은 것은 불과 반 시간을 남긴 때였다. 운전수에게 속력을 분부하고 깊숙한 자리에 몸을 맡기고 있노라니 일마에게는 일종의 만족이 솟았다.

"이등 차가 처음이네. 자넨 패스를 가진 덕으로 종종 타련만 난 처음이야."

"기쁜가? 어서 이번 길로 팔자나 고치게나."

"삼등 신세가 이등으로 뛰어오른 것이 엄엄해 못 배기겠어."

"언제나 그 가난뱅이 타령 그만두게나. 일등의 세계로 들어선다면 기절을 하겠네그려. 한다 하는 문화 사절의 임무를 띠었는데 그까짓 이등쯤이 무에게 그러나?"

"문화 사절―이름이 좋지."

"어서 일이나 잘 성사시키구 와. 이번에 성공한다면 사로서의 대접도 있을 테구, 자네두 좀더 솟아날 수 있으리."

"웬일인지 마음에 잘될 것두 같구만 원."

일마에게 맡겨진 문화 사절의 임무라는 것은 별다른 게 아니었다. 하얼빈에 가서 교향악단의 초빙을 교섭해 오자는 것이었다. 일마의 명함에 비록 직업의 기입은 없다고 해도 문화시평도 쓰고 음악 평론도 쓰고 하는 동안에 거리에서는 어느 결엔지 한 사람의 문화사업가로 자타가 공인하는 처지에 놓이게 되었다. 동경서 이름난 극단도 초빙해 왔고 무용단도 교섭해 오는 등 그 방면의 재간과 성공이 눈을 끄는 바 되어 이번에는 현대일보의 사장이 하얼빈교향악단에 착목하게 되어 그 교섭의 사절로 일마를 등용하게 된 것이었다. 일마 단독으로도 계획함 직한 일이었지만 신문사의 배경을 비는 것이 그로도 유리했던 까닭에 즉시 타협의 조건으로 승낙하고 길을 떠나게 된 것이다.

"하긴 나두 이만하면 자네들 신문인에게도 빚질 것 없는 문화사업가니라구 생각 못 할 배 아니네만."

일마는 오늘 사실 그가 현재 사회적으로 하고 있는 일에 대한 일종의 자만을 느꼈다.

"아무렴, 자네를 단순히 문화사업 브로커라고만 여길 사람은 없을 테니깐."

종세의 대답도 물론 조롱의 뜻으로 하는 말은 아니다.

"학부의 문과까지를 나와 가지구 내가 지금 이 노릇을 하게 된 것을 숨어서 한탄해 주는 사람도 있을는지 모르나 난 조금두 부끄러울 것이 없구 되려 자랑으로 생각할 때가 많어. 그도 제멋이겠지만 동창들이 거개 과장이니 박사로 출세했다구 해두 내게는 지금 내 하는 일이 제일인 것 같거든."

"그런 자랑이 없이야 어찌 맡은 일을 즐겁게 해 가겠나. 나두 솔직하게 말하면 자네가 전번에 데려왔던 동경극단의 공연이 요새 흔한 박사의 논문쯤보다는 시민에게 주는 문화적 뜻이 더 크다구 생각하는 바네."

"이번 길두 내게는 웬일인지 한없이 자랑스럽게 여겨진단 말야. 방랑객인 것처럼 이때껏 만주의 천지를 문 앞같이 드나들구 했어두 이번같이 마음이 긴장되구 대견한 때는 없었어."

"자네, 벌써 서른다섯이든가. 인생두 반이 넘었으니 앞으로 좀 더 피어 가두 좋지 않겠나?"

"나이를 따지면 부끄럽네만 솟을 날에는 솟게두 되겠지. 설마 언제까지나 이 꼴로야―"

차가 역 앞에 이른 까닭에 말도 멈추어졌다.

트렁크를 들고 내려섰을 때 일마에게는 먼 길을 떠난다는 생각이 새삼스럽게 들면서 짐을 든 팔이 유난히 벅차다.

어깨를 의젓이 펴고 들어설 수 있는 일 이등 대합실의 공기도 오늘만은 삼등의 자격을 가지고 살며시 숨어들 때와는 달라서 어려울 것 없이 편편하다. 여전히 두리번거리고들 있던 꽃묶음을 든 훈과 위스키병을 든 능보가 달려와서 앞들을 막는다.

"만주 바람을 쏘인 사람은 이렇게 만만딘가?"

"왜 야단스럽게들 나와 주었나. 알뜰한 동무들은 몇 달씩 못 보다가두 정거장에서만은 이렇게 한꺼번에 만날 수 있단 말인가?"

친구들의 그만 우정의 표현이 장구한 세월을 대개 고독하게 지내온 일마에게는 미상불 반가웁다.

"자네 이번 길이 중요한 것이 아닌가. 시민의 한 사람으로서만도 고개를 길게 뽑구 성과를 기다려야 할 판인데. 어서 좋은 예술이나 듬뻑 싣구 오게나."

"내 선물을 어떻게 생각하나?"

훈이 불쑥 내미는 꽃묶음을 받아들면서 일마는 낯은 천연스러워도 가슴은 쯔릿했다. 맑은 한 묶음의 꽃이 고운 심정과 행복 이외의 무엇을 의미하랴. 고마운 정미가 은연중 마음을 찔렀다.

"소설가는 꼭 이렇게 소설가다운 선물을 해야만 되나?"

"내 손이 여자의 손이었더면 더 생색이 있었을 걸. 무트럭 사내의 손으로 꽃을 준다는 게 좀 어색해."

"내가 여자를 잊은 지 벌써 몇 핸 줄 아나?"

"난 소설가가 아니니까 의사의 선물은 이것이네."

능보가 주는 위스키병을 트렁크 속에 수습하고 났을 때 확성기가 소리를 치기 시작한다.

"−신경행 열차 개찰 시작−"

와르르 몰리는 사람 속에 섞여 개찰구를 향해 들어섰을 때 삼등 대합실의 혼잡한 경우에 비기면 호젓하기 짝없는 편이었다. 계급적인 영달과 사치의 만족이 반드시 일마의 원하는 바는 아니었으나, 삼등실과는 다른 그 일이등 대합실의 실감이 오늘은 별스러이 마음을 파고든다.

"자네 신수가 오늘은 열 곱은 나 뵈여."

일마의 속을 알고서인지 모르고서인지 종세는 걱실걱실 웃는 것이었다.

이등 차실 창 기슭에 자리를 잡고 폼에 내려섰을 때 일마는 앞에 와 선세 사람의 동무를 보고 믿음직하고 탐탁한 느낌이 들었다. 능보, 종세, 훈− 다시 말하면 의학박사요 신문기자요 소설가인 그 세 동무의 건장하고 즐츨한 자태가 폼에 모여선 수많은 사람들 속에서도 각별히 뛰어나 보이면서 그들이 거리에서 각각 가지고 있는 소중한 지위라든지 명망이 더욱 귀한 것으로 여겨지면서 불현듯이 동무로서의 기쁜 마음이 솟았다. 그런 동무를 가지고 있는 자기의 행복감이 뒤를 이으면서 자기도 그 츨츨한 동무들 속에서 부끄럽지 않은 한몫을 보여야겠다는 자각이 치밀어 오른다.

"언제나 자네 그 코 값은 하리."

종세가 농삼아 하던 말을 마음속으로 새겨보면서 춘향 코 이 도령 코에 내 코도 한몫 넣어서 동무들과 자기를 겨누어 보며 자각을 한 번 더 매질해 봄이 무의미한 일은 아니었다.

'세 사람과 한 사람과—'

자기를 보내는 세 사람과 떠나는 자기 한 사람, 그사이에 될 수 있는 대로 차이가 없도록 떠나는 자기가 보내는 그들의 희망과 부탁을 저버리지 않도록 힘씀이 마땅하다고도 느껴진다.

'이것두 다 공연한 여행의 감상일까.'

하고 말살해 버리기에는 너무도 긴장된 오늘의 일마의 심경이었다.

"한 가지 섭섭한 건 아까두 말했지만 지금 이 자리에 여자가 한 사람두 없는 일이야. 자네를 보내는 이 뜻 있는 장면에서 우리들 속에 끼어 일점홍이 있대두 무방했을 것을."

훈이 아까 대합실에서 던진 말의 뒤를 이으려는 듯이 또 여자의 문제로 화제를 이끌고 간 것은 사실 폼 이곳저곳에 피어난 풍성풍성한 여인 풍경 속에서 자기네의 한 패만이 유독 청교도의 일단인 듯 초연한 선 밖에 서 있다는 것이 아무리 생각해도 섭섭해서 하는 말인 모양이었다.

"지금 내게 여자가 아랑곳인가."

"그런 고집이 소용 있다든가. 아무 때에나 여자 없는 풍경이라는 것은 쓸쓸한 것이거든."

"것두 자넨 소설가로서의 말일 듯싶네."

그 대답을 능보가 받는다.

"일마는 인제 세상에서 제일가는 여자를 얻어 가지구 세상에서 제일가는 연애를 한다네. 그때까지는 눈 귀 꽉 틀어막구 쓸데없는 장난을 안 하기로 했다네. 웬만한 여자야 지릅이나 떠보겠나. 오늘 이 자리에 만약 그리 대단치 않은 여자가 나왔다구 했댔자 일마로서는 명예될 것이 없거든."

"첫사랑에 실패했기로서니 그렇게 완고할 것이야 있나. 빡빡해서 사람이 어떻게 산단 말인가?"

종세가 빈정대니 일마는 멈칫했다가

"걱정 말게나. 자네들을 놀라게 할 여자가 내게두 한번은 생겨지리. 그때까지는 무슨 말들을 하든 꾹 참구 있겠네."

"세계적 연애라면 윈저공 같은 연애를 한단 말인가?"

"낸들 알겠나, 무엇이 생길지."

"어서 내친걸음에 이번 길에 연애까지를 수입해 오게나, 예술과 함께."

"소원대로 되면 좋겠네만 미래의 뜻이 무엇인지를 누가 알 수 있겠나?"

일동이 껄껄껄 웃는 동안에 출발을 고하는 확성기의 소리가 들리고 뒤를 이어 벨이 울린다.

"잠간 동안의 작별이네. 다시 돌아올 때 내 얼굴이 변해 있을 지두 모르리."

"자네 돌아올 날을 손꼽아 기다리겠네."

일마는 자리에 올라가서 차창으로 동무들을 내다보았다. 그렇게 자리가 떨어지니 세 사람과 자기의 사이가 현격하게 갈라지면서 자기는 길 떠나는 사람이라는 느낌이 한층 또렷이 든다.

'용기를 내라. 사내대장부가 세계 지도두 갈아 칠하거니. 하나 둘 셋!'

차가 움직이기 시작하자 일마는 마음을 다구지게 먹으며 창으로 손을 내저었다. 모자들을 흔드는 세 동무의 모양이 눈에 어리는 둥 만 둥 멀어져 간다.

좌석의 푸른 주단이 깨끗하고 허리걸이에 흰 보를 씌운 것만이 차실의 특색이 아니라 손님들의 모양이며 태도도 삼등 차실과는 다르게 보인다. 군인이며 관리며 장사치며 여인들이며 멀끔하고 깨끗한 품들이 사회의 위층에 서 있다는 자랑을 제 스스로들 보이고 있는 셈일까.

일마는 자기는 대체 그들 틈에서 얼마나한 자리에 가는 사람일까 하고— 별수 없이 얼마간의 황금을 더 보태서 그날의 그 좌석을 산 데 지나지는 않건만 일종의 신기한 느낌을 금할 수 없었다. 지금까지 그 길이 그렇게도 잦았고 달포 전만 해도 같은 선로를 지났으나 그날의 그 좌석을 사기는 처음이다.

훈에게서 받은 꽃묶음을 화병이 없는 까닭에 흰 파라핀지에 싼 채 그대로를 창 기슭에 놓고 차실을 휘엿이 바라볼 때 유쾌한 기차의 움직임에 한 줄기 여행의 감상이 솟으면서 꽃을 가진 자기의 신세는 그날 그 차 속에서는 행복된다면 행복되었지 불행한 편이 아니라는 느낌이 생겼다.

'꽃묶음을 가지고 여행하는 나'라는 제목이 떠오르며 여러 해 동안 무엇을 구해서인지 빈번한 나그네의 길을 걸었어도 그날만큼 떳떳한 여행을 하기는 처음인 듯해서 그 길이 행복의 길같이만 여겨진다.

행복—반생 동안 행복의 여신이 대체 얼마나 그를 돌보아 주었던가. 십 오륙 년 동안의 학창 생활이 그에게는 결코 평탄하지 않은 불안과 괴롬의 길이었다. 학교를 마치고 나왔다고 눈앞에 수월한 출세와 성공의 길이 등대하고 섰던 것도 아니다. 외로운 길을 혼자 더듬으면서 비위에 맞는 일을 고른다는 것이 상례를 벗어난 오늘의 엉뚱한 업무에 손을 대게 되었다. 선배도 지도자도 없는 순전히 독창적인 곤란한 길이었다. 평탄하기는커녕 찌그러진 가시덤불의 반생이다. 첫사랑에 실패한 것쯤은 오히려 그만두고라도 불과 몇 달 전에 당한 커다란 불행—시골에 단 한 사람 남았던 마지막 혈육인 어머니를 여읜 것은 얼마나 세차게 그의 정신을 휘둘러 놓았던가. 마지막 불행인 듯도 싶었다.

전보를 받고 내려가니 병세는 위독하다. 홀몸이라 가까운 친척의 집에 몸을 붙이고 있었던 것이 병을 얻게 되었다. 일마 요량으로는 자기의 생활이 좀 더 안정해지면 어머니를 데려다 마지막 봉양을 해 보려고 벼렀던 것만큼 슬픔이 커서 병석 머리맡에서 며칠 동안 정신을 못 차리고 울기만 했다. 임종에서 늙은 어머니의 외줄기 변치 않는 사랑을 알고는 통곡이 뒤를 이었다. 재산이라기에는 보잘것없는 몇 이랑의 땅을 그때껏 지켜오다가 유언으로 아들에게 물리는 것이었다. 하치않은 것이기는 하나 일마에게는 뼈에 사무쳐서 아프게 느껴졌다. 죽음이라는 것이 인생으로서의 한 가지 당연사인 듯이 사람은 그것을 처리하고 눈물을 씻을 수밖에는 없다. 모든 것을 과거로 묻어버리고 일마는 용기를 내었다. 몇 이랑의 유산을 정리해 버리고 친척의 집에 하직을 하고 그 무엇에게나 졸리우는 것 같이 다시 서울로 올라오니 이제는 벌써 매일 곳도 돌볼 곳도 없는 천하의 외로운 몸이 되어 버렸다. 바로 눈앞에 괴롬이 있든 죽음이 일어나든 인생은 언제나 여전히 계속되는 법. 그는 이를 물고 거리의 생활 속으로 휩쓸려 들어갔다.

'모든 것이 지나갔다. 원컨대 내 불행두 이것으로써 막을 달쳤다.'

사실 웬일인지 그것이 불행의 마지막인 듯한 예감이 일마의 가슴속에는 뾰죽이 싹트기 시작했다. 얼마 안 되는 유산을 품에 지니고 거리에 나섰을 때 새로운 경영의 욕심이 불붙듯 가슴을 치밀어 올랐다. 이번의 문화 사절의 임무도 전에 없이 긴장되고 기쁜 마음으로 자진해 맡았던 것이다.

오늘 이등 차실 속에서도 이 예감이 억제할 수 없이 솟으면서 꽃묶음을 가지고 떠나게 된 그 길이 행복 이외의 길 같이는 느껴지지 않는다.

'새로운 마음 새로운 출발―'

이런 생각이 자꾸만 들면서 차창을 스치는 풍경도 한결 즐겁다.

침대차에서는 밤을 세우고 눈을 뜨니 아침 일곱 시, 차는 봉천奉天역에 머무르고 있는 중이었다.

'완전히 만주의 벌판으로 들어섰구나.'

일마는 눈을 비비면서 침침한 폼을 창으로 내다보았다. 자주 지나고 자주 보는 곳이라 별로 신기할 것이 없었고 그 까닭에 하룻밤 잠도 푹 이루었던 것이나, 구내에서 느릿느릿 일들을 하고 있는 쿨리苦力의 무리와 그것을 감독하는 역원들의 자태를 바라볼 때 역시 시대의 변천과 역사의 움직임이라는 것을 느끼지 않을 수 없었다. 그 어디인지 어마어마하고 긴장되어 있어서 육칠 년 전과는 판이한 인상을 띠게 되었다. 낡은 것과 새것이 바뀌지고 위대한 정리가 시작된 까닭이다. 몇 해 동안의 엄청난 변화를 일마는 사실 경이와 탄식 없이는 볼 수 없었다. 그 길을 지날 때마다 느껴지는 감회였다.

물론 그 위대한 정리는 아직 시작이 되었을 뿐이요 완성까지에는 앞날이 먼 듯하다. 가령 차가 떠나기 시작해 역 부근의 긴 빈민 지대를 지날 때 일마가 문득 빙그레 웃음을 띤 것은 둑 아래에서 바로 지나는 기차를 향해 한 사람의 만주 사람이 바지를 벗고 유유히 용변을 하고 앉은 것을 본 까닭이다. 신선한 아침 공기 속에서 한 폭의 유머의 풍경이라고 할까. 역 구내에서의 어마어마한 풍경과는 거리가 먼 한 폭이다. 이런 풍속까지가 정리되려면 참으로 몇 세대의 시간이 필요할지 모른다.

그 아침 장면에서 받은 미소를 금치 못하면서 세수를 하고 몸을 거두고 식당차에서 식사를 마치고 나서 흰 좌석에 앉았다. 오늘 또 하루의 여행이 맑은 정신에 즐겁게 여겨진다. 무여無餘한 만주의 벌판이 내다보인다. 산도 없고 시내도 없는 일망무제의 편한 벌판에 초목이 푸르고 곡식이 우거졌다.

군데군데에 한 떨기씩 누렇게 되어 있는 해바라기가 태양의 정기를 그대로 흠뻑들 마시고 자랐는지 힘차고 찬란하다. 벌판을 다스리는 사람은 어디에 숨었는지 그림자는 없고 보이는 건 벌판뿐이다. 그 살진 벌판에서 유구한 시간이 흐르고 모르는 결에 역사가 바뀌어 지는 것을 생각할 때 신기한 마음을 금할 수 없다.

'변하는 건 무심한 벌판이 아니고 그것을 지배하는 사람이요 주인이다. 참으로 사람만이 변하는 것이다.'

뒤를 잇는 생각은 고삐 잃은 말같이 걷잡을 수 없게 벌판과 함께 한없이 달린다.

철령鐵嶺을 지나 사평가四平街를 거의 바라볼 때였다. 이동 경찰의 몇 번째의 순회가 시작된 모양이었다. 일마의 눈에는 즉시 그인 줄 짐작할 수 있는 사복한 사람이 저편에서부터 좌석을 훑으면서 온다. 대개 명함 한 장씩을 얻으면 별말 없이 그만인 것이나 일마에게 와서 조금 지체되게 된 것은 그의 명함에는 직업의 기입이 없었던 까닭이다.

"어디까지 가오?"

"하얼빈까지외다."

간밤 국경을 넘을 때에도 경찰과 세관 두 군데서나 같은 절차를 치렀고 이때까지 그 길에서 수없이 당했던 경험이었던 까닭에 일마는 벌써 범연한 태도를 가질 수 있었다.

"무엇 하려요?"

"교향악단을 데리러 가는 길인데 직업을 무엇이라고 붙였으면 좋을는지, 일종의 문화사업을 하려는 셈이긴 하나."

어색하게 설명하면서 차라리 일시적이나마 신문사 촉탁의 명함이라도 찍어 넣었더면 생각이 났다. 신문사와 협력하는 사업이라는 것을 알리기 위해 현대일보 사장에게서 얻은 명함을 내보려고 속주머니에서 수첩을 집어냈다.

"돈은 얼마나 가졌는지?"

"그저 몇백 원 지녔죠."

대답하면서 수첩을 열었을 때였다.

사이에 끼워 두었던 수많은 명함장이 와르르 흩어지면서 그 속에서 겹 겹으로 접어 두었던 쪽지 한 장이 드러났다.

집어 올려 새삼스럽게 펴 보일 것도 없는 것은 일마나 경관이나 만주에 서 오랫동안 다스려 난 사람에게는 그다지 진귀할 것도 없는 한 장의 채표 였다. 만주국 정부 발행의 유민채표裕民彩票의 한 장이었던 것이다.

"채표는 웬 거요?"

사복의 질문에 일마는 웃음을 띠면서

"만주 다니는 길이 잦은 까닭에 한 장 사두었죠."

"만주에 거주하는 사람에게만 허락되는 것인데."

"거주는 안 해두 이곳 백성이나 별반 다를 것이 없도록 빈번히 다니는 까닭에 일 년에 몇 번씩은 사보게 되죠."

"더러 맞아떨어집디까?"

"웬 걸요. 판판이 낙자죠."

채표 한 장으로 말미암아 경관의 마음도 제물에 누그러진 모양이었다.

"왜 한 만 원짜리 맞춰 보지?"

"수십만 총중에서 하나 뽑힌다는 게 여간 팔자 가지구야 되겠소? 평생 에 한 번 있을까 없을까 한 행운이겠는데 그렇게 쉽게야."

"만주 백성치구 다달이 한 장씩 안 사는 사람이 없으리다. 채표 사는 맛 에 만주에 산다구들두 하는데—사실 나두 한 장 가지군 있소이다만."

"피차일반이외다 그려."

"만 원이 떨어진다면 나두 이 xx을 하구 있겠수?"

아닌 실토까지를 하게 된 것을 보면 거친 벌판에 사는 사람들에게 채표의 꿈이란 지극히 허물없는 것인 모양이다. 행운에의 갈망이 누구나의 가슴속에 서리고 있는 것은 죄 될 것 없는 노릇인 모양이다.

사실 만주 사람으로서 채표의 유혹을 모르는 사람이 없다. 정부는 당선의 행운을 미끼 삼아 수십만 민에게 조금씩의 분담을 지게하고 긁어모은 돈으로 수만 원의 행운의 당선자를 뽑고는 나머지 수십 만금을 국민 구제사업에 유용하자는 목적이었다. 그러나 이 중요한 구제사업의 고안보다도 백성에게 주는 채표의 인상은 참으로 그 당선 여부의 매력과 흥분에 있었다. 자기들 모두가 조금씩 출렴出斂낸 대금의 이익이 대체 어떤 구제사업으로 나타나 그 은혜의 물방울이 자기 몸에 미치게 되는지를 생각할 필요는 없다. 다만 도회 사람은 도회에서 채표를 사고 시골 농민은 도회로 가는 사람에게 가만히 부탁해서 몇 원의 핏돈으로 채표를 사 오고, 일마같이 여행하는 사람은 여행의 도중에서 심심파적으로 몇 장씩을 사서 꼬깃꼬깃 주머니 속에 건사했다가 다음 달 보름날의 개표를 기다려 당선 낙선의 결과를 알고는 웃기도 하고 울기도 하면 족한 것이다.

행여나 맞춰낼는지 혹은 미끄러질는지 하고 다음 보름날까지 꿈꾸고 조바심하는 그 한 달 동안의 흥분과 자극이야말로 중요한 것이다. 넉넉한 사람은 넉넉한 사람으로서의 유장한 꿈을 꾸고 가난한 사람은 가난한 사람으로서의 필사적인 갈망을 해서 그것으로써 생활의 동력을 삼는 그 감흥의 정도와 자극의 분량은 누구나가 일반이다. 요행 당선이 되면 춤을 추고 기뻐해도 좋고, 낙선이 되면 눈물을 머금고 또 한 장을 살며시 사서 간직했다가 다음 달의 결과를 곱절의 새로운 흥분으로 기다리면 그만이다. 평생을 두고 속을는지도 모르나, 평생을 감격에 살 수 있으면 이 또한 값싼 선물이 아닌가.

'일종의 국민적 도박이다.'

일마는 그 국가적 행사를 과히 허물할 것 없이 만주 사람과 마찬가지로 지나는 길마다 신경쯤에서 몇 원으로 그달의 흥분을 사곤 했다.

이제 알고 보니 자기를 조사하러 온 그 낯모를 관리까지도 자기와 한가지 그 같은 도박 속에 한 몫을 보고 있음을 고백하지 않았던가. 인생의 흥미는 다 마찬가지인 모양이다.

까다롭게 질문을 걸어오던 그가 채표의 일건으로 낯을 부드럽히고 빙그레 웃으면서 다시 더 파묻는 법도 없이 뒤편으로 사라짐을 볼 때 일마는 그 한때가 유쾌한 것으로 여겨져서 일부러 채표를 펴보기까지 한다. 다섯 쪽으로 된 쪽지마다 '三七五二五'의 숫자가 또렷이 적혀 있다.

"삼칠오이오, 삼만 칠천 오백 이십 오─행운의 숫자인고 불행의 숫자인고"

중얼거리며 뜻 없이 또 한 번 웃어 본다.

사평가를 지나 공주령公州嶺에 이르니 앞으로 신경까지는 한 시간쯤밖에는 남지 않았다. 뜻밖에 채표를 번국질하게 된 데서 받은 흥분이 좀처럼 사라지지 않으면서 일마는 여행의 도도한 흥 속에 잠겨졌다.

공주령─늘 들어도 아름다운 이름이다. 조촐한 역 앞에 화단이 있어 시절을 맞은 새빨간 샐비어가 화려하고 야트막한 느릅나무 수풀 저편으로 으늑한 시가지가 짐작된다. 인구가 삼만이 된다는 그 조그만 도회 저편에 옛 러시아 시대의 건물들이 들어섰다는 주택지를 상상하면서 그곳에는 어떤 생활들이 있을까 생각해 봄도 기쁜 일이다.

'공주의 전설이 있었다구 공주령이라구 한 것일까.'

아닌 상상을 다해 보면서 차가 움직이기 시작할 때 여전히 밖을 내다보며 감동을 마지않는 일마였다. 사람은 때를 따라─더구나 그것이 나그네의 몸일 때 시인의 소질을 나타내는 것일까.

"무얼 정신없이 내다보세요?"

문득 옆에 와서 두 손으로 일마의 눈을 가리우면서 공주령의 풍경을 뺏는 사람이 있다.

따뜻한 봄기운과 향기가 풍기지 않더라도 그 부드러운 손매와 목소리만으로도 여자인 줄을 직각할 수 있었으나 그 이상 그가 누구인 줄은 다따가 일마로서는 생각할 수 없었다. 그러나 성급히 손을 빼칠 것도 없어서 유하게

"누구란 말요?"

물으니까 여자는 더욱 목소리를 선명하게 높이면서

"어디 맞춰 보세요, 호호호."

"하늘에서 떨어진 선녀란 말요?"

"왜 공주령에서 뛰어 내려왔다구나 해보시죠."

"내가 만주에 웬 아는 사람이 있다구."

만주에 아는 여자가 있지도 않았거니와 그런 차 속에서 별안간 아는 여자가 생겨질 리도 없었다.

"서울서부터 뒤를 따랐어요. 어제 낮에 같은 차에 살며시 올랐을 줄야 선생인들 꿈이나 꾸셨겠어요. 그만하면 짐작하시겠죠?"

손은 풀었으나 돌아앉아 대면하기도 전에 일마는 물론 그의 이름을 댈 수 있었다.

"단영丹英이란 말요?"

막상 낯을 대하자 일마는 짜장 놀라며

"아니 웬일이오?"

눈을 멀뚱히 뜬다.

"맘먹구 차에 오르긴 했어두 내 하는 짓이 옳은지 그른지를 몰라서 밤

새도록 잠 한숨 못 이루구 번민만 했어요."

맥없이 풀썩 주저앉으면서 단영은 기뻐야 할 얼굴이 어둡게 가라앉는 것이다.

"이게 어디라구 예까지 따라오다니 꼭 거짓말만 같구려."

일마는 좀체 놀람이 풀리지 않으면서 사치한 차림의 단영을 똑바로 바라본다. 지져서 헤트린 단발이며 진한 화장이며 빈틈없이 어울리는 양장이며가 색깔이 가난한 차 속에서는 유독 환하게 어리우면서 눈을 끈다. 말하지 않아도 그가 여배우일 것쯤은 쉽게 짐작할 수 있는 차림이다. 밤새도록 번민했다면 사실 늘 보는 일마의 눈에는 얼마간 홀쭉해 보이기도 한다.

"나두 지금 내 맘을 잡진 못하겠어요. 하는 짓이 겁이 나면서두 내 자신 억제할 수 없거든요. 이등 차에 타신 줄을 물론 알았구 역에 훈들이 나와 선 것두 멀리서 보긴 했었으나 찾아가기가 어찌두 그리 어렵게 여겨지는지, 밤새도록 고시랑거리다가―신경두 가까워 왔기에 체면 불구하구 달려들었죠. 놀라셨겠지만 용서하세요. 만나구 보니 되려 뉘우쳐는 집니다만 어젯밤 같아서는 이러는 수밖에는 다른 길 없었어요."

"쫓아 온단들 무슨 수가 있겠수. 늘 말한 것같이 내 맘은 뻔한 것을 낸들 더 휘어잡을 수 있수. 내게 지금 여자가 아랑곳이오? 뜻을 이룰 때까지는 한눈은 팔지 않을 작정이오."

일마의 말투는 확실히 책망의 어조였다.

단영은 역시 여배우라고 부르는 것이 마땅한 듯하다. 반도영화사에 전속으로 있으면서 일 년이면 두어 번가량 새 영화에 출연되어 영화관 은막 위에 자태를 나타내는 까닭이다. 거리 사람들은 그를 독부형의 요염한 여배우라고 기억하고 있고 가난한 영화계에서 웬만큼 이름을 날리고도 있다. 은막에 나타나면 갈채를 받았고 거리에 나타나면 팬들에게서 지칭을 받고 이야깃거리가 되고 하는 처지다. 그러나 일마에게는 여배우라는 사회적인 지위보다도 그의 숨은 사생활이 눈을 끌면서 불건전한 존재라는 인상만을 받게 되었다. 난맥의 생활과 빈번한 치정 관계를 알 때 사회에 이익을 끼치는 것보다는 독을 흘리는 해로운 벌레라는 생각이 들었다. 물론 사회의 온전하지 못한 사태가 한 사람의 그런 병적인 인물을 만들었다면 만들었다고도 볼 수는 있는 것이나 그럴수록에 눈썹을 찌푸리게 되고 한편 측은한 생각도 없지는 않았다.

그 단영이 오래전부터 자기를 사모하고 있는 눈치를 알면서도 일마는 냉정한 태도를 지녀 왔다. 인물에 대한 비판보다도 첫째 즐기는 타입의 여자도 아니었고 둘째로는 사실 지금 그에게는 여자가 아랑곳이 아니었던 까닭이다. 서울서의 기회를 그가 번번이 물리쳤기로서니 이제 길 떠난 뒤를 쫓아 그렇게 멀리까지 나타날 줄은 몰랐다. 일마는 사실 놀라지 않을 수 없었다.

"만나지 않으면 용기가 나구 만나면 용기가 줄었다가두 떨어지면 또 용기가 나요. 이러다간 평생 선생의 뒤를 따르는지두 모르겠어요."

그런 무더운 열정을 보여 올 때 일마는 불쾌할 뿐이었다.

"훈을 좀 생각해 보구려. 부끄럽지 않은가?"

소설가 훈이 그토록 애를 태워도 본체만체해 오는 단영이었다.

"싫은 건 할 수 없죠. 전 웬일인지 훈을 사랑할 수 없어요. 생각해 주는 게 고맙긴 해두."

"일반 아니오, 내가 단영을 사랑할 수 없는 것과. 훈은 내 친구요. 그의 체면을 봐서래두 내가 단영을 챌 수야 있수. 자 여기 이 꽃묶음두 훈이 내게 준 선물이오."

단영은 머리를 숙인 채 한마디도 말을 못 잇는다.

침묵 속에서 차는 종점인 신경역에 도착되었다. 단영과의 좌석이 어색하던 차에 일마는 시원한 생각이 들었다.

"어떻게 할 작정이오? 난 오후 차로 하얼빈을 향할 텐데 여기서 헤어지는 게 어떻소?"

단영은 삼등차에 가서 짐을 들고는 일마와 어깨를 겯고 역으로 나왔다. 얻어맞은 듯이나 맥없는 그의 자태가 일마에게는 주체스럽게만 여겨진다.

"헤어는 지지만 하룻밤을 신경서 쉬시는 게 어떠세요? 모처럼의 길인데"

"바빠서 그럴 수 있수? 올 때나 들리죠."

단말에 귀를 막으면서 유혹을 물리치기에 일마는 필사적이다.

"그럼 식사래두 거리에 나가 하실까요?"

"여기서 하죠."

간신히 끌고 역 식당으로 들어가 번잡한 속에 자리를 잡았을 때 단영은 우는 모양이었다. 손수건으로 눈물을 훔치면서 콧물을 켠다. 그것조차 일종의 유혹인 듯해서 일마는 냉정하게 목소리를 가라앉혔다.

"별 계획이 없다면 다음 차로 서울로 되돌아서는 것이 어떻소? 홀몸으로 괜히 이 외지에서 날을 지내지 말구."

과혹했던 모양이다. 단영은 발끈하면서 낯을 붉힌다.

"모욕두 분수가 있지, 왜 아닌 참견까지 하세요. 그와 이와는 다른 문제가 아니예요?"

"걱정돼서 하는 말이지 누가―"

"그만두시라니깐요……. 그만하면 알아요. 첫사랑의 상처만 받으면 그 외 여자는 사람으로 안 뵈는 모양이죠. 미려―미려만 이 세상에서 제일가는 여자죠. 언제나 만나면 그 정성 전해 드리죠. 전하구 말구요."

미려美麗라는 이름으로 아픈 상처를 찔리운 것을 노여워하며

"괜한 소리를!"

하고 소리를 높이나 단영은 뜨끔도 안 하며

"다 안다니깐요."

도리어 짜증을 낸다.

더 겨루는 것이 무의미할 것 같아서 일마는 입을 다물고 식탁 위에서 전보를 쳤다.

─오후 육 시 반 하얼빈 착.

하얼빈에 있는 동무인 하얼빈일보 기자 한벽수韓碧水에게 보내는 것이다. 단영과는 그것으로 작별하고 한 시 차로 단독 하얼빈을 향할 작정이었다.

어떤 가정

:

현대일보사 편집실.

도하都下의 대 신문사로서의 이름에 값 가리만치 외모도 굉장은 하지만
편집실 안도 넓고 복잡한 것이 외모에 지지 않는 규모이다.

늦은 아침의 한때 수십 명 사원이 각각 맡은 책상 앞에서 그날 석간 준
비를 하느라고 눈코 뜰 새 없이 분주한 한고비다. 원고지 위에 펜이 달리고
탁상전화가 무시로 울리고 두런두런 이야기 소리가 삐지 않는다.

사장실에서 나온 여급사가 어수선한 책상 사이를 고비고비 돌아 연예부
책상께로 오더니 원고에 정신이 없는 김종세의 앞에 머문다. 종세는 한때
사회부 기자로도 이름을 날렸으나 요새는 연예부실로 몸을 옮기게 되었다.

두 가지 일에 다 재능을 겸한 신문사로서는 중요한 인물이었다. 일마를
만주로 떠내 보낸 다음 날이다. 마음도 가라앉아 일에 잡념이 없다.

"사장께서 좀 보시자구요."

급사의 말에 고개를 들고 머리카락을 긁어 올리면서

"분주한데 무슨 일이라든?"

"잠깐만 왔다 가시래요."

펜을 던지고 뒤를 따라 사장실을 향했다. 반갑기보다도 귀치않은 생각이

앞선다.

주필과 이야기 중이던 사장은 들어온 종세를 보더니 긴하게 자리를 권한다.

"바쁜데 안 됐네만 잠깐 앉게나."

궂은일이든 좋은 일이든 간에 불리우게 된 내용보다도 사실 바쁠 때에는 시간에만 정신이 팔리는 것이었다.

"오늘 기사는 아무에게나 맡겨 두구 자네 이 길로 곧 가볼 곳이 생겼어."

항상 꽁생원이던 사장이 빙그레 웃음을 띠우는 것을 보면 종세도 긴장되었던 마음이 누그러진다.

"이번 일이 아마두 성공인 듯하네."

종세는 문득 직감하면서

"교향악단 초빙의 계획 말씀입니까?"

하고 내용을 맞혀 본다.

"계획두 때를 맞춘 것이었지만 자네 추천으로 일마 군을 파견한 것두 잘한 노릇인 것 같애."

"그야 일마 군의 하는 일이 범연이야 하겠습니까?"

"결과는 두구 봐야겠지만 각 방면에서의 반향과 찬사가 빗발치듯 날아들거든. 전화로 서신으로."

책상 위에 널려진 엽서와 편지 장을 헤쳐 보이니 주필도 기뻐하는 양이다.

"지금두 막 한 군데서 전화가 왔기에 주필과 의논 중이나 무슨 방법으로든지 후원을 하겠다는 청인데 어떻게 했으면 좋을지 해서 이왕 관계된 자네를 함께 불러본 것인데."

"후원이라면 받죠. 뭐 사업두 한층 흥성흥성할 테구 선전두 될 테니깐요."

서근서근한 종세의 대답에 주필은 내 뜻을 얻은 듯이나

"자네두 같은 생각인가? 사실 이번 일이 사社로서는 결코 적은 일이 아닌 데 일찍부터 이런 반항이 나타난 것만두 반가운 일이란 말야."

사장이 뒤를 이어서

"누군구 하니 자네두 알겠지만 동양무역상회의 류만해라네. 지금 집에서 전화를 걸구 후원을 신탁하면서 누구나 사람을 보내면 만나서 타협해 보겠다는 거야."

"류만해, 류만해라면 비록 실업가이긴 하나 문화사업에 몰이해하지는 않을 테니깐 그런 청이 고이찮긴 하죠."

"이번 시세에 또 약은 사람이 한몫 톡톡히 볼 셈이지. 선선히 이런 일에 말을 걸어올 젠."

"외국 무역은 맥혔는지 몰라두 철물을 한다, 금광에 손을 댄다 해서 아마 근자만 해두 몇백만 원은 좋이 잡았죠. 문화사업에 그까짓 천이나 만 쯤 낸댔자 주머니 끈이 까딱이나 하겠습니까? 모처럼의 청을 물리칠 거야 없겠죠."

"그럼 자네 이 길로 가서 맞서 보구 오겠나?"

"갔다 오죠. 이왕 제 맡은 일이구 하니 기어이 성사시켜 보겠습니다."

종세는 대답하면서 사장과 주필에게 만족을 준다.

'류만해, 별안간 류만해를 찾아가게 되다니 것두 괜찮은 일야.'

자리에 와서 혼자 중얼거리면서 종세는 쓰던 원고를 대충 끊어 버리고 그날의 편집을 옆자리의 동료에게 맡기고는 신문사를 나왔다.

'인연이래두 여간 이만저만한 인연은 아닌 모양이야. 일마다 맞부딪치게 될 젠.'

그날 아침의 그 우연한 용무를 선뜻 맡고 알 수 없이 흥분되는 길에 나선 것은 청년 실업가 류만해를 만나러 간다는 뜻 외에 또 한 가지 종세로서는 숨은 뜻이 있었다.

류만해柳萬海는 거리에서 이름 높은 실업가일 뿐이 아니라 종세에게는 또 다른 한 가지 흥미의 대상이었다. 자기와보다도 실상을 말하면 친구 일마와 기괴한 한 줄기 인연을 가지고 있는 터이었다. 일마를 경성역에서 보낼 때에 첫사랑에 실패했다고 한바탕들 떠들었고 신경역 식당 속에서 단영이 일마에게 첫사랑의 상대자 미려의 이름을 들어 짜증을 냈던 그 남미려南美麗야말로 다른 사람이 아니라 현재 만해의 부인이었던 것이다. 모르는 사람은 몰라도 아는 사람들에게 이 괴이한 인연의 한 토막은 숨은 이야깃거리가 되어 있고 그 당시의 기억은 지금까지도 흥분을 자아낸다. 친구인 종세들에게 그 일건이 더욱 흥미의 대상임은 물론이었다. 동무의 한 사건이 그토록 친구들에게 범연하게 여겨지지 않았던 것은 거리의 소문 거리가 되었을 뿐 아니라 일마로서는 반생의 한 중대한 사건이었던 까닭이다.

일마와 만해는 한 해의 동창이었고 미려는 두 사람이 함께 원하는 대상이었다. 속세에 있어서 사랑에 이기는 무기는 역시 가장 손쉽게 황금인 모양이다. 일마와 만해 두 사람의 승패도 이 범속한 기준을 넘지는 않았다. 일마가 패한 것은 문과 출신의 가난뱅이 학사였던 까닭이요, 만해가 이긴 것은 백만금의 상속을 받은 법학사였던 까닭이다. 미려가 선택을 옳게 했는지 그르쳤는지는 장구한 인생을 두고 보아야 판명될 일이기는 하나 만해는 뜻을 얻어 확실히 행복된 편이었고 일마의 실망은 컸다. 결혼식장에 초대받은 일마는 무슨 까닭으론지 짓궂이 출석해서는 사람 틈에 숨어 배우같이 살며시 울었던 것이다. 그런 극적 장면이 지난 지 칠팔 년의 세월이 흘렀다. 일마가 기구한 방면에 길을 잡아 오늘에 이르는 동안에 만해는 풍족한 유산을 움직여 무역상을 시작한 것이 점점 일게 되어 근자에 와서는 철공업에 손을 댄다, 금광을 사들인다 해서 사업도 늘리고 유산도 더욱 불려 청년 실업가로서의 이름을 쟁쟁히 날리고 있다. 이 너무도 선명한 대조가 세상의 주목을 오래도록 끌게 하였고 친구 종세들의 관심을 지금껏 이어 오게 한 이유였다. 같은 장안에 행복되고 불행된 두 패의 경영자가 살고 있는 셈이 되어 그들의 생애의 변천이라는 것이 친구들에게는 은연중의 흥미를 끌고 내려오는 제목이었던 것이다.

종세가 오늘 의외의 책임을 맡고 전에 없는 흥분을 느끼면서 거리에 나선 것은 이런 이유에서였다.

'인연이래두 여간 이만저만한 인연은 아닌 모양이야.'

혼자만 알기가 아까워서 우선 첫 길로 훈들이나 혹시 만날까 해서 단골 찻집에 들렀으나 아직도 출근 전이다. 한바탕 발장구를 치면서 노닥거리지 못하게 된 것을 애틋이 여기면서 서대문행 전차를 타려다가 고쳐 생각하고 의젓한 위풍도 보일 겸 택시를 한 대 잡아탔다.

"연희장까지 한달음에—"

전에 사회부 기자를 할 때에 돌발 사건이나 생겨 그 기사를 얻으러 갈 적에 느끼던 것과도 흡사한 모험감을 느끼면서 차 속에 번듯이 몸을 기대었다.

빛나는 차는 거슬리는 것 없이 전찻길을 닫고 골목을 들어서서 금화장을 오르고 연희장으로 들어선다. 부근에서도 눈에 띠이게 호화로운 붉은 지붕의 양옥을 가리키면서 종세는 운전수에게 류만해의 이름을 또 한 번 일러 주었다.

그날 아침 그 붉은 지붕의 양옥 만해의 집 객실에서는 부부 사이에 조그만 토론의 한 장면이 있었다.

늦은 아침을 마치고 나서 객실에 들어가 조간신문들을 들척거리다가 미려는 문득 한 장을 남편 앞에 내놓으면서 그의 주의를 일깨워 주었다.

현대일보였다. 받아들고 단눈에 내려 훑어보더니

"굉장한 계획이군."

만해는 오도깝스럽게 소리를 높인다. 교향악단 초빙의 기사였다. 다섯 단 길이의 넓은 지면에 굵은 목각활자로 이번 계획을 야단스럽게 발표한 것이었다.

"조선의 음악계두 상당하죠. 외지의 교향악단을 데려오게 됐으니."

미려는 내 일같이나 반가워서 기쁜 마음을 금할 수 없다.

"교향악을 이해할 사람이 몇 사람이나 된다구."

"몇 사람이라니요? 음악에 대한 일반 시민의 교양이 몇 해 동안 얼마나 높아졌게요."

"높아지면 얼마나 높아졌을구. 정말 알구들이나 하구 그러나. 괜히 아는 척들 할 뿐이지."

"잘못하다간 모르는 건 당신뿐일지두 몰라요, 괜히. 베토벤이나 쇼팽을 모를 사람이 현대인치구야 당신을 내놓고 누가 있겠수. 그걸 듣구 좋아하지 않을 사람이 어디 있을 줄 아우?"

음악이나 예술에 관해서는 부부는 언제나 의견이 다르다. 미려가 현대 여성으로서—물론 교육도 전문 정도까지를 치러 받을 대로는 받았지만—교양이 높고 예술이나 문화에 대한 이해가 보통 이상으로 깊은 데 비겨 만해는 최고학부를 마친 편으로서는 그런 것에 대한 이해가 보통 이하로 얇고 때로는 등한시하는 완고한 보수주의자였다. 더구나 음악에 대한 지식은 남부끄러울 정도로 저급한 것으로서 부부간의 의견의 간격은 이런 교양의 차이에서도 왔다.

"일반의 교양 정도를 살펴가지구 하는 일이지 괜히야 이런 큰 계획을 할 리 있겠수? 대단히 귀중한 사업이구 말구요. 두 손을 들어 찬성할 사람이 비단 우리뿐이겠수?"

그래도 만해는 이해가 바로 못 가고 생각이 다르다.

"한마디로 하면 허영이야. 계획하는 것두 허영이구 찬성하는 것두 허영이야. 순진한 시민을 허영의 구렁 속에 빠트려 넣자는 게야."

"허영이라니요? 왜 허영이란 말요? 예술을 이해하자는 시민의 자랑을 가리켜 그렇게 만만히 허영이라구 해서 옳단 말요."

미려는 웬일인지 오늘 아침 남편의 의견을 도시 좇을 수가 없어서 기어코 발끈했다. 까무잡잡한 얼굴에 약을 올리면서 이 역시 까무잡잡한 남편의 얼굴을 똑바로 바라본다. 두어 주일 동안의 해변 피서에서 돌아온 지 며칠이 안 되었다. 해마다 정해 놓고 가는 피서가 부부에게 그다지 신기한 행복도 안 주었으나 불행도 없었다. 판에 박은 듯이 평범한 연중행사에서 돌아왔을 때 부부는 전에 없던 피곤을 느끼면서 게으른 며칠 동안을 답답하게 지내오던 중이었다. 여름 한고비라 별로 분주한 일이 있지도 않았지만 만해는 아직 일터인 거리의 사무소에도 나가지 않고 휴양 후의 몸을 집에서 쉬이는 것이었고 식구라고는 부부 외에 사용인使用人이 있을 뿐인 따로 난 단출한 살림살이라 가정에서 그런 남편과 똑같은 나날을 동무하면서 지내기가 미려에게는 무료한 노릇이었다. 답답할 때 사람의 심사는 공연스리 터져 보는 때가 있다. 의외의 신문 기사가 실마리가 되어 부부에게는 그 폭발이 이날 아침에 오게 된 모양이었다.

미려는 얼굴이 붉어지고 관자놀이에 핏대가 섰다. 곧은 콧대에 빛나는 눈망울이 부드러운 속에서도 펄펄한 결을 감추어서 도리어 별로 특징이 없고 둥그스름한 남편보다는 고집이 윗길일 듯하다. 한때 거리에서 인물로 이름을 날렸던 것만큼 삼십이 채 못 되는 그의 모양이 원만하게 피어난 꽃송이같이 허물할 데가 없이 뛰어나 보인다. 짜증을 머금은 가인은 한층 아름다운 것일까, 해에 그을은 얼굴에 가는 눈썹을 찌푸린 것이 이날 아침 미려는 유별스럽게도 아름답게 보인다.

"허영이라니 그건 당신 자신 당신을 모욕하는 셈이구 무지를 폭로하는 폭밖엔 더 되우?"

"허영이 아니구 뭐요? 그럼 속을 채리구 난 후에 문화를 숭상해두 하는 것이지, 입에 밥두 못 들어가는 처지에 음악이니 예술이니 하구 흰 멋들을 피우는 게 허영 아니구 무엇이란 말요?"

만해도 호락호락 넘어가지는 않아서 부부는 뜻밖에도 점점 맞서가게 되었다.

"밥만 먹어야 속이 든든해지는 줄 아는 모양이오? 음악두 양식의 하나라나요. 뱃속만 알구 정신은 모르시우?"

"빈속에 음악만 먹어두 배가 부르다? 어디 그럼 음악만 먹구 살아보지 좀."

"아따 그 잘난 장사 좀 하면서 실업이나 하는 듯이 그 야단이오. 돈푼이나 모이면 우엔 더 사람이 없는 것 같수? 실업가 실업가 하니까 내 세상만 같지만 숨어선 수전노란 욕밖엔 더하는 줄들 아우? 어찌 반드시 넉넉한 후에만 문화사업을 하겠수? 가난한 속에서 애쓰는 모양들이 안 뵈이우?"

"오라, 미려 같은 사람이 많으니까 이 가난한 땅에서두 문화사업이 흥성해 가는 모양이군."

"시끄러워요, 다 당신보다두 난 줄이나 아세요."

미려는 화를 버쩍 내면서 신문을 탁자 위에 던지고는 자리를 일어섰다. 신문이 찻잔을 다치면서 홍차가 쟁반 위에 쏟아져 흐른다. 그것도 모르는 척하면서 복도로 획 나가는 것을 보고는 만해는 더 그를 노엽힐까를 두려워해서 움츳하면서 한참이나 말을 못 잇는다.

세상의 가정 쳐 놓고 얼마간 아내의 목소리가 더 크지 않은 집안이 드물다. 남편의 행세는 밖 세상에 속하는 것이라는 듯 온갖 권세와 세력을 부리다가도 한걸음 집에 들어서면 아내의 손에 스스로 즐겨 모든 것을 맡겨버린다. 밖에서 거드름부리던 수염을 이상스럽게도 아내에게 끄들리우게 되고 그것을 과히 부끄럽게도 여기지 않는다. 만해의 가정같이 그런 풍습이 더욱 심한 집안은 없어서 미려의 큰소리 앞에서는 만해는 쥐구멍도 찾지 못하는 때가 있다. 이런 운명은 당초 결혼 때부터 시작되었으니 만해는 많은 경쟁자 속에서 애걸복걸하고 미려의 뜻을 얻었던 까닭에 그때부터 아내를 섬기는 몸이 되고 말아서 웬만한 억지면 대개는 받아주었고 비위를 맞추기에 애를 써도 아내의 진심을 얻지 못하는 때가 많았다. 결혼 팔 년 동안의 세월이 그런 노력의 연속이었다. 미려의 편으로 보면 처음부터 만족스런 결혼이 아니었던 그에게는 일마다 불만이 많았던 데다가 단조한 가정생활도 무척 무료하게 느끼게 되었고 더구나 한가한, 말하자면 유한부인의 처지로는 피곤밖에는 느낄 것이 없게 되었던 것이다. 남편이 하는 몰취미한 사업에도 싫증이 나서 좀 더 문화 방면에의 전향을 권하나 종시 들어주지는 않아서 그런 데서도 미려의 불만은 커지게 되었다.

"두구 보구려. 나두 문화사업할 날이 있지 않은가."

미려를 내다보면서 목소리를 부드럽히는 만해의 태도였다.

"저승에 가서 한단 말요? 당신 아는 게 밤낮 금광밖에 더 있수? 그러다간 되려 봉 빠질 날 있지 않으리."

"사업을 크게 하자니까 금광에두 열중하는 게지, 아무리 내겐들 황금이 마지막 목적이야 되겠수?"

"더두 말구 동요원이나 하나 맨들어 보재두 말 안 들어, 음악원을 세워 보재두 귀 안 기울여, 그러면서 언제 무얼 한단 말요. 당신이 정 싫다면 나 혼자래두 무어나 해볼 테예요."

"차차 아무거나 생각해 봅시다그려."

"이번 교향악단 초빙의 일만 해두 얼마나 보람 있는 일이오. 아무나 하면 할 일이지 신문사에만 맡겨둬야 좋을 일이요?"

"벌써 한 수 뺏긴 걸 어떻게 한단 말요."

"뺏긴 건 뺏겼다구 하구 후원이야 못할 게 있수. 그래서 차차 이름을 알려서 사업의 실마리를 잡더래두."

"후원, 글쎄……."

"자, 그럼 이렇게 해요."

미려는 비로소 속이 풀리면서 들어와서 남편의 팔을 잡고는 책상 앞 전화 있는 편을 가리켰다.

"얼른 전화나 한 통 거세요."

남편을 전화 앞으로 끌고 가서는

"현대일보 사장을 부르세요."

기어코 사장을 청해 내어 교향악단의 일건을 말하고 그 후원을 제의하게 한 것이었다. 미려는 비로소 그날 아침의 노염이 풀렸고 만해도 괴롭던 공기에서 벗어나서 처음으로 마음이 놓였다. 오래간만에 얼크러지려던 가정의 분위기가 이렇게 해서 활짝 개어 버렸다.

사장이 종세를 불러서 의논했고 종세가 구체적 의논을 하러 사를 나와 만해의 집을 향했던 것이다. 연희장에서도 가장 아담한 붉은 지붕의 양옥을 바라보면서 어느덧 문 앞에 이르러 현관의 초인종을 눌렀을 때 부부는 마침 뜰에 내려서 나무 그늘 벤치에서 더운 햇살을 피하고 있는 중이었다.

종소리를 듣고 미려는

"신문사에서 왔나 부우."

종종걸음으로 복도에 올라가 슬리퍼를 끌고 현관으로 나갔다.

"사장의 분부로 연예부에서 왔습니다."

종세의 명함을 받고 미려는 방긋이 웃으며 그 아침 손님을 반갑게 불러 올렸다. 종세는 미려를 잘 기억하고 있는 터이나 미려로서는 종세를 대강 그리고 짐작하고 있을 뿐 그다지 익숙한 얼굴은 아니었다. 그러나 그날 일은 자기들 편에서 자진해 제의하고 청했던 것인 만큼 다른 손님과는 다른 의미로서 각별히 반갑게 맞이할 수 있었다.

객실이 아직도 무더웠던 까닭에 미려는 종세를 뜰로 청해 내렸다. 늦여름의 끝이 한창 찬란하고 벗나무 그늘이 으늑하고 조그만 못에는 고기 그림자까지 어른거리는 뜰 안이 방보다는 훨씬 견디기 나았던 것이다. 그늘 아래 나무 의자가 서늘해 보이고 흰 페인트를 칠한 나무 탁자도 선선해 보인다. 종세는 만해와도 약간 면목이 있을 뿐이지 그다지 익숙한 편은 아니었다. 도시 아내의 발설로 되어 가는 일이었던 까닭에 손수 나서 서둘기도 겸연해서 뜰에 머무른 채 엉거주춤 일어나서 종세를 맞이했다.

"이번엔 또 장한 사업을 계획하시는데 일부러 가서 치사는 못하구 되려 오시게 해서 미안합니다."

"천만에요. 이렇게 찾아뵈러 온 것이 저로선 영광으로 생각됩니다."

여러 가지 의미로 종세가 이렇게 대답한 것은 진정이었다. 계획에 대한 의논도 의논이려니와 그 하루의 방문을 뒷날 동무 일마에게 전하게 될 때 얼마나 큰 뉴스일까를 생각하는 마음도 물론 한구석에 있었던 것이다.

"나보다도 되려 아내가 이번 일에는 더 구미를 느끼면서 적극적으로 법석을 해서 기어코 이렇게 오시게까지 했는데 후원이라군 해두 어떻게 해야 좋을는지 알 수 없구 해서 기다리구 있던 차입니다."

"여자라구 가정에서 너무 놀구만 있기두 무료해서 무엇이나 일을 좀 해보았으면 한 것이지 법석이야 무얼 했단 말요."

미려는 은연중에 남편을 핀잔주면서 웃음으로 알맞게 좌석을 맞추어 간다.

"아무렴요. 힘이 남으시면 무어나 다 일을 하셔야죠. 실업가로 이름이 높은 댁에서 조만간 그 무엇을 시작하리라는 소문이 자자한데요."

종세가 부채질하는 바람에 만해도 마음이 너볏이 누그러졌거니와 미려도 입이 가벼워졌다.

"계획은 많았답니다. 동요원을 꾸며서 아이들을 모아 볼까두 했었구, 한 때는 음악원을 세워서 음악단을 맨들어 볼까두 궁리했었죠."

"반가운 말씀입니다—"

종세는 기회나 잡은 듯이 뒤를 받아서

"그럼 차라리 이 기회에 음악원을 세우시고 그 이름을 내걸어서 후원해 주시면 어떻습니까. 아무래두 개인의 이름을 내거는 것보다는 무엇이나 단체 이름을 내놓아야 할 테니까요."

"대체 이번 일은 얼마나한 규모로 시작하신 것인가요?"

"한 만 원 정도의 계획이죠."

"그럼 그 반을 부담하기로 하구 무엇이나 음악원의 이름을 내세워 볼까요?"

아내의 말로 일은 의외에도 수월하게 결정되어 가는 것이었다.

만해 부부와 종세는 그 자리로 부랴부랴 '녹성음악원錄星音樂園'이라는 가상의 이름을 지어가지고는 그 기관의 명의로 신문사의 계획을 후원하기로 작정하였다.

"'녹성음악원' 거 훌륭하군요."

종세가 무심히 말해 본 것이 부부의 동의를 얻어 그 자리로 결정되었다.

"희망에 넘치는 좋은 이름이야."

남편이 찬동하니 아내가 기쁘게 화한다.

"좀 부드럽긴 하나 여자들끼리로만 모을 기관이니까 아주 맞춤인 이름인 데요. 음악에 웬만큼 소양이 있는 순수한 동호자들만을 모아 가지구 합창부 기악부를 두어 교향악을 연구할 수 있을 정도까지 교육하게 하겠어요. 실력 있는 개인을 맨드는 건 물론이지만 단체로서는 훌륭한 합창단 실내악단 교향악단을 차례차례로 양성해 내서 이 땅의 음악 문화를 위해 대 기염을 토해 볼 작정이에요. 교육 경리 모든 것을 여자들의 손으로서만 하는 점에다 다른 데서 볼 수 없는 특색을 둘까 해요."

"대단한 포부이십니다. 젊은 원장이 되실 부인의 자태가 벌써부터 선합니다."

종세가 충충대는 바람에 만해도 즐거우면서 배짱이 커진다.

"그렇게 되면 내 한 이십만 원은 내지. 이십만 원 자본이라면 당장 웬만큼은 할 수 있을 테니까."

미려로서는 지금까지 한 번도 들어보지 못했던 남편의 염량이다. 종세의 격려가 의외에 공을 이루게 된 모양이었다.

"이십만 원! 당신 입으로 그것을 듣기는 오늘이 처음이구료. 문화사업의 뜻을 이제 옳게 안 모양이군. 진작 성립이 되었던들 '녹성음악원'은 벌써 탄생했을 것이구. 그랬더라면 하얼빈교향악단의 교섭두 신문사에 뺏기지는 않았을 것을."

미려가 애석하게 여기니까 종세는 빙그레 웃으면서

"이번만은 어림없습니다. 그저 후원의 정도로나 하시구 다음 기회에나 독점할 생각을 하시죠. 사에선 벌써 교섭해 데려올 사람까지 보냈답니다."

"아깝게 됐어."

"가장 적임일 일마 군을 보냈죠. 떠난 지 날이 지냈으니까 오래지 않아 교섭을 시작할 것입니다."

"누 누구를 보냈어요?"

"문화비평가 천일마 군이오."

종세가 무심히 던진 한마디가 그때까지 그인 줄을 몰랐던 모양인 부부에게는 금시에 큰 놀람인 모양이었다.

"일마요?"

미려가 눈을 휘둥그렇게 뜨고 반문할 때 만해도 입에는 그 이름을 채 입 밖에 내지는 못하고 입술을 떠는 것이었다.

"왜 그인 줄 모르셨나요? 신문에 이름을 안 냈을 뿐이지 세상이 다 아는 일인데."

사실 종세는 일마의 이름이 부부에게 초문이었음을 놀라는 한편 그것을 띄워 주게 된 그날의 자기의 역할을 거듭 이상한 것으로 여기지 않을 수 없었다.

"일마 씨가 갔어요?"

미려가 곰곰이 그 신비로운 이름을 입으로 새길 때

"일마 군은 바로 내 동창인데."

만해는 같은 이름을 이렇게 부르게 되어 부부의 입에서 흐르는 발음은 같아도 한때 두 사람의 마음속에 일어나는 회오리바람은 그 뜻이 각각 달랐다. 그 각기의 심중을 민첩하게 살피는 종세는 자기 자신의 마음이 얼뻥뻥해짐을 느끼면서 한참 동안의 그 무서운 침묵을 깨트리기에 고심하는 것이었다.

"일마 군의 재주가 놀라워. 음악 비평을 해두 상당히 날카롭구. 실제로 그런 일을 시켜두 수완이 있어서 거리에서야 그 방면으로 제일인자죠."

"재학 당시에두 꽤 재주가 출중했었답니다."

만해가 얼굴빛을 바로잡고 천연스럽게 말할 때 종세는 그의 마음의 그림자 속을 두 번째 예민하게 살피고

"위인이 뜻을 못 얻어 이때껏 헤매이긴 하지만 기골 된 품이 반드시 성공할 날이 있을 걸요."

그 부부의 심리를 가늠 보면서 들으라는드키 목소리를 높여 동무를 칭찬해 볼 때 미려는 심중에 무슨 회포를 감추었는지 끝까지 고집스럽게 침묵하는 것이었다.

〉

그날 밤 종세는 세상이라도 행복 받은 듯이 자랑스런 낯으로 단골 찻집에 나타나 훈과 능보를 잡아 놓고는 연설이었다.

"오늘 내가 어딜 갔다 왔겠나?"

장한 문답이나 하는 듯 제목을 갈아가면서

"누굴 만나구 무엇을 얘기했겠나?"

하고 법석을 대니 훈은

"지옥이나 다녀왔나."

도리어 조롱도 해본다.

"만해를 찾아갔었다네."

"미려두 만났단 말인가?"

그제서야 능보도 목소리를 바로잡으면서 보통 일이 아니라는 듯이 몸을 으쓱 내민다.

"미려를 만났을 뿐이겠나. 기막힌 계획까지를 들었다네."

"무 무슨 계획이란 말인가? 어 어떻게 해서 만났단 말인가?"

"하긴 일마 군에 관한 일이니까 내가 이렇게 기뻐할 법은 없으나 오래간만에 만나 보니까 감회두 엷지 않아서 하는 소리네."

"옛날 용모가 변치나 않았던가? 모든 것이 변하는 세상에서."

"나이가 드니 되려 야물어져서 옛날보다 곱절 아름답데. 이십 대를 붉은 장미라고 한다면 지금은 한 송이 카네이션이라구 할까. 쩨이구 야물어진 붉은 카네이션—삼십 대 미인의 용모는 꼭 이 꽃의 인상인가 보데. 가제 해수욕에서 돌아왔다든가 약간 거스른 살결이 한층 매력이 있어. 만해가 얼마나 행복된 결혼을 했는가를 오늘 또 한 번 느꼈네."

"그리구 일마가 얼마나 불행한가를 말이지."

능보는 말하면서 역시 감탄하는 투다.

"삼십 대에 들었다구 아름답겠나. 미려가 원래 어떤 미인이게 그러나. 그얼굴 한번 보려구 천 리 길을 걸어와두 좋은 인물이 아닌가. 자네가 오늘만나 본 것만두 큰 행복이야."

"내 행복보다두 결국 일마 군을 위한 행복인 줄 아는데, 그 절대가인이별안간 무슨 제의를 했는구 하니-"

종세는 낮에 들은 부부의 계획, 이십만 원 자본으로 '녹성음악원'을 설립하고 그 음악원의 후원으로 하얼빈교향악단 초청의 사업을 응원하기로 작정했다는 소식을 대충 이야기하고 부부가 일마의 출현을 알고서 한 계획이아니라 작정한 후에 비로소 일마가 이번 일에 관계를 가진 것을 알고 그 의외의 우연에 놀라더라던 것까지 붙여 말했다.

"흐음-"

훈도 아닌 게 아니라 놀랐다.

"굉장한 계획이야."

"유한마담의 사업욕이란 것인가?"

"유한마담이라구 누구나 다 사업욕이 있다든가? 그렇다면 이 땅의 문화사업이 좀 더 흥성흥성했게."

"그럼 그 굉장한 욕망을 자넨 무엇으로 해석하려나. 결혼의 권태기에 스며든 유혹이란 말인가? 하긴 권태두 올 때는 됐지만 무엇보다두 미려의 성격이 만해보다 세단 말야. 결혼도 빌다시피 해서 한데다가 곁머리까지 세어놓으니 만해는 아내의 호령 앞에서 꿈적을 못하는 모양이지?"

능보의 해석에다가 종세는 한 가지를 덧붙인다.

"결혼 팔 년에 아직 아이가 하나도 없다는 것이 미려의 또 한 가지 불만이라구 해두 좋을걸. 만해의 밖에서의 생활이 지나치게 방종하단 말야. 아이 없는 것이 그 탓인지 어쩐지는 몰라두 그런 남편의 태도에 불만이 없을수야 있겠나."

"그래서 '녹성음악원'의 탄생이 되구 교향악단의 후원으로 나타났다, 일마 군과 또 교섭을 가지게 된다―심상치 않은 인연인 모양인걸."

"일마 군이 돌아오면 볼 만하겠군. 탄 자리에 불이 붙으면 좀체 끄기 어렵다는데."

"한번 식었던 일마가 다시 타오를까. 하긴 사람의 가슴속을 알 수는 없지만."

"두말 말구 어서 만주로 편지나 하게나. 뜨끔하구 가슴을 달리구 되쫓아 오게."

훈은 농이 아니라 진정으로 종세에게 일러 준다.

미려에 대한 이야기로부터 화제는 일마에게로 옮아가 세 사람은 길 떠난 동무의 뒷공론을 이렇게도 해 보고 저렇게도 해 본다.

"편지 받으면 총각이 기뻐하렷다."

"이런 고비를 기다리느라구 지금껏 노총각 행세를 한 셈이지."

"아무 때나 그 사람 제구실할 사람 아닌가?"

동무의 반가운 소식을 가져온 것이 종세의 공으로 돌려져 허출하던 판에 종세를 들쑤셔 결국 그날 밤의 술을 우려내기로 했다.

능보가 은파銀波를 보기를 주장한 까닭에 세 사람은 그길로 남촌으로 나가 바 '실락원'을 찾았다.

술을 청하고 은파를 데려다 놓고 일마의 뒷공론에서 시작한 것이 어느덧 이야기는 행복론에까지 발전해 갔다.

"행복, 행복 하니 행복이 대체 무어란 말인가?"

도리어 이렇게 반문도 해본다.

"행복이 행복이지 무언가? 불행과 구별되는 것이 행복이지 별다른 겐가?"

"그럼 불행은 무언가?"

"옛날 철학자 플라톤은 사람의 행복을 분류해서 건강, 미용, 힘, 돈—의 네 가지를 들었다는데 대강 이 네 가지를 가지구 못 가지는 데서 행복과 불행이 갈라지지 않겠나?"

"그 네 가지를 가지면 반드시 행복되겠네그려."

"자넨 불행두 행복될 때 있단 말인가? 행불행은 마음 가지기 나름이란 말인가?"

"'피카르디' 사람의 얘기를 들은 적이 있는데 사형수인 그가 마지막 단두대에 올라가려 할 때 형리가 여자 한 사람을 권하면서 이와 결혼하면 네 한 목숨을 살려주마구 하니 그는 한참이나 여자를 보다가 절름발인 것을 알구 죽으면 죽었지 결혼은 못하겠다구 거절하면서 목숨을 버렸다는 것인데, 죽음과 결혼과 이 두 가지 중에서 피카르디 사람에게는 죽음이 더 행복되었단 말이야. 결혼이 반드시 죽음보다 행복된 것은 아니야."

"미친 녀석이지, 절름발이든 무어든 결혼을 할 게지, 그래 죽음을 취한단 말이야."

"또 하나! 철학자 '포시도니우스'가 몹시 앓아서 누웠을 때 동무 한 사람이 철학을 물으러 와서 미안히 여기니까 하는 말이, '고통은 내겐 아무것두 아니야. 괴로워두 철학은 생각하구 말할 수 있거든. 괴롬이여, 네가 아무리 나를 괴롭혀두 헛것이다. 괴롬이 불행이라고는 죽는 한이 있어두 나는 말하지 않을 테다!'구 했다든가. '포시도니우스'에게야 고통인들 불행이라구 할 수 있겠나?"

"미친 녀석들이야. 철학자 나부랭이의 잠꼬대가 무슨 소용 있다든가? 행복에는 상식론이 첫째니 행복은 행복, 불행은 불행, 뻔한 노릇이지 그 외 잡소리가 다 쓸 데 있다든가?"

끝까지 이렇게 상식론을 주장하는 것은 능보였고 철학자의 예를 들어

한 고비 깊게 생각해 보는 것은 종세였다. 종세는 능보의 반대를 맡아오던 끝에 말머리를 돌려 본다.

"그럼 대체 자넨 지금 행복된 편이라구 생각하는가?"

"그야 행복두 천층만층일 테니까 지금 다따가 이 순간을 행복되다구 할지 어쩔지는 모르나 불행하다구는 생각지 않네. 단골인 '실락원'에 와서 이쁜 은파를 옆에 앉히구 친구들과 술 마시는 이 시간이 불행할 리가 있겠나?"

"낙원이라면 몰라두 '실락원'이 뭐 그리 행복되단 말인가?"

종세의 재담에 한바탕 껄껄껄들 웃다가 능보는 어조를 갈면서

"하기야 지금보다 좀 더 행복스런 때라는 것을 생각할 수야 있겠지—내가 병원 개업이나 해놓구 은파를 데려다가 가정 살림을 시작할 때 지금보다야 얼마 더 행복스럽겠지."

"내가 신문사 사장이 되구 훈이 세계적 소설을 써서 노벨상을 타게 되구 할 때 말이지."

"옳지 옳지!"

"굉장한 꿈들은 꾼다. 이 알량한 의학박사, 어서 개업할 돈이나 마련해 놔요."

은파도 웃으면서 자기의 잔을 들어 능보의 입에 대어 준다.

술이 거나해서 때아닌 행복론에 참가하게 된 것을 훈도 기쁘게 여겼다. 술은 마음을 활달하게 해주고 마음이 트이니 공상도 크다.

능보가 개업을 하고 종세가 사장이 되고 자기가 노벨상을 타고…….

"내가 노벨상을 타면 그때 일마는 어떻게 될꾸?"

"장안의 갑부쯤 된다구 생각하게나."

"장안의 갑부라면 천만장자는 되겠지. 그럼 류만해보다 낫게?"

"만해야 그때쯤엔 몰락해 버릴는지 뉘 아나?"

"일마가 미려와 재봉춘하게 된다? 아아, 공상은 즐겁다."

"즐거울 뿐이겠나. 결국 공상만이 행복될는지 모르네."

"그럴 리야 있나. 지금 한 소리가 모두 공상에만 그친다면 그런 섭섭할 데가 있겠나. 공상은 가끔가다가 실현이 되어야 공상인 것이지 그렇지 않으면 공상의 값이 있는 줄 아나?"

훈은 어느새 행복론을 혼자서 도맡아 가지고 나선 듯이나 소리를 높이면서 의기가 장하다.

"그럼 어서 자네 노벨상 타도록 힘쓰게나."

"아무렴, 그리고 일마는 장안의 갑부가 될 테구, 돼야지."

"자네 술이 과해서."

"돼야지─우리가 지금 누구나 그다지 행복된 처지는 아니야. 반드시 더 좋은 때 오기를 생각하지 않을 수 없잖나. 그런 기대 없이는 살 수도 없는 노릇이구 기대 좀 했단들 허물할 사람 있겠나?"

"사실 이대로 가다 죽는다는 건 생각할 수 없는 노릇야."

"인간사라는 건 항상 변하는 것, 우리의 처지가 좀 더 좋게 변한단들 조물주가 설마 시기하겠나─알렉산더 대왕의 뒤를 이은 마케도니아의 많은 왕 속에는 로마의 거리에서 별별 천한 업을 가졌던 사람이 다 있었다네. 시실리아의 왕들은 코린트에서 학교 교사 노릇들을 했다네─인간사는 무시로 변하는 것야. 거지두 왕 되구 왕두 거지 되구……."

"왕이 거지가 돼서야 쓰겠나. 거지가 왕 되는 경우만을 생각하세나 그려."

"아무렴 아무렴. 거지가 왕 되는 경우만을─내가 노벨상을 타구 일마가……."

"술이 좋기는 해. 이렇게 유쾌하구 좋은 양반들이 되는 것을."

은파도 한몫 공상의 축에 끼이면서 술을 나르는 바람에 세 사람은 초저녁인데도 벌써 곤드레만드레 취하게 되었다.

총중에서도 술이 약한 훈이 가장 심해서 공상론이 잔소리가 되고 잔소리가 울음으로 변해서 뜻 없는 눈물을 줄줄 흘리면서 요란한 술좌석을 혼자서 휘저어 놓았다. 오래간만에 도도한 취흥이었다.

종세들이 불러 준 자동차에 정신없이 몸을 던지고 두 동무와 각각 헤어져서 성북정町 집까지 나와 방 안에 쓰러진 것도, 밤을 새운 것도─모두가 꿈속의 일이었다.

이튿날 잠자리에서 겨우 눈을 뜬 것도 오정을 지난 때였으나 눈을 뜨기는 떴어도 맑은 정신은 들지 않았다. 이틀 장취였다. 얼굴은 벌겋고 몸은 달아서 아직도 취중이었다.

머리맡에 놓인 냉수를 주발 채 벌떡벌떡 켜고는 다시 오훗잠이 들었다. 생시인지 꿈인지 꿈인지 생시인지 반오반매 혼몽한 상태가 저녁때까지 계속되었다. 그런 속에서 그는 일마에게서 온 한 장의 전보를 받았던 것이다.

─교섭 순조 만 원 당선 놀라지 말라 하얼빈 천일마.

의아해서 전문을 두 번 읽고 세 번 읽어도 같은 문구이다.

'만 원 당선, 놀라지 말라.'

'무슨 뜻인구. 만 원 당선이라니. 어떻게 해서 만 원을 얻었단 말인구. 무엇 때문에 만 원의 행운을 맞혔단 말인구.'

전보지를 다시 놓고

"꿈두 이상해라, 일마─만 원─무슨 뜻이란 말인가?"

사실 아직도 희미한 훈의 정신으로는 꿈속 일로밖에는 생각할 수 없었다. 너무도 큰 소식이요 큰 놀람이었던 것이다.

그러나 꿈이긴커녕 훈은 지금 틀림없이 일어나 책상 앞에 앉아 있는 것이요 눈앞에 거짓 아닌 전보가 놓여 있는 것이 아니던가. 정신을 똑똑히 차려 보려고 훈은 또 한 번 주발의 냉수를 벌떡벌떡 켰다.

일만 원

⋮

일마가 훈에게 '만 원 당선'의 전보를 쳤을 때까지의 경위는 이러하다―

신경역에서 간신히 단영을 떼 놓고 오후 차를 탄 일마는 다섯 시가 가까워서야 하얼빈역에 도착했다.

폼에는 방간 전보를 받고 뛰어나온 벽수가 맞이해 주었다.

"삼등찬 줄 알았더니."

이등 차가 의외라는 듯 두리번거리다가 달려와서는 트렁크를 받아든다.

"오늘부터 해가 서으로 떴다네."

"전번보다 신수두 나졌어."

"문화 사절이 빈약해서야 쓰겠나."

"자네 편지두 읽구, 신문으로두 보았네만."

벽수도 신문에 종사하는 몸이라 소식도 빠르거니와 눈치도 빠르다.

"문화 사절이니 뭐니 하니 함께 걷기두 엄엄한데."

"어서 지금 함께 걸어야지, 좀 있다 내가 더 좀 장하게 되면 내 곁에두 못 오게 되리."

"만주 길이 잦더니 자네두 이젠 허풍을 다 떨게 됐나. 작작 위협해 두게나."

잘름하고 오돌진 몸집에다가 마도로스 파이프를 문 벽수의 자태는 한층 다구쳐 보인다. 얼굴 빛깔조차 검츠레 거스른 것이 만주에 와 군 지 십 년, 확실히 용모조차 변한 듯하다. 숙부 한운산이 근 백만 대자본으로 일찍부터 약방 '대륙당'을 경영하고 있었던 까닭에 그의 인줄로 벽수도 하얼빈에 들어와 각가지 직업을 거쳐 오면서 청춘기를 거의 소비하고 있는 것이었다. 만주에까지 굴러온 목적이 무엇인지—돈인지 뜻인지 그것도 분간할 겨를이 없이 엄벙해서 나날을 지내오는 것이다.

"곧 '대륙당'으로 가려나?"

늘 하던 습관으로 벽수가 함께 유숙하기를 권해 볼 때 오늘의 일마는 대답이 다르다.

"자네 신세두 그만 져야겠네. 너무 지면 갚을 도리가 없어."

"그럼 호텔로 가겠단 말인가?"

"호텔두 이만저만한 호텔인 줄 아나. '모데른Modern'에 전보로 방을 예약해 놓았네."

"모데른 호텔—굉장은 하군."

"음악가가 대개 모이는 데래서 여러 가지 교섭에 편리할 것두 같아서."

서성거리고 있을 때 포터 한 사람이 달려와서 늦었다고 미안해하면서 전보의 손님이냐고 묻는다. 호텔에서 맞으러 나온 것이었다. 트렁크를 들리고 뒤를 따라 폼을 나가자, 역 앞에 자동차까지 등대하고 있다. 벽수와 함께 올라앉았을 때 차는 마당을 굼돌아 닫기 시작한다. 전찻길과 맞서 제홍교霽虹橋에 올라서니 북쪽으로 무연한 넓은 시가지가 석양에 비치어 찬란하게 내려다보이고 그 너머로 송화강의 흐름이 부옇게 짐작된다. 언덕길을 내려서서 차는 쏜살같이 프리스탄 구區로 내닫는다.

가로수는 군데군데 물들었고 느릅나무 잎새가 우수수 흩어져 깔린 곳도 있다. 시절이 서울보다는 몇 달이나 빠른지 서울은 아직 늦여름의 무더위로 견디기 어렵던 것이 북쪽의 그 도회에서는 어느새 무릎 아래가 선선하게 느껴진다. 전번 한여름에 왔을 때와는 또 다른 감회이다.

키타이스카야 가街에 들어서니 감회는 한층 더하다. 좌우편에 즐비한 건물이며 그 속에 왕래하는 사람들이며—거기는 완전히 구라파의 한 귀퉁이다. 외국에 온 듯한 느낌에 일마는 번번이 마음이 뛰노는 것이었다. 여름보다 남녀의 복색들이 달라진 것이 또한 새로운 흥을 돋아 준다.

"이곳에 들어서면 웬일인지 올 곳에 왔다는 느낌이 난단 말야."

"자네의 구라파 취미야 벌써 언제 적부터 시작된 것이게."

호텔에 이르러 가장 익숙하게 카운터에서 장부에 서명을 하고 작정된 방에 올라가 짐을 풀고 목욕을 하고 몸을 가다듬고 났을 때, 일마는 벽수에게 분부나 하는 듯이

"오늘부터는 내가 주인이네. 나 하는 대로 나와 함께 행동을 같이해야 돼. 자 곧 저녁을 같이하세."

말하면서 어깨를 떠밀듯이 함께 식당으로 들어간다.

일마는 조선 이야기를 벽수는 만주 이야기를 주고받으면서—호텔의 저녁 식사는 즐거운 시간이었다. 그동안의 하얼빈 음악계의 소식과 동향을 들으면서 식사를 마쳤을 때에는 이미 밤이다. 일마에게는 한시라도 속히 목적의 일을 시작하고 싶은 생각도 없지 않았으나 밤에 사람을 방문할 수도 없는 터였고, 실상인즉 사무보다는 대륙의 첫 밤을 더 긴하게 보내고 싶은 욕망이 컸던 것이다.

그 욕망을 벽수가 눈치채지 못할 리가 없다. 로비에 나와 담배를 붙여 물었을 때 벽수는 동무의 마음속을 영락없이 맞춰낸다.

"그다지 이르지두 않은 것 같은데 스적스적 출장해 보려나?"

"어딜 말인가?"

"하얼빈까지 여행 온 사람이 새삼스레 어딘 무언가. 뻔한 노릇이지."

"벌써부터 유혹인가?"

"여행에는 여행의 도덕이 있느니."

"나두 실상은 생각하고 있는 중이네만."

그것 보라는 듯이 벽수는 일마를 다구지게 노리면서 자리를 일어설 차비를 한다.

"번번이 자네 소식을 묻고 하는 품이 범연한 심정은 아닌 모양이야."

"누구 말인가?"

"누군 뭘 누군가―나아자 말이지."

"나아자가 내 소식을 묻더라?"

일마는 마음이 번쩍 뜨이면서 입이 벌어진다.

"사실 하얼빈에 와서 제일 먼저 마음에 떠오르는 게 나아잔데 나아자가 내 말을 하더라?"

"자넨 무서운 사람이야. 남은 만주 와서 십 년을 굴어두 차례지지 않는 것을 몇 번 걸음에 잡아 버린단 말야. 그 길의 천재가 아닌가?"

"나아자는 보통 여자와는 경우가 다르다구 생각하네. 카바레에서 춤은 추구 지낼지언정 나는 그를 누구나와 같이 생각하지는 않어."

"그 맘이 심상치 않거든."

"아까운 여자야."

"외국 여자는 맘의 애정을 첫째로 쳐서 아무런 수단에도 좀해 굴하는 법이 없는데―그렇게 수월하게 맘을 잡았을 젠 자넨 이만저만한 난꾼이 아닌 모양이야."

두 사람은 호텔을 나와 밤거리를 걷고 있었다. 낮과 달라 밤거리란 한층 찬란하게 보인다. 아스팔트 대신에 돌을 깐 포도가 발아래 도툴거리면서 이역의 밤 정서가 그런 데서도 흘러온다. 송화강에서 불어오는 바람을 맞으면서 북쪽으로 큰 거리를 내려가 바른편으로 구부러진 곳에 카바레 '모스코바'가 있다. 층층대를 내려가면 지하실이 바로 홀이다.

어두컴컴한 긴 방 안에 아직도 모여든 손님이 듬성하고 춤이 시작될라 말라 한 시간이었다. 두 사람이 자리를 차지하고 앉았을 때 한편 식탁에서 막 식사를 마친 나아자가 뛰어왔다.

그의 자태가 문득 눈앞에 나타난 것이 거짓말 같으면서 일마에게는 꿈속같이 반갑다.

"웬일이세요, 언제 오셨어요?"

외국 여자치고는 그다지 야단스런 품성이 아닌 나아자에게는 어디인지 동양 사람다운 침착한 데가 보인다.

"가스파딘 한에게서 소식은 자주 들었습니다만."

"차에서 내려서 호텔에 들었다가 나오자 여기가 첫길이오."

"여러 날 묵으세요?"

"볼일이 있구 해서, 그 일이 끝날 때까지—빠르면 빠르구 늦으면 늦구."

"될 수 있는 대로 오래 묵으세요."

"스파시보."

사실 일마에게는 그 간단한 한 마디가 더없이 반가웠다.

나아자와 말할 때 일마는 물론 영어나 혹은 러시아어의 토막말로써 말과 감정이 지금과는 판연히 달라지는 것이었으나, 그런 국제인의 자격으로 조금도 서투른 법 없이 나아자와는 이상하게도 조화가 되었다. 몇 번밖에는 만나지 않는 사이언만 친밀한 구면인 듯한 느낌이 난다.

음악에 맞추어 스텝을 밟아도 익숙하다. 그날 밤 마지막 시간까지 일마는 나아자와만 겯고 일어섰다.

자정이 넘어 춤이 끝난 후 일마들은 나아자를 데리고 카바레를 나와 늦은 밤참을 먹고–지껄이고–차로 나아자를 집까지 돌려보내고 나니 밤이 깊었다. 벽수와도 헤어져 호텔로 돌아와 침대 속에 들었을 때에는 두 시를 울리는 소리가 들렸다. 대륙의 첫날밤은 이렇게 해서 새어 갔다.

이튿날 일마가 늦잠을 이루게 되어 의외에도 늦게 호텔을 나서게 된 것은 순전히 전날 밤의 유흥으로 말미암은 것이었고 나아자와의 즐거운 시간을 생각할 때 물론 뉘우침이 있을 리는 없었다.

사무의 첫길로 우선 철도총국을 찾았다. 하얼빈교향악단은 그곳의 소속인 까닭이다. 복지과장을 만나 사연을 설명하고 승낙을 빌었을 때 그도 이미 신문사에서의 교섭을 받은 뒤였던 까닭에 선선하게 대답한다.

"사장의 편지와 몇 군데서의 격려의 말까지를 들었습니다만 좋은 계획이시죠. 우리두 두 손을 들어 찬성합니다. 그곳의 문화 사회를 위해서도 필요한 사업이어니와 본 교향악단 자체의 명예와 발전을 위해서도 뜻깊은 일입니다. 외부에서의 교섭을 받지 않더래두 본 과로서두 자진해서 하고 싶던 사업입니다. 아무쪼록 이번 계획이 크게 성공되기를 빌며 곧 알선해서 뜻에 맞도록 하겠습니다."

과장의 부드러운 태도에 일마도 만족되어서 두 사람은 문화 교환의 필요에 대해서 피차의 의견을 장황하게 피력하면서 의외에도 수월하게 해결된 즐거운 회담이었다.

모든 것이 순조로워서 웬일인지 이번 여행이 다행하게 되어 나가는 것을 반가워하면서 과장과 다시 만나기를 약속하고 총국을 나왔을 때 오정이 가까웠다.

신문사 벽수에게 전화를 걸어 호텔 밖에서 오찬을 같이하기로 작정하고 약속한 '반관쯔鈑館子'로 마차를 몰았다. 마차가 느렸던 모양이다. 가가假家 앞에는 벌써 벽수가 기다리고 있다. 식당과 호텔을 겸한 큰 집으로 바로 아래층은 백화점이었다. 문 앞에서 서성거리던 벽수는 일마를 보자 뛰어왔다.

마차에서 붙들어 내리다시피 하면서 급스로운 언조言調로

"자네 놀라지 말게."

"뭣 말인가?"

"반갑지가 않구 되려 무슨 흉보만 같어."

"왜 이리 설레나."

"자네 채표 몇 번이더라?"

"채표가 어쨌단 말인가?"

백화점 문턱을 넘어가면서 수첩을 뒤적거릴 때 벽수는 동무의 손을 끌어 카운터 편을 향하면서

"三七五二五가 아닌가. 저걸 좀 보게."

가리킨 곳의 현판에 굵게 써서 내건 속에 같은 숫자가 눈을 뺏는다.

"三七五二五-저 저게 무슨 뜻인가?"

"당선이네. 자네 당선이야. 일등 당선이야."

일마는 어안이 벙벙해서 무어가 무엇인지를 분간할 수가 없다.

"내가 간밤에 무슨 꿈을 꾸었게?"

"꿈이 아니야. 생시야. 오늘이 보름날-채표 당선 발표의 날이구, 자네가 일등이야-만 원이야."

"만 원!"

공교롭게도 이채 삼채 사채까지의 당선이 그달 그 집에서 나게 되어서 모여든 사람으로 카운터 앞은 웅성웅성하다. 일마가 얼삥삥한 속에서 채표를 내들고 사무원 앞에까지 갔을 때 그도 빙그레 웃으면서 기뻐해 준다.

"반갑소이다. 웬일인지 이 몇 달째 일등이 번번이 우리 집에서 난단 말예요. 그 덕에 가가도 이렇게 번창해져서 이런 기쁠 데는 없습니다."

줄레줄레 모여든 사람들도 일등을 맞추는 사람은 대체 어떻게 생긴 사람인지 하는 듯이 일마를 이모저모 뜯어 본다.

"오는 이십삼 일 날 중앙은행에 가서 현금 만 원을 몽탕 찾으시오. 삼부만은 수수료로 본점의 차지가 되겠습니다."

사무원의 말소리도 귀에 들리는 둥 만 둥 어지러운 눈앞에 세상도 옳게 보이지 않는다.

오찬이고 말고 벽수와 함께 백화점을 나와 가까운 우편국을 찾았다. 누구보다도 소설가 훈이 떠오른다. 이번 여행의 행운은 그가 선사한 꽃묶음의 덕으로만 생각되었던 것이다.

—만 원 당선 놀라지 말라 하얼빈 천일마.

의 전보를 치고 국을 나왔을 때 여전히 몸이 달며 눈앞이 휘둘리는 것이었다.

일마는 다는 몸이 좀체 식지 않아서 벽수와 잠시 거리를 거닐기로 했다.

'수십만 사람 중에서 뽑혀진 꼭 한 사람이 왜 하필 나였던구—왜 내게 만 원이 차례졌는구.'

아무리 생각해도 꿈속 일만 같아서 정신이 혼몽하다. 거리를 오고 가는 뭇 사람이 딴 세상 속을 헤매이는 고기떼와도 같다. 뭇 사람 중에서 내가 왜 한 사람으로 뽑혔단 말인구. 그 무슨 인연이 있는 것일까. 그렇지 않으면 행운은 장님이 제비 뽑듯 그저 무턱대고 자기 한 사람을 집어낸 것일까.

'행운과 불행은 그럼 아무 뜻도 없는 것인가.'

일상에 무심히 지내오던 행불행의 뜻이 곰곰이 생각되면서 우주의 뜻을 고비고비 의심해 볼 때 마음은 더욱 혼란해질 뿐이다.

"자네 만주 길이 잦더니 기어코 이 일을 칠랴구 그런 모양이야."

"뭐가 뭔질 모르겠네. 바른 정신이 없어."

"행운이란 밖에서 보기가 찬란한 것이지 실상 그 속에 들어서면 아무치두 않은 것일까."

벽수도 혼란한 일마의 심중을 추측할 수 있었다.

"꼭 차니까 되려 비인 것 같어. 찼는지 비었는지 분간을 못하겠네."

"비이면 빈 줄을 알어두 차면 찬 줄을 모른단 말인가?"

"찬 건 비인 것과 일반인 모양이네."

옆을 스쳐 지나는 사람들의 하나하나가 다 각각 행운과 불행 속에 사무쳐 있으련만 그들이 본질적으로 그다지 구별되어 보이지는 않는다. 행길 양편으로 즐비한 집들이나 그 사이로 빈번하게 내왕하는 마차나 흔들리는 가로수의 나뭇잎이나─그 모두가 오늘 일마가 행운을 얻었다고 해서 어제와 다를 것이 없어 보인다.

"가령 여기 오는 이 거지와 나와 무에 다를 게 있겠나. 내가 장할 것두 없구 그가 천할 것두 없구─내 맘과 그의 맘의 구별이 대체 얼굴 어느 구석에 나타나 있단 말인가."

스치는 거지에게 돈 한 푼을 쥐여 주고 지내 놓으니 그를 보낸 뒤는 감감하면서 세상은 도로 그럭 아무 변화도 없다. 세상일의 조화에는 이상하고 신비로운 뜻이 있는 것도 같고 없는 것도 같다. 같으면서─굼성거리는 일마의 마음속에는 아무 해결도 터득도 없는 것이었다.

"생각할 것 없네. 행운은 역시 행운이요, 만 원은 만 원이야. 그저 그뿐이지 그밖에 무슨 뜻이 있겠나?"

벽수는 다시 현실주의로 돌아오면서 생각하는 일마를 꿈속에서 깨워 내려는 듯이 목소리를 높인다.

"너무 생각하다 되려 화 보리. 좋은 일이 있을 땐 천연스럽게 해야지, 변색했다간 화를 부르는 때가 있어. 실상인즉 채표 당선에 따르는 여러 가지 희비극이 있다네."

하면서 동무의 주의를 일깨울 겸 몇 가지의 실례를 든다.

"─일등 당선이란 소식에 이 층에서 기뻐하다가 창밖으로 떨어진 사람이 있었구."

"—드난으로 벌이하던 사람인데 맞혔다는 말에 그 자리로 맘이 실성해져서 일터에두 하숙에두 들리지 않구 그 길로 차를 타고 고향엘 간다구 정신 없이 내뺐다는 얘기."

"—한 집에서는 남편이 출타한 새 당선이 되니까 아내가 만 원을 채 가지구 도망을 쳤다든가 하는 얘기, 남편이 돌아와 수색원을 내구 소송을 걸어서 이겼다든지 졌다든지……"

"그만두게나. 불길한 소리 자꾸 할 게 있나."

일마가 막으니까 벽수는 뜻을 얻은 듯이

"그러게 말이네. 자네 괜히 곰상스레 궁리할 게 없어. 생각하든 간에 행운은 행운이구 만 원은 만 원이야."

"궁리야 누가 궁린가. 엄청나서 뭐가 뭔지 모르겠단 말이지."

"어서 만 원은 내 이름으로 고스란히 찾어 주리. 자넨 외지 사람이라구 말썽 되기 쉬워. 내 이름이 안전해."

큰 고패나 경험하고 난 뒤같이 두 사람은 그제서야 마음이 놓이면서 비로소 점심 생각도 났다.

식사를 하고 났을 때 일마에게는 바른 정신이 들면서 만 원의 뜻과 값이 알려진다.

몸이 뿌듯이 차고 마음이 대견한 것은 식사를 하고 난 탓이 아니라 역시 만 원의 탓이었다. 만 원이 주는 만족감이었다.

식탁에 널려진 음식 접시가 하찮으면서도 귀해 보이고 한 잔 차가 속을 흐붓이 녹여 준다.

'—나는 지금 누구보다도 배부르다. 외에 별로 소원이 없다.'

세상을 차지한 왕이라도 지금 일마 이상으로 만족스럽지는 못할 법하다.

어느 누구를 데려와도 일마가 그 앞에 굽힐 사람은 없을 법하다. 세상에는 나 혼자노라−하는 생각조차 든다. 모든 것이 자기를 위해서 마련되어 있는 듯싶다. 식탁도 음식도 거리도 사람도−하늘과 땅까지도−자기 한 사람을 위해 장만 되어 있는 듯싶다−바른 정신이 아니다. 아직도 꿈속을 헤매이고 있는지도 모른다.

"만 원으로 대체 무얼 하려나?"

다음에 오는 문제였다. 일마가 감동에 잠겨서 그것만으로 더 생각이 없을 때 벽수가 이것을 뛰어 주었다. 일마보다는 벽수가 역시 현실에는 눈이 한결 밝은 셈이었다.

"글쎄, 뭘 할꾸?"

아직 거기까지는 생각이 미치지 않았던 것이다.

"−뭘 하구 뭘 하느니보다두 당분간 거저 막연한 만족감에 잠겨 있어 보려네."

"생각만으로 만족한단 말인가. 자넨 낭만주의자야. 수전노는 금덩어리를 가진 것만으로 기뻐한다데만, 금은 역시 쓰자는 것이거든. 소비의 즐거운 예상이 없는 만 원두 뜻 없는 거야."

"어디 용도를 좀 생각해 보게나. 내 주제에 그까짓 만 원을 가지구 사회 사업을 할 텐가, 뭘 할 텐가. 어떻게 쓰면 적당할지 생각해 보게나."

"쓸 도리가 없어 걱정이겠나. 사람마다 생각이 다르겠지만."

"'현대인에게 쥐어진 만 원'−이라는 게 한없이 즐거운 제목이 아닌가."

하면서 벽수는 제 스스로 즐거운 공상에 잠기는 듯 눈을 가슴츠레 뜨면서 손가락 끝에서 피어오르는 자줏빛 담배 연기를 바라본다.

"⋯⋯가난한 시민에게 만 원으로 할 일이 많아."

"첫째 무엇을 하겠나?"

"⋯⋯자그마한 문화 주택을 지어야 하잖겠나?"

"집 한 채 지으면 뒤에 무에 남나. 집만 덩그렇게 해놓으면 먹을 것이 제물에 생긴다든가?"

"집이 거북하면 자동차 한 대두 좋구."

"개 발에 편자지. 차는 해 뭣하게?"

"여행을 해두 호화판으로 할 수 있을 터."

"그건 첨부터 소원이네만."

"사랑인들 만 원으로 못 살 줄 아나?"

"사랑을 돈으로―돈으로 사랑을 산다? 자네다운 말이야."

"마음으로 사랑을 얻는 줄 아나? 어수룩한 현대인두."

"그야 사랑하는 사람에게라면 돈 아니라 무언 못 바치겠나만, 더구나 가난하구 외로운 사람에게라면……."

하다가 일마는 문득 나아자를 생각했다. 가난하고 외로운 나아자가 머릿속에 떠오르는 것이었다.

"가령 나아자가 원한다면 만 원을 몽땅 그에게 바쳐두 좋겠네."

"……흠, 나아자―그가 그렇게까지 자네 맘을 잡았던가?"

만주리에서 아버지를 여의고 몇 해 전에 하얼빈에다가 어머니마저 묻어 버린 외로운 나아자였다. 백모의 집에 한 몸을 붙이고 카바레에서 일급 일 원에도 못 차는 고용살이를 하는 신세였다. 가난하고 외롭다면 일마의 신변에서 나아자만큼 가여운 여자는 없다. 그러므로 더욱 그 애처로운 자태가 일마의 마음을 끄는 것도 사실이었다.

"그럼 나아자에게다 모든 것을 바치게나. 그두 자네에겐 범연한 심정이 아닌 모양인데."

"글쎄 말이네."

일마는 새로운 뜻에 얼굴을 빛내면서 먼 산을 바라본다.

〉

다음 날—일마가 하얼빈서 채표에 당선된 다음 날—신경의 거리에서도 구석구석에 채표의 화제가 삐지 않았다.

역에서 일마에게 굴욕의 작별을 당하고 분연히 거리로 들어갔던 단영은 오늘도 한가하게 행길을 거닐고 있다. 화려한 치장은 뭇 사람 중에서도 눈에 띄었고 가가 창에 비추이는 초초한 모양이 자신에게도 만족을 주었다.

혼자 걷는 것이 아니라 옆에는 한 사람의 기사가 동반해 있다. 비록 일마에게는 괄시를 받았을망정 자기를 사랑하는 사람이 없어 걱정되는 단영은 아니었다.

"이렇게 데리고 나와 보니 당신 모양이 꼴불견이구료. 서울서 십여 년을 지내면서 그렇게두 때를 못 벗었어요? 그 맵시며 걷는 모양이며가 흡사 시골뜨기니."

핀잔을 받는 명예의 기사는 시골뜨기는커녕 서울서도 한다 하는 인물, 반도영화사 사장 김명도金明道였다. 영화 사업계에서 난다 긴다 하는 그였만 단영에게 걸리면 손안의 노리개다. 단영의 전보를 받고 어제 차로 서울서 뛰어온 것이었다. 단영은 일마에게 욕을 당한 화풀이로 그를 부른 것이었고, 명도 편으로 보면 항상 심중에 단영이 없지 않던 터에 좋아라 하고 뛰어온 것이다. 자기에게는 원래부터 영화에 몇 번이나 출연을 시켜주면서 그 무엇을 은근히 바라는 것이나, 헛물을 켤 뿐 아직도 뜻을 못 얻은 채 그의 신변을 뱅뱅 도는 놈팽이의 한 사람이었다. 만나면 보기 좋게 휘둘리우고 항상 엄청난 낭비를 할 뿐이나 그래도 잊지 못하는 마음에 그의 분부라면 한마디 거역 없이 쫓게 된다.

그렇게 차리고 나선 두 사람이 흡사 공작과 삽살개같이밖에는 안 보이는 것은 명도의 모양이 지나치게 검박해서보다도 단영의 맵시가 뛰어나게 사치한 까닭이었다. 명도의 모양은 아무리 보아도—여배우와 사장의 대조가 아니라 귀부인의 뒤를 따르는 머슴의 꼴로밖에는 어리지 않았다.

"단영과 같이만 있으면야 시골뜨기구 무어구 내가 계관係關하는 줄 아나. 내 뜻만 받아준다면 난 노예래두 될 테니."

"당신은 계관하지 않는대두 내가 창피하니 말이죠……. 아이구 그 꼴 못 보겠네. 괜히 불렀나 부다."

"그럼 어떡허란 말인구. 이렇게 오무리구 안종다리 걸음을 걸으란 말인 구?"

"안종다리구 뭐구 간에 허리를 좀 펴구 유쾌하게 걸어요. 만주 걸음이 처음이란 말요? 그렇게 잔뜩 주럽이 들었게."

"허리를 펴구 유쾌하게…… 자 이렇게 말이지?"

"어서 아무렇게나 걸어도 속상해."

교사 앞에 생도같이 더욱 주럽이 들어 어기죽거리는 꼴은 단영이 아니라도 사실 보기 어려운 것이었다.

횡하니 앞서 내빼는 단영을 따르려고 가제나 어기죽거리는 선비의 걸음이 풀무같이 휘뚱거리던 판에 행길을 옆으로 구부러들려다가 문득 가가 앞에 게시판이 눈에 띄인 까닭에 그것을 우두커니 바라보고 섰는 동안에 단영의 그림자는 훨씬 앞으로 멀어졌다.

게시는 채표 발표의 광고였다. 채표는 명도에게도 관심사의 하나였다. 주머니 수첩 속에서 뒤적뒤적 찾아낸 쪽지가 역시 한 장의 채표였다. 지난달 만주 오는 동무에게 부탁해 사둔 것이다. 채표의 번호와 게시의 숫자와를 눈이 뚫어지라 하고 곰곰이 대조해 보는 그의 모양을 멀리서 발을 돌리고 바라보는 단영의 눈에는 잘름한 절구통으로 밖에는 여겨지지 않는다.

"생원이 또 무엇에 한눈을 팔구 섰누"

하는 수 없이 되돌아와서 어깨 너머로 채표를 바라보면서

"아니 그래 등에나 들었단 말요?"

물으니까 명도는 빙그레 웃으며

"들긴 뭐가 들겠수. 몇십만 속에서 내게 왜 하필 차례질려구."

"그러면 그렇지. 아무나 되는 줄 아우. 행운이란 드무니까 행운인 것이지 그렇게 흔하다면야 행운될 게 있수."

"올 법두 하건만 안 온단 말야."

"잔소리 말구 어서 가요."

단영은 이번에는 명도를 앞세우고 집오리나 몰 듯 혀를 차는 것이었다.

삽살개의 실망하는 양이란 보기 딱한 것이었다.

"끝의 숫자만 맞았더라면 일등이 되는 것을 꼭 셋이 부족해서 떨어지다니."

찻집에 들어가 차를 마시면서도 명도는 그 잘름한 체대體大에 잔소리가 그치지 않는다.

"참봉만 아니더라면 천하일색일 것을—그런 쓸데없는 소리는 자꾸 해 뭘 해요."

"아깝단 말야, 아무리 생각해두."

"팔자에 없다구 생각하면 그만 아니오. 욕심도 작작 피워요. 그런 행운 더러 남 주는 것두 좋지 뭘 그러우."

"팔자에 없다는 게 섭섭하거든."

한편으로는 가령 단영 같은 축에 걸리면 물 쓰듯 낭비를 하면서도 기실 물욕에 들어서는 누구에게도 지지 않게 인색하고 추잡한 명도였다. 거의 그의 근성이었다. 그 근성이 오늘의 그의 지위를 만들어 주었는지도 모른다. 단영의 앞이었으니 망정이지 그 혼자 숨어서 오늘의 낙자의 결과를 알았더라면 얼마나 더 실망하고 애석해 했을 것인가.

"내가 못 가지는 행운을 대체 어느 녀석이 차지했을까. 그 녀석은 나보다는 운수가 윗길이란 말인가. 녀석 낯짝이 보구 싶어."

"어떤 녀석인지는 알게 있수. 다 제 팔자지, 남의 혐구는 왜 한단 말요?"

"녀석두 눈이 둘이구 코가 하나구 입이 하나겠지."

바로 일마가 그들이 지금 말하는 행운자일 줄이야 어찌 알았으랴. 그인 줄을 안다면 얼마나 놀람이 컸을까. 그러나 모르고 말하는 것이 가장 마음 편한 노릇이다. 일마인 줄을 모르는 까닭에 명도의 공상은 자유롭고 즐거웠다. 바로 몇 시간 후에 그것을 알게 될 것도 물론 모른다. 미래라는 것은 짧고 길든 간에 그것을 모름으로써 값있고 행복스런 것이다.

"채표 얘긴 그만두구 어서 하얼빈 들어갈 생각이나 해요."

이렇게 제의하는 단영의 심중에는 일마의 그림자가 뚜렷이 솟아 있었으나, 그것은 물론 채표와 아무 관계도 없는 것이었다. 채표로 인해서 일마를 생각해 낸 것도 아니요, 그가 채표와 관련이 있을 줄이야 꿈에도 생각지 못했다. 다만 우연히 떠오른 것이 일마였고, 일마를 생각하면 하얼빈행이 한시가 바쁘게 마음을 달뜨게 했다.

"그래, 기어이 하얼빈으로 가잔 말인가? 어제 들어온 사람을 하루두 못 묵게 하구, 또 들어가잔 말야?"

"이까짓 신경에 무슨 재미로 오래 있어요. 놀기로야 하얼빈만 한 데가 있는 줄 아우?"

"그야 단영이 생각이지. 내게두 그런 줄 아나?"

"또 한 가지 실토를 하면요."

단영은 여기서 일마의 일건을 귀띔해 놓아야 할 필요를 느낀다. 당장에서 문득 만나 사이가 거북해지는 것보다는 예비지식을 주어 마음의 준비를 하게 함이 명도를 얼마간이라도 생각하는 도리일 듯 싶었던 것이다.

"―하얼빈에는 지금 일마가 와 있다나요."

"뭐, 일마가?"

명도는 확실히 주춤하는 표정이었다.

"신경에는 내리지 않구 며칠 전 바로 하얼빈으로 들어갔어요. 왜 아시겠지만, 그 교향악단 일로 말예요."

"그러니까 일마에게 총을 맞구 나를 불러들였단 말이지. 흠, 내 꼴이 뭐란 말인구."

단영이 일마에게 혼을 뽑히우고 있다는 것과 그런 까닭에 일마와 자기 사이가 어색한 것을 명도는 평소부터 느껴 오던 중이다. 이제 돌연히 소식을 듣고 불만의 낯빛이었으나, 그러나 일마와의 사이가 어떤 것이든지 간에 단영에게 대한 자기의 마음은 그 무엇보다도 강했다. 어색한 공기쯤은 그다지 탓할 것이 못 되었다.

"꼴이 뭐긴 뭐예요. 서로 원순가요 뭐. 사내 양반들이 의젓이 만나면 그만 아니예요."

"사람을 잘은 이용한다. 허수아비같이 질질 끌구 다니면서 실속은 딴 데로 채린단 말이지."

반드시 항의가 아닌 것이요, 어리석은 지아비의 측은한 하소연이었다.

대륙大陸의 밤

⋮

　그러는 동안에 하얼빈행은 제물에 결정되고 말았다. 결정을 하지 않고야 견디어낼 단영이 아니었고, 속심으로는 어쨌든지 간에 단영의 비위를 맞춰 주지 않고는 배겨날 명도가 아니었다. 단영이 반드시 이긴 것도 아니요, 명도가 반드시 진 것도 아니다. 두 사람의 관계와 처지로서는 당연한 결말에 지나지 않았던 것이다.

　"그러게 언제나 내가 당신을 존경하는 배 아니오?"

　단영은 만족된 마음에 명도를 후려본다. 사실 속으로는 감사의 뜻이 없는 것도 아니었다.

　"존경―그게 그래 존경하는 거야? 알량한 존경두 다 봤다."

　명도는 아이같이 찌뿌듯해서 대단히 못마땅하다.

　"그야 항상 내게 아쉬운 때가 많으니까 당신을 이용하는 것같이 보이지만―당신이 만약 진저리가 나게 싫다면야 내가 이용인들 하겠수. 수많은 사내 속에서 왜 하필 당신을 추려낸단 말요. 그렇지 않겠수. 생각해 봐요."

　"요 능청맞은 것 봐라. 혼자만 제 속을 채리면서두 납신납신 입으로만 발러 맞추려구."

　"아니 그래, 내가 당신을 존경 안 한 게 뭐구 못마땅한 게 뭐란 말요?"

"어서 존경이구 뭐구 다 그만두구, 어느 때까지나 내 맘을 조롱은 말아. 나두 사내자식이지 죽을 때까지 돌부처로만 지낼 순 없으니."

이 명도의 은근한 마음의 요구는 이제 새삼스럽게 시작된 것이 아니다. 단영을 만난 당초부터 싹트기 시작했던 것이 언제까지나 꾸준히 마음속을 차지하게 되었고, 그것으로 말미암아 모든 굴욕을 참으면서도 단영 앞에서 넋을 잃고 있는 그의 꼴이 아니던가.

그러나 단영은 이 말을 들을 때 언제나 몸에 소름이 치며 구역이 났다. 화를 내며 짜증으로 쏘아붙이는 것이 그의 버릇이었다.

"조롱은 누가 했단 말요. 내가 뭘 조롱했단 말요……. 하얼빈이구 뭐구 싫으면 그만이지 싫은 소린 왜 자꾸 한단 말요?"

"아 아니, 누 누가 싫은 소릴 했게?"

이번에는 명도가 한 수 꿀리게 되어 뜨끔하면서 어쩔 줄을 모른다.

"-하얼빈을 누가 싫다구 그랬게. 가구 말구 여부가 있나. 밤차로 떠나자니깐 그래."

빌 듯이나 내섬기면서 단영의 속을 풀기에 쩔쩔매는 것이다.

찻집을 나와서 걸으면서도 명도는 이 수 저 수를 써가며 그 어여쁜 투정꾼의 마음을 누그리기에 무한한 애를 쓴다.

"겨울이 되기 전에 또 하나 작품을 시작해 보려는데-이번두 물론 단영이 주연이 돼 줘야겠어. 여배우라고 이름 붙는 건 많아두 어디 하나 쓸만한 게 있어야지. 역시 단영이 총중에서는 제일 빛난단 말야."

"그런 비행기 이젠 안 타요. 영화에 출연은 한다구 하더래두 비행기는 작작 태워요."

"출연을 해주겠다? 고마워라. 그럼 이번에 나가면 곧 배역을 작정하기로 할 테니 함께 나가 주렷다?"

"역시 맘에 들면 하구 그렇지 않으면 싫어요. 그까짓 달갑지 않은 영화에 자꾸 출연을 해선 뭣하게요. 영화니 뭐니 다 시들해요."

"그렇게 영화계를 얕잡아 볼 게 아니야. 지금은 이 꼴이래두 좀 있어 보지. 얼마나 웅성웅성하구 넉넉해질까."

밤이 되기까지에 명도에게는 한 가지 일과가 있었다. 댄스 교습소를 찾아 속성으로 사교댄스를 익히는 일이었다. 육중한 체대에 스텝을 밟을 줄 모르는 그다. 만주에 들어올 때마다 필요를 느껴 뒷골목 교습소를 가만히 찾는 것이었으나, 아직도 온전히 터득하지 못했다. 정성이 대단해서 하루를 묵든 이틀을 묵든 간에 반드시 교습소를 찾는다.

이날도 물론 그것이 무엇보다도 중요한 하루의 과정이다. 단영을 앞세우고 단골인 교습소를 찾아 거의 반날 동안 체조나 하는 듯이 터벅터벅 방을 돌면서 젊은 교사를 괴롭게 되었다.

창밖이 어슬어슬할 때 하얼빈행 차 시간을 생각하고 단영과 함께 역을 향하는 것이었다.

지단가地段街에 있는 '대륙당'은 근처에서는 으뜸가는 약방이었다. 큰 빌딩의 한몫을 차지해서 바로 거리로 향했고, 약방 외에 안으로는 몇 간의 살림방까지 차려놓고 큰 가족을 이루고 있었다. 벽수는 숙부 한운산의 방 옆에 조그만 한 간을 차지하고 내 집같이 흉허물없이 기거하고 있다. 신문사에 나가는 이외의 시간은 대개 그 방에서 지내게 되었다.

일마는 걸음이 잦았던 까닭에 자연 운산과도 면목이 있었다. 하얼빈 온지 여러 날에 아직도 그를 찾지 못했던 것을 미안히 여기며, 인사 겸 그날 낮쯤 해서 '대륙당'을 들렀다. 벽수도 그런 줄을 알고 기다리고 있었다. 외근을 맡아보는 까닭에 사社에서의 일이 불규칙해서 건듯 보면 대단히 한가한 듯도 한다.

그러나 정말 한가한 것은 일마였다. 맡은 일을 며칠 동안에 부랴부랴 끝내 버렸던 것이다. 철도국 복지과장을 또 한 번 만났었고, 음악학원 원장을 찾았고, 모데른 호텔의 지배인과 의논했고—악단의 교섭은 그것으로 끝났다. 이제는 벌써 악단의 출발 날짜만을 기다리면 그만으로 되었다. 오는 시월이면 그들도 틈을 타 연주를 떠나게 된다는 대답이다. 그들을 서울서 맞이하게 될 날까지의 시간은 일마에게는 완전히 자유롭다. 서울로 속히 돌아가든 하얼빈에 어느 때까지나 더 머무르든 임의이다. 그런 마음의 한가에서 오는 안심이 그를 한층 즐겁게 했다. 요새의 하루하루가 말할 수 없이 마음 편하다. 그런 유유한 여행은 처음인 듯싶었다.

한운산은 잘름하고 오돌진 풍격風格이 그 어디인지 벽수와 비슷하면서 그보다는 한층 윗길이다. 말하자면 벽수를 한 테두리 더 크게 해놓은 것이 운산이다. 뚱뚱하면서도 탄탄하고 눈에 빛이 흐른 것이라든지 살결이 팽팽하게 거스른 것이라든 지가 벌판을 굴면서 어느 모를 비집든지 간에 제 마련은 하고야 말 위인이다. 수십 년을 두고 모진 풍상에 겨른 탓일까. 흰 머리카락이 반백으로 머리를 물들였고 깊은 주름살에는 고난의 반생이 역력히 적혀 있으나, 지금에는 벌써 모든 것이 족한 이 대륙의 '성공자'는 그리울 것이 없는 유유한 자태이다. 대륙과 함께 살고 대륙과 함께 볶이우고 대륙과 함께 일어난 그의 배포에는 호락호락 범하기 어렵고 그 무엇에나 수월하게 넘어감 직하지 않은 호담스럽고 벅찬 데가 있었다.

"우리 아저씨가 대체 뭘 해서 오늘의 성공을 얻은 줄 아나?"

언제인가 벽수가 일마에게 숙부의 과거를 귀띔해 준 적이 있었다.

"성공이라는 게 돈을 모았다는 말일 텐데—무엇으로 모았단 말인가. 설마 약탈이야 했겠나?"

"알구 보면 약탈이나 다름없다네—남의 것을 뺏지만 않았을 뿐이지 바르지 않은 수단임은 일반이야."

"바르거나 바르지 않거나 약을 팔아 모았겠지, 다른 별것을 했겠나?"

"옳지, 그 약이야—약은 약이래두 여기 늘어 논 이런 약들은 아니야. 숨어서 거래하는 약이라네. 중국이나 만주 백성들을 등골부터 녹여내는 약이라네. 그 거래가 크단 말야."

"음."

일마도 벽수의 뜻을 짐작할 수 있었다.

"그래 위험하진 않은가?"

"왜 위험하지 않겠나. 필사적이지. 그러니까 하는 보람도 있구 수두 크단 말이야. 만주에 들어와 소위 성공했다는 조선 사람의 대부분은 아마도 다 그 같은 위험한 길을 걸은 사람들이라. 하긴 열린 길이라군 그것밖엔 없지만."

"명예롭단 말인가, 불명예란 말인가?"

"명예롭다니—지금 만주서는 조선 사람만 보면 그 약을 연상하게 됐다네. 조선 사람과 약과—이런 불명예로울 데가 또 있을 줄 아나. 무얼 하든 간에 그런 인상밖엔 안 준단 말야……. 지금은 주제가 바르지만 알구 보면 우리 숙부두 과거가 어둡다네."

숙부의 과거에 대해 확실히 불만인 벽수의 어조였다. 곯아 죽는 한이 있더라도 '바른 것'에 대한 원—이것이 벽수의 일상의 지향이었다.

이런 예비지식이 있었던 까닭에 일마에게는 한운산의 자태가 심상하게 보이지는 않았다.

"이번에는 대단한 행운을 얻었다니 듣기에 반갑소이다."

운산은 일마를 찬찬히 바라본다. 그런 행운이 심상하게 여겨지지 않았던 모양이다.

"만주가 원래 만만치 않은 곳인데, 외지에서 온 사람에게 행운이 떨어진다는 건 거짓말 같아. 앞으로 큰 수가 트이려나 보우."

"행운이 눈이 멀어 제게 떨어진 거죠. 성한 정신으로야 저 같은 걸 골라 내겠습니까?"

"요새 사람에게 요새 돈으로 만 원이 대단치 않은 것일지 몰라두 수로는 큰 수야……. 내가 만주 들어온 지두 어언 이십 년이 넘는데 처음에야 수중에 단돈 십 원이 있었겠소? 요행 오늘의 이 결과를 보기는 했으나 그간 적수공권으로 고생이라니 그런 고생은 없었소. 굶주리다시피 한 때두 있었구 사선두 여러 번을 넘었었구. 그저 모두 천명이거니만 생각하죠."

"아무렴요. 오죽하셨겠습니까."

"요새는 시대가 좋아서 가만히 앉았어두 행운이 제 발로 걸어 들어오지만, 지난 반생을 생각하면 소름이 치구 등골에 땀이 난단 말야."

"아저씨 같은 생업을 하시면야 그걸 각오하셔야죠."

조카 벽수가 뒤를 채서 말을 넣으니까

"만주서야 아무걸 하든 편한 노릇이 있다 드냐. 다 모험이구 다 고생이지."

변명하는 듯도 하고 항의하는 듯도 하다.

"어수룩한 곳이긴 해. 뭘 하든 살아갈 순 있으니."

"요새 사람은 편하단다. 아무 고생을 한들 옛사람을 당하겠니?"

다시 일마를 상대로 하면서

"만 원을 가지면 나 같으면 아무거나 장사를 시작하련만. 요새 사람이야 웬 그런 생각을 하겠나?"

"장사보다두 먼저 살아야 한답니다."

또 벽수가 일마를 대신해서 말하다가

"그런 요량이니까 넌 아직두 그 나이에 그 꼴이지―현대 청년은 뜻이 박약해."

하고 핀잔을 맞는다.

"뜻이 박약하지 않아 길이 다르답니다. 옛날과 지금과는 할 일이 다르거든요."

"일은 달러두 뜻은 예나 지금이나 같거든. 아무 때래두 이상은 있는 게구, 이상이 크면 뜻두 굳거든—내게야 무슨 이상이 있었겠냐만, 요새 청년에겐 그게 대체로 희박하단 말야."

약장사로서 성공한 운산에게서 이상론을 듣게 된 것이 일마에게는 낯간지러운 일이기는 했으나, 이상이라는 말을 새삼스럽게 듣고 보니 가슴이 오래간만에 쯔릿하지 않은 것도 아니었다.

현대인에게는 이상이 희박하다—는 것이 그 유類의 독단이나 헛소리만 같지는 않았다. 가령 일마 자신의 마음속을 지금 당장 물어본대도 무엇이 이상이며 그것이 얼마나 굳은지를 한마디로 대답할 수 있을 성싶지는 않았다. 만 원으로 말미암아 아닌 때 격에 없는 이상을 그 자리에서 반성하게 된 것을 뼈저리게 생각하며 시선을 창밖 행길로 보냈다. 사람들의 왕래가 빈번한 그 어지러운 거리에 대체 무슨 이상이 있는고—하고 일마의 시선의 초점은 흐리멍덩했다.

"그럼 현대인의 이상은 무엇이어야겠습니까?"

"그야 내가 아나. 현대 청년이 제일 잘 알 일이지."

숙질의 문답을 옆 귀로 들으면서 일마가 여전히 창밖을 내다볼 때였다.

아까부터 밖에서 어른거리던 그림자가 또 한 번 문 앞으로 나타나면서 가가 안을 흘금흘금 살피는 것이다.

공교롭게 일마의 시선과 마주치자 그는 하는 수 없이 가가 앞으로 선뜻 나서면서 문을 열었다. 유리문이 안으로 밀리면서 그가 들어와 섰을 때에야 비로소 가가 안 사람들도 그에게 주의가 쏠렸다.

그 오전의 손님은 외국인 소녀였다. 십 칠팔 세를 잡아들었을까. 비교적 조그만 체격에 얼굴빛도 창백하다.

〉

시선이 한 몸으로 쏠린 까닭에 소녀는 적지 아니 겸연한 모양이었다.

무죽거리면서 사람들의 얼굴을 살피더니 카운터 쪽으로 쑤욱 들어가 점원 앞에 이른다. 그 뒷모습을 찬찬히 보면서 일마는 그 어디서 본 적이 있었던 듯이 느낀다.

점원과 귓속말로 한참이나 수군거리더니 점원은 자기 혼자로는 처단하기 어려운 듯 주인 운산에게로 와서 눈짓하며 무엇인지 귀띔한다. 운산은 천연스런 표정으로 승낙의 뜻을 표하는 모양이다. 점원은 소녀를 잠시 기다리게 하고 조심스럽게 가가 안으로 들어가는 것이었다.

"어디서 본 듯한 여잔데."

벽수는 일마에게 가는 목소리로 지껄이다가

"─옳지 댄서구나. 알구 보니 카바레 '숭가리'의 댄서야. 낮에 보니까 밤에 보는 얼굴과는 소양지판인데."

"댄서치군 몹시 어리구나."

"가엾다. 밤 등불 밑에서는 그런 줄 몰랐더니 신색이 말 아닌데. 중독이 폭 들었어. 아까운 청춘이야."

자탄하는 듯이 중얼거리면서 일마의 귀에 입을 댄다.

"뭘 사러 온 줄 아나?"

"약 사러 왔겠지, 뭘 사러 왔겠나."

"그래 약이야─바로 약을 사러 왔어."

범연히 들었다가 일마는 문득 반성하면서

"음 그것 말인가?"

비로소 뜻을 알아맞혔다.

"모양을 보게나, 여간 중독자는 아니야."

"저런 어린 소녀가─별세상을 다 봤다."

"내 언젠가두 말하지 않든가. 만주서는 누구나 조선 사람만 보면 그걸 연상한다구. 조선 사람이면 다 그걸 감춰 가지구 있는 줄 생각한다네. 여긴 약방이니까 물론이지만, 약방 아닌 다른 곳에서두-아마 거리에서 우리를 봐두 다 그런 줄 알리. 조선 사람의 약방이라면 재없이 이렇게 은근히 찾아 든단 말야."

"그러다가……."

"물론 금물이지. 약방이라구 간판을 크게 걸구 너점부레하게 늘어논 게 많아두-실상은 아직두 그 거래가 크다네. 위험한 짓이지."

"저 어린 소녀가 그렇다니-저 몸이 점점 멸망해 간단 말인가 그래."

"만주는 복잡한 구렁이야. 넓기도 하지만 속속들이루 무슨 세상이 숨어 있는지 헤아릴 수 있어야지."

"복잡한 구렁-그러니까 또 재미있지 않은가."

소중한 문제를 그런 자리에서 토의할 바도 아니어서 일마는 농으로 결론을 지어버리고는 궁금한 듯 다시 소녀를 바라본다.

안으로 들어갔던 점원이 푸른 종이에 싼 것을 들고나와 소녀 앞에 내놓는다.

소녀가 말없이 돈을 내서 카운터에서 회계하는 동안에 운산은 그 비밀의 매매의 한 장면을 보이게 된 것을 떳떳이는 생각하지 못하면서 그 무슨 한마디로 변명이라도 하려는 듯 일마의 편을 본다. 그런 운산의 괴로운 심중을 알아챈 일마는 도리어 외면하면서 벽수와 함께 자리를 일어설 듯이 했다.

그렇게 엉거주춤하고 섰는 일마의 앞을 가로채서 먼저 지난 것이 소녀였다. 약 싸개를 들고 고개를 숙인 채 휙 스치는 소녀의 자태를 일마는 똑똑히 볼 수 있었다.

단지 창백하다고 보았던 얼굴은 가까이 보니 누르꾸무레했다. 탄력이 없고 멀건 것이 흡사 밀⬚덩이 같다. 귓불이며 목덜미며 손이며 모두가 누르다. 여윈 몸이 약간 떨리면서 앞을 스치는 것이 가벼운 나뭇잎의 인상밖에는 주지 않는다─소녀의 육체는 파멸의 문을 들어선 지 이미 오랜 모양이었다.

벽수와 함께 뒤를 따라 가가를 나가니, 소녀는 비틀걸음을 쳐서 저편 포도 위에 기다리고 섰는 동무에게로 간다. 소녀를 맞으려고 이쪽을 돌아선 여자─그는 틀림없는 나아자가 아니던가.

"웬일이요. 나아자가 아니오?"

일마가 가까이 가서 소리를 치니까 나아자도 의외라는 듯이 눈을 뜨면서 겸연해 하는 기색을 보인다.

"의외의 곳에서 만나 뵙겠습니다. 오늘은 에밀랴의 동무를 해서 나섰죠."

에밀랴라는 이름을 듣고 소녀를 다시 보니 소녀도 일마를 그제서야 주의한다.

"에밀랴를 나두 지금 망간 봤습니다만."

나아자가 의아해하는 까닭에

"바로 한 군의 약방이니까요."

일마가 설명해 들린다.

"그런가요?"

나아자는 더욱 겸연해 하는 눈치다.

"에밀랴는 제 친한 동문데 병이 쇠해서 걱정이에요."

가는 목소리로 말하면서 걷기 시작한다.

"나두 지금 속으로 걱정해 봤습니다만."

같은 방향으로들 걸음이 향하게 된 까닭에 벽수는 신문사 일을 걱정해서 그 자리로 작별을 하고 일마만이 나아자들과 한길이 되었다.

일마의 앞에서 나아자는 마음이 저으기 편편해진 듯 간단히 에밀랴를 소개하고 아까보다는 한결 스스럽지 않은 태도이다. 동무를 얻어 기쁜 듯도 한 눈치다. 나아자가 일마와 짝이 되니 에밀랴는 한옆으로 떨어지기가 일쑤였다.

　"에밀랴의 아파트로 가는 길인데 동행해 주시겠어요?"

　"무관하다면 나야 얼마든지 동행하죠. 일두 없이 번들대는 판인데."

　"잘됐어요. 단둘이 걸으려니 사람들의 눈초리를 받기가 거북해 못 견뎠는데."

　물론 에밀랴의 온전치 못한 모양을 의미하는 것이었다. 일견 병색에 푹 씌인 가엾은 그의 자태는 사실 밤 등불 아래에서나 볼 것이지, 한낮의 거리에서 뭇 시선 속에 내놓기는 참혹한 것이었다. 나아자의 건강한 낯빛과는 비길 바가 아니었다.

　"나두 그렇지만 에밀랴두 고아랍니다. 내겐 그래두 아주머니 집이나 있지, 에밀랴는 의지가지없이 혼자 아파트에서 지내요. 부모를 어디서 잃어버렸는지두 모르구 해삼위海蔘威에서 어릴 때 이리로 들어와선 외롭게 자라났어요."

　괴로운 처지에서는 꺼릴 것도 없고 숨길 것도 없는 모양이다. 실오리라도 있으면 잡으려고 할 판인 바닷속에서 나아자에게는 일마가 지금 큰 동무 맞잡이는 되었다.

　"카바레 주인에게 특청을 해서 밤에 몇 시간씩 홀에서 벌기로 하구 낮에는 대개 아파트에 누워서 날을 보내구 있어요. 동무나 웬 있나요. 내가 손자라는 데까지는 돌보아 주나 정성이 못 미치는 때가 많아요. 고생 속에서 배운 것이 왜 하필 그것인지, 지금은 벌써 약독에 젖어 그 힘을 빌지 않구는 한시두 견디지 못하는 형편이에요. 저주의 인생이죠. 딱해서 못 보겠어요."

"가여운 일이외다. 나두 오늘 처음으로 저런 모양을 보구 그런 속을 알았는데―만주의 속은 겹겹으로 깊구 무서운 곳이라는 생각이 불현듯이 드는구료."

"무서운 곳이죠. 불행과 죄악의 구렁이죠. 더구나 이 하얼빈에는 얼마나 어두운 곳이 많은지 헤아리기 어려워요"

"다행인지 불행인지 만주의 인상이 어제와는 판이하게 달라졌소. 즐거운 곳만이 아니란 말요. 맘이 이렇게 울적하구료."

지껄이다가 일마는 문득 말이 끊어지고 발이 멈추어졌다. 나아자는 어느 결엔지 옆을 돌아서 쓰러지려는 에밀랴를 붙드는 것이었다. 일마가 나아자와만 정신없이 지껄이는 동안에 허전허전 몸을 떨던 에밀랴는 기어코 그 자리에서 기맥을 잃은 모양이었다.

일마는 황급히 자동차를 불러 세우고 에밀랴를 부축해 앉혔다. 나아자가 아파트의 이름을 대니 차는 속력을 내기 시작했다.

뒷골목 조그만 아파트의 이 층 한구석―거기에 에밀랴의 방이 있었다.

일마와 나아자는 소녀를 거의 맞들다시피 해서 침대에 올려 눕히고는 무엇보다도 먼저 사가지고 온 약을 풀었다.

그 자리에서 에밀랴에게 베풀 응급 치료는 다른 아무것도 아니었다. 약의 효과를 일각이라도 속히 그의 육체 속에 시험하는 것―그 일뿐이었다. 그것을 갈망해서 그는 쓰러진 것이다. 한 모금의 물 대신에 몇 그램의 약즙을 피부 속에 넣으면 족한 것이다.

효과는 빨랐다. 서랍 속에서 주사기를 찾아내서 일정한 분량을 넣고 피부 속에 부으니 몇 분이 안 가 에밀랴의 얼굴에는 생기가 돌면서 눈이 벙긋이 뜨였다. 쓰러지고 지치고 한 것이 거짓말이었던 것같이 멀끔하게 정신을 차리고 일마들을 바라보고는 부끄러운 듯이 다시 눈을 감으면서 요를 뒤집어썼다. 나아자는 자주 그 변을 당하고 시중을 들어 난 솜씨라 그런지 모든 절차가 대단히 익숙했다. 약의 분량을 나누는 것이라든지 주사기를 쓰는 격식이라든지 그 후에 모든 것을 치우는 솜씨라든지가 금시 그 자리에서 터득한 것이 아니고 오래 해낸 익은 것이었다. 솜씨가 익을 뿐 아니라 그 알뜰한 마음씨에는 어머니나 누나로서의 자애가 넘쳤다. 동무로서의 우정만으로는 바라기 어려울 정도의 친절한 시중이었다. 나아자가 없으면 에밀랴는 얼마나 더욱 외롭고 쓸쓸할까.

한참 들볶은 후이라 일마는 비로소 나아자의 마음씨에 감동하며 방 안을 살펴보았다. 좁은 단칸방에 의롱 그릇과 살림 그릇이 어수선하게 구석구석 포개져 있고 침대 아래와 옆에는 트렁크 짝이 여럿이다. 그 트렁크 짝들이 웬일인지 안정하지 못한 달뜬 생활을 암시하는 것도 같다. 탁자 위에는 찻그릇이 널려졌고 태우던 담배 끄트머리가 무수히 흩어져 있다.

모든 것이 그 불결한 속에서 외로운 소녀의 생활을 얼마나 거칠게 한 것이었을까.

창밖은 또 바로 이웃 빌딩이 막아서서 어둡고 빌딩 모퉁이로 한 조각의 하늘이―마치 무지개의 한 조각같이 진귀한 그 한 조각이 빼꼼히 방 안을 엿볼 뿐이다. 그 하늘과 맞선 벽 위에 한 장의 사진이 걸려 있다. 아직도 젊은 여자의 사진이다. 온화한 웃음을 띤 그 한 장만이 침침한 방 안의 공기를 얼마간 부드럽혀 주고 밝혀 주는 듯하다.

"에밀랴의 어머니랍니다."

물끄러미 쳐다보노라니 나아자가 이렇게 설명한다.

"어쩌다 가지구 온 보 속에 그 사진 한 장이 남아 있어서 언제나 둘 없는 동무가 돼 주죠. 어머니가 저기서 저렇게 내려다보는 까닭에 에밀랴는 피곤하면 제집같이 이 알량한 아파트를 찾아든답니다."

어머니라면, 나아자에게도 어머니가 없음을 일마는 안다. 남의 어머니를 말함이 곧 자기의 어머니를 말함인 듯 나아자는 외면하고서 얕은 목소리로 지껄이다가 일마에게 대답이 없음을 깨닫고 문득 돌아서더니 미소를 띠려고 애쓴다.

"별소리를 다하구 별것을 다 뵈였네요."

하면서 주섬주섬 정돈하던 손을 멈춘다.

"별것은 왜 별것예요? 오늘 난 뜻밖에 이렇게 남의 방에 와서 여러 가지를 본 것을 결코 불행하다군 생각지 않는데요. 어떻게 생각하면 나아자의 덕으로 오늘 에밀랴를 알게 된 것이 다행인지두 모르죠. 사람은 행복보다두 불행 속에서 느끼구 얻는 것이 더 많으니까 말요."

"그만 나가시죠. 잠이 곤히 든 모양인데 깨난 때 또 만나기로 하구."

나아자는 에밀랴의 잠든 양을 보고 안심한 듯이 저 한 몸을 수습한다.

일마는 자리를 일어서 에밀랴의 잠든 얼굴에 인사를 보내고 방문을 열었다.

"호텔로 갈까요?"

따라 나온 나아자에게 말하고 층계를 나란히 서서 내려갈 때 두 사람의 시선은 새삼스럽게 마주치는 것이었다.

의외의 에밀랴의 일건으로 말미암아 일마와 나아자의 사이는 그날 한층 가까워진 듯도 했다. 에밀랴의 불행을 목격하고 그것을 이해함으로써 두 사람의 마음은 가까이 교통했고 한데 합쳤다. 불행은 참으로 그것만으로 그치지 않고 사랑을 낳아 주는 결과가 되었다.

두 사람의 하는 일은 말 없는 속에서 찬성되고 합의되어서 자연스럽게 행동이 합치되었다. 거리를 걷는 것도 쉬는 것도 식사를 하는 것도 조금도 거역 없이 일치되었다.

나아자의 밤 출근까지의 반날도 물론 의외 없이 두 사람의 것이었다. 호텔에서 점심을 먹고 난 후 그날은 마침 낮 흥행이 있었던 까닭에 같은 호텔 안의 극장으로 들어갔다. 영화 주간이었다.《파리의 뒷골목》이라는 제목이 눈을 끌었던 까닭에 일마는 마음이 땡겼고 나아자도 동의한 것이었다.

소규모의 조그만 홀 안에는 어느덧 사람이 꽉 찼고 영화도 퍽이나 진전 되어 있었다. 어둠 속을 더듬고 맨 뒤편에 자리를 잡았다. 점점 눈이 밝아 짐을 따라 자리의 사람들이 대강 짐작되었다. 대부분이 외국 사람인데다가 거개가 남녀의 쌍이었다. 그 무수한 쌍 속에서 일마와 나아자도 하나의 쌍 임에는 틀림없다. 부부이든 애인끼리이든 다른 쌍들의 사이를 각각 헤아릴 수 없듯이 일마와 나아자의 쌍도 다른 사람들에게는 역시 알 도리가 없는 것이다. 부부인지 애인인지—사실 일마 자신에게도 자기들의 사이가 대체 무엇이며 무엇이라고 했으면 좋을는지를 분간할 수 없었다.

영화 속에는 어수선한 파리의 뒷골목이 나와 그 한 폭 그림 속에서 일마 는 또 한 번 이국정서를 맛보게 되었다. 야트막한 지붕들이 나오고 아파트 가 나오고 술집이 나오고 장거리가 나오고 음악과 춤이 나오면서—지나쳐 화려하지 않은 조촐한 그 모든 생활의 규모가 그대로 바로 하얼빈에서 볼 수 있는 그것이었다. 그만큼 일마에게는 한층 친밀한 감동이 솟으면서 화면 에 흠뻑 정신을 뺏기게 되었다.

가난한 파리의 소녀는 유학 온 외국 청년을 어느 결엔지 마음에 두게 되 었다. 빨랫집 소녀라 하숙에 빨래를 나르는 동안에 피차에 서로 심중에 배 게 된 것이다. 청년은 아라비아 사람이었다. 그림을 배우러 파리로 온 것이 아직 말도 서투른 참으로 서먹서먹한 한 사람의 에트랑제였다.

말이 잘 통하지 않는 까닭에 처음에는 소녀와의 사이에 표정의 거래밖 에는 없었다. 소녀가 웃으면 청년도 따라 웃는 정도의 표현이 있을 뿐이었 다. 청년은 그림을 공부하는 한편 어학에 무척 힘을 쓴다. 웬만큼 토막말을 지껄이게 되었을 때 소녀에게

–나를 정말 생각하우?

더듬어 물으니까 소녀는 웃으면서 고개를 끄덕인다.

–그럼은요.

–말두 통하지 않는 사람을 어떻게.

–이 눈으로 보구 이 맘으로 생각하면 그만이거든요. 말이 반드시 그렇게 필요한가요, 뭐.

–나라두 다르구 피두 다른데 어떻게 생각한단 말요?

–나라는 달러두 이 눈은 같거든요. 검은자위와 흰자위와 다를 게 뭐 있나요?

–그래두 내가 당신을 생각하는 것만큼은 나를 못 생각하리다.

–어디 누가 더 많이 사랑하나 볼까요?

소녀는 뛰어와 청년의 팔에 몸을 맡기면서 사랑을 확적히 고백했다.

청년은 소녀의 집을 찾게 되고 함께 거리를 걷게도 되었다. 차를 마시러도 가고 무도회에도 동행하고 소녀의 얼굴을 캔버스 위에 그리기도 했다. 소녀의 집안이 가난한 것을 알고 돈을 가져다주나 소녀는 그것을 굳게 사절한다.

굳은 언약을 맺었을 때 공교롭게도 청년은 아버지의 불행의 소식을 듣고 고국으로 뛰어간다. 재산을 상속 받고 집안일을 정리해 놓고 다시 파리로 나오기로 약속한 것이나 해가 넘어도 돌아오지 않는다. 고국에 약혼자가 있었던 것일까. 그렇지 않으면 무슨 변이 생긴 것일까. 편지조차 끊어졌다. 그러나 소녀는 어느 때까지나 그를 기다린다. 동쪽 하늘을 바라보면서 사랑하는 사람 오기를 기다리는 것이었다.

한 편의 동화같이 아름다운 이야기였다. 비현실적인 듯이 보이면서도 기실 현실적인 색채가 장면 장면에 배어서 자연스런 감동 속에 잠기게 했다.

더욱이 일마의 마음을 당긴 것은 아라비아 청년과 파리 소녀와의 사랑이 조금도 어색하지 않게 순순히 전개되는 것이었다. 소녀의 상대자가 파리의 청년이 아니고 아라비아의 청년인 까닭에 일마의 흥미를 곱절 붙든 것이 사실이었다.

　―이 눈으로 보고 이 맘으로 생각하면 그만이 아니예요.

　소녀의 범연한 사랑의 말이 귀한 것으로 귓속에 살아났다. 말과 피를 넘은 사랑―아무 데나 흔하게 있을 성싶지 않게 여겨졌다.

　고국으로 간 아라비아 청년이 다시 돌아오지 않은 채 영화는 끝났다. 슬픔에 잠긴 소녀의 얼굴을 가슴속에 새겨 놓고 불이 켜졌다.

　나아자도 일마와 같은 감동을 받은 모양이었다. 긴장이 풀리며 애틋해하는 어조였다.

　"소녀가 가엾지 않아요?"

　"얘기가 너무 일찍 끝났구료. 좀 더 진전이 있었더면."

　"남자가 돌아왔으면 좋았을걸요"

　"하긴 서로 사랑을 얻었으니까 작자가 할 말은 다한 셈이지만."

　나아자는 그래도 부족을 느끼듯이

　"청년이 가혹해요. 고국에 무슨 일이 있든지 돌아올 것이지 기다리는 소녀를 버려둘 법이 있나요?"

　일마를 돌아보면서

　"동양 사람은 대체로 저렇게 매정하다죠. 책임감이 엷구. 잘못됐으면 용서하셔요."

　"그야 사람 나름이겠죠. 동양 사람이라구 다 그럴 리야 있나요."

　"청년이 유산을 가지구 파리루 나오든지, 그렇지 않으면 고국으로 애인을 부르든지 해서 행복스런 일생을 보내게 돼야 뜻있는 게지. 그렇지 않구야 싱겁지 않아요?"

나아자의 의견을 일마는 외국 사람다운 생각이라고 느끼면서

"그러나 고작해야 한 편의 영화밖엔 더 되우? 영화와 현실은 또 다를 테니깐."

"글쎄요. 현실은 영화와 달러야지. 이 영화 같다면야 무슨 재미예요."

나아자의 그런 의견과 희망이 일마에게는 반가운 것이었다. 영화에 대한 항의가 곧 현실에 대한 희망이라고 생각할 수 있었던 까닭이다.

다음 영화가 시작되었을 때 두 사람은 영화실을 나오면서 같은 이야기를 계속했다. 그날은 우연한 영화가 두 사람에게 뜻밖에 마음의 제목을 준 셈이 되었다. 에밀랴의 일건으로 말미암아 단시간에 결속이 된 두 마음을 다시 그 영화가 같은 방향으로 인도한 것이었다.

"……국경이 없다는 것이 얼마나 아름다운 생각이오. 야박스런 세상에서."

"그래요. 나두 그렇게 생각해요."

"사랑으로밖엔 국경을 물리칠 수가 있소—아라비아 청년이 파리 소녀보다 못할 것두 없구 파리 소녀가 아라비아 청년보다 날 것두 없구. 두 사람에겐 피차가 똑같은 구별 없는 사람이 아니겠소. 그런 아름다운 세상이 또 있겠소."

"제 눈에두 사람은 다 같이 일반으로 뵈여요. 구라파 사람이나 동양 사람이나 개인 개인 다 제 나름이지 전체로 낫구 못한 게 없는 것 같아요."

"각 사람이 편견을 버리구 그렇게 너그러운 생각을 가진다면 세상은 얼마나 아름다워지겠수."

꿈같은 소리를 지껄이는 일마였으나 즐거운 감동에 아이같이 마음이 단순해지는 것이었다.

나아자 역시 일마와 같은 감동으로 마음과 생각이 맞으면서 보조까지 일치된다. 아라비아 청년이 파리 소녀에게 느끼듯 일마는 오늘 나아자와의

거리를 극히 가까운 것으로 느꼈다.

거리의 밤이 열렸을 때 일마는 '모스코바'에 있었다. 마수걸이자 가장 단골손님이 되었다.

호텔로 영화관으로 다시 거리로 해서 저녁때까지를 같이 보내다가 밤 준비로 잠깐 집에 들리게 된 나아자와 헤어지자 일찌거니 카바레를 찾았다.

옆에는 그림자같이 벽수가 붙어 있다. 그 역 사社를 나오자 집에 들렀던 길로 즉시 일마의 뒤를 쫓은 것이었다.

"오늘 어디 어디를 갔었나? 죄다 대게나."

반날 동안 갈라져 있었던 것이 대단히 궁금한 듯이 벽수는 일마를 족쳐 댄다.

"호텔로 영화관으로 찻집으로―그저 평범한 순례지 별다른 신통한 수야 있겠나."

"발의 순례는 평범해두 맘의 순례는 그렇지 않으렷다. 필시 파란곡절이 많았을 테지."

"다른 날보다 좀 다른 감격을 느끼긴 했네만."

"나아자의 정미가 맘속에 흠뻑 배던가?"

어조를 갈아 가면서 혼자 설렌다.

"사랑에는 역시 일종의 숙명적인 동기라는 것이 있는 모양이데. 아무리 장구한 세월을 끌어두 안 될 사랑은 안 되구, 반대로 짧은 시간에두 성립될 사랑은 성립되구야 만단 말야. 피차에 순간적으로 결정되는 그 무엇이 있는 모양이야―자네들의 경우를 난 그것이라구 생각하는데 그렇게 빠르게 맘이 화할 데는 없어."

"사랑이구 뭐구 벌써 그런 경지까지 간 줄 아나? 사랑은 역시 좀체 수월하게 작정되는 것이 아니야."

"건 괜히 구라파적 풍습에 지나지 않는 거구―사랑은 첫 순간부터 결정되는 것이네. 그 순간적 결정이 없이는 바른 사랑이라군 할 수 없어."

"《파리의 뒷골목》이란 영화를 봤는데 아라비아 청년과 파리 여자와의 사랑을 그린 것으로 근래에 없는 감흥을 받았어."

"실감에서 오는 감흥이란 말이지."

"암시를 받은 건 사실이네. 내가 나아자나 그 속에서 제멋대로 제 요량의 뜻을 발견한 셈이야―지금까지 이렇게 유쾌한 건 그 때문인지두 모르네."

"나아자를 놓지 말구 꽉 붙들게나. 그리구 책임을 가져야 해―그만한 여자가 아마두 드물리. 내 눈에 어김이 없어. 나아자를 붙듦으로 말미암아 자넨 채표의 행운 이상의 행복을 잡았는지 모르네. 지내보면 알리만."

벽수는 얼마간 제 장단에 취하면서 변설스러워졌다.

"만주에는 두 가지 종류의 여자가 있다네. 둘 다 대륙의 꽃은 꽃이래두 품질이 아주 다르단 말야. 자네 기차로 오면서 벌판에 지천으로 핀 해바라기를 보지 않았나. 그 해바라기 같은 여자와 또 하나는 그늘에 핀 양귀비라고 할까. 그 두 가지 여자가 있어. 해바라기는 해를 보구 힘차게 솟으려구 하구, 그늘의 양귀비는 버둥거릴수록에 솟아오르긴커녕 제물에 썩어만 간단 말이네. 아침에 약국에서 에밀랴를 보지 않았나. 에밀랴가 바로 그 양귀비라네. 불쌍하지만 하는 수 없단 말야. 그리구 나아자―이건 해바라기야. 에밀랴와 오십보백보인 듯하나 실상은 대단한 차이야. 햇빛만 보면 얼마든지 솟아날 여자야. 자네가 그 해바라기의, 나아자의 햇빛이 되란 말이네."

"에밀랴라면 오늘 에밀랴의 아파트까지 갔었네만―여러 가지 우울한 걸 알았네."

"우울할 뿐이겠나. 에밀랴 같은 여자가 얼마나 많은 줄 아나? 다 대륙의 죄야. 내가 가끔가다 만주에 싫증이 나는 건 그런 양귀비를 허다하게 보게 되는 까닭이야―제발 자넨 해바라기만을 보게나. 나아자에게 햇빛이 되게나."

두 사람이 지껄이고 있는 동안에 나아자가 나타났다.

망간 집에서 와서 옷을 바꾸어 입은 모양이었다. 낮과는 또 달라 우렷이 빛나는 얼굴이었다. 벽수가 말한 해바라기란 말이 자꾸만 떠오르면서 일마는 벌써 해바라기를 보는 마음으로 나아자를 보기 시작하는 것이었다.

어느덧 손님들이 모여들어 홀 안이 차지고 음악도 시작되었다.

그다지 큰 카바레가 아니건만 수십 명이 모여드니 홀 안의 분위기가 웅성웅성하고 수선스러 보인다. 일마들의 한 패쯤은 그 수선스런 속에서는 어느 구석에 끼었는지 헤아릴 수조차 없다. 반이 외국 사람이면 나머지 반이 이곳 사람이다. 외국 사람도 얼굴이 검붉은 사람으로부터 허여멀쑥한 사람에 이르기까지 각각 국적을 달리들 하고 있으나 이곳 사람들도 단순하지는 않다. 모두가 반드시 만주 사람이 아님은 가운데 일마 같은 축이 끼어 있음으로도 넉넉히 추측할 수 있다. 수다한 국적의 수다한 사람들이 한 데 휩쓸려 설레는 것이 반드시 피차에 친밀하게 만은 보이지 않는 것이며, 그 어디인지 서먹서먹하고 어울리지 않는 기색이 떠돈다.

음악에 따라 한 패 두 패씩 슬금슬금 견고들 일어선다. 그렇게 해서 춤 속에 휩쓸려 들기들은 하나 각 사람들의 얼굴이며 체격이며는 흡사 물과 기름을 혼합한 듯이 결코 한데 화하는 법 없이 따로들 빙빙 나도는 것이다.

음악과 춤에 술이 섞인다. 술을 어느 정도로들 마신 후에 비로소 도연해져서 솟는 흥취에 춤도 어울리는 것이었으나, 그 음악과 춤과 술이 한데 합쳐서 밤의 흥을 북돋는 속에서도 역시 잡동사니의 분위기에서 오는 일종의 부조화를 일마는 한결같이 느끼지 않을 수 없었다.

'나아자와 나와.'

부조화의 느낌에서 무엇보다도 먼저 떠오르는 것이 이 제목이었다.

'나아자와 나는 대체 잘 어울리는 것일까. 다른 사람들 눈에 멋쩍게 보이

지는 않을까'

하는 반성이 날카롭게 가슴을 치밀었다. 지금까지 주의도 안 하고 완전히 잊었던 이런 문제가 다른 사람들의 설레고 있는 것을 보노라니 유연油然히 치밀어 오는 것이었다.

"자네와는 진종일을 보냈으니까 내게 춤 한 번쯤은 사양하게나."

벽수가 재빠르게 나아자의 손을 잡고 일어섰고 나아자 역시 거역할 수 없어 일마를 빙그레 보면서 춤을 시작했던 까닭에 일마는 하는 수 없이 한참이나 의자에 그대로 앉았다가, 마침 옆을 지나던 낯설은 댄서 한 사람을 보고 따라 일어섰다. 쾌히 승낙하는 바람에 맞잡고 춤 속으로 휩쓸려 들어가노라니 댄서도 차차 일마를 여겨보는 눈치였다.

"이름이 무어요?"

물으니까

"안나."

시원스럽게 대답하고는 뒤미쳐서 빙글빙글 웃으면서

"나아자하구 그렇죠?"

엉뚱한 말을 묻는다.

"어떻게 아우?"

"그와만 자꾸 춤 추구."

"그러구."

"낮에 거리에서 동행해 다니는 걸 봤어요. 정답더구먼요."

의외의 여자에게서 의외의 말을 듣게 된 것이 얼마간 자랑스럽지 않은 것도 아니어서 일마는

"그래 어울리기나 합디까? 두 사람의 꼴이 어설프지나 않습디까?"

하면서 겸연쩍어 하니까

"어설프긴 왜요. 아주 어울려요. 이상적인 한 쌍이에요."

85

마침 나아자와 벽수의 짝이 눈앞을 지나는 것을 보고 안나는

"저 짝보다는 훨씬 윗길예요. 잘 어울려요."

일마도 벽수의 모양을 눈앞에 보면서

"그럴까?"

의심스런 어조이면서도 한편 만족의 뜻이기도 했다.

"그까짓 외양만 어울리면 뭣해요. 맘이 맞아야 첫째죠."

"글쎄."

일마는 안나의 말을 맹랑하다고 여기면서 멀어진 나아자의 자태를 찾으려고 두리번거렸다.

일마의 두리번거리는 양을 보고

"잘 고르셨죠?"

안나는 소근거린다.

"……"

"나아자 말예요."

"잘 고르다니?"

은근한 안나의 말눈치에 사실 일마는 점점 귀가 뜨였다.

"나아자를 잘 고르시구 말구요."

"어떻게 하는 소리요?"

"잘 고르셨단 말이죠."

"못 고르면 어떻게 하구?"

"못 고르는 사람이 많으니 하는 소리예요."

"생선인가 고르게."

일마의 농에 안나는 웃으면서

"첫째 잘 생겼으니까 잘 고른 거구."

"그리구?"

"둘째 맘이 착하구."

"셋째?"

"당신하구 잘 어울리구."

"또?"

"나아자의 형편에 당신 같은 이가 필요하게 됐구."

"형편이라니?"

"지금 아주머니 집에 붙어 있는데 여러 가지로 불편한 모양인지 집을 나왔으면 하구 있는 판이거든요."

"아주머니 얘기는 나두 조금 알긴 하는데 그렇게 절박하단 말요?"

"다 전엔 훌륭하던 집안들이래서 집 규모가 지금두 여간 까다롭지 않은 모양예요. 백부는 제정 시대엔 육군 소장이었었다나요. 아주머니 수우라는 나아자의 돌아간 어머니의 형인데, 어머니 편 족속의 집안이니깐 아버지 편과는 달라 나아자에겐 더 어렵거든요. 수우라보다두 백부의 앞이 어려워서 있기 싫다구 입버릇같이 말해 오는 중이에요—그 판에 당신이 나타났단 말이죠."

"급할 때 나타난 나룻배란 말이지?"

"그 나룻배가 대단히 소중하거든요. 당신 같은 나룻배라면야 누가 원하지 않겠어요."

"내가 뭘……."

"나아자는 행복스러워요. 누구보다두 다행해요."

"충충대면 누가 좋아한다든가?"

"충충대긴 누가요. 바른말이죠."

안나의 말에 일마는 기쁜지 겸연한지 스스로도 분간하지 못하면서 마음속이 그 무엇으로 그득 차 갔다.

"나아자와만 추시지 말구 저하구두 이렇게 더러 추어 주세요."

음악이 끝났을 때 안나는 일마에게서 손을 떼면서 자리로 갔다.

일마가 눈으로 나아자를 찾으면서 미처 자기들 자리에 와 앉기도 전에 계속해 음악이 울렸다. 탱고였다. 부드러운 리듬에 몸의 흥을 돋우고 있을 때 이도 일마를 찾던 나아자가 앞에 나타났다. 말 없는 속에서 두 사람은 자연스럽게 맞잡고 나섰다. 두 몸의 율동이 무한한 흥을 자아낸다. 음악이 몸 구석구석을 간지르는 것도 같다.

"지금 안나에게서 별소릴 다 들었는데."

일마가 꺼내는 것을 나아자는 곧 받아서

"좀 수다스런 아이니까요."

"나아자를 아주 추어올리던데."

"친한 편이랍니다. 다른 아이들보다는."

"우리들이 어울린다던가, 오늘 거리에서두 보았다구."

"어울리지 않으면 어떻게 하게요. 저두 그렇게 생각해요."

"나아자가 잘 생기구 착하다구 하면서 피차에 선택을 잘했다구 나다분히 늘어놓는단 말요."

그대로를 그렇게 전하는 일마도 바른 정신은 아니었다. 춤과 자랑에 은 연중 취한 모양이었다.

"아이두 별소릴 다했네, 원. 선택을 잘했든 못했든 무슨 아랑곳이게. 샘을 놀자는 셈인가."

"불쾌할 것이야 있겠수……. 선택을 잘한 건 잘한 것이지, 그 누가 온들 지금 우리의 사이를 비집을 수 있겠수……."

지껄이다 일마는 문득 말을 멈추고 몸이 움칫해졌다. 나아자의 어깨너머로 의외의 것을 본 까닭이다. 바로 두 사람 곁에서 휘뚱거리고 서툴게 춤추는 남녀—확실히 단영들이 아니었던가. 단영과 또 누구인고 하고 일마는 그들을 노리는 것이었다.

단영의 앞에서 휘뚤거리는 것은 틀림없이 명도임을 짐작할 수 있었다. 흉내 내는 원숭이의 서투른 꼴들이 요절할 것으로 보였다.

'저것들이 웬일이야.'

아닌 때 아닌 곳에서 그 두 사람을 만난 것이 의외였다. 물론 반갑다느니보다는 성가신 생각이 불현듯이 들었다.

'귀찮은 것들.'

피하려고 나아자를 이끌고 춤의 방향을 돌리는 것이나, 고집스럽게 자꾸만 눈앞에 어른거린다. 단영의 짓인 모양이었다. 휘뚤거리고 웃으면서 명도의 어깨너머로 쉴 새 없이 일마를 겨누는 것이다.

'놀랐지, 용 용―'

말뚱거리는 눈이 이렇게 지껄이는 것 같다.

'암만 그래두 놀라지 않는다.'

하는 표정을 일마가 해 보이면

'그 태도가 그게 놀란 게 아니구 무어야?'

하고 단영은 대답하는 눈치다.

'왜 초라니 같이 앞에서 간들거리니?'

'아무렇든 내 뜻이지 무슨 계관이게.'

'귀찮으니까 말이지.'

'당신 귀찮은 걸 내가 알게 있수.'

'꼴불견이다. 녀석하구 짝이 되니 아주 맞춤인데.'

'맞춤이든 아니든 무슨 아랑곳이게.'

'그래두 냉큼 내 앞을 못 물러선다―이것 봐라. 또 눈앞을 어른거린다.'

'그렇게 만만히 숙어들 줄 알구. 어느 때까지나 괴롭혀 보구야 말 걸 좀.'

'어디 생각대로 해보려무나 실컷.'

'그렇게 살금살금 피하면 또 이러거든.'

눈과 눈이 회화를 건네면서 단영은 끝까지 고집스럽게 일마를 쫓는다. 일마가 바른편으로 돌면 왼편으로 나타나고, 왼편으로 돌면 바른편으로 나타나서 쉴 새 없이 아른거리면서 그의 시선을 가로채기에 급급해 하는 것이었다. 일마는 곁눈으로 그의 자태를 무시해 버리려고 애쓰는 것이나 무시로 신경을 건드려 오는 데는 배겨나는 재주 없었다.

'저걸 어떻게 하누. 저 귀찮은 걸 밟아 버리지두 못하구.'

하필 그 시간의 음악은 유별스럽게 지리하기도 하다. 웬만큼 끝내버렸으면 하건만 좀체 끝나지 않는다. 춤이고 무엇이고 일마는 정신없이 몸이 휘둘릴 뿐이었다.

단영을 무시하려면 나아자를 보는 수밖에는 없어서 시선을 나아자의 등으로 옮기면서 그를 더욱 다정하게 품 안에 안았다.

나아자의 목덜미에 바로 그 얼굴이 닿고 그의 머리카락이 특유의 향기를 가져온다. 그 향기 속에 일마는 흠뻑 잠기면서 눈앞에 모든 것은 나아자요 세상에는 나아자밖에는 없다고 느끼려고 애썼다. 품에 꽃묶음이나 안은 듯 그 살뜰한 자세를 지니고 춤의 테두리를 벗어나서 사람들의 가으로만 빙빙 돌았다.

그런 일마들의 태도가 단영을 한층 자극했음이 사실이었다. 단영의 표정이 새침해지면서 명도를 소같이 잡아끄는 눈치였다.

일마가 여전히 나아자의 향기에 잠기면서 눈을 반쯤 감은 채 밴드의 곁을 돌 때였다. 별안간 와 부딪치는 힘으로 말미암아 두 사람은 왈칵 밀리면서 몸이 쓰러질 지경이었다. 자세가 풀리면서 춤은 이지러져 버렸다.

"이게 무어야?"

나아자는 질색하면서 노염이 컸다.

단영들이 달려와서 몸을 던진 것이었다. 나아자의 노염에 단영은 샐쭉해하면서 대답도 없이 다시 명도의 손을 잡았다.

"괜히들 오금이 근질근질하나 부다."

일마가 소리를 지를 때 두 사람은 벌써 춤을 시작한 것이었다.

"근질근질하면 어쩔 테야, 뭐."

단영이 종알거리는 것을 보고 나아자는

"대체 무어예요?"

아니꼬운 듯이 묻는다.

"여배우라나, 사내는 영화 회사 사장이구. 저래 뵈여두 조선서는 다 명물들이라구 뽐들을 내는 판이지."

"알량한 여배우 다 봤다. 사장꼴 하구."

긴 시간이요 긴 춤이었다.

음악이 멈추었을 때 일마들은 춤에 진저리가 난 듯 급스럽게 좌석에 가 앉았다.

벽수가 앉을 자리에 명도와 단영이 재빠르게 와서 앉았다.

긴치 않은 그들을 지릅떠 보지도 않고 있을 때 명도는 제 발이 저려서

"실례였다면 용서하시오."

춤출 때 부딪쳐 온 일건을 의미하는 것이었다.

"원체 춤이 서툴러서 옆에 사람이 보이지 않는구료."

단영이 뒤를 받아서 납신거린다.

"춤추는 사람끼리야 좀 부딪쳐 왔다구 그게 그렇게 큰 허물인가요, 뭐. 서로 부딪치구 웃구 하는 것이 춤의 도덕이 아니예요?"

"그런 도덕 어디서 배웠소?"

일마가 핀잔을 주니까

"아따 아직두 노여하세요?"

무안한 김에 얼굴을 붉히면서

"어서 소개나 해주세요."

하고 딴소리를 꺼낸다.

나아자를 자기들에게 소개하라는 말이었다.

"아주 정다운 모양이죠?"

비꼬는 그 어조가 귀에 거슬려서 일마는

"웬 또 참견이오?"

소리를 지른다.

"항구마다 여자라더니, 가는 곳마다 여자인 모양이군요. 그래서 만주 길이 잦은 것을 깜짝 모르구 있었죠. 봐하니 벌써 여간 자별한 사이가 아닌 모양인데, 샌님같이 새침데기면서두 그 길에 들어선 이만저만한 선수는 아닌 모양이죠. 나 같은 건 말할 것두 없겠지만 어디 지금 머릿속에 남미려의 이름이 있기나 할까요?"

"걱정두 팔자다."

"걱정되구 말구요. 왜 걱정이 안 되겠어요."

"시끄럽다니깐."

일마의 목소리가 컸던 까닭에 무슨 말들을 주고받는지 영문을 모르고 있던 나아자가 궁금해서 비로소 일마와만 통하는 말로 불유쾌하다는 듯이

"남에게 실례를 해 놓구두 무슨 긴 말들예요?"

"서푼어치 여배우가 해뚱해뚱하는 거지."

"결국 어쩌잔 거예요?"

"일들이 없으니까 조선서 놀러들 들어와선 괜히 야단들이야."

마침 벽수가 와서 자기 자리가 점령된 것을 보고

"웬 손님들인가?"

하고 얼삥삥해서 서니까 명도는 구면인 것처럼 자기소개를 늘어놓는다.

"반도영화사 김명도—이 편은 전속 여배우 최단영—무료하길래 서울서 멀리 놀러 왔습니다. 외지에서 이렇게 동포를 만나니 더욱 반갑소이다. 재미가 어떠시오들……."

하면서 손까지 내미는 것을 벽수는 웬일인지 '동포'란 말이 불현듯이 불쾌하게 여겨져서 악수는커녕 다시 그의 얼굴을 보지도 않고 탁자를 물러섰다.

"덜된 것."

'동포'라는 말이 왜 그다지도 서먹서먹한지 아무 진정도 내용도 없는 간사스런 잡소리로밖에는 들리지 않았다. 반드시 벽수의 심경이 틀어진 까닭도 아닌 듯—확실히 그 자리에서 그 한마디는 무의미하고 불필요한 말이었던 듯하다.

음악이 울려 벽수가 자리를 떠나려 할 때 나아자도 그 자리의 공기를 못 이겨 일어서면서 자연 벽수와 춤을 시작하게 되었다.

혼자 남게 된 일마는 불끈하는 심경을 금할 수 없었다.

"어쩌자구 남을 이렇게 귀찮게 군단 말요?"

"어쩌자군 뭘 어쩌자구요. 내 발로 내 걸어오구 내 눈으로 내 보는데 무슨 걱정예요. 그런 자유까지 꺾잔 말예요?"

명도가 미안한 듯 한마디 설명한다.

"나는 영문두 모르구 전보를 받구 신경까지 왔더니, 또 예까지 끌려오게 돼 이 야단이구료."

"내 뒤를 자꾸만 쫓는 목적이 대체 무어란 말요?"

"글쎄 내 발과 내 눈으로 내 임의대로 한다니까요. 목적은 무슨 목적이에요?"

단영은 어디까지나 새침데기다.

아킬레스의 비상飛翔

:

북만 호텔의 아침 한때—

거리로 향한 사 층 전면에 벌집같이 무수한 방을 가지고 있는 호텔—이 층 한가운데 단영과 명도는 앞 뒷방을 차지하고 있었다.

단영이 자기 방에서 세수를 하고 아침 화장에 정신이 없을 때 노크를 하고 멋대로 들어온 것은 명도였다.

"누구예요?"

"나."

번히 근 줄을 알고 묻는 단영이나 근 줄을 알고 대답하는 명도나 능청맞기는 일반이다.

"말두 없는데 왜 들어와요?"

"반드시 허락이 있어야 되나?"

"그러믄요, 숙녀의 방이 아니에요?"

"알량한 숙녀."

"뭐요?—안 돼요. 어서 나가요."

단영은 화장대 앞에서 일어나서 명도를 노린다.

그도 그럴 법한 것이 단영의 자태란 아직 침대에서 빠져나온 그대로의 허랑한 것인 까닭이다. 휘줄한 잠자리옷 속으로는 얇은 속옷만을 걸쳤을 뿐이다. 옷섶 위로 목덜미와 가슴이 내솟고 옷자락 아래로는 벗은 다리와 발이 허옇게 드러났다. 그 염염艶艶한 자태가 명도의 눈에는 무서운 독임을 단영은 잘 아는 것이요, 한편 아무리 서름서름하지 않은 그의 앞이라고는 해도 역시 여자로서의 본능적인 수치의 염이 없지 않았던 것이다.

"나가라니깐요."

가까이 와서 발을 구르니 화장 냄새가 확 치밀어 오면서 명도는 도리어 유혹을 느낀다. 옷자락 사이로 드러나는 종아리가 꽃방치같이 눈을 갈겨 정신을 어지럽힌다.

"짜증을 낼 땐 꼭 소학교 여선생 같구료-남을 언제까지나 생도 취급을 하면서."

"당신은 조금두 나아질 줄 모르는 악동이에요. 생도치군 아주 열등생이에요."

"그렇게 섭섭히 굴지 말구-우리 타협할까? 자, 이렇게 돌아앉을게."

의자를 돌려놓고 화장대와는 반대쪽 문께를 향해 앉는 명도의 꼴이 말할 수 없이 추접해 보인다.

"사내는 왜 이리 모두 춤춥스러운지."

단영은 하는 수 없이 물러가는 것이었으나 문득 무엇을 생각했던지 침대로 가서 담요를 집어다가는 돌아앉은 명도의 머리를 별안간 푹 씌워버렸다.

"고려장을 지내려나."

"어서 그러구 가만있어요. 싫거든 나가구요."

"생판 지옥이지 이게……."

담요 속에서 흘러나오는 명도의 목소리가 모깃소리만 하다.

그 괴로운 어둠 속에 빠져 있으면서도 오히려 방을 나가지 않으려고 함을 보면 여자의 곁에서의 어둠이 차라리 참기 나은 모양이었다. 중년의 사나이가 요를 쓰고 우스운 꼴로 천연스럽게 앉아 있는 것이 단영에게는 측은하게도 보였다―사내는 왜 이리 천덕꾼인고, 흡사 동물이 아닌가.

"저렇게 춤춤스러우니까 되려 천대를 받지."

"어떻게 하면 천대를 안 받을꾸."

요 속에서 새어 나오는 모깃소리가 몹시도 답답하다.

"좀 의젓하게 해 봐요."

"일마같이 쌀쌀하게 말인가?"

"비밀을 일러 줄까요?"

단영은 일마라는 이름에 제 흥에 젖으면서 목소리를 부드럽힌다.

"터놓구 말하면 여자는요……."

"그래."

"너무 끈끈한 사내를 좋아하지 않는다나요."

"……."

"좀 쌀쌀하구 교만한 사내가 더 정을 댕긴다나요."

"그건 일마를 두구 하는 소리지?"

"일마에게 대한 내 생각만이 아니라 알구 보면 세상 여자의 구미가 다 그래요―잔소리 말구 잘 들어 둬요. 이게 연애에 이기는 비밀예요."

"아구 답답해. 다 됐나? 숨이 막힐 지경이니."

"가 가만있어요. 조금만 더 참구 있어요."

명도가 담요를 벗을 듯이 하는 것을 단영이 기급을 하고 소리를 치며 막은 것은 지금 막 속옷을 갈아입는 중이었던 까닭이다. 슈미즈 위에 원피스를 걸치고는 부랴부랴 양말을 신는다.

아무도 모르는 방에서의 두 사람은 정 있는 듯이 보이면서도 기실 그렇게 서름서름한 것이었으나, 일단 차림을 차리고 방을 나설 때에는 지극히 다정한 것으로—적어도 호텔 사람에게는 그렇게 보였다. 사실 나란히 서서 층계를 내려가는 그들의 모양은 비록 각방은 쓸지언정 그리고 방 안에서의 사이가 개와 고양이든 간에 자별한 두 양주兩主로밖에는 보이지 않았다. 층계를 오르내리는 사람들의 시선이 유독 그들에게로 집중되는 것이었고, 어느 한 사람 그들의 사이를 부부라고 생각하지 않는 사람은 없었다. 명도 편으로 보면 그것이 원하는 것이기도 해서 숨은 곳에서는 구박을 받을지언정 지금 층계를 내려가는 그의 태도는 버젓한 것이었다.

"아무리 생각해두 통쾌하단 말야."

웃음을 섞어가면서 지껄이는 것을 마침 옆에 보는 사람이 없는 까닭에 단영은 긴치 않다는 듯이 흘겨본다.

"—어젯밤에 일마를 골려 준 것 말야."

"그 자리에선 꼼짝 못 하구 이제 와서 숨어서 웃는단 말요. 졸장부 같으니."

"난 단영이 그렇게 용감한 줄은 몰랐어. 일마 앞에서라면 설설 기는 줄만 알았더니 아주 대담하단 말야. 고쳐 본 걸. 사내 앞에선 그래야지, 쩔쩔매선 못써."

하다가 문득 일마에게 대한 단영의 태도뿐이 아니라 자기에게 대한 단영의 태도를 생각하고 속으로 쓴웃음이 나지 않는 것도 아니었다. 일마에게 대한 단영의 태도가 대담하다면 자기에게 대한 그의 태도는 얼마나 더 용감—하다느니보다는 모욕적이었던가.

"남의 소리 그만두고 당신이나 어서 일마의 앞에서 천하게 굴지 말아요. 못난이같이 옆에서 보기 딱하게."

"사내끼리야 그까짓 아무튼지 상관있나. 단영의 그런 태도가 내겐 반가워하는 소리지. 일마의 태도두 물론 반갑단 말이구."

"시끄러워요."

단영은 휑하니 먼저 내려간다.

두 사람의 조반이 제일 늦은 모양이었다. 식당에는 손님들이 듬성했다. 부부같이 마주 대해 앉은 식탁 위에 보이가 늦은 아침을 나르기 시작했다. 단영도 보이 앞에서는 별수 없이 부부인 척하는 수밖에는 없었다.

"……왈칵 부딪쳐 가니까 춤추던 것이 별안간 쓰러질 듯 밀려가면서 나 아자인지 한 여자가 무어라더라 질색하면서 이게 무어야 하고 짜증을 냈겠 다. 유쾌했어."

식사를 하면서도 명도는 간밤의 일이 잊히지 않아서 중얼거리니까, 단 영도 나아자라는 바람에 귀가 띄어 숭숭거리는 마음에 한마디 없을 수 없 었다.

"아니 정말 일마는 나아자하구 어느 정도로나 친해졌을까, 아주 단짝일 까?"

"어젯밤 눈치 봐서는 단짝은커녕 세상에 자기들 둘밖에는 어디 더 있는 것 같던가."

명도가 부채질하는 바람에 단영은 더욱 달뜨고 마음이 쑤신다.

"속상해, 제에기."

"걸 본 안이 아니야. 일마가 겉은 참하면서두 아주 난꾼이란 말야."

"어떡하면 좋아, 물구 뜯을 수두 없구, 원."

"물구 뜯다가 나아자에게 되물리려구?"

"내가 나아자만 못하우? 그래 아무 델 뜯어봐두 설마 나아자만야……."

"내게야 단영이 나아자보다 열 곱은 나 뵈여두, 일마 눈에 그렇게 뵈여야 말이지."

단영의 달떠하는 것이 명도로서는 기쁜 것이다.

"세상일이 요렇게 틀어지구 맘대로 안 되니까 재미있거든."

"속상해."

그러나 한번 놀음에 주저앉을 단영이 아니었다. 한숨짓는 가슴속에는 굳은 결의가 서리어졌다.

"—하는 데까진 해볼 걸, 이렇게 된 바에야 사생결단이지."

편편치 못한 심화로 단영은 구미조차 없어 식사도 하는 둥 만 둥 객실로 나왔을 때 답답한 판에

"송화강에나 나가 볼까?"

"지금이 어느 때게 강엘 나간단 말요. 한여름인 줄 아나 부다."

"시원한 데 가서 바람을 쐬여야겠는데."

하다가 마침 벽에 걸린 경마대회의 포스터를 보고

"오라, 경마가 있구나."

"잘됐군."

"말이나 실컷 보구 올까 부다."

두 사람은 그 길로 호텔을 나섰다.

추기 경마대회가 시작되었던 것이다. 단영들은 서울서도 일 년에 두어 번씩 열리게 되는 경마에서 마권을 몇 번 사본 경험이 있어서 그 길에는 반드시 서툴지는 않았다.

신시가로 나가 우선 백화점에 들렀다.

추림백화점秋林百貨店은 외국인 경영의 하얼빈서도 으뜸가는 가가였다. 점원이 전부 외국인인데다가 특히 금발 벽안碧眼의 여점원들의 응대는 그것만으로도 눈을 끌었다. 반드시 한 가지 나라말만이 쓰이는 것이 아니요, 러시아어도 들리고 영어도 들려서 이 구석 저 구석에서 언어의 혼란을 일으켜 흡사 국제 백화점인 감이 있었다. 층층으로 진열된 물품에는 구라파적인 은은한 윤택과 탐탁한 맛이 드러나 보인다. 하루아침에 이루어진 것이 아니요 천여 년을 두고 쌓아내려 온 굳건한 전통의 빛이 그 어디인지 흐

르고 있다. 구라파 문명의 조그만 진열장인 셈이었다. 사람들의 웅성거리는 속으로 단영들은 특이한 냄새와 공기를 느꼈다. 늘 맡는 문명의 냄새를 진 짬으로 맡을 수 있었던 것이다.

단영의 목적은 쌍안경을 사자는 것이었다. 층을 올라서 사치품 부에서 알맞은 것을 골라 들었을 때 미목眉目이 수려한 금발의 여점원이

"경마장에 가시나요?"

하고 애교를 보인다.

"봐요. 경마에 쌍안경이 얼마나 필요한가를."

단영이 명도를 가르쳐 주면 명도는

"달아나는 말의 다리를 보자는 셈이지. 어느 말이 몇 자 몇 치나 더 빠른가를."

"말두 보구, 경치두 보구, 사람두 보구―"

하면서 쌍안경을 눈에 대고 나사를 돌리며 초점을 맞추어 본다.

"저것 봐."

창밖 먼 거리에 초점을 박은 까닭에 오고 가는 사람들이 렌즈에 비춰어 온 것이다.

"저 저것."

초점이 움직이기 때문에 초조하게 나사를 풀었다 감았다 하면서

"세계적 미인을 그만 놓쳤네."

한참 후에 다시 옳게 그것을 찾아냈는지

"옳지, 저것 저것 좀 봐요."

"미인을 찾아낼 수 있다면 하긴 쌍안경이 필요한 것이긴 하군."

명도와 단영의 양을 빙그레 바라보고 섰던 여점원은

"맘에 드시나요?"

하고 흥정을 시작한다.

쌍안경을 사가지고 백화점을 나왔을 때 단영은 아이같이 기뻤다. 신기한 것이나 찾아낸 듯 마음이 뛰었다.

"두 눈으로두 족한데 쌍안경까지 끼이구 인생을 본다?"

"두 눈이 더하니까 더 잘 보거든요."

"자연에 대한 반역이야."

"내 이제 신발명을 해내지 않나 보죠―인생의 신발명을 해낼게요."

자동차에 앉아 경마장을 분부했다.

마가구馬家溝의 넓은 길을 쏜살같이 내닫는다. 주택 지대인 그 구역에는 수목이 울창해서 그윽한 별천지를 이루었고, 가도 양편에는 느릅나무의 고목이 정정하게 늘어서 길 위에 그림자를 던졌다.

마가구를 벗어나니 무연한 벌판이다. 비행장을 옆으로 구부러졌을 때 단영은 쌍안경을 눈에 댔다. 먼 경마장이 비춰어 오고 그 속에 아물거리는 사람들이 렌즈 속에 차례차례로 나타났다.

넓은 벌판에 한 점을 찍은 경마장 가까이 가보면 그것이 또 하나의 넓은 벌판이다.

그 속에 아물아물 사람들이 들어서서 아닌 곳에 장마당을 이루었다. 수천 명의 남녀노소가 무엇을 구하러 그 외딴 벌판 속으로들 모여들었는지― 사람은 경영을 위해서는 언제나 곳을 가리지 않는 모양이다.

거리의 생활만으로는 감격이 부족하다는 것일까. 벌판에까지 그것을 연장시켜 가슴을 조이고 피를 끓여 가면서 감격 속에 살자는 것일까. 말 다리에 그날의 운명을 맡기고 하루의 행운과 불운을 점치자는 것이다. 행운에 웃고 불운에 울자는 것이다. 타원형의 테두리를 둘러싸고 서서 달리는 말들을 바라보면서 흥분과 낙담―기쁨과 실망에 서성거리는 그 굴곡 많은 하루의 생활을 사러 사람들은 모여든 것이다.

그날의 코스는 벌써 삼사 회를 거듭하고 있었다.

단영과 명도가 경마장에 이르러 구내에 들어선 것은 네 번째 경주가 막 끝난 때였다.

사람들은 반원형의 좌석에서 와르르 흩어져서 각기의 기쁨과 실망을 털어버리고는 다음 회의 마권을 사러 뒤편 마장으로들 내려갔다. 그 밀리는 파도 속에 명도와 단영도 섞여 있었다. 하얼빈의 거리가 그러하듯 그곳에도 각 사람들이 다 모여 국적과 인종의 진열장이었다. 두 사람은 수많은 낯선 얼굴들 틈에 끼어 누가 누구인지 바로 옆 사람조차 분별하지 못하는 서름서름한 속에서 역시 공통된 흥분에 사로잡혀 요란한 공기 속에 스스로 화하는 듯이 보였다.

마장에서는 다음에 출장할 칠팔 필의 말들의 조교調敎가 있었다. 가볍게 단장하고 채찍을 든 기사들이 각각 자기들의 사랑하는 말을 끌고 나와서는 뭇 사람 앞에서 걸려 보이고 타 보고 하면서 말의 능력을 시험하는 한편, 마권을 살 사람들에게 판단의 표식을 주는 것이었다. 차례차례로 나타나는 말들은 그 자신들의 능력의 경쟁으로 그들을 사는 사람의 운명을 결정하게 된다. 사람들은 세밀한 주의로써 말들을 관찰하고 감정하는 것이었다.

붉은 옷을 입고 붉은 모자를 쓴 기사가 데리고 나온 말은 '태양'이라는 이름이었다. 후리후리하고 늠름한 기상이 단영에게는 첫눈에 들었다. 보던 중 주의를 끌었다.

"난 단연 저 말로 했어요."

언하言下에 작정하는 것을 명도는 더 한 수 신중하게 보면서

"허울만 좋아두 쓸데없어―말두 사람과 일반이어서 허울보단 맺힌 데가 있어야 힘을 쓰지, 저렇게 키다리구서야―"

반대하니까 단영은 더욱 자신을 가지고 주장한다.

"웬 소리요, 외양이 첫째지. 그밖에 무얼로 속을 판단한단 말요. 외양이

훌륭하고야 속두 훌륭하지, 외양이 변변치 못하면 힘인들 쓸 수 있수—단연 '태양'이야. '태양'이 이기지 않나 두구 보구려."

그래도 명도는 웬일인지 굽어들지 않고 자기 생각을 옳은 것으로 여기면서 다음에 나타난 말 '아킬레스'나 '멘텔차아'를 도리어 우수한 것으로 인정했다.

"나두 경마로는 여러 해 속을 태운 사람인데 외양엔 늘 속아 넘어왔어. 허울 외에 보는 데가 또 있다나—무어라구 할까. 그 어디인지 영악하구 탐탁해 보이는 것—사람이나 말이나 그게 첫째야. 늠름한 외양이란 아무 소용없는 거야—가령 내 눈에는 '아킬레스'나 '멘텔차아'가 '태양'보다는 훨씬 윗길이야. 좀 있으면 알 일이지만 두구 보구려."

"말을 골라두 꼭 당신같이—'아킬레스'가 어딜 보니 '태양'보다 낫단 말요. 그게 눈이요 뭐요."

"두구 보면 알 일인 것을 고집만 피운다."

"단연 '태양'이에요. 두말 말구 어서 '태양'을 사요."

바른 의견이 소용없었다. 단영의 고집에는 당하는 재주가 없어서 명도도 하는 수 없이 그를 좇아 '태양'의 마권을 사는 수밖에는 없었다.

오 원권을 각각 한 장씩 사가지고 벨이 울릴 때 두 사람은 마장을 올라가 타원형의 코스를 향해 좌석에 앉았다.

제 오회 째 경주가 시작되었다. 시그널이 떨어지자 말들은 내닫기 시작했다. 수천의 눈이 쏜살같이 뻗치는 말의 행렬로 일제히 향해 당긴 활같이 긴장들 했다. 말들의 흐름과 함께 눈들은 타원의 코스를 몇 바퀴이고 돈다. 바퀴를 거듭함을 따라 각 사람의 한결같은 긴장은 풀리면서 차차 각각 득의와 실망의 고개를 향해 따로따로 닫는다.

'태양'이 단연 우수해서 처음에는 '아킬레스'에게 떨어질 듯 질 듯하더니 마지막 두어 바퀴를 남겨 놓았을 때부터 앞장을 서기 시작하는 것이 끝까지 못 말을 빼는 것이었다.

말의 의기가 오름을 따라 좌석에서는 수선거리는 기색이 보이고 환희의 목소리가 솟았다. '태양'을 산 사람이 가장 많은 모양이었다. 단영도 물론 그 총중의 한 사람이어서 '태양'이 바로 눈앞을 달릴 때에는 자리에서 반쯤 허리를 세우고는 손을 흔들고 소리를 지르고 했다.

"봐요, '태양'이 이기지 않구 배기나―내 눈에 어김이 있을 줄 알구."

통쾌한 김에 박아대면 옆에 앉은 명도는 자기도 산 말이니 기쁘지 않은 바는 아니었으나 한 수 휘인 것이 불만이어서

"아직 한 바퀴 더 남았다나."

하면서 애틋한 듯 서너 번째로 떨어진 '아킬레스'에게로 눈이 간다. 이왕이면 자기가 주장했던 그 말이 이겨 주었으면 하는 생각이 마음 한구석에 있었다. 단영과의 은근한 경쟁이었다. 물론 '아킬레스'도 전력을 다해 닫는 것이며 초록 옷 입은 기사는 채찍을 들고 말허리에 납작 엎드려 말과 마음을 같이하는 것이나 '태양'과의 거리는 벌써 너무도 멀어졌다.

"한 바퀴 아니라 두 바퀴래두 저렇게 솟은 것을 무엇이 따라 낸단 말요. 자 저래두 못 이겨요?"

"최후의 일 분간이라니."

"다 진걸, 뭐 하자는 일 분이란 말요. 그래두 행여나 '아킬레스'가 이길까 해서 저 떨어지는 꼴이란."

"어서 작작 기뻐하구."

"저것 봐, 뛴다 뛴다……."

"아직두 반 바퀴."

"솟는다 솟는다……."

"사반四半 바퀴."

"날은다 날은다……."

"좀 더."

"날은다 날은다……. 난다 난다……. 옳지."

"'태양' 만세!"

사람들이 왈칵 일어서면서 좌석에는 기쁨의 목소리가 파도같이 터져 나왔다. '태양'이 일착인 것이다.

"'태양' 만세!"

"만세!"

모자가 날고 손수건이 흔들리고 수선스런 소리가 좌석을 들어갈 듯도 하다. 와르르들 흩어지면서 각각 황겁지겁 자리를 밀려 내려갔다.

틈에 끼어 비비대노라고 단영은 베레 모자가 비뚤어지고 손에 든 핸드백이 사람들 허리 사이로 솟아나곤 한다. 명도의 손이 간신히 그의 팔을 나꾸어서 마당 쪽으로 인도했다.

"맛이 어때요-아 유쾌해."

"단영 덕에 나두 마권을 옳게 산 셈인가?"

"내 눈에 어김이 없다니까요. 거저 나 사는 대로만 좇아 사요. 틀림없을 테니."

"어쩌다 한 번이나 그랬지 판판이 그럴 줄 아나? 내겐 내 요량이 있어. '태양'이 언제나 이길 말이 아니구, '아킬레스'가 번번이 실패할 말은 아니거든."

"지구서두 우기는 그 낯짝."

자기 몫의 우승의 배당을 얻으려고 사람들은 사무소 좁은 창 앞으로 꾸역꾸역 모여들었다.

'태양'의 배당은 한 구멍에 이십 원 남짓하게 돌아왔다. 단영과 명도는 각각 한 장씩을 샀던 까닭에 합 사십여 원이 수중에 들어왔다. '태양'을 겨 눈 사람이 많았기 때문에 배당으로서는 많은 편이 아니었다. 그러나 단영들에게는 처음 산 마권으로 첫 배당이었던 까닭에 기쁜 마음은 측량할 수 없었다.

"그럴 줄 알았더라면 여남은 장은 샀을 것을."

하는 욕심까지 솟기 시작했다.

"열 장이면 이백 원이게?"

"뻔히 이길 줄 알면서두."

"욕심이 과해."

"난 또 '태양'을 살 걸요, 아주 맘에 들었어요."

"번번이야 좋을 줄 아나?"

"결과만을 봐요."

한 번을 쉬고 일곱 번째 회에 다시 '태양'의 출장이 있었다.

단영은 명도를 쑤셔서 처음 배당액으로 몽땅 '태양'을 샀을 뿐 아니라, 채표까지를 각각 한 장씩 샀다. 명도도 '태양'이 출마하는 한 단영의 앞에서는 거역할 수도 없어서 이번에는 순전히 단영의 지시대로 좇으면서 좌석에 앉게 되었다.

회마다 더해 가는 홍분 속에서 일곱 번째 경주가 시작되었다. 확성기가 소리를 높여 코스의 사정을 방송하니 보는 사람들의 홍은 한층 높아 갔다.

주의는 이번에도 대부분이 '태양'으로 향했다. '태양'의 일거일동으로 말미암아 날카로워진 신경 끝에 불꽃이 나는 듯도 하다. 고함과 한숨이 섞여서 원형의 좌석은 감정의 수라장이다. 행이냐 부냐, 백이냐 흑이냐—운명의 판단을 각기 골라낸 말에게 맡기고 약동하는 타원의 흐름을 노리는 것이다.

아까 번과 마찬가지로 '태양'은 처음 몇 바퀴는 불리하던 것이 바퀴를 거듭함을 따라 뭇 말을 넘어서기 시작했다. 한 필 두 필을 뽑을 때마다 단영은 고함을 치면서 몸을 엉거주춤 들먹거렸다.

두 바퀴를 남겨 놓고 '태양'은 기어코 뭇 말의 앞장을 섰다. 회오리바람 같이 환희의 소리가 스치는 속에서 단영은 꿈결같이 몸이 화끈해 감을 느꼈다.

"어쩌면 아까 번과 똑같이 된단 말요."

반쯤은 일어서서 쌍안경이 눈에서 한시도 떨어지지 않는다.

"글쎄 말야. 오늘 경마가 우리들을 위한 경마란 말인가?"

명도는 미상불 기뻤다.

"내 솜씨가 어때요? 경마에는 대장이죠?"

"나두 이렇게 될 줄야 몰랐구료. 오늘은 사실 경마에 온 보람이 있는데."

"이번에 이기면 배당이 얼만지 계산이나 해봐요―이십 원씩이면 일백육십 원, 삼십 원씩이면 이백사십 원……."

"오십 원씩이면 사백 원―백 원씩이면 팔백 원인가?"

"팔백 원! 다 내가 번 셈이죠."

"아무렴―뭐든지 청하는 대로 안 사주리. 목도리든지, 보석이든지……."

"목도리든지 보석이든지……."

앵무같이 말을 받아서 외이다가 단영은 문득 앞으로 주춤하면서 쌍안경을 바싹대었다.

"……아니 저기."

"왜 '태양'이 첫쨋데 뭘."

"일마가 아닌가."

렌즈 속에 뚜렷이 비춰어 온 먼 좌석에 한 패는 틀림없는 일마들이었다.

"나아자와―또 한 사람 왼편의 여자는 누군구!"

일마와 나아자와―또 한 사람 에밀랴의 세 사람이었던 것이다. 그들 역시 쌍안경을 손에 들고 경마에 열중해 있는 것이었다.

"일마들이 왔다구?"

명도도 의외라는 듯이 소리를 지르나, 단영은 벌써 경마에는 정신이 없어지고 그들 한 패에서 쌍안경을 돌리려고는 하지 않았다.

"……아 일등이야 일등, '태양'이 또 일등이야—"

별안간 명도가 외치는 소리도 단영에게는 시들해지고 눈 속에는 일마들의 자태만이 있었다. 그들은 '태양'을 사지 않았던 것일까. 세 사람의 얼굴에는 실망의 빛이 역력히 나타나 보인다.

그날 일마는 마침 에밀랴가 자리에서 일어나 몸이 거뿐하다는 판에 소풍 겸 나아자와 함께 세 사람이 경마장을 찾았던 것이다.

일마에게는 경마가 서툴렀으나 나아자와 에밀랴에게는 마권을 사는 솜씨가 익숙했다. 그러나 일마는 자기 요량이 있어서 마권을 살 때 의견을 고집스럽게 내세우게 되었다. 마장에서 말의 조교를 보고는 비위에 드는 말을 골라 나아자가 무어라고 충고하든 간에 그 말을 샀다. 웬일인지 판판이 실패여서 일곱 번이나 회를 거듭함에도 한 번도 등에 들지 못하고 참패를 계속해 오는 중이다.

단영이 쌍안경으로 멀리 일마들의 자태를 발견했을 때, 그들은 일곱 번째 실망 속에 잠겨 있는 중이었다. 가운데 일마를 두고 양편에 나아자와 에밀랴가 앉아서 세 사람은 한 표정이다.

"보세요. 또 '태양'이 이기겠어요."

나아자가 민망해서 일마를 보면

"그러게 '태양'을 사자니까요."

하고 에밀랴는 초조해한다.

"이기면 이겼지—오늘 경마가 아직 반밖엔 안 나갔는데."

일마는 표면 태연해하기는 하나, 속이 조급하지 않은 것도 아니다.

주머니 속도 홀쭉해졌거니와 무엇보다도 맥이 나는 노릇이었다.

"다음번엔 난 꼭 '태양'을 살 테예요. 누가 뭐라든지."

에밀랴는 어린 마음에 짜증조차 내본다.

"저것 봐요. 저 저것."

"기어쿠 '태양'이 일착이구나."

"속상해."

옆자리에서 물 끓듯 일어나는 기쁨의 고함 속에서 세 사람은 낙망해 바로 일어설 맥도 없었다.

그 양을 단영도 멀리서 바라보면서

"고것 싸다."

하는 심술궂은 심정조차 솟아 기쁨이 곱절 더해졌다.

"사람을 골리기만 하면서 무엇이 잘 되겠다구."

그 회의 단영들의 배당은 이백 원이 넘었다. 단영은 뛸 듯이 기뻐하면서 그 이백 원의 뭉치로 일마의 눈을 보기 좋게 갈겨 주었으면 하는 욕망조차 들었다.

그 자리로 일마들 편으로 달려가고자 하는 것을 명도가 간신히 붙잡아 앉혀 멀리서 그들의 거동을 더 살피기로 했다.

자태를 행여나 놓치지 않으려고 애쓰면서 단영은 쌍안경을 눈에서 떼지 않았다.

일마들은 휴게실에서 몇 회를 쉬고 낮을 훨씬 지내니 경마는 열 회를 넘어 앞으로 삼사 회를 남기게 되었다.

기울기 시작한 해가 엇비슷이 내려쬐고 경마장은 한층 어지럽게 수선거리기 시작했다. 하루의 운명의 결단을 낸 사람이 대부분이다. 이긴 사람은 이겼고 진 사람은 져서 그날 운은 그것으로써 단정이 난 것이다. 아직도 힘과 용기를 가진 사람만이 더 그날의 운과 싸우려는 것이었다. 일마도 그중의 한 사람이었다.

제 십이 회가 시작되려 할 때, 일마는 마지막 배짱을 작정하고 매장 앞 창구멍으로 최후의 마권을 샀다.

'아킬레스'를 샀다. '아킬레스' 외에 공교롭게 '태양'이 또한 그 회에 출마하였다. 제 오 회째와 똑같은 말의 배치였다. 오 회에서는 '태양'이 크게 이겼다. '아킬레스'를 고를까 '태양'을 고를까 하는 선택에서 사람들의 의견은 간단했다. 오 회에서와 마찬가지로 '태양'을 고르면 그만인 것이다. '태양'을 사려는 사람이 조수같이 밀리는 데 반해 '아킬레스'의 매장 앞에는 일마들 쯤이 섰을 뿐이었다.

명도가 '아킬레스'를 발견한 것같이 일마도 누구보다 그 말의 된 품을 속으로 알아맞히고 있었다. 여러 회나 그 말을 사서 실패했던 것이나 굴하지 않고 이제 마지막으로 또 한 번—서슴지 않고 '아킬레스'를 산 것이다.

명도도 이번만은 '아킬레스'를 작정했던 것이 단영의 고집으로 또다시 '태양'을 사게 되었다. 단영은 '태양'에 홀짝 반했던 것이요, 지금까지의 승리가 온전히 그 덕이었던 까닭에 명도도 거역할 수 없었다. 이백 원으로 몽땅 '태양'을 산 것이었다.

여러 번 실패의 뒤이라 일마가 '아킬레스'를 사는데 나아자들은 물론 가만있지는 않았다.

"진력스럽게 또 '아킬레스'예요?"

불만이 아니라 반대의 소리였다.

"이번이 마지막이니까."

일마는 빌듯이 도리어 사정한다.

"이번 이번 하다 자꾸만 지는걸요."

"이번만은 다를 테니."

"뉘 아나요."

"운명이라는 게 그렇게 단순하게 늘 같아만 진다면야 세상일 문제가 없게. 엉뚱하게 변화를 하니까 재미두 있는 게지."

"그래 이번에 변화를 한단 말인가요?"

"그러리라구 생각하니까 진력스럽게 또 걸어 보는 게 아니오?"

나아자를 타이르기는 수월한 노릇이었으나 에밀랴는 막무가내였다.

"아무래두 이번에 속지 않을 테예요."

아이같이 투정을 부리면서

"전 '태양'을 살 테예요. '아킬레스'는 싫어요."

"괜히 나중에 후회하지 말구."

"싫어요. 절대로 '태양'을 사요."

하는 수 없이 에밀랴에게는 '태양'을 사게 하고 대신 일마는 결김에 그들의 몫까지 합쳐 '아킬레스'의 마권 다섯 장을 샀다―다시 말하면 주머니의 밑천이 다섯 장 값밖에는 남지 않았던 것이다. 나머지의 일 원으로는 그 회의 채표를 샀다. 되든지 안 되든지―모든 것을 털어 그 한 회에 바친 것이다. 장쾌한 모험이요 운명과의 싸움이었다.(모험의 결과를―떨어진 골패 쪽의 결과가 일마에게 얼마나 이로웠나를 보고함에 작자는 무한한 흥분과 흥미를 느낀다. 다음에 적는 것은 다만 충실한 보고일 따름이나, 그 거짓말 같은 행복을 작자도 미상불 신기하게 여기지 않을 수 없다. 그러나 세상에는 실상으로 그런 행운이 있음을 알고 깊이 안심하는 바이다.)

처음 몇 바퀴째는 '태양'이 우세해서 뭇 말의 앞장을 섰다. '태양'을 산 사람이 많았던 까닭에 좌석에서는 관객들이 죄다 기립을 하다시피 하고는 눈앞을 달리는 말을 향해 성원을 보내는 것이었다. 흡사 스포츠의 응원을 하는 셈이었다. 자기들의 선수 '태양'을 향해 군중은 열렬한 응원을 하는 것이었다.

단영도 응원단의 한 사람인 양 자리를 일어서서 고함을 치면서 한편 연
連해 쌍안경으로 일마들의 자태를 바라보았다. 응원이 없이 잠자코만 앉아
있음은 또 '태양'을 사지 않은 모양이로구나 생각하면서 은연중 통쾌한 심
사도 솟았다. 그러나 단영의 기쁨도 이번만은 오래가지를 않았다. '태양'이
언제까지나 우세하지 못했던 것이다.

두 바퀴를 남겨 놓고 '태양'이 점점 떨어지는 대신 훨씬 뒤편에 섰던 '아
킬레스'가 차차 솟아나기 시작했다. 한 필 두 필을 지나 반 바퀴를 달리는
동안에 완전히 앞장을 서고야 말았다.

"아앗!"

일마는 자기도 모르게 소리를 치면서 자리를 일어섰다.

"'아킬레스' 달려라!"

일마의 뒤를 따라 응원을 하는 사람이 없음은 의외에 '아킬레스'를 산 사
람이 없었던 까닭이다. 별안간의 침묵 속에서 장내는 물을 뿌린 듯이 조용
하다. '아킬레스'가 솟을 줄은 아무도 몰랐던 것이다.

"'태양'은 훨씬 떨어졌습니다. '아킬레스'는 필사적으로 닫습니다."

확성기는 어느 때보다도 소리를 높여서 코스를 설명한다.

기운을 얻은 '아킬레스'는 하늘에나 오를 듯이 양양히 날고 그 등에
어거한 초록빛 기사는 새 날개같이 가벼워 보인다. 다른 말들과는 동이 뜨
게 멀리 앞을 선 오늘의 선수는 벌써 몇 치 앞에 골을 바라보게 되었다.

"옳지 옳지-한숨만 더-더-더-으앗 만세! '아킬레스' 만세!"

'아킬레스'는 드디어 일착이었다. 기적인 듯만 싶다. 일마는 목이 쉬어라 고
함을 치고, 나아자는 일마의 팔을 꼭 부둥켜안고 눈물이 핑 돌 지경이었다.

실망으로 수선거리는 수천 군중 속에서 감격에 우는 사람은 참으로 일
마들 한 패뿐이었다.

〉

소위 '아나太'라는 것이었다. 일마들만이 '아킬레스'의 배당을 몽딱 차지하게 되었다. 모험에서 온 행운이었다.

마권 한 장이 칠백 원 배당으로 다섯 장에 삼천오백 원이 차례진 것이다. 또 한 가지 내친걸음에 채표가 일체로 맞아 거짓말같이 일천이백 원이 제물에 들어왔다. 합 오천 원에 가까운 거액이 순식간에 굴러든 것이다. 꿈속 일만 같아서 일마는 정신이 황당했다.

"이게 제 일 같지는 않구려."

나아자는 일마의 팔을 꼭 붙든 채 이유 없이 떨었다.

"그렇게 되는 걸 어쩌겠수."

"기쁘다느니 보다 무서운 생각이 들어요."

"도적질이 아닌 바에야 무섭긴 무에 무섭단 말요."

타이르기는 하나 일마 자신 현금으로 오천 원의 지폐 뭉치를 손에 받았을 때에는 사실 알 수 없이 가슴이 두근거렸다.

'무슨 까닭에 하필 내게 이 행운인구?'

하는 생각이 들면서 마음속이 불안스러워졌다.

"난 지금 딴 세상 속에 있는 것 같아요, 자꾸만."

단순하게 기쁨을 말하는 것은 누구보다도 에밀랴였다.

"오늘의 영웅—우리들의 영웅!"

일마를 지금과는 종족이 다른 딴사람으로 우러러보았다.

경마에 이긴 것은 물론 '아킬레스'였으나 동시에 그것을 산 일마였다. '아킬레스'는 일마요 일마는 '아킬레스'였다. 그날의 영웅은 '아킬레스'이자 일마였던 것이다. 에밀랴에게 일마는 별안간 하늘 위 사람만큼이나 보였다.

"괜히 생고집을 피웠었죠. 이렇게 될 줄은 모르구."

일마에게 거역하고 혼자 '태양'을 샀던 것을 부끄러워하는 것이다.

일마들의 행운의 반면에는 무수한 불운의 패들이 있었고 그중에서도 단영은 가장 심한 편이었다.

'태양'에서 얻은 수백 원을 그 한 번에 고스란히 날려 보내고 그날 운수는 도로 나무아미타불이었다. 단번에 그렇게 무참히도 참패한 것을 생각하면 이가 갈릴 지경이었다.

명도도 이겼을 때 말이었지 지고서까지야 단영에게 굽힐 리는 없었다. 싫은 소리가 늘어갔다.

"누가 아니래. 위험한 짓을 하다가, 그저—"

"그럴 줄 알았나 누가?"

단영은 대꾸는 하면서도 마음속은 물론 편편치 못하였다.

"'태양' '태양' 하다 잘됐지. 남의 말을 더러 듣지 않구서."

"아따, 가만있다가 지게 되니까 이제 와서 싫은 소리구료. 아까 두 번이나 이긴 건 무어요?"

"이긴 게 지금 어디 있어? 도루 제 턱이면서."

"제 턱이면 됐지 어쩌란 말요? 괜히 화나는데 자꾸만—"

쌍안경에 비치어 오는 일마들의 기뻐하는 양도 꼴사나운 데다가 명도조차 지긋거리는 것이 견딜 수 없이 화를 북돋았다.

"저것들이 결국 남의 행운을 도맡아 뺏어간 셈이지—우리의 건 몽두 모조리 저 수중에 들어갔으렷다."

생각할수록에 불심지가 솟았다.

"이대로 가만있을 줄 알구, 가서 꼴들을 봐야지."

쌍안경을 떨어트린 단영은 명도를 끌고 사람들 속을 비집었다.

기어코 일마들 앞에 나타났을 때 빈정대는 어조로

"굉장은 한데 두 손에 꽃 들구—어디 영웅의 낯 좀 똑똑히 볼까."

나아자는 단영을 보고 전날 밤 일을 생각했던지 질색하면서 외면했다.

"경마엘 다 쫓아 나왔어."

"당신 이긴 속에 우리 몫두 섞인 줄이나 알아 둬요."

더 어울리다가 귀치않아질 것을 생각하고 일마는 나아자의 손을 끌고 자동차 있는 편으로 향했다.

벌써 황혼이라 경마장을 물러가는 사람들이 많았다.

향연饗宴

:

일마는 자동차로 거리로 돌아와 호텔에 닿자 신문사에 전화를 걸어 벽수를 끌어냈다.

나아자와 에밀랴와 합 네 사람이 만찬을 같이하기로 했다.

벽수는 뛰어들자 그날 경마의 소식을 듣고 대경실색—얼굴빛이 변한 것이 사실이었다.

"일전의 채표며 오늘의 경마며 거저 일이 아닌 것 같애—난 되려 겁만 나네."

"요만큼의 행운이 왔다구 왜 하필 불행을 연상할 필요가 있나?"

"요만큼의 행운이 아니야. 아무에게나 쉽게 있을 행운이 아니야."

"불행이 오면 불행대로 받지. 행운은 행운대로 받구. 걱정할 게 없어. 행운이 왔다구까지 걱정하구야 그럼 대체 무엇하자구 산단 말인가?"

"평범이 좋거든."

"평범이 좋다면 자네 뭣 하러 만주까지 들어왔나? 평범을 구해서 이 외지에 들어와 고생이란 말인가?"

"만주의 행운은 자네가 다 쓸어갔다네. 우리에겐 차례질 것이 없거든."

"자 유쾌하게! 이것두 일생 저것두 일생—차례진 일생을 차례진 대로 보낼 수밖에 다른 수가 더 있나?"

식당 한구석에 특별히 분부한 만찬의 식탁은 어느 때보다도 호화로웠다.

일마는 특히 나아자의 뜻을 존중히 여겨 그의 구미에 맞는 음식을 그날 밤 작정된 요리 외에 더 부탁했다. 그날의 승리를 축복하는 조그만 잔치가 일마의 뜻으로는 온전히 나아자를 위한 마음의 대접이었던 것이다.

흰 식탁 위에 꽃바구니가 놓이고 조그만 양동이 얼음 속에 샴페인 병이 비스듬히 솟았다. 진미를 다했다는 요리 접시를 보이가 차례차례로 날러오는 것이나 일마에게는 오히려 부족한 생각이 들어서

"사람의 사치라는 것이 요 정도의 것뿐인가? 더 굉장한 잔치라는 건 가질 수 없는 것일까?"

"힘이 넘치면 모든 것이 하찮어 보이는 법이지만—사치라는 것이 일단 가져 보면 신기할 것두 없구 그저 그뿐이야. 다른 더 진귀한 것을 그리워하나 실상에 있어서 그런 것은 없거든. 왕이 먹는 음식이나 우리가 먹는 음식이나 그다지 다를 것이 없어. 실속에 있어선 똑같은 거야."

벽수가 아무리 아는 소리를 해도 일마로 보면 부족한 심사를 금할 수 없었다. 그만큼 속이 넉넉하고 찼던 것이다.

나아자에게는 그러나 그날의 만찬은 더없이 호화롭고 고맙게 여겨졌다. 잔치도 잔치려니와 일마의 친절에 마음이 흡족했다.

"지난 반생 동안에 이렇게 훌륭한 만찬을 받아 본 적이 없었어요."

솔직한 고백이었다. 곧은 마음씨가 눈물겹게 여겨졌다.

"생일 때와 크리스마스 때에두 이렇게 놀라운 잔치는 못 받아 봤어요. 몇 살 때이든가 물론 어머니가 생존해 계실 때 생일날 이웃 사람들을 청해 놓구 빵을 잔뜩 썰구 오리고기를 통 채로 삶아 놓구 했을 때의 생각이 평생을 두구 안 잊혀져요. 제일 즐거운 때였어요—오늘까지 반생 동안 이렇게 유쾌한 시간을 종시 가져 보지 못하구 자랐어요."

"그럼 오늘 흠뻑 즐겨 하구려."

에밀랴는 자기 역시 비슷한 사정임에 나아자의 말이 뼛속에 사무쳐 와서

"두 번째 생일잔치로 여기구 나두 오늘을 크리스마스쯤으로나 여길게."

"자, 그럼 오늘 특히 두 분을 위해서 잔들을 냅시다."

일마는 보이에게 손짓해서 나아자와 에밀랴의 유리잔에 술을 이어 따르게 했다. 샴페인 마개를 뽑는 소리가 팡팡 유쾌하게 울림을 따라 달고 짜릿한 술맛에 네 사람은 거나해 갔다. 나아자도 잔을 사양하지 않아서 어느덧 얼굴이 꽃 빛으로 변했다.

에밀랴는 그 길로 바로 밤일을 보러 홀로 나갔으나 나아자는 그날 밤 홀을 쉬기로 했다.

취기가 돌아 약간 건들건들하는 그 모양으로는 나갈래야 나갈 수도 없기는 했다.

식후 로비에들 나들 앉아 붉은 카펫을 밟고 음악을 듣고 있을 때 일마는 가장 행복스런 순간에 잠겨 있는 셈이었다. 거기에서 더할 행복이 없었다. 고무풍선같이 둥그렇게 차서 허공에 둥실 떠 있는 듯한 심경이었다.

한 가지 부족이 있다면 아직도 나아자의 마음의 마지막 고비를 잡지 못한 것일까. 연일 그와의 사귐에서 그의 감정의 지향을 어느 정도까지 포착하지 못한 것은 아니었으나 단순하지 않은 것은 여자의 마음이라 마지막 고비를 잡을 때까지는 마음이 놓이지 않았다. 더욱이 오늘의 일마에게는 벌써 나아자가 없어서는 안 되게 되었다. 어느 결엔지 그만이 가장 뜻있는 것이 되어 버렸고 그 없는 일상이라는 것을 생각할 수 없게 되었다. 트렁크 속에 돌연히 일만 오천 원이 기어들었다고 해도 그것이 그것만으로는 별반 값이 없는 것이요, 자기 한 몸의 인물이나 재주나 모든 것이 그것만으로는 뜻 없는 것이다. 한 가지의 귀중한 대상이 있고 그것을 위해서만 비로소 뜻

을 가지게 되고 빛을 내게 된다. 일마의 그 귀중한 대상은 지금에 있어서는 말할 것도 없이 나아자였다. 그를 위해서라면 그 모든 것을 그 자리로 버려도 좋은 것이다. 문제는 나아자의 마지막 심정이었다. 거기에 모든 것이 걸려 있는 것이었다.

만족 속에서의 한 줄기의 근심—그러나 그것은 만월을 아련히 가리운 실오리만 한 한 줄기의 구름 폭밖에는 안 되었다. 나아자의 심중이 그다지 복잡한 것이 아니었고 감정의 표현이란 비교적 단순하고 솔직한 것이다. 며칠 동안의 일마에게 대한 전폭적 호의—그 속에 나아자의 뜻은 가장 선명하고 정직하게 나타나 있었다. 그리고 오늘의 그 만족의 자태가 그것을 한층 웅변으로 설명하는 것이 아니었던가. 일마의 근심은 만족에서 오는 귀여운 투정이었다.(그런 줄을 일마는 불과 몇 시간 후에 알게 되는 것이지만.)

"어떻게 하면 나아자를 최대한도로 대접할 수 있을까를 지금 생각하구 있는 중이오."

일마가 말할 때 나아자는 더없이 만족스런 표정으로

"이 이상 더 대접한다면 무엇으로 그걸 다 받으란 말예요—지금 한껏 흡족한데."

결국 사치라는 것은 샴페인을 실컷 마시는 일이요, 즐거움이란 음악과 춤의 기쁜 시간을 가짐이다.

아무런 인간 생활에 있어서도 그 이상의 즐거운 행사는 없는 것이다. 일마가 아무리 그보다 더한 것을 발견하려고 해도 헛일이었고 고래로 작정된 인간의 기쁨의 길을 좇을 수밖에는 없었다.

나아자가 잘 안다는 그 번잡하지 않은 골목의 '왈츠의 집'을 세 사람은 찾게 되었고 그 조촐한 홀에서 샴페인을 여러 병이나 터치게 되어 흠뻑 취하게들 되었고 흥에 겨운 춤으로 음악에 쏠려 왈츠를 몇 번이고 추게 되던 것이다.

왈츠만을 추는 집이었다. 비엔나의 왈츠니 파리의 왈츠니─각기 조금씩
다른 우아하고 혹은 현대적인 왈츠의 곡조를 따라 춤도 약간씩 달라졌다.
왈츠는 사랑하는 사람끼리 추자는 것이다. 사랑하는 사람들을 휘두를 대로
휘둘러 피곤하게 하자는 것인 듯했다.

나아자는 일마와 서너 곡조나 연거푸 추고 났을 때 그 쉴새 없이 빙글빙
글 돌아가는 격렬한 운동에 현기증이 나고 숨이 차졌다. 쓰러질 듯이 휘뚱
거리는 것을 일마는 이끌어다가 소파에 앉혔다. 따라 앉으니 나아자는 어
깨에 머리를 기댔다. 춤과 취기에 피곤하고 혼몽한 것이었다. 고개를 기댄
채 잠꼬대같이 하는 소리가

"어디든지 먼 데로 가구 싶어요……. 멀리……조선이나 따라 나갈까요."

마지막 한마디가 일마의 정신을 번쩍 뜨이게 했다.

"나두 이젠 조선을 잘 알게 됐어요."

나아자의 한마디 한마디가 일마에게는 놀람이었다.

'어떻게 해서 안단 말요.'

하고 되묻지도 못하고 어쩔 줄을 모르며 그를 멀끔히 바라만 볼 때

"일마 씨를 통해서 안단 말예요. 일마 씨의 인품을 고대로 조선이라구
생각한단 말예요."

반드시 취중의 말이 아닌 듯싶다. 일마를 바라보는 눈이 빛나고 말소리
가 약간 떨리는 것이다.

"……."

"그리구 그 조선을 사랑할 수 있을 것 같아요."

취중인 것이 차라리 다행이었다. 그 말을 들을 때 일마로서도 전에 없는
용기가 솟으면서 팔 안에 나아자를 이끌 듯이나 가까이 그를 굽어보았다.

"조선의 무 무엇을 사랑한단 말요?"

"무엇이든지 모두―인물이며 품성이며 모두."

"조선 옷을 입은 나아자의 자태를 나두 상상해 본 지 오래였었소. 치마 저고리를 입은 모양이 얼마나 아름다울까를 생각해 보군 하우."

"흰옷들을 입는다죠. 늘 야회복을 입은 것 같아서 얼마나 깨끗하구 좋을까요?"

"그리구 꽃신들을 신는다나―푸른 전에 붉은 실, 노랑 실로 수놓은 꽃신, 흰 버선에 꽃신을 신구, 흰 저고리 검은 치마로 말끔하게 채리구 나선 모양은 아무 데서두 볼 수 없는 조선의 가장 아름다운 것의 하나일 거요."

"옛날부터 내려오는 질그릇으로 맨든 꽃병두 놀랍다죠?"

"먼 옛날 우리 할아버지들은 세상에서 제일가는 문화인이었었다우―질그릇두 잘 굽구, 그림두 잘 그리구, 음악두 잘 하구."

"그 자랑 속에 살구 싶어요―흰옷을 입구, 질그릇과 그림을 보구, 옛 음악을 듣구……."

"나아자에게서 그런 말을 듣게 되는 것이 꼭 거짓말 같으면서 같은 말을 열 번 백 번 들어두 싫지 않을 것 같구료."

"열 번이든지 백 번이든지 하죠―얼른 그 조선의 자랑 속에 살구 싶어요……."

말이 끝나기도 전에 일마는 벌떡 일어서면서 다짜고짜로 나아자의 손을 끌고 춤 속으로 휩쓸려 들어갔다. 그 자리에서는 그런 수선스럽고 호들갑스런 거동으로밖에는 심중을 표현할 수 없었던 것이다.

"세상에는 제일 어려운 노릇이 제일 쉽게 되는 수두 있나 봐―나아자의 그 말이 내게는 제일 듣구 싶던 말요. 이제 그걸 이렇게두 수월하게 들은 거요."

왈츠의 스텝이 야단스럽게 파도치면서 두 몸은 빙글빙글 돌아가는 원운동의 권내로 휩쓸려 들어갔다. 그날 밤 그 수많은 패들 속에 일마들같이 행복스런 짝은 없을 듯했다.

물결 위에 뜬 한 쌍의 물새같이 날아 날 듯이 가볍게 휘도는 것이었다.

두 사람의 사정을 짐작하고서인지 벽수의 자태는 어느 때부터인지 홀에서 사라져 있었다. 일마는 춤 속에서도 두리번거리면서 찾는 것이나 끝끝내 보이지 않는다. 그가 사라진 반면에 춤추는 패가 부쩍 는 것을 보고 밤이 이미 늦은 것도 짐작할 수 있었다. 나아자는 피곤할 대로 피곤해 이제는 벌써 일마의 손에 무겁게 끌리게 되었다.

"오늘 밤엔 내 몸이 아닌 것 같애요. 정신이 휘황하면서―아무 데루나 얼른 편안한 곳으로 가세요."

두 사람은 차를 불러 무거운 몸을 싣고 극히 자연스럽게 일마의 호텔로 향한 것이었다.

호텔에 이르러 일마는 사무원에게 방 열쇠를 청했을 때 대답에 놀랐다.

"아까 드렸죠."

"드리다니 누구에게?"

놀라며 반문하니 사무원도 당황한 태도였다.

"조금 아까 여자 한 분이 와서 방 열쇠를 달라길래 동행되는 분인 줄 알구 내드렸는데요."

"여자라니, 내게 웬 동행의 여자가 있단 말요?"

사무원보다는 물론 일마의 편이 더 놀란 것은 사실이었다.

"그분이 동행이라구만 하면서 조르길래―"

"천만에. 여자 동행이라군 없소."

일마가 소리를 높이니 사무원도 자기의 그릇이었음을 깨달으며 적지 아니 황당했다.

"그럼 이거 실책이었던가요?"

"실책이죠. 어서 열쇠를 되찾어다 주시오."

사무원이 더렁더렁 층계를 올라가는 뒤를 따라 일마들도 이 층으로 올라갔다.

방 앞에 이르러 노크를 했을 때

"누구요?"

간드러진 목소리가 안에서 나면서 슬리퍼 끄는 소리가 들렸다.

목소리를 듣지 않아도 그 날뜽 같은 침입자가 단영일 것쯤을 일마가 모를 바는 아니었다. 새침스런 목소리를 들을 때 노염이 머리끝까지 솟아올랐다.

"밤중에 방문을 두드리는 사람이 누구예요. 잠자는 사람을 깨우는 사람이 누구예요."

"냉큼 열지 않어?"

일마의 목소리에 단영은 더욱 늦조를 부리며

"옳지, 방 주인이로군. 주인이면 누가 겁을 내나. 혼자면 들여놓구, 그 아니꼬운 꼴들이라면 안 들여놀 테야."

"벼락이 내릴 줄 모르구 그래두 는적거린다."

고함소리에 방문이 열리며 단영의 염염한 자태가 문턱에 나타났다.

"짝을 지어 가지구 댕기면서 그 호령이군. 경마에 이기구 계집을 얻구 아주 의기가 도도한데."

"자 내 동행인가 아닌가를 저 입으로 다시 한번 외이게 해 보구료."

일마는 사무원을 향해 추상같은 엄명이었다.

"당신이 실책이었다는 것을 이 자리로 증명해 놓으시오."

사무원은 허리를 굽히고 황공스러워서 어쩔 줄을 몰랐다.

"그래두 얼른 쫓아내지 못하겠소─당신 책임을 다하지 못하겠소?"

"아따, 큰소리두 한다."

단영의 소리를 들은 체 만 체 일마가 발을 돌렸을 때 나아자는 벌써 층계를 내려가고 있는 것이었다.

일마는 급히 뒤를 따라가서 옆에 섰다. 단영의 소행보다도 무엇보다도 지금에는 나아자의 뜻 하나가 일마의 마음 전부를 지배하게 되었다.

"나아자가 오해하지 않을 줄을 나는 잘 아오."

나아자는 확실히 불쾌한 감정을 억제할 수 없는 듯 한참이나 말이 없었다.

"저런 여자를 사랑하러 나는 세상에 태어난 것은 아니오. 아마 내가 세상에서 사랑할 수 있는 마지막 여자일 거요."

층계를 중간까지 내려갔을 때 별안간 울음이 터져 나오면서 단영의 발버둥 소리가 들렸다. 싸우다 싸우다 지쳐서 악 김에 우는 아이의 모양이었다. 소리가 점점 높아졌다.

"대단한 정성이군요—여기까지 따라와서 울구불구 할젠."

"사랑의 정성같이 피차에 맥 나는 건 없을 거요. 정성을 가지구 어쩌잔 말요. 괜히 소용없는 낭비일 뿐이지."

그런 말을 듣지 않더라도 나아자는 반드시 일마를 오해하는 것은 아니었다. 몇 번 만나게 된 단영의 인상으로 그의 짝사랑의 수고를 관찰하지 못한 바도 아니었고, 일마의 시종이 여일한 냉정한 태도도 물론 충분히 살필 수 있었다.

단영의 그런 수고를 알면 알수록 그의 심사는 더욱 불붙는 것이었고, 오늘의 일마의 태도도 내심으로는 얼마나 통쾌한 것인지 헤아릴 수 없었다.

아래층 로비에 들어갔을 때 나아자는 맥없이 풀썩 주저앉으면서

"정말 피곤하군요—갈 데가 없다니요."

"없긴 왜, 좀 있다 방으로 들어갑시다. 침입자나 처치해 놓거든."

일마도 덩달아 옆자리에 주저앉는 것이었다.

이튿날 아침 나아자는 일마의 방에서 나왔다.

일마에게 대한 사랑도 사랑이려니와 가정과 백모 수우라에게 대한 반역이었다. 백모 부부가 나아자에게 그다지 극진한 편은 못 되었다. 나아자에게는 한없이 섭섭한 일이었다. 수우라에게 대해서 가령 어머니에게 대하듯 응석을 할 수 없었고 깊은 속사정을 하소연할 수도 없었다. 사이에 그 무엇이 끼인 듯이 서먹서먹하고 찬 기운이 흘렀다. 고아의 설움을 뼈에 사무치게 느끼면서 백모의 가정에 잠시 몸을 붙이고 있는 게 껍질로밖에는 여겨지지 않으며 그곳을 벗어날 날을 기다려 왔던 것이다. 나아자로서 상도를 벗어난 그날 밤 일은 가정을 벗어나기로 이미 결정한 증거였다. 일마를 마음속에 작정한 때부터 그것이 올 날을 기다리고 있었다. 이제 낡은 집을 벗어나서 새날의 첫걸음을 내디딘 셈이었다.

"이곳을 떠나기 전에 한 가지 청이 있어요. 무덤 속 어머니에게 마지막 인사를 드려야겠어요."

그날 오후 일마는 나아자의 청을 들어 함께 묘지를 찾기로 했다.

나아자는 꽃묶음과 가느다란 양초를 사들었다. 무덤 앞에 바치자는 것이었다.

교외로 향한 운동장만큼이나 넓은 탄탄대로를 마차로 근 이십 분 동안이나 달렸다. 나아자는 꽃묶음을 들고 마차 위에서 침묵에 잠겼다. 마부의 채찍이 허공에 날리고 붉은 꽃송이가 바람에 떨렸다. 어느덧 냉랭한 기운이 대기 속에 차 있음을 알고 일마는 가슴속에 스며드는 싸늘한 새로운 절기의 애감哀感을 금할 수 없었다. 대체 어느새 나아자를 알게 되고 사랑하게 되고 오늘 이 고패에 이르렀던가. 나아자는 틀림없이 꽃묶음을 들고 지금 옆에 앉아 있다. 꿈결 같고 거짓말 같다. 절기의 변천과 같이 신기하고 이상스러운 일이다. 행복스러우면서도 그 무엇인지 한 마디 슬픈 듯하다. 생각할수록에 인간사가 신비롭기만 하다. 나아자가 침묵하고 앞만 내다보면서 긴 속눈썹에 그림자를 띠이고 있는 것도 같은 감정에 잠겨 있는 까닭일까.

싸늘한 바람에 두 사람의 표정은 생각을 머금고 한결같이 고요하다.

단청이 화려한 극락사를 지나 서니, 묘지의 문이 눈앞에 다다르며 넓은 구내가 짐작된다. 문 앞에는 꽃 장사가 양편에 들어서 각색 꽃을 진열하고 조객을 기다리고 있다.

문을 들어서니 정면에 우스펜스카야 사원이 있고, 그 뒤편에 여러 만 평으로 짐작되는 나무가 수북이 들어선 묘지가 연했다. 사원도 묘지도 텅 비어서 흡사 주인 없는 집에 주인 없는 뜰과도 같다. 수십 만의 무덤이 각각 그 넓은 뜰의 주인인 것이다. 주인들은 묵묵히 나무 그늘 속에 누워 말 없는 속에서 뜰을 지키고 있는 것이다.

묘지라고는 해도 전면 그윽한 수풀이다. 가느다란 백양나무와 애잔한 느티나무가 빈틈없이 들어서서 각각 나무 그늘 아래에 모나게 다듬은 기다란 돌을 누이고 그 위에 비석을 세우고 양편에 등을 달고 꽃을 꽂은─그 운치 있는 조그만 정자가 무덤인 것이다. 으늑한 구석마다 그런 무덤이 무수히 숨어 있어서 그 온통의 구내가 일종 공원인 듯한 느낌을 준다. 무시무시한 법도 없고 께름하지도 않고 고요하고 한적한 속이 제물에 자연의 공연이다. 수풀 새새로 가느다란 기름길이 멀리 구석까지 뻗쳤고, 그 잡풀 우거진 길 양편에 백양나무의 애목이 늘어서고 군데군데에 벤치가 놓였다. 벤치에 앉아 다리를 쉬고 추억에 잠기라는 휴식과 명상의 곳인 것이다.

나무마다 초가을 빛이어서 물든 잎새들이 가지 끝에 곱고 기름길에는 우수수 흩어진 조그만 낙엽들이 지천으로 발에 밟힌다. 새소리조차 끊어진 아름다운 가을 수풀 속에 오후의 햇볕이 줄기줄기 새어들어 으늑한 속에서 환한 천지를 이루었다.

일마와 나아자는 산보나 하는 듯 어슬어슬 기름길을 이모저모 더듬었다.

기름길을 몇 고비나 돌아 한구석 그늘 아래에 나아자는 섰다.

"여기에 어머니가 쉬세요."

가늘게 말하고 무덤 앞에 나가는 것이다.

흰 말뚝 테두리 앞에 조그만 문이 달렸다.

나아자는 문을 열고 안에 들어섰다.

일마는 밖에 서서 무덤의 모양을 살폈다.

무덤의 규모와 치장도 천차만별이었으나 그 많은 무덤 속에서 결코 크고 사치한 무덤은 아니었다. 비석도 얕고 비석 가으로 잡풀이 우거졌고 유리 등에 불은 꺼졌고 언제 꽂았던 꽃인지 병의 꽃도 시들고 말라 버렸다. 비석에는 나아자의 어머니의 이름과 작고한 시일과 간단한 생애의 역사가 러시아 국문으로 적혀 있고 아래편에 고인의 사진이 돌 속에 장치되어 있다. 나아자와 흡사한 모습이다.

일마는 사진 앞에서 모자를 벗고 고개를 숙였다.

남의 무덤이라 서먹거리기는 했으나 나아자의 혈육임을 생각할 때 마음의 거리가 가까움을 느꼈고, 무엇보다도 나아자의 하는 정성스런 태도에 마음이 움직였다.

꽃을 갈아 꽂고 등 속에 촉을 불 켜놓고 나더니 합장하고 한참이나 기도를 드린 그 뒷모양이 한없이 맑고 정성스러운 것으로 보인다. 사람의 그림자 하나 없는 적막한 속에서 한 폭의 옛 그림같이도 생각된다.

기도를 마치더니 나아자는 돌아서서 고개 숙인 일마를 보면서─눈에 눈물이 어리운 듯하다.

"오랫동안 와 보지 못했더니 이 꼴이랍니다. 흡사 주인 없는 무덤같이─땅속에서래두 얼마나 쓸쓸해 하구 노여하실까를 생각하면……"

사실로 눈물을 흘리는 것이었다. 눈물을 닦은 손수건으로 나아자는 비석을 훔치기 시작했다. 먼지를 떨고 글자를 닦는다. 흡사 귀중한 물건을 손질하는 듯 얼굴을 닦는 듯─그런 알뜰한 솜씨이다.

비석의 기록에 의하면 세상을 떠난 지가 여러 해 전이다. 그 여러 해 동안에 조금도 변하지 않은 혈육의 애정이 일마의 가슴을 찔렀다.

문득 스며드는 감상에 눈시울이 뜨거워지면서 몇 걸음 그 자리를 떠나 뒤편 벤치에 앉았다. 이윽고 나아자도 묘지에서 나와 일마의 앞에 섰다. 눈물을 보이지 않으려고 닦은 얼굴에 자국이 어른거린다.

"이곳을 떠난대두 맘속에 남는 것이 없어요. 생활두 친척두 하나두 맘을 댕기지는 않아요. 다만 땅속의 어머니만이 언제까지나 추억 속에 살아 있으면서 속에 걸려요."

"영원히 못 올 길을 떠나는 것이 아니니 귀한 추억을 더듬으면서 가끔 다녀가면 좋지 않으우?"

"내 없는 동안에 또 몇 달이구 몇 해구 외로운 속에서 거칠어 가겠죠— 불은 꺼지구 꽃은 마르구 잡풀은 우거지구……."

벤치에서 일어나서 두 사람은 기름길을 되돌아섰다.

슬픔에는 단념이 필요하다. 어느 때까지나 그곳에 머무를 수는 없었다. 나아자는 어머니의 추억을 등 뒤에 남기고 곧게 앞을 내다보았다.

묘지는 공원이다. 늦은 해가 등에 따뜻하다. 낙엽이 우수수 발아래 새로 떨어졌다.

넓고 깊은 구내에는 어느 구석에 무엇이 숨었는지 헤아릴 수 없다. 기름길을 두어 고비째 돌았을 때 문득 나무 아래에 사람의 그림자를 보고 일마는 선뜻해졌다.

후리후리한 그 젊은이 또한 오후의 묘지를 산보하는 셈인지 혹은 고인의 추억 속에 잠겨 있는 셈인지 묵묵하고 조용한 자태이다.

공교롭게도 나아자의 아는 사람이었다. 가까이 갔을 때 젊은이는 손을 들었다. 나아자는 약간 놀란 듯한 입을 열었다.

"오, 이바노프 아니오. 웬일예요?"

"아버지 무덤에 꽃을 드리러 왔죠. 여기서 만나기는 의외구려."

이바노프가 일마를 찬찬히 바라보는 것을 보고 나아자는 민첩하게 두 사람을 자기 입으로 소개하고 인사시켰다.

낙엽 속이라서 그런지 이바노프의 차림이 한결 쓸쓸해 보인다. 여름이 다간 뒤의 부연 보라 양복은 철 늦은 느낌을 주면서 허름하기 짝없다. 얼굴도 윤택 있지 못하고 둥그런 커다란 눈이 멀뚱하게 세상을 노린다. 그 눈이 원래 냉정한 것이 아니라 냉정한 세상에 대해서 자연히 가지게 된 지극히 무관심한 눈매였다.

나아자와는 각별히 친한 모양이었다. 익숙한 어조로 말을 주고받는 두 사람의 태도가 자연스럽다. 재빠른 그들의 회화가 일마에게는 대략 이해되었으나 모르는 동안에 넘어가는 구절도 있었다.

초면인 처지에 회화 속에 휩쓸려 들 수도 없어서 잠잠히 섰으려니 멋쩍은 생각에 일마는 먼저 몇 걸음 앞으로 걸어갔다. 미안히 여겨서인지 나아자는 곧 뒤를 따라왔다. 이바노프는 손짓하며 기름길을 따라 속으로 걸어 들어가는 것이었다.

"수우라의 집에 자주 드나드는 청년이에요. 아저씨가 육군 소장이었을 시절에 사관으로 있었다나요. 아저씨와는 각별한 사이인 모양 같아요."

나아자는 설명하면서 일마와 나란히 섰다.

"묘지에서는 모두 쓸쓸해 보이는구료. 쓸쓸하지 않은 사람이 묘지에 올 리두 없지만."

"이 속의 수많은 무덤이 거리에다 무수한 고아들을 남겨 놓았어요. 의지 가지없는 고아들을 가난 속에 남겨 놓았어요. 누구의 죄인지 모르겠어요."

나아자의 어세에는 얼마간 비분하는 투도 섞였다.

"이바노프두 그 한 사람이란 말요?"

"저래 뵈어두 음악간데, 이 넓은 거리에서 한 곳두 그 재주를 팔 데가 없다나요. 카바레두 만원이구, 호텔에서두 거절이구요. ……자동차가 한 대 있으면 그것으로나 벌어먹으련만─자동차가 한 대가 어디게요. 거리에서는 큰 재산인데요."

흔한 택시 운전수가 되겠다는 말이다. 숨은 음악가의 측은한 생각이라고 여기면서 일마는

"무슨 까닭으로 천재에게는 세상사가 항상 불여의한지."

탄식하는 듯이 지껄였다.

"차라리 거지 노릇이나 할까 하면서 농이 아니라 진심으로 말하는군요."

"……."

"내가 조선을 가겠다니까, 행복스럽게 됐다구 말하면서 쓸쓸하게 웃어요."

하면서 웃는 나아자의 표정이야말로 더없이 쓸쓸한 것이었다.

일마는 공연한 이바노프를 알고 공연한 소리를 들은 셈이다.

생면부지의 그언만은 그런 사정 이야기를 들은 것이 쓸데없이 마음을 우울하게 하고 귀치않게 했다. 행복스런 사정과 달리 불행한 사정이란 듣는 사람의 마음을 고달프게 할 뿐이다. 일마는 마음속에 공연한 우울을 한 폭 더 포개게 되었다. 이유 없이 답답하고 울가망해졌다.

묘지를 나와 일마는 벌써 공공연히 나아자와 함께 호텔에 들르고 거리를 거닐고 하는 것이었으나 묘지에서 받은 감상이 쉽사리 사라지기는커녕 더욱 가슴속에 배어들면서 거리의 풍경이 어제와는 판이한 인상으로 눈에 어리우기 시작했다.

한 몸의 행복이 금시 사라져 버린 것은 물론 아니었으나 어제까지 온전히 개인의 행복 속에서 정신없이 춤추고 날뛰고 하던 것이 오늘 이상하게도 낙엽 속에서 시작한 감상이 마음을 파고들면서 싸늘한 반성이 솟기 시

작했다. 웃던 끝에 별안간 우는 아이의 심정도 그러한 것일까. 그 우는 심정도 따져 보면 결코 불행한 것이 아니라 웃던 때의 행복의 연장인지도 모르듯이 오늘의 일마의 심정도 뼈를 찌를 듯이 불행한 것은 아니기는 했으나 한 가지의 반성이 줄기차게 솟는 것이었다.

"세상에는 행복스런 사람보다도 불행한 사람이 얼마나 더 많은가? 열 곱 백 곱 더 많은고?"

하는 생각이었다. 이 평범한 생각을 반드시 지금 처음으로 알아낸 것은 아니었으나 어느 때보다도 쓰릿한 실감으로 맺혀 왔던 것이다.

거리에 나서면 태반이 가난한 사람이요 불쌍한 사람이다. 일마는 특히 여행을 할 때마다 느끼는 것이었으나 거리거리에는 사람의 씨가 필요 이상으로 많고 그 대부분이 불행한 편이다. 무엇하자고 흡사 불개미 떼같이 그렇게 많이 생겨나서 불행 속에서 허덕이고 수물거리는 것일까. 인간은 고귀하기는커녕 미천하기 짝없다. 뭇 동물과 다를 바 없이 흔하고 천하고 누추하다.

물 위에 뜬 해꺼운 쭉정이다. 무겁고 단단한 것만이 아래에 가라앉고, 찌그러지고 빈 쭉정이 볍씨는 위에 떠서 할 일 없이 빙돌고 헤매인다. 인간의 대부분은 그 쭉정이다. 어느 도회가 그렇지 않으랴만 하얼빈은 어디보다도 심한 쭉정이의 도회이다. 거리는 국제적 쭉정이의 진열장이다. 삶에 쫓겨 할 바를 모르고 갈팡질팡 헤매인다. 어제까지 그것을 느끼지 않았던 일마가 아니언만, 오늘 불현듯이 그 사상이 줄기차게 솟았다.

거지가 오고 가면서 소매를 잡는다. 푼전을 쥐여 주면 그것을 보고 또 다른 거지가 와서 매달린다. 거지는 늙은이와 여자뿐이 아니다. 젊은이도 있고 아이도 있다. 쥐여 주면 기뻐하나 안 쥐여 주어도 그만이다. 픽 웃고 더 조르는 법 없이 시원스럽게 떨어져 버린다. 제일 핫길 가는 쭉정이는 슬퍼하지 않고 인생을 낙관하는 것이다. 그 낙관하는 양이 한층 뼈저리게 느껴진다.

꽃 파는 여자는 남루하게 입은 품이 거지와 조금이나 다를 바가 없다. 머릿수건을 치고 거리 모퉁이에 서서 굳이 꽃을 권하는 법 없이 무표정한 얼굴로 먼 전을 보고 섰다. 때 묻은 맨발에 신은 낡은 구두가 누더기같이 썩었다. 구두가 아니다. 썩은 누더기인 것이다. 하루에 몇 묶음의 꽃이 팔리는지—쭉정이는 무엇으로 살아가는지—수수께끼의 하나이다.

맞은편 벤치에는 장님 음악가가 앉아서 수풍금을 타고 있다. 지난날에 육군 장교였던 그는 전장에서 눈을 잃었다는 것이다. 검은 안경을 펀득거리고 몸짓을 하면서 그 좋은 허울을 뭇 시선 앞에 맡기고 제 흥에 겨워 즐기는 곡조를 쉴 새 없이 차례차례로 탄다. 먼 다뉴브강을 그리워하는 고향의 노래일까. 강과 자연과 마을과 이웃 사람과—고향의 그 모든 것을 그리워하는 망향의 노래일까. 구슬픈 곡조가 가락가락 흘러서 거리의 구석까지 잦아든다. 그러나 그 아름다운 아까운 노래를 길 가는 사람들은 벌써 주의도 하지 않는다. 분주한 생존경쟁의 그 마당에서 감상은 절대로 금물이라는 듯 아무도 모르는 체하고 제 할 일이 바쁘다는 듯이 무엇들을 하러 어디로들 가는지 제 길만을 걸어간다. 수풍금의 아름다운 노래는 부질없이 사람들의 귀를 스치고 포도 위로 흘러가고 사라진다. 간혹 푼전을 던져주고 가는 사람이 있어도 음악가는 그가 누구인 줄도 물론 알 바 없이 손을 쉬이지 않는다. 온전히 제 흥에 취해 있는 것이다. 자기를 위해 자기의 노래를 스스로 읊조리고 있는 것이다—고향을 그리워하고 세상을 애달파 하는 쭉정이다. 일마의 마음은 그 노래로 말미암아 한결 서글퍼졌다.

쭉정이는 이뿐일까. 허름하게 차리고 무엇을 하려는지 분주하게 포도를 지나는 무수한 사람—또한 쭉정이들이다. 묘지에서 만난 이바노프도 쭉정이요 병든 에밀랴도 쭉정이다. 그리고 나아자—그는 쭉정이가 아니던가. 그 역 쭉정이에 틀림없는 것이다.

'그럼 나는 대체 무엇일까.'

일마는 자기 또한 하나의 쭉정이임을 알았다. 뜬 돈 일만 오천 원이 생겼
대야 지금 정도의 문화사업을 한 대야 기실 쭉정이밖에는 안 되는 것이다.
쭉정이끼리이기 때문에 나아자와도 결합이 되었다. 쭉정이는 쭉정이끼리 한
계급이다. 나아자와 자기의 그 어느 한 편이 쭉정이가 아니었던들 오늘의
결합은 없었을 것이다.

이렇게 생각할 때 일마는 쭉정이의 신세가 그다지 불행하지는 않았다.
불행의 행복이라고 할까─복잡한 감정에 사로잡히면서 길 떠날 날을 앞두
고 나아자가 한층 살뜰히 여겨지는 것이었다.

토귀兎龜의 우리寓理

⋮

서울도 초가을을 잡아들었다고는 해도 아직도 햇볕이 따끔하고 거리는 전반적으로 여름빛이 짙다. 북쪽과는 거의 두어 달 장간長間의 차이가 있었다.

거리에서도 특히 그날 동양무역상회의 회의실같이 무더운 곳은 없을 법했다.

젊은 사장 류만해는 옆자리에 전무취체역專務取締役 이동렬을 앉히고 탁자 맞은편에 상무취체역 최성수를 앉히고는 빠지지 돋아나는 이마의 땀을 미처 훔칠 겨를도 없이 두 사람과 의논이 분분했다. 이마에 돋는 땀쯤이 문제가 아니었다. 일생의 중대한 고비에 부딪쳐 있는 것이다—오르고 떨어지는 참으로 중대한 운명의 고비였다.

"이 전무, 무 무슨 소리요. 내 혼을 뽑잔 말이지, 그게 성한 소릴 수야 있수?"

만해는 황당해서 목소리가 떨리나 이동렬은 칼날같이 차고 침착하다.

"놀라시는 건 놀라시는 거구, 사실은 사실이죠. 저두 말하긴 참으로 딱합니다만 사실은 사실대로 보고하는 수밖엔요."

젊은 사장을 놀래기가 차마 하기 어려운 노릇이었으나 일이 벌써 어쩌는 수 없는 고비에 이른 것이었다.

"사장 일이 누구 일이겠습니까. 다 우리 일인데. 사실 서울 오는 차 속에서 나는 속으로 울었습니다. 통곡을 해두 부족할 지경으로 속이 달았습니다."

"……그래 정말 절망이랍디까. 무슨 좋은 도리래두……."

"기사의 말밖엔 믿을 것이 없는데 벌써 몇 사람의 기사가 몇 차례나 돌보구 왔습니까. 이번이 세 번째가 아닙니까. 다 말이 똑같으니 그를 믿을 수밖엔요."

"기사의 말이 똑같다구. 세 사람이 다 절망이라……."

"처음 기사의 오산이었었죠. 오산이 아니라 계책이었었죠. 계책에 넘어간 셈이에요─석 달이 못 가 그렇게 쉽게 광맥이 끊어질 리가 있겠습니까?"

백만 원에 샀던 홍천 금광이 일을 계속한 지 석 달이 차지 못해서 실패의 증세가 보이기 시작한 것이었다. 기사와 함께 현지로 조사 출장을 떠났던 전무취체역 이동렬은 여러 날 동안의 수고를 마치고 오늘 아침에야 돌아왔다. 마음을 조이면서 궁금해 기다리던 만해의 앞에 가지고 온 보고가 그 자리의 그 선언이었다. 만해는 빛을 잃고 간담이 서늘해서 이마의 땀을 훔칠 처지가 아니었다. 땀은 솟아 목덜미를 흘러 가슴속으로 줄줄 새어드는 것이었다.

운명을 당하는 사람은 퍼렇게 질린 낯에 흐르는 땀을 모르는 지경이요, 남의 운명을 목도하는 사람은 이 또한 약간 질린 낯에 동하지 않는 엄숙하고 싸늘한 표정을 지었다. 이동렬이나 최성수는 엄숙한 낯에 얼마간 노염을 머금은 듯도 하다. 큰일 앞에서는 사람은 이유 없이 노염을 머금는 모양이다.

"광맥두 거의거의 봉창이 날 뿐 아니라, 지금까지 조금씩 파내던 돌 속에는 금의 함유량두 극히 적답니다. 대체로 화강암 줄긴데 봄에두 허여스름한 꼬락서니가 금이 묻혀 있을 성싶지는 않더군요. 기사들두 풀이 없어하구, 광부들두 맥이 풀려 는적는적하는 품이 망조는 든 지 오래예요."

이동렬은 까마잡잡한 얼굴에 단단한 눈매로 힘줄 하나 동하지 않는다.

"두메래서 웬 길이나 온전한가. 트럭으로 며칠을 흔들리구 났더니 몸까지 노곤해요. 오면서 생각해두 꼭 원수의 곳만 같아요. 기사들두 그 낙망과 불평이란……."

한마디 한마디의 보고가 만해를 더욱 푸르게 질리게 하고 땀을 비 오듯 흘리게 할 뿐이었다. 이유가 없지 않다. 홍천 금광은 만해의 전 재산을 들이다시피 한 생명선이었던 것이다.

백만 원에 광산을 샀을 뿐이 아니라 종래의 기계 장치와 설비를 더욱 충실하게 개량함에 또 백만 원이 들었다. 그 이백만 원을 대느라고 그는 가진 재산 외에 여러 군데에서 채무를 끌기까지 했다. 소소하게 아울러 경영하는 무역상회와 대창철공소 같은 것은 광산의 투자에 비기면 벼룩의 간 폭밖에는 안되었다. 광산의 실패는 생애의 파멸이다. 얼굴이 푸르게 질리지 않고는 배겨날 수 없었던 것이다.

"광업소장을 곧 불러올리기로 합시다. 이 자리로 전보를 쳐서."

낙담하고 설렌 끝에 만해의 지혜라는 것은 과즉過則 이 정도의 것이었다. 어쩔 줄을 몰라서 하는 소용없는 잠꼬대와도 같은 것이라고 할까.

"소장을 불러올린 대야 제 말과 다를 것이 없겠죠. 제 말이 실상은 그대로가 소장의 말이니까요. 소장의 부탁을 대신해서 말한 셈이니까요."

이동렬에게는 그 연하의 젊은 사장이 측은하게 보이는 것이었다. 일이 기울어진 바에는 여간한 지혜나 수단쯤은 아이의 장난 폭밖에는 되지 않는다.

"곧 전보를 쳐서 올라오게는 하겠습니다만 문제는 그런 것이 아닙니다."

급사를 불러 전문을 일러 주고 나더니 이동렬은 만해와 최 상무를 번갈아 보면서

"더 말할 것두 없이 광구는 폐광과 마찬가지 것인데 애초에 어찌 돼서

그런 것을 사게 됐는지 그 매매 관계에 한 번 착안해 볼 필요가 없을까요?"

"단도직입으로 말하면 사기에 걸린 것이 빤한 걸 정당한 매매 관계라구나 할 수 있겠나?"

상무 최성수가 대답하니까 이동렬은 뒤를 받아

"그러게 말이네. 사기인 것이 빤하니까─그렇다구 지금 와서 되물러서는 도리는 없더래두─그 무슨 약간의 도리가 있지 않겠나. 매도자인 브로커 박남구두 지금 이곳에 있구 한 판이니 다시 교섭을 일으켜 보는 수두 있겠구."

"이제 와서 무슨 교섭이 되겠나. 고소가 성립될 리두 만무한 것이구, 불구 찢구 할 수두 없는 노릇이겠구……."

최성수의 말이 끝나기도 전에 만해의 목소리가 터져 나온 바람에 두 사람은 잠잠해졌다.

"사 사기라니 부정 매도라니, 그래 배 백만 원의 부정 매도라는 것이 세상에……."

주먹으로 탁자를 치면서 자기 분을 못 이겨 몸이 부르르 떨리는 것이었다.

"박남구에 걸려 다 파멸인가? 내 생애의 파멸이란 말인가?"

얼굴의 땀이 흡사 눈물방울같이 옷섶 위에 떨어진다.

"할 수 없죠. 이미 일은 당하구야 만걸요. 세상에 흔히 있는 얕은수에 걸린 것이 생각할수록에 원통해요. 금광이라면 요새 풍속으로 그저 사족을 못 쓰구, 구미가 지나쳐 돌았구, 흥정이 너무 빨랐죠. 광맥의 성질을 좀 더 과학적으로 찬찬히 두구두구 조사해 본 연후에 사두 좋았을 것을."

"이제 와서야 다 쓸데없는 말─박남구를 걸어 고소는 못하더래두 터놓고 말이나 해보면서 속을 떠보는 것두 일책인 것 같은데."

최성수가 말을 내니까 이동렬은 뜻을 얻었다는 듯

"내 말이 바로 그것이네. 만나서 속두 알아보구 타협의 길이 혹시래두 있다면 그것두 살펴볼 겸—"

"타협의 길이, 웬. 세상 사람이 다 악당들인데 지금 새삼스럽게 웬 타협의 길이 있겠수. 하루아침에 파멸이라니 이게 꿈인구 생시인구. 일은 정녕코 나고야 말았는데."

만해는 절망 속에서 차차 침착을 회복해 갔다. 아직도 질린 얼굴빛에 눈알이 맑아 갔다. 그것이 두 사람에게 솔직한 고백의 기회를 주었던 것이다.

"터놓구 말씀드리면, 괜히 사업에 너무 손을 벌리셨죠. 현재 이 무역상회만으로두 좋구 철공소만 해두 여간 큰 사업이 아닌 데다가 또 금광을 하시다뇨? 그러게 애초에 전 반대편이 아니었습니까? 어떻게 수습을 하나 하구 사실 맘이 죄였었어요."

"황금의 열성이란 것이 언제든지 사람을 잡아먹는 것이거든. 예나 이제나 황금광 시대이긴 마찬가진데, 병 중에서두 큰 병야."

젊은 사장은 귀에 거슬리는 듯 자리를 일어선다.

"자네들까지 나를 괴롭게 하려나. 어서 박남군지 무엇인지를 부르기로 하게나."

그날 밤 만해들은 자리를 달리하고 브로커 박남구를 부르기로 했다.

'상록원' 으늑한 한 방을 치우고 조촐한 잔치를 베풀었다.

그런 종류의 잔치를 상업적 필요로 허다하게 가져온 만해언만, 그날 그 자리에 임하는 가슴속은 종래의 어느 때와도 달라 야릇한 감정으로 흥분되었다. 그날 밤의 결과가 성공일까 실패일까 하는 명확한 것이 아니고, 죽이 될지 밥이 될지 도무지 또렷한 성과를 헤아릴 수 없었기 때문이다. 지척을 분간할 수 없는 자옥한 안개 속에 서서 방향을 잡지 못하고 있을 때와도 같은 초조하고 답답한 심정이었다.

일체 교섭을 이동렬과 최성수에게 맡기고 청매를 부르라고 이른 것이 아직 초저녁임에도 불구하고 벌써 이웃 방 연회 좌석에 불리어 왔다는 것이었다. 거의 이틀 도리로 가지는 연회에서 번기지 않고 부르게 되는 사이언만, 그날 공칙하게 그를 다른 자리로 놓치게 된 것이 웬일인지 섭섭했다. 만해와 청매는 여간한 사이가 아니었다. 청매는 만해에게 깊은 애정의 대상이었고, 만해는 청매에게 고마운 후원자였다. 물질로 든 정이 차차 사랑으로 변해 가서 청매의 마음속에서도 만해는 큰 자리를 차지하게 되었다. 그렇듯 친하고 오래된 두 사람의 사이언만 그 하룻밤 자리를 같이하게 못 된 것이 그토록 섭섭했던 것이다. 박남구를 위해 그를 정성으로 대접하려고 청매를 부른 것이 아니라 온전히 자기를 위해서, 두 사람의 애정을 위해서 부른 것이 그 낭패였다.

"연회라니 이렇게 일찍부터 무슨 연회란 말요?"

울울한 심사에 쓸데없는 화조차 내니까 보이는 그 살뜰한 단골손님 앞에서 손을 비비면서

"신문사 손님들인뎁쇼."

"신문사 연회는 이렇게 이른 법인가?"

"현대일보사에서 무슨 회의가 있었다나요. 사장 영감께서 한턱 쓰시는 모양이에요."

"현대일보사구 뭐구 끝나거든 이쪽으로 돌려나 주시오."

"여부가 있겠습니까."

"그리구 가끔 뽑아두 주구."

"물론입죠."

절박한 처지에 놓인 몸이라 그런지 그 조그만 일에도 공연히 마음이 산란하고 거칠어지면서 보통 때와는 다른 편편치 못한 심사였다. 보이를 대해 그렇게 소리를 높여 본 적이 없던 온순한 만해가 그날 밤만은 화를 내게 되었다. 따져 보면 문제는 청매가 아니라 그날 그 일신상의 중대한 변화에서

온 심화 때문이었던 것이다. 청천벽력의 광산의 소식으로 말미암아 줏대를 잃은 마음이 환장이나 할 듯 뒤틀리고 수물거리기 때문이었다.

청매 대신에 낯익은 기생을 두어 사람 불러 자리를 정비해 놓고 기다리고 있는 판에 느지막해서 박남구는 나타났다.

대접을 주는 편보다는 받는 편이 아무래도 배짱이 유하고 교만하기가 쉽다. 혹 또 일이나 생겨 빼고 틀어지는 것이나 아닐까 해서 만해들은 실상 속을 죄이는 판이었으나 나타난 박남구는 미안해는커녕 태연자약하고 조금도 동하지 않는 태도였다

"박 석사碩士, 요새 무척 재미를 보시는 모양이군요. 이렇게 유유하실 젠."

최성수가 아첨을 겸해 한마디 추스르니까 박남구는 빙그레 웃으면서 비로소 약간 미안한 듯한 낯색을 지녔다.

"재미랄 것 있습니까. 그저 늘 바쁜 것만이 한 모양이죠."

"바쁜 것이 재미거든요. 사람이 바쁘지 않고야 일인들 잘 되구 재민들 있겠습니까. 그저 바쁘고야—"

"바쁘달 뿐이지 실속은 아무것두 없답니다. 이러다 평생을 말게 될 것 같아서."

"공연한 말씀—"

최성수가 웃음을 보는 둥 마는 둥 박남구는 다시 엄숙한 얼굴로 돌아갔다.

까무잡잡하고 엽렵한 품이 이마에서 피 한 방울 안 돋아날 위인이었다. 부드럽고 헤스무레한 만해와는 판이한 대조로서 그 꿋꿋하고 거센 품격이 도저히 만해의 상대가 아닐 듯싶었다.

〉

술이 두어 잔씩 돌았을 때 이동렬은 아직도 묵묵히 있는 만해를 대신해

서 박남구에게 수작을 붙여 보았다.

"풍문에 들으니 최근 여러 차례나 좋은 대목을 보셨다는데, 아직두 보시는 일이 역시 금광이신가요? 요새 시세는 어떠신지."

박남구는 충분히 자기를 경계하고 몸 가지기를 주의하면서 한마디 실수가 없었다.

"웬 걸요. 금광두 힘만 들면서 별 잇속이 없기에 요새는 토지에 손을 대기 시작했는데 그것 역시 뜻대로는 안 되는구먼요. 세상에 쉬운 일 하나나 있겠습니까?"

"잇속이 없다니요. 잇속이 없으면 어중이떠중이 금광에 눈이 벌개서 사족을 못 쓰구 휘돌아치겠습니까? 오늘같이 금이 귀중하기 때문에 모두들 미칠 듯이 날뛰구 있는 때는 없을 텐데, 잇속이 없구야 요새 사람들이 그렇게 어수룩하게 헛수고를 하겠습니까……. 실례의 말씀이지만 석사두 그중의 한 사람이실 텐데 웬 소리십니까?"

최성수가 껄껄껄껄 마음을 놓고 웃으니까 남구도 입이 벌어지면서 속을 헤치는 것이었다.

"최 선생, 그건 모르시는 말씀이죠. 나두 업이 업이라 그 길에는 남에게 밀지지 않게 빠른 편인데-아무에게나 큰소리로 전할 말이 아니지만-솔직하게 말하면 요새 금광의 시세가 엄청나게 내렸을 뿐 아니라 그 흥성흥성하던 경기가 아주 한산해졌답니다. 무슨 시세든지 다 한때 한때의 것이지만 금광같이 급작스리 열이 주저앉는 생업은 없어요. 어느 결엔지 손들을 떼어 버렸군요. 큰 것을 잡은 사람만이 그대로들 계속해 나가구, 소소하게 손을 댔던 사람들은 거반들 떨어지구 밀려 나가구 해서 되려 하시는 분들에겐 훗훗하게 된 셈이에요. 나두 손을 뗀 편으로는 빠른 축의 한 사람인데 할 게 있어야죠. 또 토지로 돌아섰죠. 금광같이 굉장하고 찬란하진 못해두, 땅이라는 게 좋든 나쁘든 늘 제값은 있는 것이래서 실수가 적어요. 잇속두 적기는 하지만 건실한 맛에 다른 데 손을 대었다가두 또 돌아오군 하는 군요."

말을 내기 시작하니 제법 수다스러웠다. 나다분하게 지껄이면서 속을 차 릴 대로 차렸다는 만족감에서 오는 은근한 자랑과 기쁨이 말속에 흐르고 있었다.

"자실대로 다 자시고 나셨게 그 유유한 배포시지."

이동렬이 꾸민 웃음을 지으면서

"아마 이 한 해로두 이것 하나는 좋이 모으셨을걸."

하고 엄지손가락을 들어서 흔드니까

"천만에요."

남구는 고개를 절레절레 오도깝스럽게 흔들면서

"이 선생두 망발이시지, 내가 그걸 모았다면 벌써 발을 뺐을 것이지 지금 까지두 이 노릇을 하면서 이렇게 천덕구니같이 돌아다니겠습니까ー아니 그 십 분지 일을 얻었대두 팔자 고치구 편안히 누웠겠습니다. 원 망령을 부리 셔도 당치않게ー"

앓는 시늉을 하기는 해도 능걸치게 데설데설 웃는 품이 역시 만족스런 태도였다.

엄지손가락은 백만 원이라는 뜻이었다. 그들의 세계에서는 그것으로써 피차에 충분히 통용되는 일종의 부호였다. 호담스런 숫자의 대명사였다. 그 십 분지 일이란 십만 원이란 뜻이다. 아마 엄지손가락 하나는 못 되어도 거 의 가까운 치부를 했음 직한 남구의 태도였다. 장안에서도 브로커로는 으 뜸가는 수완가였던 것이다.

"원체 위태스런 업이래서 옳게 맞으면 이쾌어니와, 빗나가는 때가 십중팔 구거든요. 속 조여서 못 해 먹겠어요. 사실 쉬이 발을 빼야 할 텐데."

"당신만 당신이구ー"

별안간 벽력같은 호통에 좌중은 뜨끔하면서 말과 귀를 잃어버렸다. 그때까지 잠자코만 있던 만해가 화를 못 이겨 고래 같은 고함을 친 것이다. 시뻘겋게 상기된 그의 얼굴을 세 사람은 바라볼 염도 못했다.

"—내 일은 어떻게 해줄 작정이오?"

만해의 고함 소리로 좌중은 침묵하면서 그 침묵 속에서 각각 그날 밤 모임의 뜻을 깨닫고 반성하는 것이었다.

특히 박남구는 몸이 화끈 달고 신경이 곤추서면서 정신이 들었다.

물론 그때까지 그날 밤의 만해들의 심중을 살피지 못한 바는 아니었으나, 그 별안간의 고함으로 말미암아 한층 긴장되고 정신이 뜨인 것이 사실이다. 일신상의 사정만에 열중되어 있었던 것을 뉘우치고 부끄러워하면서 만해의 그 분기에 넘치는 목소리로 마음의 고삐를 잡아 세우고 잔뜩 경계하기 시작하였다.

"내 내 일은 어떻게 하겠단 말요?"

만해가 흥분을 못 이겨 재차 설레는 것을 보고 이동렬은

"사장, 그렇게 흥분하실 것이 아니라 찬찬히 서로 이야기나 건네 보십시다. 자리가 요란하다구 될 일이 아니니, 될 수 있는 대로 침착하셔서—"

"침착하다구 다 판이 난 일이 되물러 설까. 어 어떻게 한단 말야 내 일은 대체."

"무슨 일로 그렇게 노여하시는지 말씀을 들려주시면, 내게 당한 일이라면……."

남구가 시침을 떼고 까딱 냄새도 모르는 척 얼굴을 팽팽히 쳐드니

"무슨 일이라니, 남의 창을 빼놓구두 당신 한 일을 모른단 말요. 세상에 두 무서운—"

만해의 입에서 무슨 폭언이 나올지를 몰라 이동렬이 재빠르게 그의 말

을 가로채서

"도무지 요새 일이 뜻대로 안 되는군요. 특히 광산 일이 작금 아주 성적이 좋지 못해서 걱정되는 판이에요."

근심의 얼굴을 지으니까 남구는

"참, 산 일은 요새 어떠신지?"

비로소 생각났다는 듯이 올똥한 표정을 보인다.

"실패예요. 천만의외죠."

"실패라뇨, 그럴 리가……."

"광맥이 끊어지구 얼마 안 가 폐광이 된답니다."

"그럴 리가……."

"시침을 떼두 유분수지."

만해는 견디지 못해 다시 소리를 치면서

"―당신의 조짜로 난 지금 파멸이오. 시침을 떼일 때가 아니오. 어서 산을 물러 받든 어쩌든지 하란 말요."

"아니, 다따가 무슨 소릴 하슈?"

남구도 그제서야 정색하면서 만해를 맞바라보며 소리에 뼈가 섰다.

"―내게는 금시초문인데 폐광이니 파멸이니 하면서 나더러 어쩌란 말요. 공연히 욕을 주자는 거요, 위협을 하자는 거지. 대체 무어란 말요?"

"산을 도로 물러 가지란 말요. 폐광이나 진배없는 걸 갖다가 백만 원에 매도한 게 그게 사기가 아니구 뭐요? 백만 원에 도로 물러 가지란 말요. 그 알량한 광산을 도로 찾아가란 말요."

"사기니 뭐니 하구 왜 그리 애숙하게 말씀하시오. 몇 달 전 매매가 성립됐을 때의 화목하던 정경은 어디 가구 지금 이 노여운 말씀이오―낸들 산속 일을 어찌 알겠으며 그게 원래 내 산이었습니까? 중간 매매가 내 업이라 남에게서 사서 다시 사장께 팔았달 뿐이지 산속의 조화와 결과를 내가 어찌 알았겠습니까?"

일리가 있는 말이었으나, 물론 만해의 귀에 솔곳이 들릴 리는 없었다.

"어찌 됐든 간에 당신에게서 그걸 샀던 까닭에 난 파멸이란 말요. 이런 억울할 데가 세상에 또……."

"파멸인지 무엇인지는 모르겠나 만약 금광이 잘 돼서 천만금을 얻게 됐더라면 그땐 내게 뭐랬겠수. 맞히구 못 맞히는 게 다 운이겠는데 이제 형세가 이롭지 못하다구 내게 이런 욕을 줄 법이야 있수. 내가 산속 일을 어찌 안단 말요? 차라리 내게 팔았던 그 사람을 족치려면 족쳐 볼 일이지."

"그래두 내 뜻을 모르겠수? 남은 지금 파산이요 파멸이라는데, 그런 소리 백 번 따져야 무슨 소용 있어. 자, 내게 악운을 홀짝 씌워 놓구 어떻게 하잔 말요? 말을 좀 들어봅시다."

만해는 펄펄 뛸 듯이 고래고래 소리를 쳤다.

"자네들은 잠깐 자리를 물려 주게."

만해의 목소리가 손바닥을 번긴 듯이 변한 것을 듣고 이동렬과 최성수는 문득 섬짓한 생각이 들면서

"어떻게 하실 작정으로-"

"내 혼자 따져 볼 테니 잠깐들만 방을 나가 줘."

"아예 흥분은 하지 마십시오. 나가긴 하겠습니다만."

두 사람은 알 수 없이 걱정되는 바 있어 또 한 번 이렇게 눌러 말하면서 자리를 일어섰다.

하기는 자기들이 그 자리에서 더 필요한 것 같지는 않았다. 벌써 만해와 박남구 단 두 사람만의 대항이 되어서 옆에서의 충고도 후원도 필요하지 않게 되었다. 두 사람만의 숨은 말 거래도 있을 것이요, 자리를 물러서는 것이 마땅한 일이기는 하나 일맥의 걱정이 없지 않았다. 이미 흥분된 만해요

점점 흥분되어 가는 박남구다. 두 사람 사이가 어떻게 빗나갈지 헤아릴 수 없는 것이다.

"오늘 밤이 성한 밤은 아니야. 필연코 무에 일어나지."

이동렬과 최성수는 방을 나와 복도에서 서성거리며 방 안의 형세를 살피면서 수군거리다가 하릴없이 보이에게 분부해 가까운 곳에 빈방 한 간을 치우게 하고 술을 먹기로 했다.

보이에게서 방을 치웠다는 소리를 듣고 그 방 앞으로 가까이 가다가 우연히 복도를 돌아오는 청매를 만났다. 맑게 단장한 초초한 저녁의 자태이다. 두 사람을 보고 반기며 사붓이 치맛자락을 헤친다. 애교를 머금은 인사인 것이다.

"선약이 있었기 때문에 모시구 함께 놀아 드리지 못해서 미안합니다."

방끗 벌어지는 잇줄이 구슬같이 희다. 눈망울이 등불을 받아 물방울같이 빛난다.

"청매가 와 주었더라면 사장의 속이 좀 더 누그러졌을 것을—오늘 밤 대단히 중요한 자린데, 지금 방 안의 공기가 심상치 않거든."

최성수가 일러주니까 청매는

"박남구가 왔다죠?"

보이에게서 들었던 대로를 말하면서

"그럼 홍천 금광 일론가요?"

하고 반문해 본다.

"금광이라는 게 성한 사람의 할 일은 아니야. 사람을 기쁘게 했다 노엽게 했다 하면서, 꼭 미치광이의 짓이거든."

청매도 광산의 형편을 약간 짐작하고 있는 까닭에 이동렬의 이런 감상은 그의 앞에서 당치않은 것은 아니었다.

"그럼 오늘 밤 일이 잘 돼야겠는데요. 박남구는 어디 말이나 잘 들을 눈치 같아요?"

"어떤 위인이게 그렇게 나긋나긋 휘어들겠수. 우리들을 잠깐 물러서라는 품이 좀한 일 같지는 않어—어서 들어갔다 나오구려. 둘이서 무엇들을 하고 있나."

"그럼 잠깐 보구 나올까요?"

청매는 사뿐사뿐 복도를 걸어 만해들의 방으로 가까이 갔다.

이동렬과 최성수는 새로 내인 방에 마주 앉아 맥주를 따르기 시작했다. 조그만 탁자에 요리 접시도 아무것도 없이 술병과 유리잔만을 올려놓고 간단하고 설핀 자리였다. 경 없는 속에서 말도 없이 두어 잔씩들 기울인 때였다.

급스럽게 장지가 열리며 다시 청매가 나타났다. 만해의 방에 들어간 지 불과 몇 분이 안 되어서 기급을 할 듯이 뛰어나온 것이다. 눈망울이 동그란 품이 적지 아니 놀란 표정이다.

"큰일 났어요. 얼른들 가보세요."

"왜 이리 설레우. 살인이나 난 것처럼."

"살인이 날는지도 몰라요."

그제서야 이동렬은 뜨끔해지면서

"살인이라니?"

자리를 일어선다.

"문을 열구 들어서니까 으르구 앉은 것이 흡사 두 마리의 짐승 같잖아요. 사장 앞에 놓인 번쩍거리는 것을 뭔가 하구 살피니 칼이에요. 한 자루의 단도예요. 섬짓해지면서 인사두 못하구 뛰어나왔군요."

"다 단도라니?"

이동렬과 최성수는 화다닥 일어서 방을 나가는 것이었다.

〉

이동렬과 최성수가 뛰어나간 후 청매는 더욱 겁을 먹고 다시 만해의 방으로 갈 염도 못하고 자기의 맡은 좌석인 현대일보사 연회의 방으로 돌아 갔다.

연회는 벌써 흥성한 고비에 들어 자리는 요란하고 상 위는 어지럽다.

수십 명이나 되는 사람들이 혹은 앉고 혹은 일어서서 설레는 것이 장마 당같이 수선스럽다. 술을 권하고 받느라고 정신들이 없이 휘뚱거린다.

"청매."

"웬 전화가 그렇게 잦어?"

"군것질만 댕기긴가?"

말들을 걸면서 손을 내미는 것을 살금살금 피해서 청매는 김종세의 곁 으로 갔다.

탁자 모퉁이에서 혼자 도연陶然히 잔을 들던 종세는 곁에 와 앉는 청매 를 보더니

"어디 갔다 오는지 내 모를 줄 알구?"

천연스럽게 외이니 청매는

"만해가 왔어요."

대답한다느니 보다도 말하려고 준비나 하고 있었던 듯이 선선히 섬긴다.

"브로커 박남구두 왔겠다."

"큰일이 났어요."

"금광에서 돈이 너무 많이 쏟아져서 걱정인가. 큰일은 무슨 큰일이야?"

"끔찍한 것을 보구 왔어요."

"금덩이를 보구 왔나?"

"농담 하지 말구 –"

청매는 요란한 자리도 피할 겸

"–조용한 데루 좀 나오세요."

일어서면서 종세의 어깨를 건드린다. 이상한 눈치에 종세도 뒤미처 자리

를 일어서서 청매를 따라 복도로 나갔다.

뜰로 향한 창을 열고 창닫이에 올라앉으면서

"끔찍한 것이라니, 대체 무어란 말요?"

"만해와 남구가 싸우는 것을 봤어요."

"돼지끼리 싸우거나 말거나 무에 그리 신기해서."

"단도를 내어 놓구 잔뜩 을르구들 있겠나요."

"무어 단도를 놓구?"

그제서야 종세는 귀가 뜨이며 반문하는 것이었다.

"남구에게서 산 금광이 망조인 모양인가?"

신문기자로서의 직업의식이 동하며 바짝 구미가 돌았다. 남구의 사정은 물론 이미 잘 아는 바였으나, 남구와의 결사적 대립이라는 점에 새로운 제목이 생기고 흥미가 솟았다.

"만해는 광산을 도로 물르자거니, 남구는 싫다거니 하면서 아마두 시비는 오랜 모양 같아요."

"재미있는 얘기야. 남구가 물러 줄 리도 만무하지만 만해두 어지간히 된 모양이지."

"이 밤으로 꼭 변이 일어날 것만 같군요."

"만해가 망조가 들었다? 혜성같이 나타나 거리의 인기를 독차지하던 청년 실업가로선 생명이 너무나 짧은 걸. 광산이 그의 전 생명인데 그게 글렀다면 파산하는 수밖에 없게."

"어쩌면 좋은가요?"

청매의 조바심에 종세는 더욱 늦조로

"청매의 후원자 한 사람 없어졌다 뿐이지 내게 아랑곳인가?"

"그러지 말구요."

"너무 새가 자별하더라니, 청매두 이 꼴을 당하려구 그런 셈이지. 만해만

만해라구 나 같은 건 국수의 고명밖엔 더 됐나. 차라리 잘 됐지, 그 꼴 더 보지 않게."

"싫은 소린 그만두시구요."

"그래 내 말 한 번이나 옳게 들어주구 말인가? 황금에만 눈이 팔려서—박정한 인심 같으니."

"투정은 작작 부리세요. 남의 속은 조금두 몰라 주구."

"만해와 나와 어느 편이 더 무거운지 맘속에 물어보지—황금이 더 무겁지 않은가구?"

"그만두시라니간."

문득 만해들의 방 쪽에서 요란한 고함이 터져 나왔던 까닭에 종세와 청매는 말을 그치고 뜨끔해서 그편을 향했다.

어쩔 줄을 모르고 우두커니 섰다가 두 사람은 드디어 만해들의 방 있는 편으로 복도를 달렸다.

장지가 닫힌 방 안에서는 한 사람의 고함이 아니라 여러 사람의 복작거리는 소리가 한데 섞여서 요란하게 들렸다. 그 속에서 물론 만해와 남구의 목소리가 가장 흥분된 것으로 두드러지게 컸다.

종세와 청매는 장지를 버럭 열지 못하고 밖에서 잠시 형세를 살피는 것이었으나 사람들의 흥분된 목소리는 뒤죽박죽 혼합되어서 옳게 두서를 가릴 수 없었다.

"사람을 죽이누나."

하는 것은 확실히 남구의 목소리임이 틀림없었고

"산을 물러 가구 백만 원을 도루 내놓아라."

하고 고집스럽게 되풀이하는 것은 물론 만해였던 것이다.

두 사람 사이를 가르노라고 동렬과 성수가 수선거리는 것이요, 그 속에 섞인 보이들의 목소리도 들려 나왔다.

보이지 않는 파도같이 수물거리는 그 속에서 별안간 와르르 깨트려지는 소리가 나며 또 한 번 불끈하는 힘의 기색이 들렸다.

"그만 지만 하시라니깐요."

"으앗!"

종세는 더 머뭇거리고만 섰을 수 없어서 장지를 열어젖혔다. 청매도 뒤를 따라 들어갔다. 싸움은 벌써 어지간히 자지러져서 방 안은 조그만 수라장이었다. 탁자 위가 어지럽고 그릇들이 깨트려지고 만해와 남구는 한편에 한 사람씩 나둥그러져 동렬과 성수가 붙들고 있는 통에 꼼짝달싹 못하고는 있으나 짐승같이 으르고들 있다.

참혹한 결과라는 것은 결국 피를 보고야 마는 것이다. 두 사람은 한바탕 칼부림을 논 뒤였다. 동렬과 성수들은 대체 무엇들을 하고 있었던지 혹은 그들이 달려들기 전에 이미 칼은 피차를 상하게 한 뒤였을까. 어디를 찌르고 어디를 다쳤는지 얼굴과 손과 옷자락이 온통 피투성이라 철모르고 피장난들을 치고 있던 아귀들 같다. 망간 소리를 친 것도 서로 찌르고 찔리웠던 순간이었던 것이다. 피 묻은 단도가 자리 위에 처참하게 빛난다.

"무엇들을 하구 섰어? 냉큼 차나 부르지 못하구."

할 바를 모르고 있는 보이에게 종세는 소리를 치고

"아니 이렇게들 되도록 무엇들을 하구 있었단 말요?"

동렬들을 야속히 여겼다.

"우리보단 다 장골들인데 당하는 수 있어야죠."

동렬의 대답이 웬일인지 마음을 찔러서 종세는 간신히 말을 이으면서

"무슨 꼴이란 말요, 이게."

"밖에 알리지 않구 방 안에서만 얼버무려 넘기련 것이 그만 이 꼴이 되구 말았구료."

그러나 나갔던 보이가 자동차가 왔음을 고하러 왔을 때에는 그가 얼마나 밖에서 설렜는지 보이의 뒤에는 각 방에서 뛰어나온 사람들이 와르르 모여드는 것이었다. 미처 장지를 닫을 겨를이 없이 몰려들 들어 방 안은 한결 요란한 곳으로 변했다.

사람들 틈에서 종세와 청매는 조그만 존재로 변해 어느 구석에 숨었는지 모르게 되었다. 싸움터는 장터가 되고 사람들의 주의는 싸우던 두 사람으로부터 요란한 방 안의 분위기로 옮겨 갔다.

"사람들이 원래 싸우러 세상에 태어나긴 했어두—이건 큰 망신인걸."

종세는 청매에게 수군거리면서 보이의 부축을 받아 만해의 몸을 사람들 틈으로 빼어냈다.

몰려나오기들 전에 감쪽같이 문밖으로 이끌어 차에 앉히기에 성공했다.

"내가 동무해서 데려가죠."

하고 함께 차 속에 앉는 청매에게

"오늘 저녁만 특별히 용서한다."

했다가 다시

"사회면 기사 재료는 톡톡히 되는 걸."

차를 떠내 보내고 종세는 사실 속으로 벌써 기사에 붙일 제목을 생각하고 있는 것이었다.

가까운 병원으로 돌아 응급수단을 마치고 청매는 만해를 자기 집으로 이끌었다.

손과 머리에 허옇게 붕대를 감은 만해를 자기 방에 데려다 눕히고 옷을 풀고 이불을 덮었다.

허옇게 감고 소독 냄새를 피우면서 힘없이 자리에 누운 꼴은 흡사 중병이나 앓는 사람같이 보였다.

"종세 녀석이 뭐라더라―사회면 재료는 톡톡히 된다구."

그렇게 어지럽게 휘돌아친 속이언만 만해의 주의는 하필 종세에게로 쏠렸던 것이다. 누워서 첫마디가 종세의 말이었다.

"그런 말이 다 걱정된단 말요. 몸 아픈 줄은 모르구."

"그리구 또 뭐―오늘 저녁만 특별히 용서한다구?"

"그런 건 더러 잊어버리세요―종세가 무어라구 했든 간에 어쨌단 말예요?"

"그까짓 신문 기사는 어찌 됐든지 종세가 청매에게 범연하지 않은 모양이란 말야."

이런 잔 마음씨는 도리어 청매에게 대한 만해 자신의 열정의 증명이었다. 종세의 그런 말을 듣게 된 오늘 저녁 청매에게 대한 마음은 한층 짙은 것이었고 무엇보다도 지금 자기에게 가장 중요한 것은 청매라는 느낌이 들었다.

응당 차를 집으로 몰았어야 할 것을 모르는 척하고 청매에게 끌려온 것도 그 까닭이었다. 아내 남미려는 만해의 힘으로는 어거하기 어려운 여자였다. 그 위엄에 눌리워 만해는 일찍이 여행을 떠난 때 외에는 밖에서 밤을 새운 때가 없었다. 오늘 밤에는 그런 관습도 깨트리고 태연히 청매를 찾은 것이요, 그의 곁에서 밤을 새울 작정이었다. 청매에게 대한 사랑이 그 어느 때보다도 간절하게 솟아오르는 것이었다.

"걱정 마세요. 어서, 종세는 종세구, 사장은 사장이죠. 아닌 걱정을 다―"

"종세는 종세라면―종세에게 대해두 생각이 없지 않단 말이지……. 아이쿠우!"

몸 그 어느 구석이 찔리는지 허리를 들고 얼굴을 찡그리면서 신음하는 것이다.

"내가 그 녀석을 찌른 줄만 알았더니 되로 주구 말로 받은 셈인가."

"무슨 소용이 있다구 그렇게 폭력으로들 싸우세요? 소문만 나구 망신만 하게 되면서 잇속이 무어예요?"

"녀석이 종시 내 말을 안 들었겠다. 그 음특한 녀석이."

"누군데 누구 말을 듣겠어요. 십여 년을 그 노릇으로 돌아 먹은 이마에서 피 한 방울 안 날 위인인데 괜히 맞선 것만 불찰이죠."

"그놈이 날 망쳐 놓았어―난 파산야, 파멸야."

목소리가 글썽글썽하면서 금시 터져 나올 듯도 한 눈치다.

이불 속에서 고민하는 꼴은 어른이나 아이나 일반이었다. 찡그린 이맛살에는 검은 그림자가 짙었다.

"사내대장부가 무얼 그러세요. 앞길이 대해 같은데 맘을 굳게 먹으셔야죠. 인생이 그렇게 장난감 배같이 회뚱회뚱 엎어만 질까요?"

"벌써 엎어진 배야."

"엎어졌으면 또 일어나죠―그게 사람의 노력이라는 게 아닌가요?"

"……"

만해는 한참이나 묵묵하다가

"청매."

새삼스럽게 얕은 목소리로 부르는 것이었다.

"……청매는 나를 사랑하렷다―진정으로."

"새삼스럽게 무슨 소리세요?"

"사랑의 감정같이 야릇한 것은 없어서 하는 소리야―사랑한다구 생각해두 기실 안 사랑할 때가 있구 미워하는 것 같아두 실상 사랑하구 있는 수가 있거든. 돈두 말구 인물두 말구 그저 알몸 하나 사랑할 수 있느냐 말야?"

"여부가 있나요. 물으실 필요두 없죠."

"한가지 청이 있어서 하는 소리야."

“……”

“나하구 이곳을 떠나지 않으려나. 모든 것 버리구 알몸으로 단둘이—가령 상해 같은 데로나.”

“상해로?”

청매는 놀라는 듯 놀라지 않은 듯 말을 받으면서 정신이 얼뻥뻥했다.

“−글쎄요.”

한 지붕 아래

⋮

이튿날.

연희장 만해의 집에서는 다른 때와는 달리 아침부터 집안이 몹시 수선스러웠다.

수선스럽다고 해도 휑휑하게 넓은 집안에서 단 한 사람 여자의 목소리만이 야단스럽게 들리는 것이었다.

흡사 주인 없는 집안같이 여자의 어성이 높다.

사실 그날은 주인 없는 집안이었다―만해는 간밤을 밖에서 새우고 아침이 늦어도 들어오는 기색이 없었다. 가정을 가진 지 칠팔 년에 처음 있는 괴변이었다. 아내 남미려의 어성이 높은 것이 무리가 아니었다.

식구라고는 외에 젊은 식모 한 사람이 있을 뿐인 것이요, 따라서 미려의 싫은 소리의 대상이 그날 애매하게도 그였던 것이다.

미려는 지금 노염의 대상이 바로 식모인 듯이 그에게 야단 호령이 자심하다.

"그래…… 어제 아침 나가실 때 별다른 눈치가 없었더냐 말이야."

미려는 만해와는 침실이 다르고 일어나는 시간이 각각 다른 까닭에 두 사람의 집안에서의 행동은 반드시 일치되지는 않았다. 미려가 침실에서 일어나 나왔을 때 남편은 벌써 식사를 마치고 회사로 나간 때가 많았다. 지난 날 같은 날이 그런 때였다. 늦잠을 자고 났을 때 남편은 벌써 집을 나간 뒤였다. 그러기 때문에 남편을 못 본 지가 전전날 밤부터 벌써 사흘째였던 것이다.

"아주 눈치두 말씀두 없으셨어요. 보통 때와 마찬가지로."

식모의 심상한 대답에 미려는 불만을 느끼면서

"어제저녁엔 사에서 기별이 없었구?"

어제 오후 미려는 거리에 나갔다가 저녁 늦게 들어왔던 까닭에 사에서의 기별 유무도 물론 식모에게 묻는 수밖에는 없었다. 가정에서의 주부는 미려가 아니고 식모였다. 미려는 만해와 마찬가지로 자기 개인과 일신이 중요한 것이어서 가정 일은 대개 식모에게 일임하고 있었다. 부부간의 소식은 피차에 식모를 통해서 알고 전하는 수가 많았다. 그러나 이날의 남편의 소식은 한 집안의 열쇠를 쥔 식모에게도 아는 바 못 되었다.

"없었어요, 아무 기별두."

"그럴 리가 있나. 아무 기별두 없이 밖에서 밤을 새우다니 그런 법이 세상 어느 곳에 있을구―식모가 우리 집에 들어온 후 그런 일이 한 번이나 있었던가. 어디 있었던가 없었던가 말해 봐요."

족치는 바람에 식모는 공연히 뜨끔해지면서

"그야 없었죠, 한 번두 그런 일이 있을 리 있었나요?"

"그랬겠다. 한 번두 없었겠다. 있을 리가 없었겠다. 그런데 웬일인구, 오늘 이럴 법이 천하에……."

발을 동동 구르는 것을 보고는 식모도 대답할 바를 몰라

"글쎄요."

얼버무리면서 그 야단스런 부인의 태도에 어안이 벙벙했다.

식모의 눈으로 보면 자기가 주부 격의 중요한 자리를 차지는 하고 있는

그 보통이 아닌 집안의 부부의 풍습이 항상 이상하게 보였다. 부부는 집안에서는 각각 독립된 한 사람이요, 그 한 사람으로서의 자격이 부부로서의 자격보다도 중요한 모양이었다. 부부라는 것은 다만 한 지붕 아래에 살고 있다는 표정일 뿐이요 두 사람의 거동은 반드시 일치되지는 않았다. 잠자는 방 잠자는 시간 식사하는 시간이 서로 어긋나는 때가 많은 것이요, 한 방에서 화목하게 지내는 때라고는 극히 적었다. 어느 나라 어느 고장의 법식인지 그 야릇한 풍속에 식모는 늘 이상한 생각이 들었다. 피차에 즐겨서 그런 살림을 하는 그들로서 남편이 하룻밤 밖에서 잤다고 펄펄 뛰는 아내의 꼴 또한 식모로서는 이해하기 어려운 것이었다.

그날의 그 법석은 그렇듯 수선스러워서 만약 그 당장에 초인종 소리만 안 났더라면 언제까지 애매한 식모를 못살게 굴었을는지 모른다.

식모가 뛰어나갔을 때 문간에는 S전문학교 교수 안상달의 부인 혜주가 서 있었다.

"부인이세요?"

혜주를 보고 식모는 다른 때보다는 한결 반가운 생각이 났다. 가뜬하게 단장을 하고 나타난 그의 모양이 그날 그 부산한 집안에서는 유별스럽게 신선하게 보였던 것이다.

"들어오세요. 아씨 계셔요."

식모는 반가운 판에 내섬기면서 제 마음대로 혜주를 응접실로 인도하고는 안으로 뛰어 들어가면서

"안 교수 부인 오셨어요."

하고 미려에게 고하는 것이었다.

혜주는 미려와는 학교 때부터의 친한 사이로서 미려에게는 꼭 한 사람의 알뜰한 동무였다.

자주 놀러 오는 그와는 식모도 낯이 익었다. 그가 나타났으므로 말미암아 미려의 흥분도 가라앉을 것이 사실로 식모가 특히 반가워한 것은 그 까닭이었다.

　식모의 목소리에 미려도 겨우 얼굴빛이 누그러지면서 그 꼴 그대로 응접실에 나타났다.

　"교수 부인은 이렇게 방문두 이른 법인가. 아침부터 말쑥하게 채리구 나섰으니."

　스스럽지 않은 사이라 두 사람은 언제나 농으로부터 말을 시작했다.

　"이른 게 뭐야, 오정이 가까운데. 정신이 빠진 품이 무에 있은 모양이지─'녹성음악원' 원장의 그 꼴은 또 무언구."

　조롱을 받고 미려는 비로소 어지러운 자기의 모양을 돌아보고 벽 위에 시계를 바라보았다. 동무의 말대로 어느덧 오정이 가까운 시각이었다.

　"화가 나서 배길 수 있어야지."

　의자에 주저앉으며

　"댁의 안 선생두 더러 그러는 수가 있수?"

　찬찬히 바라보니까 혜주는

　"뭐 말야. 유 선생이 어쨌단 말야?"

　다구지게 파묻는다.

　"어제 나간 채 안 들어왔구료─밖에서 밤을 새우면서."

　"밤을 새우다니?"

　혜주도 천연스러울 수는 없었다.

　"괴변인 걸─개벽 이래의 괴변이야. 남편이 가정 밖에서 밤을 지우다니."

　부채질하는 바람에 미려는 흥분이 새로워지면서

　"그까짓 아무러나 화를 내지 않으려구 해두 제절로 나는구료."

　"알구 보니 당신들의 그 개인주의의 당연한 결말 같은데 화를 내서 무엇하우. 남편이 아무렇게 하든 자유의지의 소행이거니만 생각하면 됐지. 화를 낸다는 건 지는 점이 아닐까?"

"내 개인주의가 아직두 철저치 못한 탓인 모양이야—어떻게 하면 좋을 꾸?"

"세상 남편치구 개인주의가 아닌 사람이 하나나 있어야 말이지. 누가 착하구 누가 악한 게 있나. 다 일반이니."

"안 선생두 더러 그러나?"

"외박하는 일이야 없어두 맘속으로야 무얼 생각하는지 뉘 알겠수. 다 그렇겠지만 결혼한 지 칠팔 년이나 되면야 가정에 꿈인들 있을 리 있수. 항상 곰시락곰시락하면서 밖에서 무슨 꿈들을 꾸구 있는지 헤아릴 수 있어야지. 자기 꿈속엔 아내는 한 발자국두 들여놓지 못 하게 한다. 그 꿈의 내용이 무엇인지 알 길이 무어요⋯⋯. 요행 집주인은 열중하는 게 학문이라 꿈두 그 속에 있으려니 하구 안심은 되지만, 그렇다구 가슴속을 활짝 헤쳐 볼 수도 없구. 사람은 다 제 혼자야. 남편이나 아내나 다 각각 저 한 사람밖엔 믿을 것이 없어."

"아니 혜주가 다 그런 소리를 하나? 혼자만 살뜰한 스윗홈을 가졌다구 모두들 부러워하는 혜주가—"

"스윗홈이 아니라구 부정하구 싶진 않어두, 난 부부 관념에 대해선 영원한 회의주의자야."

"가정이구 뭐구 내겐 다 시들해. 당하구 보니 화가 나긴 나두—그까짓 정 화나면 분풀인들 못하나? 복수를 생각하면 맘이 통쾌하거든. 사랑 없는 가정, 언제인들 못 뛰어나가겠수?"

"분풀이니 복수니 그런 우울한 소리 그만두구, 어서 나갑시다."

한이 없는 설화屑話에 혜주는 끝을 막으면서 미려를 들추슬렀다.

"실상 오늘 함께 영화 구경을 가려구 이렇게 채리구 나섰어. 《남방비행》

이 왔다든가. 오래간만에 좋은 영화일 것 같아서—자 어서 채리구 나와요. 기다리구 앉았을게."

울적하던 판에 차라리 잘됐다고 미려는 화장을 하고 옷을 갈아입고 나섰다.

화장에 한 시간이 넘어 걸렸다. 축음기를 틀며 그림책을 보며 하면서 기다리기에 맥이 난 혜주는

"개인주의의 극치야. 남편이 들어오건 말건 화장에는 한 시간이 걸리구, 아내로서 제일 중요한 일이니."

무엇이라고 말하든지 간에 혜주의 출현과 그와의 회화로 인해 미려의 마음이 누그러진 것은 사실이었다.

두 사람이 나란히 서서 맑은 자태로들 거리에 내려섰을 때 미려의 얼굴에는 근심의 그림자라고는 한 점도 찾아볼 수 없었고 한가한 가정부인의 유유한 자태였던 것이다.

그릴에서 늦은 점심을 먹고 그 길로 영화관에 들어가 새로 봉절封切된 《남방비행》을 보게 되었다.

미려는 처음부터 끝까지 그 아름다운 한 폭 속에 정신을 흠뻑 뺏겼다. 그렇게 마음에 맞는 영화는 평생에 처음이었다. 흥분과 감격으로 전신의 피가 유쾌하게 수물거렸다.

—변지邊地에 파견된 공사의 젊은 부인은 주위와 생활이 뜻에 맞지 않아 고독하기 짝없다. 늙은 남편은 청춘의 꿈과는 거리가 먼 것이었다. 돌연히 날아온 비행사는 어릴 때의 소꿉동무였다. 부인은 그에게서 지난날의 꿈을 찾으며 청춘의 희망을 붙인다. 탄 자리에 붙은 불은 좀체 끌 수 없어 두 사람은 열정으로 모든 것을 해결한다. 분별과 냉정은 악마의 것이다. 남편과 가정을 배반하고 드디어 사랑의 줄행랑을 놓는다. 비록 짧은 순간의 것이기

는 하나 지극히 행복스런 해결이다.

미려에게는 거기까지의 이야기가 필요하고 긴한 것이요, 그다음부터의 지리한 부분은 쓸데없는 잔소리 같았다.

'쓸쓸한 여자가 거기에두 있구나.'

느껴지면서 '자니 올트'의 연기가 한 토막 한 토막 가슴을 울렸다. 사랑 없는 가정의 비극이 절실한 실감을 가지고 미려를 쳤다.

그 한 시간 반 동안에 참으로 아름다운 것을 보고 훌륭한 진리를 새로 발견해 낸 듯 미려는 안타까운 만족—웬일인지 흐뭇하면서도 안타까운 것이었다—을 느끼며 혜주와 함께 복도를 걸어 나왔다.

"그런 해결의 방법을 혜주는 어떻게 생각하우?"

"옳지 않다구야 할 수 없지—그 밖에 또 무슨 길이 있느냐 묻는다면 대답할 수 없으니깐."

"내겐 큰 신발명이나 한 것 같구료. 신대륙 발견의 감격 이상이야—《남방비행》, 평생 가면 내 잊을 수 있을까. 오늘은 집에 가 가만히 혼자 울 테야."

"끝에 해결이 괜히 덧붙이기지. 흡사 수신 교과서의 결론같이 그런 해결에 반드시 그런 불행이 오라는 법이야 있나?"

"그까짓 불행이 와두 좋아. 해결을 하는 순간 두 사람은 인생의 최고의 감격을 살았는데 그까짓 불행이 무엇하자는 거요?"

미려는 마치 자기 자신의 형편 이야기를 하듯 흥분하는 것이었다.

찻집에 들어가 차를 시켜 놓고도 흥분이 좀체 사라지지 않아서 같은 생각에 잠겨 있을 때 혜주가 의외의 것을 발견하게 되어 두 사람은 또 새로운 놀람 속에 휩쓸려 들어갔다.

낮에 배달된 그날 석간신문 사회면에서 만해와 남구의 싸움의 기사를 발견한 것이었다.

'무슨 곡절이 있었게 집에두 안 들어갔지.'

혜주가 중얼거리면서 내미는 신문지 위에 미려는 둥그런 눈을 내달렸다.

……동양무역상회의 사장 유만해는 홍천 금광의 실패로 말미암아 격분한 결과 광산의 매도자 브로커인 박남구와 난투 끝에 전신에 상해를 당하고 기생 청매 등의 만류와 간호로 간신히 당장을 피했다더라. 전 재력을 기울인 그 금광의 실패로 류만해는 아마도 파산일 듯…….

대충 이러한 기사에 미려는 정신없이 신문지를 던지고 자리를 일어서 그 길로 회사를 찾았다.

"주인은 대체 어딜 갔단 말요?"

파물으나 이동렬도 최성수도 청매의 집은 차마 댈 수 없어 모른다고만 뻗섰다.

―싸움, 청매, 파산…….

미려에게는 놀람이 한두 가지가 아니었다. 복잡한 심사가 물 끓듯 수물거렸다.

그날 밤 오래도록 집에서 어쩔 줄을 모르고 설레고 있는 판에 이슥해서야 남편 만해는 머리에 붕대를 친친 감은 꼴로 나타났다.

"지옥을 다녀왔단 말요?"

남편의 어처구니없는 꼴에 미려는 되려 화를 내는 것이었다.

머리와 손에 때 묻은 붕대를 감은 그 부상병 같은 꼴이 가엾게 보이지 않고 추잡하게 보였다.

악한 브로커와 싸워 상처를 입고 파산에 임한 불행한 남편이라는 생각보다도 기생집에서 하룻밤을 새우고 늦도록 늦장을 부리다가 혜적혜적 집

163

을 찾아든 추잡한 물건이라는 생각이 앞섰다.

"그 꼴로 집엔 왜 찾아든단 말요? 차라리 없어지든지 못하구."

"사정두 모르구 괜히."

"밖에서 밤을 지낸 게 무슨 알량한 사정이란 말요?"

"천천히 들어봐요."

"청매라는 게 누군지 대나 봐요."

다따가 발설에 만해는 뜨끔했으나

"청매 따위가 문제가 아니오. 별안간 발등에 불이 떨어진 것은 일신상의 중대한 문제가 눈앞에 절박한 거요."

남편이 야단스럽게 설레려고 해도 아내는 침착한 태도를 잃지 않았다.

"홍천 광산이 글러지구 박남구와 싸웠단 말이죠. 싸웠으면 싸웠지 집을 비우라는 법은 어디 있나요?"

"……그렇소. 신문에 난 대로요―실업가 류만해는 오늘부터 낙오된 거요. 박남구와 싸우다가 진 거요. 수많은 경쟁자 속에서 떨어져 장안 사람의 조소를 받으면서 자리를 밀려난 거요. 눈앞에는 시꺼먼 함정밖엔 없구. 그 속에 한 걸음 한 걸음 빠져들어 가는 거요."

"그런 사정 앞에선 가정은 한 푼어치의 값두 없단 말요? 청매와 가정과 어느 편이 중하단 말요?"

"한 자리에 앉았다가 응급수단을 하노라구 병원에 갔다 그렇게 된 것이지, 저 청매와 누가……."

변명하는 아이와도 같다.

"탈을 말아요. 파렴치를 부끄러워해요. 가정의 권위를 무시하고 짓밟은 것이 내게 대한 도전이라는 것을 잊지 말아요."

미려는 분한 김에 견딜 수 없는 듯 자리에서 벌떡 일어서서 부르르 몸을 떨었다.

만해의 밖에서의 생활이 얼마간 방종한 것은 반드시 오늘에 시작된 일은 아니었다. 아내가 아는 것은 집안에서의 남편뿐인 것이요, 밖에서의 행동까지 일일이 살필 수는 없는 노릇이다. 남편의 자유로운 세계라는 것이 항상 아내의 그것보다는 넓은 것이며 남보다 유다르게 결머리가 센 미려의 눈을 속이기도 만해로서는 여반장이었다. 그런 남편의 눈치를 미려는 대강 짐작은 하면서도 목도하지 않은 이상에야 어쩌는 수 없는 노릇이었다.

부부 사이에 금이 갈라지기 시작한 것도 첫째로는 그런 남편의 태도에서 온 것이었고 남편의 태도로 말미암아 미려의 신뢰와 사랑이 없어지기 시작한 것이 사실이었다. 원래 미려보다도 만해 자신의 간청으로 결합된 부부였다. 일단 식기 시작할 때 미려의 사랑은 살얼음같이 삽시간에 차졌다.

"미려의 그 쌀쌀한 일도一途가 날 밖으로 몰아낸 거요."

만해는 아내를 책하는 것이었으나 미려의 편으로 보면 모든 원인은 남편 쪽에 있었다. 원인 결과를 서로 미는 속에서 가정은 드디어 오늘같이 찬 것이 되었다.

오늘의 미려의 감정은 반드시 질투에서 온 것이라고도 할 수 없었다. 청매 한 사람쯤을 사이에 두고 질투에 불붙을 정도로 남편이 살뜰하게는 여겨지지 않았다. 질투가 아니요 사랑이 아니요 모욕이었던 것이다. 가정에 대한 남편의 반역 속에 커다란 모욕을 느꼈던 것이다. 이 모욕감이 미려의 심사를 불 질렀다.

"이까짓 가정을 누가 달갑게 여긴다구."

홧김에 되구 말구 손에 잡히는 것을 던지니 맞은편 벽의 거울을 맞히게 되어 금시 깨뜨려진 유리 조각이 뎅그렁 하고 떨어졌다. 이번에는 도리어 남편에 대한 아내의 도전이었던 것이다.

"일생의 중대한 일에 당면하게 된 이 당장에서 사소한 일로 사람을 못살게 군단 말요?"

만해도 드디어 소리를 높이게 되었으나 그러면 그럴수록에 미려를 격분시킬 뿐이지 그의 의견을 휘일 수는 없었다.

"중대한 일은 무어구 사소한 일은 무어란 말요? 가정은 사소하구 밖에 일만 중대하단 말요? 그따윗 사소한 가정을 가져서는 무엇한단 말요?"

"일에 바쁜 남편이 밖에서 하룻밤쯤 지내구 왔단들······."

"오라, 그게 남자들의 특권이란 말이지. 누가 맨들어 논 특권인구? 당신두 교육받은 현대인이오? 현대인의 자랑을 요만큼이나 가졌소? 멀쩡한 야만인이지. 어디 남자에게만 그런 특권이 있으라는 법인가 봅시다. 아내는 죽어만 지내라는 것인가 봅시다."

이 말을 실지로 설명하려는 듯 미려는 그 늦은 밤에 그 자리로 분연히 집을 나서는 것이었다.

아내로서의 용기가 아니라 남편과 대등한 한 사람으로서의 용기를 낸 것이다. 대담하고 올찬 용기였다.

그날 밤 만해에게는 지난 밤 미려를 괴롭게 했던 번민 이상의 번민이 왔다. 밤이 패여도 돌아오지 않는 아내를 눈이 빠져라 기다리면서 고시랑고시랑 잠 한숨 못 이루었다. 미려가 미려의 침실에서 한 것과 마찬가지로 만해는 자기의 침실에서 괴로운 하룻밤을 꼬박 뜬 눈에 새웠다.

'흠, 이게 복수라는 셈이지.'

괴로운 코웃음을 치면서도 미려의 경우와 같이 역시 화가 났다. 피곤한 정신에 노염이 솟으면서 이튿날 아침 느지막해서 미려가 어슬어슬 나타났을 때에는 저절로 고함이 터져 나왔던 것이다.

"이 이럴 법이 세상에."

"왜요? 맛이 독하죠—호텔에서 하룻밤 자구 왔죠. 호텔에서 잔 것이 그럴 젠 기생집에서 자구 왔을 때의 심사가 어떨지 좀 생각해 보죠. 남자의 이기

주의가 얼마나 몹쓸 것인가를 실물 교육으로 더러 배워 봐요. 세상의 남편들이 얼마나 뻔질뻔질하구 밉살스러운가를."

"이래두 문화인이니까 이만했지, 정말 야만인 같았으면 오늘 아침 살인 이래두 났겠다."

"에그머니, 살인이라니."

이번에는 미려가 화를 내게 되었다.

"―그게 야만인의 발악이 아니구 뭐란 말요? 그래두 그 편견을 버리지 못하우―사내만 사람이라는 그 교만한 편견을 버리지 못해요."

"미려가 조선에 태어난 것이 불행이오. 구라파에나 태어났더라면 발달된 개인주의 사상과 높은 도덕 문화 속에 자유롭게 살 수 있었을 것을, 이 뒤 떨어진 조선에 태어난 까닭으로 남자에게서 모욕만 받게 된단 말이지."

만해가 목소리를 부드럽혀서 이렇게 구슬리는 것은 타협하자는 뜻이 아니었다. 가슴속에는 불붙는 노염이 활활 피어올랐다.

"야유하는 셈이요?―왜 그럼 구라파 사람같이 교양 있는 사내가 되구료. 여자들만을 책하지 말구."

"교육이 탈이야."

만해는 드디어 터지고야 말았다.

"―구라파니 개인주의니 반지빠르게 배워가지구는 남녀동등이니 아내의 지위가 어떠니 철없이 해뜽거리는 꼴들이 가관이야. 몸에서는 메주와 된장 냄새를 피우면서 문명이니 문화니 하구, 가제 깬 촌놈같이 날뛰는 것을……. 복수는 다 무어야. 여편네가 사내에게 복수라니. 이 사랑 없는 가정을 누군 달갑게 여기는 줄 아나. 한꺼번에 다 부셔버릴까 부다."

"이런 가정을 맨든 것이 누구란 말요?"

"누가 이런 가정을 맨들었누? 이 되지 않은 문화주의자 같으니라구."

남편의 버릇도 아내와 같은 모양이다. 무엇을 집어 벽에 던졌는지 오늘은 거울 대신에 괘종이 깨트러졌다. 뎅그렁 하고 유리가 떨어지면서 움직이던 추가 섰다. 가정은 침묵한 것이다.

"옳지, 잘 하우. 말 잘했소. 마지막이란 말이지. 나두 실상 이걸 원하지 않은 배 아니었소."

미려는 자기 방으로 뛰어들어가 황겁지겁 짐을 싸기 시작했다.

몇 시간 후에 미려는 두 짝의 트렁크 속에 옷가지를 꽁꽁 재여 넣고 예금통장, 현금 등 신변에 있는 대로의 것을 지니고는 집을 나섰다. 자동차에 앉아 거리로 향했다.

'기어코 집을 나왔구나.'

하는 감상도 아무것도 없이 흥분 속에서 전신이 끓으면서 정신없이 익숙한 길을 굴러 내려갔다.

호텔에 이르러 간밤에 하룻밤을 지낸 바로 그 방을 또 빌렸다. 짐을 방 가운데 놓고 침대에 풀썩 주저앉았을 때 아직도 꿈속을 헤매이는 것 같은 느낌이 났다.

'올 것이 왔구나.'

개운한 생각이 나는 한편 알 수 없는 무거운 것이 등을 내려 누르기도 한다.

큰일을 저질러 놓은 듯한 일종의 불안이요 두려움이었다.

용기가 필요했다. 그런 두려움과 잡념을 말살해 버릴 마음의 용기가 필요했다. 아직도 마음의 준비가 부실한 탓이거니 자기를 꾸짖으면서 오로지 행동의 열정에 주의를 모으기에 힘썼다.

'결국 와야 할 것이 왔을 뿐이다.'

반성도 뉘우침도 불필요하다. 눈앞의 현실이란 그렇게 될 이유가 있어서 그렇게 된 것이다. 눈앞에 온 대로의 것을 받아들이고 긍정할 뿐이다. 그 외의 잡념은 공연한 것이요 해로운 것이다—이렇게 미려는 생각하면서 움직이는 마음의 주초柱礎를 바로잡기에 힘썼다.

솔직하게 말하면 미려는 지금까지 오늘이 오기를 마음속 그 어느 한 귀퉁이로 은근히 바라고 기다리고 있었던 것이 아닐까. 메마른 샘물줄기같이 가정에서 시비가 마르고 끊어진 것은 오래전 일이었다. 그 허물의 태반이 남편의 태도에 있었다고 미려는 생각하고 또 그편이 편리하기는 하나, 그렇게 생각하는 미려의 심중을 한 겹 더 헤쳐 본다면 더 근본적인 인간성의 발로로 돌릴 수 있을 것이요, 미려가 미처 생각지도 못했을 그 근본적인 것에서 오늘의 결과가 왔다고 생각함이 옳을 법하다—기적이라는 것은 항상 가정 안에는 있을 수 없는 것이요, 신비는 언제나 눈 밖에만 있다. 현재를 벗어나려는 노력은 기적과 신비를 구하는 마음의 표현이다. 신비 없는 생활이 죽음을 의미함에 그것을 구하는 마음이 미려의 경우같이 간절함은 없었고, 그 마음의 지향을 결정적으로 지어준 것은 남편이었다. 참으로 오늘 그를 행동 속으로 밀어낸 것은 남편의 태도였던 것이다. 말하자면 합의의 결과요, 따라서 조금도 거리낌 없는 결론이었다. 허물이 있고 그릇이 있다면 그 모든 것은 남편이 져야 할 것이다—이렇게 미려는 생각하면서 마음을 대담하고 다구지게 먹었다.

용기를 내고 침대에서 일어났다. 당분간을 지내게 될 그 한 간 방에 정을 붙이려고 애쓰면서 옷을 갈아입고 몸을 가다듬었다. 아래층으로 내려와 사동을 구해 말동무로 혜주를 불러내기로 했다.

혜주는 무슨 일인가 하고 설렜는지 예측 이상으로 빠르게 달려왔다.

식당에서 점심상을 마주 대하고 앉아 대강 미려의 이야기를 들었을 때 혜주는 그다지 놀라는 법도 없이 비교적 심상한 표정이었다.

"보매와 달러, 꽤 맹랑하구 다구진 걸. 집을 나오다니."

실상은 놀란 까닭에 범연한 표정이었던 것이다.

"결국 어느 시대나 '로라'는 빠지 않는 모양이지. 후손이 또 하나 생겼으니 땅속의 '로라'두 기뻐하렸다."

"난 가정의 '로라'가 아니구 인간의 '로라'야. 인간성을 막는 모든 굴레에서 벗어나런 거야."

《남방비행》의 여주인공같이 말이지. 어저께 《남방비행》을 보구 오늘 그것을 모방하다니 여간내기가 아닌걸."

"그렇게 됐구료―그러나 대상 없는 여주인공이니 하릴없지."

미려는 쓸쓸히 웃으면서 식도를 움직였다.

"막연한 흥분만을 가지군 일이 다 된 게 아니야. 또렷한 법적 수속을 밟구래야."

"물론이지, 변호사를 대서 정식으로 결말을 지을 작정이야. 일시적으로 생각해 낸 행동이 아니구 군은 결심을 먹구 한 일인 바에야……."

혜주를 보낸 후 미려는 번잡한 생각에 지쳐서인지 일시에 피곤을 느꼈다. 방으로 올라가 침대에 눕는다는 것이 연일의 피곤으로 말미암아 홀연히 잠이 들었다. 몇 시간 동안의 단잠이었다.

눈을 떴을 때 방 안은 황혼에 누르끄레 물들어 있다. 뉘엿거리던 해가 막 서산을 넘은 듯 서창으로 보이는 하늘이 일면 누런 바다다. 그 바다 아래에 두툴두툴 솟은 도회의 윤곽이 칙칙하게 저물어 가고 있다. 움직이지 않는 공기가 답답하게 허공과 방 안에 차 있다.

밝지도 않고 어둡지도 않은, 그 야릇한 누른빛이 알 수 없이 가슴을 건드려 미려는 침대에서 내려서 창의 휘장을 내렸다. 방 안은 더한층 침침하다. 벽의 스위치를 눌러 불을 켜 보나 낮에 컨 등이라는 것은 되려 답답만하다. 그렇다고 불을 다시 끄니 켜기 전보다 또 한층 어둡다.

'아, 안타까워.'

다시 창께로 가 휘장을 올리니 누런 황혼이 여전히 새어든다. 삼라만상이 한꺼번에 어둠 속에 잠겨 버리려는 마지막 순간의 안타까움이 방 안을 살라 버리려는 듯도 하다.

미려는 침대에 풀썩 주저앉으며 요 속에 얼굴을 묻었다. 뼛속이 자지러지게 아프며 몸이 떨린다.

'왜 이리 서글픈고.'

전신이 한꺼번에 꺼져 버릴 듯도이 횅횅해지며 눈물이 푹 솟았다. 아이같이 그 자리에서 발버둥치며 울고도 싶다.

지금까지 살던 집과는 지붕 아래가 달라진 그 한 간 방에서 별안간 폭풍우 같은 공허가 엄습해 온 것이었다. 물론 배반하고 나온 집이 그리운 것이 아니다. 속이 비고 마음이 허한 것이나 대체 무엇이 부족한지는 미려 자신도 그 자리에서 헤아릴 수는 없었다.

향수였다. 무서운 향수가 잠자고 난 뒤의 허한 가슴속을 치밀어 올랐던 것이다. 그 무엇인지 그 어디인지가 그립다. 그것이 무엇인지는 알 수 없으면서도 현재를 벗어나 그것을 그리워하는 심사가 불같이 몸을 태웠다.

'대체 그리운 것이 무엇일꼬.'

어지러운 꼴을 스스로 부끄러워하면서 눈물을 씻고 옷을 갈아입었다.

방에만 있기가 답답해서 층을 내려와 로비에 들어갔다. 음악이 들렸다. 저녁 식사가 시작되기까지의 한때를 사람들은 음악으로 보내고 있었다. 미려도 그곳의 한 사람이 되었다.

모차르트의 가벼운 소나타 이중주였으나 그 경쾌하고 맑은 곡조가 미려에게는 도리어 슬펐다. 마디마디가 향수를 북돋아 주고 꿈을 말한다. 음악도 꿈꾸는 사람에게는 필경은 슬픈 것이다. 슬픈 것은 때로는 즐거운 것도 된다. 즐거운 것으로 음악을 시름없이 듣고 있을 때 문득 옆자리에 와 앉으면서 미려의 주의를 끄는 사나이가 있었다. 언제인가 집에서 만난 일이 있던 김종세임을 알고 미려는 모르는 체도 할 수 없었다.

"언젠가는 댁에서 실례가 많았었습니다."

종세는 하고 싶은 말마디나 가진 듯 긴하게 표정을 누그렸다.

"선생이 지금 왜 여기 와 계신지 빤히 알구 있죠. 세상일 잘 알기로야 신문기자는 조물주 다음엔 가거든요."

미려는 그럼 자기의 오늘 일을 벌써 세상 사람이 다 알게 됐누 하고 종세가 무서운 것으로 여겨져 화제를 돌려 보았다.

"'녹성음악원' 때문에는 공연한 수고만 끼쳐드리구 말만 퍼지게 됐는데 사정두 있구 해 성사될 것 같지 않아요. 물론 이번 후원만은 약속한 대로 틀림없이 하겠습니다만."

"만해 씨와는 일전에 자리두 같이하구 한 까닭에, 그 사정이라는 것 대강 짐작할 수 있습니다. 두 분이 앞으로 어떻게 되시는지 세상의 기대가 컸던 것만큼 음악원 일만은 계획대로 하셨으면 합니다만."

"제 사정이 급작스럽게 절박해져서 그런 일을 미처 생각지 못하게 됐어요."

"거기 관해선 천천히 말씀 들을 기회가 있겠습니다. 오늘은 저두 바빠서요. 일마 군이 만주서 돌아온답니다. 호텔에 방 교섭을 왔던 길에……."

"일마 씨가요?"

"교향악단보다 먼저 오죠. 홀몸으로 오는 것이 아니래서 방을 고르기가 까다로워요."

종세의 한마디 한마디에 미려는 긴장되고 몸이 달았다.

하늘 위의 별

:

아파트 청운장 이 층 방에서 박능보는 이른 저녁의 한때를 하는 일 없이 우두커니 의자에 앉아 있었다.

병원에서 조금 일찍이 사퇴하고 나왔다. 밤차로 도착한다는 일마의 전보를 받았던 까닭이다. 역으로 나갈 시간을 앞두고 잠시 명상에 잠기고 있었다.

'불과 달포 동안에 사람의 운명이 그렇게두 변하나?'

동무 일마의 그동안의 운명의 변화에 놀라고 있었다. 시험관 속의 액체의 변화같이 삽시간에 놀라운 변화를 한 것이다.

두 번이나 행운을 맞추고 그 위에 사랑조차 얻어 가지고 이제 고향으로 돌아오려는 것이다. 마치 그를 기다리고 있는 그런 행운을 찾으러 떠났던 길 같다. 떠날 때와 돌아오는 때의 신세가 얼마나 엄청나게 다른가. 밤낮으로 보고 어울리고 하던 친한 사이이므로 그 변화는 더욱 신기하게 여겨졌다. 능보 자신이나 훈이나 종세에게는 아무 변화도 없었던 까닭에 동무의 변화는 한층 신기하게 여겨졌다.

'자기는 그동안에 무얼 하구 있었던가?'

육체의 애꿎은 신진대사가 있었고 변치 않은 나날의 일과가 있었을 뿐

173

이다. 하나하나의 세포가 달포 전과는 다른 것으로 변했을는지 모르나 생활에는 아무 변화도 없다. 방 안 책시렁에 책 한 권 늘지 않았고 책상 위 현미경은 먼지를 보얗게 쓰고 있을 뿐이다. 사랑하는 은파와의 관계도 미적지근한 그대로 조금의 발전도 없다. 속히 개업이나 하고 두 사람만의 조그만 가정을 가지자고 지금은 벌써 농이 아니라 진정으로 은파가 조르는 것이나, 아직 개업할 성산은 아득하다—아무 변화도 없는 것이다. 무료한 답보가 있을 뿐이다. 변한 것은 일마뿐이다. 일마만이 운명을 갈고 행운을 가지고 오는 것이다.

'그리구 이 아파트에서 떠나려는 것이다.'

바로 이웃 방이 일마의 방이다. 몇 해를 한 지붕 아래에서 가까이 왕래하면서 형제와 같이 다정하게 지내오던 그가 더 다정한 그의 짝을 데려오는 것이다. 아파트를 떠나서 둘만의 행복스런 보금자리를 가지려는 것이다.

변화라는 것이 서글프게만 여겨지면서 쓸쓸한 생각에 잠겨 있을 때 문을 두드리고 훈이 찾아왔다. 이 역 일마를 맞으러 능보와 함께 역으로 나가려는 것이었다.

"자네 동무 한 사람 뺏기게 됐네 그려."

능보는 일어서서 훈과 함께 이웃 방 앞에 이르렀다. 자기 방 열쇠로 손쉽게 열 수가 있었다.

동무 없는 방 안이 휑뎅그렁하고 쓸쓸하다. 홀아비의 살림 그릇이 신혼의 살림 그릇으로 변하려고 한다. 책상 위 먼지를 손가락으로 만지면서 방 안을 살피려니 신기한 기적으로 밖에는 생각되지 않는다.

"금발 미인에게 동무를 뺏긴다."

"평생에 굉장한 연애를 하겠다구 벼르더니 그게 굉장한 연애라는 것인가? 그런 구라파주의자는 없더니 필경 그 일을 치자구."

능보보다는 역시 훈이 일마의 비위를 더 잘 이해하고 동감할 수 있었다.

"일상 엉뚱한 꿈을 꾸며 결국 엉뚱한 짓을 하고야 마는군."

실상 훈의 꿈도 일마의 그것과 비슷하다면 비슷했다. 부질없이 향수를 느끼는 것이었고 그 그리워하는 고향이 여기가 아닌 거기였다. 현대 문명의 발생지인 서쪽 나라였다. 일마는 누구보다도 대담하게 그 향수의 갈증을 채우고 꿈을 수입한 것이다. 일마의 심중을 누구보다도 잘 이해할 수 있는 것이 훈은 자기일 듯싶었다.

"실물로 예증한 셈이지. 일마두 맹랑한 걸물이야."

"어서 금발 미인 구경이나 나가세나."

능보는 팔 시계를 들어 보면서 훈을 재촉했다.

일마들을 맞이해 호텔까지 동행해다 주고 훈과 능보는 거리로 나오면서 머릿속은 나아자의 인상으로 그득히 차 넘쳤다. 오래간만에 보는 동무 일마의 정든 낯도 나아자의 신선한 인상 속에 숨어 버리곤 했다.

"흡사 누구 같을까―영화배우의……."

훈이 생각해 내려고 애를 쓸 때 능보가 수월하게 잡아내면서

"'뤼세르' 같지 않은가. '코린 뤼세르', 불란서 배우의……."

"옳지, '뤼세르'와 비슷해―온순하고 순결한 자태가."

"눈이 높단 말야. 일마가 사람 하난 잘 골랐어. 한 점 나무랄 곳이 없어."

"내가 만약 일마라면 이상 더 꿈이 없겠네. 대장부로 세상에 태어나 더 바랄 것이 없겠어. 그만하면 얻을 것은 다 얻었단 말야. 그 이상의 원은 욕심이란 거야."

"일마의 꿈두 필경은 동양이었던 모양이지. 나아자의 얼굴은 아무리 봐두―동양의 것이거든. 동양의 특징을 가진 순 서양의 얼굴이야. 눈이며 눈썹이며 코며가 온순한 조선의 것이란 말야. 피부가 희구 머리카락이 노랄 뿐이지."

"일마의 꿈이 우리의 꿈일 테니까. 우리 모두가 꿈꾸는 하나의 이상형일 지두 모르지. 어떻든 장안에 일색 하나 더 늘었어. 내가 미인이노라구 뽐내는 축들이 나아자의 앞에서야 숨이나 크게 쉬겠나. 그 눈, 그 별 같은 눈망울."

역 폼에서 일마가 사람을 차례로 소개하니 머리는 숙이지 않고 방글방글 바라보던 그 눈이 선하게 떠오르는 듯하다. 자동차로 호텔에 이르렀을 때 모든 새로운 것에 신기한 듯 눈을 보내면서도 끝까지 품격 있고 의젓한 나아자였다. 묵은 전통에서 오는 교양의 빛이 은연중에 드러나 있었다.

초저녁이기는 했으나 식사도 할 겸 두 사람은 '실락원'을 찾았다. 화장을 마치고 난 은파가 뛰어나오면서

"나두 역에나 나갈걸요. 금발 미인의 풍채가 어때요, 그래?"

궁금해하니

"나아자를 본 눈으로 지금 은파를 보려니까 흡사 말뚝을 대하는 것 같구료. 은파는 벌써 여자가 아니야."

하고 훈이 나무래도 은파는 천연스럽게

"옳아, 그렇게 놀랍단 말이죠. 어떻길래 교만한 일마의 눈에 걸렸죠? 정말 한번 봐둘걸요."

"나두 여자 보는 눈이 달라진걸. 그 오똑한 조각을 보구 난 뒤엔 거리의 여자란 여자가 죄다 널쭉같이 납작하게만 보인단 말야."

능보의 술회에 은파는 비로소 샐쭉해하면서

"당신들의 그 꼴같잖은 서양 숭배 그만들 둬요. 거지가 뭘 보구 침 흘리듯 서양이라면 사족을 못 펴구─야만인의 추태지 뭐란 말요?"

흥분하는 양이 통쾌해서 훈은 숭굴숭굴 웃으면서

"누가 서양을 숭배하나, 아름다운 것을 숭배하는 것이지. 아름다운 것은 태양과 같이 절대라나. 서양의 것이든 동양의 것이든 아름다운 것 앞에서

는 사족을 못 써두 좋구, 엎드려 백배 천배 해두 좋거든. 부끄러울 것두 없구 추태두 아니야—은파가 그렇게 짜증을 내는 건 되려 속을 뵈이는 점이지. 괜히 가만하나 있잖구."

"그놈의 아름다운 건 다 무엔구?"

"나두 은파와의 결혼을 좀 더 생각해야겠어."

"미안하우. 제발 요량대루."

은파도 능보를 따라 웃으면서 다시 농으로 돌아가 자리는 화해졌다.

"그렇게 놀랍다면 그럼—가령 미려보다두 더 잘났단 말요?"

"미려와 나아자와—글쎄, 내 생각엔 나아자가 난걸."

그러는 자리에 뛰어든 것이 종세였다. 늦도록 시중을 들고 오다 보니 그렇게 늦었다.

"나아자들을 보구 제일 실망한 게 누군 줄 아나?"

종세는 숨도 갈지 않고 다짜고짜로 이 소리였다.

"미려라네—호텔에서 찬찬히 살피려니 그 수심에 넘치는 자태는 차마 못 보겠데. 멀리서 멀끔히 바라보는 그 자태를."

동무들을 보낸 후 일마는 나아자와 함께 작정된 이 층 방으로 올라갔다.

나아자는 여행의 피곤도 잊고 기쁜 기색이었다. 거리의 규모가 상상 이상으로 쨰이고 동무들이 홍성홍성 나와 맞이해 주고 하는 것이 초행의 그에게는 반가운 인상을 주었다.

"호텔이 이렇게 훌륭한 줄은 몰랐군요. 하얼빈서두 드물게 보는 호화로운 치장이에요."

사실 만족스런 표정이요 말소리였다.

"이곳에두 서양 문명이 상당히 뿌리 깊게 배어들었거든—적어두 겉만은."

"당신의 고향이 아주 맘에 들었어요. 유쾌하게 지낼 수 있을 것 같아요."

"호텔만이 조선의 모양이 아니라우. 호텔 밖에 여러 가지 구저분한 현실 면이 있을 테니 아예 실망은 하지 마우."

"어느 고장엔 두 가지 면이 없나요. 왜 밝은 쪽이 있으면 어두운 쪽두 있는 건 아무 데나 매일반인데 실망을 하다뇨."

보이가 앞서서 방을 열고 여러 짝의 트렁크를 들여놓았다. 일마가 목욕, 식사 등 몇 가지의 주의를 묻고 열쇠를 받으니 보이는 나갔다. 두 사람만이 넓은 방 안에 섰을 때 일마에게도 사실 오랫동안의 긴 여행을 마치고 마지막 목적점에 도달했다는 안도의 느낌이 유연히 솟았다.

넓은 침대, 의장, 화장대—두 사람의 소용인 그런 방 안의 살림 그릇이 홀몸의 것과는 달라 염염한 모양을 보이고 있는 속에서 나아자의 자태는 한층 사랑스럽게 보인다. 그 역 안도의 감정 속에서 잠시 방심의 상태로 서 있는 것이었다.

북으로 향한 창을 여니 저물어 가는 뜰 안에 팔각당의 검츠레한 윤곽이 내려다보인다. 나아자는 창 앞에 서서 부근의 풍경을 진기한 것으로 바라보았다.

"저게 조선의 집인가요?"

"옛날 사람들이 세운 낡은 집."

"얼마나 넉넉하고 운치가 있어 보이는지요—흡사 만주에서 보는 것 같은."

"같은 동양의 집이거든."

"동양을 전 원래부터 이해하지만, 그 동양의 아름다운 것을 참으로 즐겨할 수 있을 것 같아요."

"아름다운 것은 즐겨해두 추한 것에서 느끼는 환멸은 얼마나 큰 것일까. 추한 것이 아름다운 것보다는 언제나 많으니깐."

"추한 건 추한 것으로 또 동정이 가게 되죠."

"팔각당 넘엔 개천이 있구 그 넘엔 빈민굴이 있다우. 빈민굴 없는 데가 없겠지만 조선은 전체가 한 커다란 빈민굴이라우."

"그럼 빈민굴 속에서 함께 살죠. 누가 반드시 아름다운 것만을 원하나요."

나아자는 돌아서서 일마에게로 몸을 쏠리며

"저를 참으로 잘 이해해 주실려면, 제가 경박한 여자가 아니라는 걸 알아주셔야 돼요."

진득이 일마의 눈 속을 들여다본다.

"당신을 이렇게 따라 나온 건 괜히 바람에 불려서가 아니예요. 의외의 행운을 얻은 것을 부러워한 까닭두 아니구. 피차의 계급이 같은 것을 만만히 봐서두 아니구―참으로 당신을 믿구 사랑하니까 모든 것을 버리구 이렇게 길을 같이한 것이죠."

나아자는 사랑한다는 말 이상의 표현을 할 줄은 몰랐으나 그 한마디가 속과 정성을 다 털어놓은 한마디였다. 당신을 존경하구 믿구 끔찍이 여기구―한다는 뜻이었다. 최대한도의 표현이었던 것이다.

"누가 그런 줄을 모르우?"

"그럼 절 오해하지 마세요. 저두 또 믿어 주세요."

몸을 맡기면서 새삼스럽게 일마의 애정을 구한다. 두 사람은 마치 그것이 첫 번인 듯 열정적으로 피차를 안았다. 이미 아내인 나아자를 일마는 오늘 신선한 신혼의 기분으로 세상에서 가장 소중한 것으로 여겼다.

보이가 노크를 하고 목욕의 준비를 고하지 않았던들 두 사람은 좀체 갈라질 줄 몰랐을 것이다.

호텔은 기숙사가 아닌 까닭에 각각 방 사람들의 생활은 반드시 일치되는 법이 없다. 식당에서 식사하는 시간이나 로비에서 쉬는 시간이나 각기 다르고 자유롭다. 그런 속에서도 미려는 더욱 그런 시간의 배려가 다른 사람들과는 동떨어지게 달랐다. 될 수 있는 대로 뭇 사람의 눈에 띄지 않도록 세심의 주의를 하는 것이었다. 식당에 나타나는 시간은 누구보다도 이르거나 그렇지 않으면 늦었고, 로비에 나타나는 것도 사람의 그림자가 뜸할 때를 택했다—아직도 일신상의 소문이 거리에 펼쳐짐을 즐기지 않는 까닭이었다.

어제 오후 종세에게서 일마의 돌아온다는 소식을 듣고는 더욱 알 수 없이 기가 죽어지면서 방에만 박혀 있는 시간이 많아졌다. 설레는 마음과는 반대로 용기는커녕 도리어 주접이 들었다. 웬일인지 두려운 생각이 났다. 일마를 만남이 여간 일이 아닌—희망과 실망의 교차된 야릇한 감정이 들었다.

저녁때는 되어 복도에 수선스런 발소리가 나고 목소리가 들리는 것이 아마도 일마들의 도착인 모양이었다. 넓은 호텔 안에서는 어느 때 누가 떠나고 누가 오는지 일일이 눈치채고 헤아릴 수는 없었으나, 그날 복도에서 나는 수선스런 말소리만은 미려도 놓치지 않고 들을 수 있었던 것이다.

소리가 뜸한 뒤에 문밖을 지나는 보이에게 곡절을 물으니까

"바로 저 북쪽 구석방에 새로 손님이 들었답니다."

혼자 설명하면서

"만주서 돌아왔다는데 금발 미인을 데리구 아주 훌륭하군요. 국제 부부 치구는 보던 중 놀라워요."

미려는 종세의 말눈치에서 일마의 국제 연애의 일건을 대략 짐작은 하고 있었으나, 보이의 입으로 직접 국제 부부니 금발 미인이니 하는 소리를 들으려니 공연히 뜨끔해지면서 가슴이 두근거렸다.

"굉장한 손님들이군."

"저희두 외국 여자를 많이는 봤지만 그렇게 짜인 여자는 처음인데요."

미려의 혼을 뽑으려고만 하는 소리 같으다. 미려는 단번에 기가 죽으면서 보이의 설화를 더 듣고 싶지 않았다.

밤에도 꼼짝하지 않고 방에만 있었고, 오늘 아침 식당에도 가장 늦게 내려간 것이었다.

제 스스로 질려 제 몸을 방 안에 가둔 것이다. 반달 동안 역시 두문불출 방 안에서 죄수 노릇을 했다. 전날부터 내려오는 수심과 감상은 더욱 가슴을 물어뜯었다.

오후의 따스한 햇빛이 서창에 그득히 쪼일 때 정신을 차리고 옷을 갈아입었다. 바람을 쏘이려 뒤뜰로 내려갔다.

일광실을 지나 후원으로 나가니 돌담과 벽에 기어오른 담쟁이의 신선한 빛이 눈을 끈다. 무엇보다도 민첩하게 가을을 수입한 그 진홍빛 잎새가 금시에 가을을 느끼게 했다.

실상인즉 미려도 오늘 선선한 홑적삼을 벗고 붉은 겹저고리를 입었던 것이다. 저고리의 빛과 담쟁이의 빛은 공교롭게도 일치되어 피차에 가을을 자랑하는 듯 오후의 햇빛 아래에 신선하게 보였다. 미려에게는 자기의 모양이 보이지 않는 까닭에 담쟁이와 자기의 모양과 어느 편이 더 아름다운지를 판단할 수는 없었다. 담쟁이의 빛을 보고 선뜻 가을 감각에 눈떴을 뿐이었다.

그러나 담쟁이보다 더 아름다운 것이 있었다.

잔디를 밟으며 후문으로 들어섰을 때, 저편 묵은 돌층대를 걸어 내려오는 화려한 색채가 눈을 끌었다. 그 역 담쟁이의 빛이었다. 진홍빛 드레스를 입은 염염한 자태가 담쟁이 이상으로 미려의 정신을 뽑았다. 붉은 머리카락에 해가 쪼여 금빛 윤곽이 그림 같다. 그 색다른 남녀가 누구인지를 미려는 물론 직각할 수 있었다.

일마와 나아자였다. 단둘이 후원 속에서 오후의 산보를 하는 것이었다.

미려는 주춤했으나 벌써 자기도 두 사람 눈에 띄인 몸으로 비겁하게 뒷걸음을 칠 수도 없어 우두커니 서 있는 동안에 두 사람도 차차 이쪽으로 가까워 왔다.

〉

나아자의 편에서도 멀리 미려의 자태를 발견하고 그 신선한 가을 감촉에 주의했던 것이었다. 담쟁이 빛깔 같은 저고리의 고운 빛에 정신이 끌리면서 일마를 돌아보았다.

"조선 여자의 옷맵시가 곱다더니 헛말이 아니군요."

언제인가 일마에게서 들은 흰옷과 꽃신의 아름다움을 문득 생각해 냈던 것이다.

"흰옷두 곱지만 봄가을로 시절이 변할 때의 색옷들두 저렇게 곱잖우. 긴 치마에 꽃신만 신었더라면 더 좋았을 것을."

"저두 한번 저렇게 채려 보겠어요. 짧은 치마에 구두는 흡사 양장인데요. 투피스 셈으로."

나아자는 자기의 옷맵시가 얼마나 아름다운지는 잊어버리고 미려의 맵시에 찬미를 마지않으며 마른 잔디를 사뿐사뿐 밟았다.

그것은 흡사 미려가 자기 자신을 잊어버리고 나아자의 자태에 잠시 취했던 것과도 같다. 붉은 드레스와 금빛 머리카락에 정신을 뽑혔던 것과도 같다.

미려와 나아자 두 사람을 한꺼번에 바라보고 두 사람의 아름다움을 판단할 수 있음은 그 자리에서는 일마 한 사람이었다. 두 사람과 떠나 제삼자의 입장에 서 있는 까닭이다. 미려에게는 자신의 자태가 안 보이고 나아자에게도 자신의 자태가 안 보이는 것이나, 일마에게는 두 사람의 자태가 함께 보이는 것이다.

하얼빈을 떠난 후로 나아자의 자태를 오늘 그 어느 때보다도 아름다운 것으로 여기는 일마에게 지금 눈앞에 나타난 그 뜻하지 않은 조선 옷의 자태도 놀라운 것으로 비치었다. 나아자와 함께 염치 불구하고 그를 바라보면서 가까이 왔던 것이다.

서로 보아도 보지 않은 체, 놀라도 놀라지 않은 체하고 시침을 떼고 스치는 것이 문명인의 태도인지는 몰라도 야박스런 근대인의 버릇이다. 그러나 참으로 놀랐을 때는 그런 냉정한 여유도 없어진다. 일마와 나아자의 미려를 보는 눈이 그러했다. 미려가 머뭇거리면서 엇비슷이 외면하고 있는 동안에 두 사람은 은근히 그를 관찰하면서 지냈다.

참으로 행복스런 한 쌍이었다. 공작같이 자랑스럽고 행복스런 두 사람이었다. 미려는 외로운 자신의 모양과의 대조에서 오는 쓸쓸함을 느끼면서 더 돌아볼 염도 못하고 머뭇거리고 섰을 때, 몇 걸음 앞섰던 일마가 다시 뒤돌아서면서 말을 거는 것이 아니었던가.

"……저, 실례가 아닌지 모르겠으나―남미려 씨가 아니던가요?"

그 목소리에 미려도 돌아서면서 처음으로 일마와 대면했다.

"역시 미려 씨이시군요."

그 한 마디 속에는 무한한 감회와 뜻이 있는 성싶었다. 팔 년 동안 포개진 시간의 주름이 있었고, 그 주름 속에 간직하고 잊혀졌던 회포가 그 한 마디 속에 살아난 듯이 들렸다.

미려도 시간의 주름을 뛰어넘어 팔 년 전의 회포에다 오늘을 잇는 것이었으나, 벌써 감격과 기쁨보다는 오늘은 쓸쓸한 고독과 서글픔이 앞섰다. 행복스런 부부의 앞에서는 팔 년 전의 회포도 벌써 무의미한 것이다. 팔 년 동안 일신이 얽매어 있었고, 오늘 그것을 풀고 자유롭게 뛰어나왔다고 생각했을 때에는 시간은 무정하고 엄숙한 결과를 가져왔던 것이다. 기대와 기쁨도 일순에 사라지고 환멸의 슬픔이 커다랗게 맺혀 왔다.

가까이 온 나아자에게 일마는 미려를 소개하고 한참 동안이나 두 사람만의 다정한 말을 건넸다.

친구의 아내라고 소개하는 것일까. 혹은 교향악단 내연의 후원을 자청한 여자라고 일러 줌이었을까. 나아자의 미소를 띤 말소리를 번역해서 일마는

"음악 후원의 좋은 일을 하시니 대단히 고맙다구 나아자두 기뻐하는군."

설명하는 것이었다.

그러나 나아자의 그 고마워하는 미소도 미려에게는 반갑기는커녕 괴롭게 들릴 뿐이다. 세상에서 기쁜 것은 벌써 자기가 아니다. 다른 사람들의 기뻐하는 양을 바라보는 입장에 서게 된 자신의 쓸쓸한 모양을 반성하는 것이었다.

후원의 산보에서 방으로 돌아와 미려는 저녁때까지 곰곰이 생각에 잠겼다.

일마를 그런 모양으로 다시 만날 줄은 몰랐다. 변치 않는 꿈의 대상이요 그리운 마음의 고향이었다. 팔 년 후에 처음으로 만나게 된 그는 벌써 찾아들 고향이 아니고 멀어진 꿈이었다.

며칠 전 집을 나와 황혼의 방 속에서 홀로 애달픈 향수에 운 것은 그래도 그 무엇을 그리워하는 마음으로였다. 그 그리워하는 원의 대상이 일마였음은 아마 미려 자신도 또렷이 마음속에 집어서 느끼지는 못했을는지 몰라도 꿈을 가진 서글픔이요, 빠져나올 길이 있는 고독이었다. 이제 일마를 만나 보니 벌써 막힌 길이요, 잃어진 꿈이다. 위안 없는 절망과 고독이 가슴을 파헤치는 것이었다.

너무도 시간이 지리한 것 같아 일어나 정신을 가다듬을 겸 세수를 하고 화장대 앞에 앉았을 때 문을 노크하고 보이가 들어왔다.

"저쪽 구석방 심부름인데요."

하고 봉투에 든 편지를 내놓았다.

"저녁을 같이하시자던가요?"

보이가 먼저 발림을 하는 것을 들으면서 봉투를 뜯으니 일마의 글씨인 듯한 두어 줄 글이 간단히 읽혔다.

―나아자가 특별히 오늘 저녁 만찬을 대접하고 싶다 하오니 승낙해주시면 큰 영광이리라―

는 뜻의 것이었다.

"곧 대답을 가져오라는 분분데, 편지 쓰실 것 없이 제 귀에만 일러주시면 그대로 전하겠습니다."

보이가 재촉하는 바람에 편지를 더 거푸 읽을 겨를도 없이, 어떻게 했으면 좋을지를 생각할 겨를도 없이 간단히 그 자리로 승낙의 대답을 주는 수밖에는 없었다. 굳이 거절할 이유도 없었던 까닭이다.

보이가 나간 후에 그렇게 홀홀히 대답한 것이 혹 천하게나 여겨지지 않을까 하는 뉘우침도 나기는 났으나, 그것도 자기의 편견이리라고 고쳐 생각하면서 일마의 처지가 어떠한 것이든 간에 그와의 접촉의 기회를 피할 것은 없다고 마음먹는 것이었다.

세 사람의 만찬의 식탁은 특별한 분부로 보통과는 규모가 다른 모양이었다.

미려를 앉힌 맞은편에 일마와 나아자가 나란히 앉아 화목한 웃음으로 그날 밤의 주빈을 대했다.

"내가 조선 와서 처음 뵙는 당신이구 처음 대접하는 만찬이랍니다. 자랑은 아니나 반갑게 받아주세요. 오늘 뜰에서 우연히 만나 뵙구 사귀게 된 정의情誼로."

나아자의 말인지 그렇지 않으면 일마 자신의 말인지 미려에게는 기괴한 착각이 일어나면서 분간을 할 수가 없었다. 따라서 그날 밤의 그 만찬도 일마 자신의 뜻에서 나온 것인지 짜장 나아자의 발설로 된 것인지도 헤아릴 수 없었다.

"이왕 이곳에 나온 바에는 이곳의 것을 하나씩 하나씩 배워가야 할 테구, 그렇게 하려면 친한 동무두 한 사람쯤은 필요하다구 생각했었는데 오늘 마침 만나 뵙게 돼서 이런 행복은 없어요. 당신은 그렇게 곱구 의젓하신 것이 저의 행복스런 동무될 것을 믿습니다. 오래도록 사귐이 길기를 바랍니다."

나아자의 말을 일러준 후에 일마는 자기의 말로

"좋은 동무가 돼서 아무쪼록 잘 지도해 주십시오."

하고 덧붙이는 것이었다.

일마를 중간에 세우는 것도 멋스러워 미려는 되고 말고 기억하고 있는 영어로

"이렇게 알게 된 것이 되려 제게 다행입니다. 그 다행함을 저버리지 않도록 좋은 동무 되려구 애쓰겠습니다."

한마디 대답하니 나아자는 뜻을 얻은 듯 이번에는 그도 영어로 변했다.

"계획이 많답니다. 첫째, 조선말을 배워야 할 것―사랑하는 고장의 말이니깐. 둘째, 조선옷을 연구해야 할 것―나두 그 옷이 대단히 입구 싶답니다……"

"아는 데까지 가르쳐 드리구 말구요."

두 사람의 대화하는 양을 일마는 신기한 것으로 바라보았다.

그날 밤 홀에서 무도회가 있으니 함께 참석하자는 나아자의 권고에 미려는 수월하게 대답은 했으나 방에 와 생각하니 멋스럽기 짝없는 일이었다.

부부가 보이는 속임 없는 친절이 가슴에 사무쳐서 선뜻 대답은 한 것이나 그날 밤 만찬부터가 결코 편편하고 떳떳하게 받을 것은 못 되었다. 황차 무도회에 이르러서야 쓸쓸한 홀몸이 무슨 체면으로 부부 속에 끼어 면구스런 꼴을 보일 수 있을 것인가.

나아자의 친절 앞에 부끄러운 생각도 났다. 나아자의 마음과 미려의 마음은 반드시 똑같이 담박하고 무심한 것은 아닐 듯싶다. 일마와 미려의 지난날의 미묘한 관계를 모르는 까닭에 나아자의 심중은 백지장같이 맑고 관대한 것이나, 일마에게 대한 과거의 회포를 가슴속에 지니고 그것을 말할 바

없는 미려의 심중은 그만큼 괴롭고 복잡했다. 나아자는 일마와 부부로서 통하는 것이나 미려도 일마와는 한 줄기 은은한 마음의 교통이 있는 것이다. 그들은 꿈에도 모르는 나아자의 앞에서 미려는 부끄럽고 죄스러운 생각이 났다. 그런 복잡한 마음의 그림자를 품고 부부 사이에 끼어 천연스럽게 재미없는 한몫을 보자는 것이 떳떳한 예의로는 여겨지지 않았던 것이다.

그러나 이미 승낙한 일이요, 한편 행복된 나아자의 은근한 자랑에 의지해 본들 어떠리 하는 심정도 없지 않아서 옷을 갈아입었다. 요행 모인 사람들은 반드시 모두가 부부끼리가 아니요 홀몸인 외짝도 많았던 까닭에 미려는 나아자들의 틈에서 그다지 불편한 느낌 없이 앉아 있을 수 있었다.

호의와 우정의 표현이라는 것일까—음악이 시작되자 나아자는 첫 춤의 상대를 미려에게 청하는 것이었다. 앞에 와 서서 선뜻 손을 잡고 끌 때 미려는 영문을 몰라 일어서면서 세상에 여자들끼리 추는 춤이라는 것도 있나 생각하면서 끌려 나갔다. 사람들도 두 사람의 춤을 진귀한 것으로 바라보았다. 미려는 뭇 시선 앞에서 겸연쩍으면서도 나아자의 뜻을 고맙게 여겨 그 야릇한 한번 춤을 즐겁게 출 수 있었다.

춤이 끝났을 때 일마는 박수하면서 그제서야 부부의 춤이 시작되었다. 몇 번을 거듭한 때였을까. 이 역 홀몸인 듯한 외국 사람 하나가 나아자에게 춤을 청하고 나아자가 승낙했던 까닭에 일마는 비로소 그 틈을 타서 미려와 겯고 일어섰다.

일마와 맞붙들고 도는 미려에게는 신기한 생각이 났다. 춤이란 그런 때의 두 사람을 맞붙들어 세우기 위해서 생겨난 물건 같다. 춤이 아니었던들 두 사람이 어찌 그렇게 수월하게 맞잡고 일어설 수 있었을 것인가.

"오늘 저녁의 만찬이며 무도회며—누구의 발설인지 몰라두 미안만 해요."

"다 나아자의 뜻이죠. 물론 별 속없이 정말 맘에 들어서 하는 짓이지만."

"그러니까 더욱 미안해요."

미려는 두려운 생각조차 들어서 외딴곳으로만 돌면서

"이 자리에선 물론 말씀드릴 수 없구 언제나 조용한 때 얘기 드렸으면 하구 있었는데—모든 것이 퍽두 변했답니다."

"미려 씨가 요새 이 호텔에 묵구 계시는 이유 말이죠?"

"어떻게 아세요?"

"종세 군에게서 들었죠. 만해 군의 실패와 그간 가정의 형편을 대강 알았습니다."

"제가 잘못인지 만해가 그릇됐는지 지금 와선 분간할 수 없어요. 도저히 견딜 수 없어서 집을 뛰어나와 봤으나 눈에 띄는 것이 모두 괴로운 것뿐이군요."

은근히 자기들을 의미하는 말인 줄을 알고 일마는

"늦었던 것입니다. 시간이 너무 늦은 까닭에 모든 것이 어긋나구 뒤틀리구 만 것입니다."

"지각을 한 사람의 맘속이 얼마나 쓸쓸한지 아마도 먼저 와 나란히 앉은 사람들에겐 알 바 없을 거예요. 뭇 시선이 자기를 조롱하는 것만 같아서 부끄럽구 섧구……."

말도 아무릴 수 없게 가슴이 주저앉으면서 몸에서 맥이 빠지는 것이었다.

"애꿎은 세상일이 언제나 그런 게죠."

아무리 들어도 일마의 말은 답답하고 범연하고 평온하다. 만족된 사람의 배부른 감상이지 괴로운 사람의 괴로운 하소연은 아니었다. 일마의 심경과 미려의 심경은 오늘 벌써 판이한 성질의 것이었고 그 사이의 거리도 퍽이나 멀었다.

"애꿎다는 것은—제 맘은 이렇게 불행하건만 일마 씨의 맘은 그렇게 행복스럽단 말이죠."

"물론 난 내 행복에 대해 말하려는 것두 하고 싶은 것두 아닙니다만."

"별이에요. 하늘 위의 별이에요. 쳐다볼수록 점점 멀어져 나중에는 까맣게 높아지는 그 별이에요—손을 뻗치나 벌써 손끝에 닿지 않는."

지껄이다가 문득 좌우를 휘둘러볼 제 두려운 생각이 불현듯이 들면서 입을 다물어 버렸다.

일마와의 사이가 무엇이길래 그렇게 마음의 하소연을 하고 그를 괴롭히는 것인가. 법적 수속이 끝나기 전에는 아직도 남의 아내인 몸이다. 아내 된 몸으로 일마에게 마음을 고백해서 옳을 리 없으며, 그에게 나다분히 싫은 소리를 늘어놓을 염치도 없다—태도를 반성할 때 지금 추고 있는 춤조차가 두려운 것으로 여겨졌다.

음악이 끝나자 의자에 주저앉으며 괴롬 속에서나 놓여난 듯도 했다. 남의 춤을 바라보는 편이 한결 편한 노릇이다. 더구나 일마 부부의 춤을 바라보고 있노라면 그 아름다운 한 쌍의 모양이 꿈속의 것으로 느껴지면서 더욱 멀어 가는 하늘 위 별들이다. 바라보기가 안타깝기는 하나 두려운 생각만은 없어지는 것이었다.

몸이 불편한 것을 칭탁하고 미려는 먼저 홀을 사양하고 방으로 돌아왔다.

일마와 나아자의 함께 겨른 양이 떨쳐버리려고 해도 고집스럽게 떠오르면서 마음을 괴롭힌다. 떨어지는 별같이 눈앞으로 휙 날아왔다가는 다시 하늘 위로 까맣게 솟아오르곤 한다. 손 앞에 가장 가까이 있는 듯하면서도 기실 아득하게 멀어서 도저히 잡을 수 없는 것이다. 평생 그 별들을 우러러만 보고 지낼 생각을 하니 눈앞이 새까맣게 어두워진다.

'그릇된 오산이었던가.'

이 며칠 동안의 자기의 행동을 생각해 보나 행동과 오늘의 결과는 별개의 것이었다. 결과를 계산해서 한 행동이 아니요, 그 행동은 행동으로서 당연한 것이었고, 오늘의 결과야말로 뜻하지 못했던 의외의 것이었다. 행동을 기다리고 있었던 것은 희망과 행복이 아니었다. 앞으로 외롬과 슬픔이 닥쳐올 것을 예료豫料하면서 그렇다고 물론 행동을 뉘우치는 것은 아니었으나 막연한 불안에 잠기게 되었다.

이튿날 오후 울가망한 판에 거리에 산보를 나가려고 아래로 내려갔을 때, 복도에서 우연히 일마를 찾아온 종세를 만나 그의 입에서 의외의 소식을 듣게 되었다. 마치 그 말을 전하려고 기다리고나 있었던 듯이 긴한 목소리로

"만해 군의 소식을 아십니까?"

하고 수군거렸다.

"왜요, 또 칼부림을 하구 싸웠나요?"

"도망을 쳤답니다—상해로 사랑의 줄행랑을 놨어요."

"네? 상해로 사랑의……."

냉정하려고 하던 미려도 놀라지 않을 수가 없었다.

"……사랑의 줄행랑이라니요?"

"청매와 손을 잡구 말이죠."

"청매라니, 기생 말이죠?"

"눈치는 나두 벌써부터 짐작은 했었지만 이렇게 빨리 감쪽같이 사라질 줄은 몰랐어요. 청매는 사실인즉 내게두 무관한 사람이 아닌데 얼떨떨해 정신이 없는걸요. 거리의 소문 속에 내 이름두 한 몫 끼이게 됐으니 이런 망신두 없구요."

미려는 그 길로 당황히 버리고 나온 집을 찾아가 보았다.

떠날 때의 집 그대로의 감감한 속에서 식모가 뛰어나와 아이같이 반기며 미려의 손을 잡았다. 아무도 없는 빈집에서 쓸쓸해 못 견디겠다는 뜻인 듯싶었다.

"제발 아씨는 더 가지 말아주세요."

휑휑한 복도에서 식모는 울 듯이나 낯을 찡그리는 것이었다.

시절의 의욕意欲

⋮

　가을은 완전히 거리를 둘러싸고 생활 속에 젖어 들고 있었다.

　물든 수목이 아름답고 여자들의 치장이 눈을 끌고 과일 가가 앞이 신선한 향기를 풍기게 되었다.

　그 시절의 향기와 빛깔 속에서 사람은 한층 긴장되며 왕성히 솟는 생활의 의욕을 느꼈다.

　가을은 의욕의 시절인 듯싶었다. 줄기찬 생활에의 의욕이 세포의 구석구석에서 넘쳐 나오는 것이었다.

　뜰 안의 한 포기의 나뭇가지에서도 물든 잎새들이 조락을 의미하는 것이 아니라 생활에의 뜻을 일으켜 주고 힘을 북돋아 주는 듯 보였다.

　적어도 훈은 그 맑게 개인 오전의 가을 나무를 바라보면서 전신으로 시절의 탄력을 느끼며 솟아오르는 힘을 느꼈다.

　반도영화사 사장실에서였다.

　김명도와 마주 앉아 그에게서 긴한 부탁을 받으면서 문득 창밖으로 뜰안의 나뭇가지를 내다보노라니 알지 못할 힘이 솟아오르는 것이었다.

　영화의 창작 각본을 써달라는 청이었다. 그 청을 하기 위해 명도는 일부러 사람을 보내 훈을 초청한 것이었다.

"……기어이 집필해 주시면 사로서 더한 영광은 없겠습니다."

거듭 조르는 명도의 간청에 훈도 구미가 동하지 않는 것이 아니었다.

"사례두 물론 예에 어그러지지 않을 정도로 드릴 작정이구요."

명도는 즐겨서 시작한 영화 회사의 일이라 이름이 사장일 뿐이지 계획, 경리, 각본 일을 거의 혼자 손으로 맡아보다시피 하는 처지였다. 원작의 교섭은 물론 사례에 관한 것도 자기 혼자의 뜻과 요량으로 적당히 작정했다.

"사례가 문제가 아니라—"

"그럼 더욱 거절하지 마시구—"

"짧은 시간에 생각을 해낼 수 있을까 해서요."

"가을철을 이용해서 촬영을 마치려는 까닭에 급히 서두는 것인데, 촉박은 합니다만 특히 생각을 하셔서."

훈이 망설이는 것을 명도는 반은 벌써 승낙의 태도임으로 알고 조급히 결론으로 훈을 내려 씌우려는 것이었다.

"두 주일 안으로 완성될 것을 믿겠습니다."

자리를 일어서면서 벌써 용담은 다 끝났다는 듯이 밖으로 훈을 끄는 것이었다.

촬영소는 다른 곳에 둔, 순전히 사무만을 위한 영화사라고는 해도 온 채의 집을 쓰고 있는 이 구석 저 구석에는 배우와 종업원의 그림자도 펀득펀득 떠서 어딘지 없이 화려한 공기가 떠돌고 있다.

영화 사업에만 따르는 그 특유한 공기가 훈에게 일종의 자극을 주는 것도 사실이었다.

거리에 나와 명도는 그릴로 훈을 이끌었다.

오찬을 시작하면서

"터놓구 말씀드리면 이번 영화를 이렇게 조급히 서두르는 데는 한 가지 이유가 있답니다."

그닷한 내막도 아니었으나 대단한 비밀인 듯한 어조로

"선생두 아시는 여배우 단영의 청이 기어쿠 원작을 선생께서 얻으라는
것입니다. 간곡한 부탁을 저두 저버릴 수 없어서."

"단영의 청이요?"

초문初聞의 소식에 훈도 귀가 뜨이면서 부탁의 내용을 다시 한번 마음속
에 새겨보았다.

"물론 단영 자신이 출연할 것이니까 여주인공의 배역을 완전히 살리는
작품을 희망합니다만."

"단영의 청이라구요?"

또 한 번 외어 보면서 단영의 자태를 새삼스럽게 가슴속에 떠올려 보았다.

"단영 때문에는 사실 있는 애를 다 태우고 간을 다 녹이면서 여러 해를
바쳐 오는 접니다만―그렇게 어여쁜 노새같이 어거하기 힘든 여자는 처음
이에요."

명도의 아닌 때의 주책없는 하소연이었으나, 사실 훈도 그들의 사이를
짐작하지 못하는 배 아니었으며 무엇보다도 훈 자신 단영에게는 마음으로
는 타인이 아니었던 것이다.

가시 돋친 줄기 위에 한 송이의 야물어진 해당화―그것이 단영의 인상이
라고 할까. 열정을 머금은 붉은 꽃이 모진 가시 위에 덩그렇게 올라앉은 까
닭에 사람들은 탐스럽게 우러러볼 뿐 좀 해 손을 대지 못한다. 언덕 위 해
당화에게는 그리운 것이 한 가지 있다. 바닷속의 산호주다. 푸르게 내다보
이는 바닷속에 붉게 잠겨 있는 산호주의 수풀을 자나 깨나 꿈꾸는 것이나
언덕 위와 바닷속과는 거리가 너무도 멀다. 모래밭에서 바닷바람을 쏘이고
조수 냄새만을 맡고 사는 해당화는 슬프기 짝없다. 바람 속에 산호주의 냄
새를 맡으나 걸어가 산호주를 만날 길은 없다. 언덕 위에서 하염없이 바다

만을 바라보면 언제나 서글프다. 반기며 날아드는 봉접은 많으나 산호주의
꿈에 잠겨 있는 그에게는 하나도 긴한 것이 없다. 가시를 준비해 가지고 막
아내기에 급급하다. 축들은 좀 해 손을 대지 못한다. 야물어진 그 한 송이
꽃을 탐스런 것으로 바라볼 뿐이다.

단영을 싸고도는 뭇 사내들 속에서 가시의 탄식을 면하지 못하고 있는
것이 명도들이었으나 훈도 그 속의 한 사람임은 훈과 단영만이 아는 일이
었다. 퇴폐의 꽃일지는 모르나 퇴폐의 매력에 훈은 누구보다도 끌리는 것
이었다.

"한 송이 악의 꽃이야."

하는 동무들의 비판을 들으면서—악의 꽃이므로 더욱 기우는 정을 금
할 수 없었다. 악의 아름다움에 대한 애착은 세기가 바뀌어도 여전히 하나
의 숨어서 흐르는 정인 모양이다.

단영이 일마에게 대해서 애태우고 있음을 훈도 잘 안다.

어떤 때 일마에게

"자네가 평생에 한 번 가지겠다는 굉장한 사랑이라는 게 어떤 것일지는
모르겠으나, 그런 사랑의 대상으로 단영의 어디가 부족하단 말인가? 단영
은 너무두 붉은 꽃인지는 모르나, 그러니까 되려 굉장한 사랑의 대상으로
는 적당하지 않은가?"

걱정도 아니요. 충고도 아닌 이런 말을 던진 일이 있었다.

"연애는 취미의 문제라고 생각하네. 자네 취미에 맞는다구 반드시 내 취
미에 맞을 게 아니거든. 그렇게 비위에 맞거든 자네나 어서 한몫 대서 보게
나."

일마가 대답하는 것을 훈은 쓸쓸하게 받으면서

"내 취미는 내 취미지만 단영의 취미라는 것두 있을 테니깐 문제가 그렇
게 단순하다던가?"

말하는 것이었다.

일마는 일상 원하던 굉장한 연애의 표본으론지 만주서 나아자를 데리고 왔다. 단영의 심사가 절망 속에서 얼마나 뒤흔들리고 있을까를 훈도 잘 짐작할 수 있다. 그의 마음속이 가여워지면서—그에게 대한 훈 자신의 정이 조금도 줄어지지 않고 여전히 솟는다. 오늘 명도에게서 단영의 뜻을 거쳤다는 각본 부탁의 일건을 듣고 더욱 감회를 금하지 못하던 것이다…….

식사를 마치려 할 때 훈들은 같은 그릴 문간에 나타난 단영을 문득 발견했다.

훈과 명도가 사장실에 있을 때 단영도 영화사에 있었던 것이다. 훈들이 나간 후 얼마 있다가 단영도 배우 주손과 함께 거리로 나와 훈들의 뒤를 따랐던 것이다. 훈과 명도의 그날의 교섭을 알고서임은 물론이었다.

명도는 단영을 가까이 불렀다. 반드시 식사를 하러 온 것도 아닌 듯 훈들의 식사가 끝났을 때 단영은 벌써 주손과도 떨어져 훈들을 따라 밖으로 나왔다.

"오래간만에 저두 얘기가 있어요."

둘이 거리를 걸었다.

"사장은 그만 물러가셔요. 저두 제 부탁을 좀 하게."

장승같이 머물러 선 명도를 흘겨보면서 단영은 훈과 함께 멀어가는 것이었다.

단영의 조금 풀 없는 자태를 훈은 가을의 탓이라고 느끼면서, 물론 그의 마음의 그림자를 살피지 못하는 배 아니었다. 가을은 의욕의 시절이자 또한 감상의 시절이다. 생활의 건강한 의욕을 느끼는 훈에게도 그날 한 줄기 감상이 없지는 않았던 것이다.

조용한 뒷거리로 들어서자 단영은 핸드백 속에서 담뱃갑을 집어냈다. 익

숙한 솜씨로 궐련을 태워 무는 것을 훈이 신기한 것으로 바라보노라니

"요새 담배가 부쩍 늘었답니다."

단영은 생긋 웃으면서 연기를 내뿜는다.

"여자의 용기가 사내보다 훨씬 윗길인 모양인데—난 벌써 십 년째 담배를 배우려는 것이 아직두 옳게 피우지는 못하니."

훈의 솔직한 고백이다.

"—무서운 생각이 나서 흡연을 종시 못하는구료. 개껴서 쓰러질 듯한 생각이 들군 해서—단영이 나보다 윗길야."

"첨엔 독하고 떫구 쓰더니 차차 구수해지면서 입에 맞게 되었어요. 독이라는 것두 정만 들이면 차차 좋아지는 모양이에요."

"그놈의 독을 정들일 수 있어야지."

하는 훈에게 보라는 듯이 단영은 깊게 연기를 머금고 솔솔 뿜으며

"홧김에 담배밖에는 먹을 게 있어야죠. 실상은 맛을 알구 먹는 것두 아닌 모양예요. 거저 시간을 태워 버리구 뉘엿거리는 속을 가라앉힐라구 대중없이 푹푹 피우는 것이죠."

"담배 먹는 이유라는 것두 그렇게 단순치는 않구료. 단영이 담배 먹는 이유—가을의 글줄이나 우러나겠는데."

"만주서 돌아와서부터 하루에 다섯 갑씩 태우게 되었답니다. 도롱뇽이 안개를 뿜듯 연기로 왼통 몸을 감추어 버리자는 셈이죠."

"연기 속에 몸을 감춘다—나두 다시 담배나 배워 볼까."

단영은 반쯤 탄 것을 버리더니 다시 새것을 피워 물었다. 다섯 갑을 태우는 이치가 거기에 있었다. 그렇게 반 개씩을 허비해 버리며 손을 쉬지 않는 동안에 다섯 갑이 사라지는 것이었다.

"……세상에 꼭 한 가지의 원하는 물건이 남았을 때 선생은 어떻게 하시겠습니까?"

단영의 목소리를 수수께끼같이 들으면서 훈은 얼뻥뻥했다.

"잡을 수 없는 언덕 위의 것이거든 평생 맘속으로 꿈이나 꾸는 수밖엔 더 있수?"

"꿈만으로 사람이 만족할 수 있나요?"

"만족할 수 있구 없는 것이 문제가 아니라, 꿈밖엔 남아진 것이 없으니깐 말요."

"꿈으로 해결된다면 세상일이 얼마나 편안하구 수월하겠어요. 원하는 물건이라면 필경에는 가져 보구 맨져 보구 뜯어 보구 하지 않으면 안타까워서 배길 수 없는 사람의 천성이니 걱정이죠."

"맨져 보구 뜯어 보구 할 수 없으니 꿈이래두 꾸구 지낸단 말이죠."

어조를 갈아서

"―가령 그 원하는 것이 사랑일 때 사랑은 한쪽만의 뜻으로 되는 것은 아니니, 그때 꿈이라는 건 기막히게 자유로운 행복이거든. 가령 내가 단영을……."

훈의 농에 단영은 비로소 마음을 놓으면서 터놓고

"일마를 어떻게 했으면 좋을까를 생각하는 중이에요."

비로소 일마의 이름을 들면서 마음의 그림자의 초점을 헤쳐 보이는 것이었다

"―꿈이구 정신이구 제겐 다 소용없어요. 범이 토끼를 잡듯 앙칼진 발톱으로 목을 잡아서 할퀴구 뜯구 시원할 때까지 피를 마시지 않구는 견딜 수가 없어요. 숨김없는 욕망이 별것 아닌 이거예요."

"시원할는지는 몰라두―단영이 그런 어여쁜 범이 될 수 있을까가 문제지."

"선생께 한 가지 청이 있어요."

단영은 새삼스럽게 아첨하는 태도였다.

〉

"일마를 마지막으로 꼭 한 번만 만나게 해 주셔요."

"그게 한 가지 청이란 거요?"

"저는 이젠 만나 주지 않는답니다. 선생께 부탁하는 수밖엔 없어요."

"만나서 할퀴구 뜯구 하겠단 말이지. 동무를 불쌍한 토끼로 팔아넘긴다?"

"대신 선생의 청을 들어 드릴께요. 무엇이든지."

"예수를 팔아먹은 유다 노릇을 하란 말인데, 은전 서른 닢으론 내 맘을 살 수 없어."

"은전이 싫으면 뭐든지 드린다니깐요……. 제 인생은 어차피 많이 남은 인생은 아니에요. 적당한 때 깨끗하게 살러 버리려구 해요. 일마를 마지막으로 만나겠다는 것이 결코 과한 욕망은 아닐 것 같아요."

거기까지 실토를 하는 단영의 심중을 훈은 측은한 것으로 여기지 않을 수 없었다. 단영과 일마 두 사람의 승부에서 이겨서 양양한 일마에게보다도 가엾은 패자 단영에게 동정이 감은 자연스런 일이었다. 일마를 한번 대면함이 단영에게 그렇게 중대한 뜻을 가지는 것이라면 아무리 친우일지언정 그의 뜻을 한 번만 휘어서 잠시 단영 앞에 굽히게 함이 그를 리가 없을 듯싶다. 몇 시간의 희생쯤이 한 사람을 구하는데 그다지 대단한 것이라고는 생각되지 않았던 것이다.

훈은 애걸하는 단영에게 선선하게 대답하고 일마를 상대로 두 사람의 비밀의 계약이 그 자리에서 맺어졌다.

"그럼 저녁에 어김없이 일마를 빼내 올 테니."

"선생의 힘을 믿겠어요."

"큰 음모나 꾸미는 것 같아서 맘이 좀 떨리기두 하는구먼-요행 일마가 내 말이라면 하늘같이 믿는 터이라……."

훈과 헤어진 단영은 반날 동안 혼자 생각에 잠기어 솟아오르는 흥분을 금할 수 없었다.

훈이 무심히 던진 음모라던 말이 가슴속을 파고들면서 제 스스로 감격을 일으켜 주는 것이었다. 사실 단영의 마음속에는 훈도 모르는 단영 자신도 집어내 말하기 어려운 한 폭의 숨은 음모가 있었고 계획이 서리어 있었다. 생각만 해도 율연慄然히 몸이 떨리는 그 계획에 자신 겁을 먹으면서도 냉정히 차근차근 마음을 정리해 갔다.

'내게 남은 꼭 한 가지 길이다.'

고 생각했던 것이다.

대담하고 엄청난 계획이다. 그러나 이미 모든 것을 내버리려고 결의한 그의 심경으로는 당연한 귀결일는지도 모른다.

'마지막의 그것 한 가지를 위해서－'

모든 것을 버려도 좋다고 작정했다. 단영은 원래부터 열정의 노예됨을 부끄러워하지 않는 품성이다. 열정의 마지막 꽃을 찬란하게 피워 보고 사라짐이 그에게는 여자로서의 본의였다.

사랑하는 것을 눈앞에 두고 꿈으로만 지낼 수는 없는 것이다. 가져 보고 만져 보고 뜯어 보지 않으면 견딜 수 없다－단영의 이런 신념은 언제나 변할 때가 없었다.

훈과 약속한 조그만 그 집으로 일찌감치 가서 한 간 방에 요리도 분부해 놓고 보이들에게 필요한 말도 일러 놓았다.

방에 우두커니 앉아 시계를 보며 미심해 하고 있는 동안에 훈이 나타났다. 틀림없이 일마를 동반해 온 것이었다. 신기한 생각이 나서 단영은 벌떡 일어나 두 사람 앞에 막아섰다.

일마는 놀라는 눈치였다. 약속과는 다르다는 듯이 훈을 원망하는 듯 바라보았다.

"……이게 무슨 뜻인가? 단둘이 소설 애긴지 각본 애긴지를 하자구 사람을 끌어내더니."

"내가 좀 있다구 소설 애긴 못하나요, 왜? 그렇게 언제나 눈엣가시 같지만 보여요?"

단영은 곧 목소리를 누그리며

"만주서 온 후 첨이길래 저녁이나 한때 드릴까 생각했었죠. 과히 허물 마세요. 부인 생각이 나시더래두 좀 앉으시구. 짧은 인생을 그렇게 칼날같이 엄격하게 저밀 필요가 뭐예요."

훈이 그 뒤를 받아서 데설데설 노닥거리는 바람에 일마도 하는 수 없이 얼굴빛을 누그리고 자리에 앉는 수밖에는 없었다.

"끌어내기에 얼마나 고심참담을 했게—홀몸일 적에는 얼마든지 자유로 할 수 있던 동무두 장가만 들면 꼼짝없이 매인 몸이니—세상에 결혼이 무서운 거야."

훈이 야유하는 듯 일마 대신에 도리어 단영을 보니

"나아자가 만만한 여자가 아니죠—더구나 요새 신혼 기분이래서."

단영도 맞장구를 친다.

"그렇게 찰거머리같이 사시장철 붙어만 있는 게 부부라면 결혼은 죄수나 노예의 길밖엔 더 되나?"

"날 이렇게 옥박어대자고들 끌구 나온 셈인가?"

일마가 덜 좋아하는 것을 단영은 위로한다는 것이 되려 조롱하는 셈이 되었다.

"정다운 부부를 보구 샘이 나서 하는 소리죠—그러나 나아자는 저두 잘 아니 걱정하실 것은 없어요. 나중에 책임을 묻는다면 저두 한몫 나서서 석명釋明해두 좋으니까요."

"잘들 노닥거린다—대체 오늘 밤 목적이 뭐란 말요?"

일마가 화를 내고 행여나 나가 버릴까를 겁내서 단영은 그의 마음을 잡기에 애쓴다.

"만주서 너무두 알뜰한 대접을 받았기에 답례를 할까 해서요. 여행담두 들을 겸."

"단영은 만주 여행을 안 하구 왔단 말인가?"

"욕 당한 이야기나 할까요, 카바레와 호텔에서. 기억이나 하세요? 남을 그렇게 모욕하구두 내 사는 건 내 특권이노라구 늠실거리긴가요?"

"누가 누굴 욕 준 셈일꾸. 남에 방에 멀쩡하게 침입하구서두 되려 욕을 받었다구?"

"언제나 그 원수 안 갚나 두구 보죠. 사람들 앞에서 욕 주구 울리구—여자 하나의 마음쯤 아무리 무시하구 짓밟어두 좋다구만 생각하는 야만인은 언제나 한번 변을 당하구야 버릇이 떨어져요. 원수는 외나무다리에서 만난다던가? 내가 복수의 날 얼마나 맘속에 꼽아 왔게?"

"에그 무서워라. 원수를 갚겠다구? 어서 얼마든지."

"장담은 그만둬요. 사람이 장담만은 안 할 것이라나."

"장담을 할게. 어서 그 맘 먹은 복수나 해보라니까."

"내일 아침에 후회하는 꼴을 누가 다 볼꾸. 그 육신을 땅바닥에 눕히구 엉엉 짖는 꼴을."

물론 그 말의 내용을 아는 것은 단영 한 사람뿐이었다. 단영의 가슴속에만 묻혀 있는 하나의 비밀이었다.

일마와 훈은 암팡진 여자의 '농'에 되려 마음이 유쾌해지면서 처음에는 서름서름하던 만찬의 자리가 차차 화해 가고 즐거워 갔다.

"술두 쓰다."

유별스럽게 입에 쓴 그날 밤의 술을 단영이 섬기는 대로 받아서 기울이면서 일마의 꽁하던 마음도 점점 풀려가는 것이었다.

"원래 쓴 것이 술인데, 사내대장부가 술쯤에 항복을 하구야 내 복수를 받을 수가 있수?"

단영이 추스르는 바람에 사실 일마는 없는 주량을 내서까지 입에 대고는 잔을 한 번도 거절하는 법이 없이 들이켰다.

훈도 일마와 거의 같은 양의 술을 마시게 되었다.

뉘 알았으랴. 단영의 소위 복수하는 것은 참으로 그 술이었던 것이다.

유별스럽게 입에 쓴 그날 밤의 술이 아무도 모르는 비밀을 가지고 있었다.

그다지 술에 약하지 않은 일마와 훈이언만 보통 때의 반도 못 되는 주량으로 곤드레만드레 취해 버렸다. 술맛에 취한 것이 아니라 외에 또 그 무엇에도 취했던 모양이었다. 두 사람은 모르는 결에 정신을 잃고 자리에 쓰러졌다. 쓰러지면서 깊은 잠에 잠겼다.

그 모양을 보고 단영은 기뻐도 했거니와 한편 겁을 먹는 것도 사실이었다. 보이를 부르더니 두 사람의 조처를 각각 다르게 분부하는 그의 목소리가 약간 떨리는 것이었다.

이튿날 아침 일마는 단영의 아파트에 있었다.

새벽녘이 되어 침대에서 잠을 깨어 자기의 몸이 의외에도 단영의 방에 누워 있음을 깨닫고 일마는 크게 놀랐다. 그렇게 된 간밤의 곡절이 번개같이 몸을 흐르며 전신이 부르르 떨렸다.

단영과 같은 침대 같은 요 속인 것이다. 옆에 누운 단영의 몸을 밀치며 벌떡 일어나니 벌써 밤은 완전히 밝은 때이다. 창이 훤하다. 모르는 결에 허물을 가지게 된 하룻밤을 육체와 마음속에 지울 수 없는 흔적을 새겨 놓고 지금 활짝 샌 것이다. 나른한 몸과 정신이 금시 긴장되면서 날카로운 것이 육신의 중추를 찔렀다.

'간밤에 대체 무엇이 일어났었누.'

단영도 결코 잠들어 있는 것이 아니었다. 눈만을 감았을 뿐 말끔한 정신으로 말뚱거리고 있었다. 일마보다도 먼저 깨어나 잠 안 오는 새벽을 갈피갈피 생각 속에서 곰실거리고 있었던 것이다.

일마가 일어나는 것을 보고

"정신이 좀 드셨어요?"

따라 일어나 요 속에 발을 뻗고 나란히 앉으려니 탐탁한 일마의 육체가 바로 옆에 앉은 것이 별안간 신선한 욕망을 일으켜 준다.

몸을 쏠리며 그의 목덜미에 더운 입을 갖다 대려다가

"요 어여쁜 악마!"

하고 밀치는 바람에 단영은 거의 침대 밖으로 밀려날 지경이었다.

"그렇게 비싸게 굴지 말아요. 당신의 몸이 뭘 그리 순결하다구."

얇은 슈미즈 바람으로 침대 아래로 내려서는 단영의 자태에 일마는 새삼스럽게 부끄럼을 느끼면서 똑바로 그를 바라볼 수 없었다. 곧 자기 자신의 자태를 돌아보면서 낯을 붉히고 옷섶을 여미며 부리나케 침대를 내려섰다.

"나를 그래 어 어떻게 했단 말인구. 이 요물 같으니."

달려들어 단영의 머리를 벅벅 쥐어뜯고도 싶었으나—이제는 벌써 그것도 무의미할 것 같아서 내의며 양복이며 어지럽게 널려진 옷가지를 주섬주섬 주워 모을 수밖에 없는 일마였다.

"얼마든지 복수를 하라구 거듭거듭 장담을 하더니—이제 와서 대장부답지 못하게 싫은 소린 뭐요—그렇다구 한번 새겨진 허물이 벗어질까?"

"복수, 이게 복수란 건가, 괴악한 음모요 죄악이지. 이게 복순가?"

"아무러나 내 화나 풀었으면 복수지 칼을 들구 격투를 해야만 맛이겠수?"

"내가 만약 검사였다면 이 자리로 고발을 하겠다—부정한 술로 사람의 정신을 뽑구 그동안에 악을 하다니, 훌륭한 범죄야."

"고발이구 뭐구 해보지. 제단에 올랐던 가엾은 희생의 양이 무얼 큰소릴
해요. 그만한 걸 다행으로나 여기지 못하구—내 계획이 '살로메'의 계획이
아니었던 걸 기뻐나 해요. 당신이 '요하네'가 아니었던 것이 천상의 다행이
었지. 내 결머리로 당신의 목인들 못 잘랐을 줄 아우?"

단영의 살스러운 소리에 사실 일마는 뜨끔해지면서 대꾸도 없이 옷을
분주하게 갈아입는 것이었다. 단영의 생사를 가리지 않는 살로메적인 무서
운 열정은 일마의 잘 아는 바였다.

"어서 놀라지나 말아요—계획을 생각한 장본인은 나였든지 몰라두 침대
에서의 의사는 순전히 당신의 것이었음을."

의외의 한 마디에 일마는 옷 입던 손을 휘들휘들 떨면서 금시 얼굴이 화
끈 달았다.

"뭐 뭣이라구? 사람을 농락해 놓구두 되려……."

"그러게 놀라지 말라구 그랬죠. 남녀 중에서 농락한 것이 누군지는 참으
로 조물주만이 알 일이에요. 아담이 이브를 꼬였는지 이브가 아담을 꼬였
는지 신화만을 믿을 수두 없는 우리가 어찌 안단 말요?"

"사람을 속여 놓구두 이제 와서 그런 발뺌을 하려구……."

일마의 손이 자기도 모르는 결에 달려가 단영의 볼을 갈기고 있었다. 단
영의 말이 정말인지 거짓말인지, 정말이라면—그 무서운 진실에 소름이 치
밀었던 것이다.

"그렇게 설렐 것이 없어요. 당신두 결국 한 사람의 사내였던 것이구, 사
내의 뜻이라는 걸 당신을 통해서 똑바로 알았어요. 조금두 황당해 할 것이
아니라 피차의 맘을 곰곰이 반성해 보는 것이 어때요. 사람의 천성이라구
할까 본능이라구 할까, 그것이 그다지 고귀한 것두 신령스런 것두 아니구,

정조라는 건 말하자면 하나의 자세요 태라고 할 수 있지요. 당신의 결백이라는 것두 일종의 태였을 뿐인 것을—자기만이 장한 듯 그렇게 남을 모욕할 것은 없었단 말예요."

단영의 한마디 한마디가 뼛속에 잦아들면서 일마는 대답할 바를 몰랐다. 더 단영의 볼에 손을 댈 수도 없었다. 화는 벌써 단영 한 사람에게 대해서만 나는 것이 아니었다.

"술 취한 속에서 사람이 무얼 할지 뉘 아나? 정신을 왼통 뽑아 놓구. 그 잠꼬대 속에서 한 허수아비의 행동을 가지구 이러쿵저러쿵 시비하는 게 그르지."

입에 보褓나 가리운 듯 말소리도 약하고 작다.

"허수아비의 행동인지 무엇인지는 모르나 난 그 행동 속에 숨은 인간의 천성이라구 할까 잠재의식이라구 할까, 그걸 말하는 거예요. 천성과 본능은 많은 사람이 다 같다는 것, 성인두 없구 군자두 없구 코가 하나구 눈이 둘이듯 다 같은 범상한 지아비와 지어미라는 것—내가 기뻐하는 건 이 발견이에요. 신대륙의 발견 이상의 큰 발견—발견은 만족을 주었어요. 내겐 벌써 두려운 것두 없구 겁나는 것두 없구 당신에게 대한 우상적 존경두 사라졌어요—그렇다구 물론 당신을 경멸하는 건 아니나 아직두 이렇게 좋아하구 사랑하니까요. 그 뻐기는 것이 얄밉구 아니꼬울 뿐이지."

일마는 옷을 갈아입고 나서 단영의 말을 한마디 한마디 새겨들으며 가만히 있기가 멋쩍어 즐기지 않는 담배를 붙였다.

"……결국 책임을 나누자는 셈인가. 일을 저질러 놓구 나서 혼자만 악마 되기 싫으니까 한 굴레 속에 나마저 잡아넣자구 버둥거리는 모양이지."

"버둥거리긴 누가. 내게 책임 문제가 돌아오면 당신두 꼴 좋겠다. 어디 세상에 공포나 좀 해 놀까. 꿀리는 게 누군지 알아보게. 난 조금두 겁날 것이 없어. 겨 묻은 개가 무슨 개를 흉본다더라. 악마니 뭐니 하면서—아직두 내 앞에서 그 아니꼬운 영웅 노릇을 하구, 군자 노릇을 하구 싶단 말이지."

맞선대야 밑천조차 찾을 것 같지 않아서 일마는 담뱃불을 죽이고 자리를 일어섰다.

"아무리 속이 달어 해두 악마는 악마거든. 어여쁜 악마―지금 내 심사가 홍등가에서 하룻밤을 지내구 나가는 폭밖에는 더 되는 줄 아나?"

그 말에서 같이 단영이 모욕을 느낀 적은 없었다. 금시 눈초리가 휘어오르고 입술이 파랗게 질리는 것이었다.

"뭐요? 홍등가에서 하룻밤을 새웠다구? 이 멀쩡한 악한 같으니."

담뱃갑을 집어던진 것이 일마의 얼굴을 맞히고 떨어졌다.

"―그래두 뼈가 살아서. 어디 두구 보자. 내게 항복하구 와서 설설 빌 날이 있잖은가. 비밀의 열쇠가 내 손아귀에 꼭 쥐어졌거든. 이 열쇠만 한번 던지는 날에는 당신의 그 알뜰한 결혼 생활두 산산이 조각이 날 것을 각오나 하구 있어요. 큰소리 말구, 나만 더 노엽혀 보지, 괜히."

위협의 말만이 아니었다. 단영은 자기의 결머리를 위해서는 사실 무엇을 할는지 헤아릴 수 없는 여자이다. 일마는 뜨끔해지면서 이마에 땀이 빠지지 돋았다.

"어서 나아자 앞에 가서 변명할 말이나 잘 생각해 봐요―별안간 볼 일이 있어 시골 내려갔다가 새벽차로 왔다든지, 촌에는 우편소가 없어서 전보를 못 쳤다든지―그럴듯한 거짓말이나 꾸며 봐요. 행여나 나아자가 짜증을 내구 달아나왔다간 정말 야단일 테니."

일마는 고개를 숙인 채 한마디 대꾸를 못하며 방문을 나갔다. 흡사 꾸중을 받으며 나가는 아이의 모양이었다. 단영을 설군혔다는 사실 큰일이 날 것 같아서 양같이 온순한 자태였다.

일마는 이른 아침의 거리를 걸으면서 떱떨한 입맛을 금할 수 없었다.

단영의 앞에서 큰소리는 해보았으나 사실 홍등가에서 하룻밤을 새우고 나오는 기분은 아니었다. 일마에게는 홍등가에 드나들어 본 경험이 없지 않았다. 그런 때의 그 감격 없는 범상한 기분은 아니었다.

마음속에 고집스럽게 남는 것이 있었다.

복잡한 감정이었다. 그 속에는 알 수 없는 공포도 있었고 부끄럼도 섞였다.

시렁 위의 한 개의 과일을 훔쳐 먹었을 때의 흥분 맞잡이는 되었다. 두렵고 부끄러우나 그 속에 일종의 숨은 감격이 있었다.

그 감격이 두렵고 부끄러웠다. 아무에게도 고할 수 없는 그 부끄럼이 불쾌한 감정을 일으켰다. 입맛이 떱떨하고 쓴 것은 반드시 담배를 피운 맛만도 아니었다.

'누구의 허물이 더 클꾸.'

를 생각할 때 벌써 마음이 괴로웠다.

단영이 일마의 자유를 유린한 것같이 일마 또한 단영의 자유를 밟아준 셈이 아니던가. 유혹의 시초가 누구였든지 간에 결과에 있어서는 같은 허물을 똑같이 진 두 사람이다. 단영이 일마에게 꿀릴 것이 없듯이 일마 또한 단영을 면책하고 윽박아델 염치가 없었다. 단영이 도도하게 내섬기던 말이 한마디 한마디 다시 살아나오면서 떳떳하게 고개를 쳐들 수가 없었다. 같은 허물의 연루자요 같은 음모의 공모자인 것이지, 유독 일마가 단영에게 대해 죄를 물을 것은 아닌 것이다.

'결국 가엾은 여자다, 단영은.'

측은한 생각이 나며 그런 위험한 모험까지를 해서 원을 채우자는 단영의 심지에 한 줄기 동정이 없지 않았다. 안타까워하는 심사가 밉다느니 보다는 먼저 딱한 것이다. 애걸복걸하는 여자의 열정이라는 것은 남자에게는 역시 한 폭의 풍경으로 바라보이는 것이 아닐까. 풍경은 언제나 마음을 위로해 주는 것이다.

그러나 이런 동정이 일마에게는 번민을 더해 주는 결과가 될 뿐이었다. 단영을 동정하니 더 어쩌자는 것인가. 동정은 동정으로 해놓고 허물은 허물대로 남는 것이다. 동정으로 말미암아 허물이 지워질 리는 만무하다. 허물에서 오는 번민은 단영에게 대해서보다도 더 많이 나아자에 대해서 솟았다. 단영에게 대한 마음의 해결은 그것으로써 지웠다고 해도 아내 나아자에게 대해서는 무엇으로써 그 지울 수 없는 허물을 바로잡자는 것일까. 눈앞이 어두워지고 다리가 떨렸다.

사실 호텔에 이르러 먼저 목욕실에 들어가 몸을 씻고 정신을 맑히고 방에 들어갔을 때 침대에서 벌떡 일어나는 나아자를 보고는 선뜻 말이 나가지 않았다.

나아자는 밤새도록 잠 한숨 이루지 못한 것이었다. 눈이 붉고 얼굴이 하룻밤 사이에 홀쭉 빠진 것도 같다. 그 역 그 자리에서 얼른 말이 나가지 않는 모양이었다.

"호텔을 나간 길로 별안간 급한 일이 생겨 동무와 함께 저녁차로 시골을 다녀온 거요."

거짓말을 하면서 일마는 속이 무시무시했다.

"―내년 봄쯤 교외에 집을 지을까 해서 땅을 좀 사려구. 거간이 꼭 어제래야 틈이 있다구 해서 부랴부랴 떠났던 것인데."

거짓말은 뒤를 이어 차례차례로 새로운 거짓말을 낳았다. 내섬기면서도 일마는 자기의 재주에 놀랐다. 한편 단영이 거짓말의 지혜까지를 뛰어 주던 것이 뼈저리게 생각났다.

"―촌이래서 밤중에 전보나 칠 수 있단 말요. 놀랄 줄은 알았으나 하는 수 없이 시침을 떼는 수밖에는 없었소."

때를 따라 거짓말이 얼마나 필요한 것인지, 거짓말이 아니었더라면 그 당장을 어떻게 모면했을 것인가.

"땅이 나보다두 더 소중한가요?"

"노여 마시오. 두 사람의 집을 지을 땅이 아니오."

달려들어 안으니 나아자도 거역은 하지 않았으나 그것으로써 전부가 해결된 것은 아니다. 일마는 저지른 결과가 얼마나 큰가를 새삼스럽게 느끼며 몸이 떨렸다.

괴로워하는 것은 일마뿐이 아니었다. 단영도 저지른 일의 결과가 결코 소홀한 것이 아님을 점점 깨달으며 마음이 무거워 갔다. 당장에서는 통쾌해서 일마의 앞에서 싫은 소리도 해보고 큰소리도 쳐 보았으나 혼자 곰곰이 생각할 때 반드시 통쾌한 것만도 아니면서 서글픈 생각이 들며 마음이 침울해 갔다.

그렇게 원하던 것을 삽시간에 가져버렸다. 그런 수단으로밖에는 일마의 뜻을 휘일 수 없었던 것이다. 그러나 억지로 휘인 뜻의 결과로 남은 것이 무엇이던가. 그 인색한 기쁨에서 얻은 만족이 대체 얼마나한 것이었던가. 정신은 놓치고 육체만을 잠시 얻었다고 그 만족이 그다지 달가운 것은 못 되었다. 차라리 육체를 놓치더라도 정신을 얻었던들 더 보람 있지 않았을까. 가져 버린 후의 일시의 육체의 감동이라는 것이 참으로 보잘것없고 뜻 없는 것임을 실감으로 깨달으면서 단영은 마음이 서글프기만 했다.

처음부터 각오는 했던 일이나 질서를 깨뜨리고 악으로 악을 산 것이 더욱 마음을 괴롭혔다. 일마에게 대해서 큰소리는커녕 부끄럽기 짝없다. 다시 또 그와 면대할 수 있을 것 같지 않다. 일마뿐이 아니라 온 세상에 대해서 부끄럽다. 낯을 쳐들고 걸어 다닐 수도 없을 것이다.

'악마에게두 후회라는 것이 있나.'

자신을 비웃어 보며 마음을 다져는 보나 그럴수록에 반성은 더욱 맵고 차게 가슴을 매질했다.

그날 하루 아파트에 박혀 가지가지 생각에 곰싯거리며 해결 없는 마음의 방황을 한 것이다. 다음 날 또 하루 거리에 나갈 기력이 없었다.

잠옷 바람으로 침대에 누웠다 일어났다 하며 차를 달이고 레코드를 걸고 하는 것이 종일의 일이었다.

저녁때는 되어서 찾아온 것이 훈이었다.

"학질이 걸렸나, 꼼짝 안 하구 들어만 있게."

학질이란 말이 지금의 꼴을 똑 들어맞힌 것 같아서 단영은 뜨끔하면서 손이 얼굴로 갔다. 얼굴에 그 무슨 표정이라도 났을 것 같다. 휘줄한 자기의 꼴이 새삼스럽게 돌려다 보이면서 겸연한 마음을 버리고 될 수 있는 대로 범연하고 대담하게 굴려고 애썼다.

"정말 학질이래두 걸린 것 같아요. 골이 뜨끈뜨끈한 게."

"학질을 뗐어야 할 것이 학질에 걸리다니."

조롱하는 훈도 피곤해 보인다. 아마도 쓴 술에 톡톡히 혼이 난 모양이다.

"목표만을 노리지 남까지를 골릴 필요야 있었나. 난 대체 무슨 꼴인구. 함정 속에 함께 끌려들어 간 토끼두 아니구."

"노여워 마세요. 그만한 희생쯤."

단영은 미안한 듯 훈의 앞으로 나서며

"교환 조건으로 계약하구 하룻밤 동안의 희생을 산 것이니, 대상代償을 반드시 갚아드릴 테예요."

"무슨 대상으로 갚잔 말인구? 몸 피곤한 것쯤이 문젠가. 상한 내 비위를 무엇으로 바로 잡으려구?"

"내가 일마를 원했듯 당신은 날 원하지 않았어요? 일마를 내 희생으로 바쳐 주었듯 어서 날 희생으로 하란 말예요. 얼마든지 당신의 뜻대로 하세요."

온전히 한 몸을 맡긴다는 듯 훈에게로 쏠리며 몸을 던지다시피 한다.

"자, 난 지금 당신 앞에 바쳐진 양이에요. 어서 뜻대로……."

두 팔을 훈의 목에 던지고 얼굴을 그의 가슴에 묻었을 때 훈이 날쌔게 몸을 피한 까닭에 단영은 그 자리에 쓰러지고 말았다.

"사람이 이렇게두 타락했었나? 자랑을 잃었나? 난 단영의 맘을 얻고저한 것이지 이렇게 희생되기를 바란 것은 아니오."

"내가 맘을 바친다면 어떡하시겠어요?"

"자랑을 잃은 여자를 난 사랑할 수 없수. 교만하구 도도할 때의 단영을 사랑한 것이지, 이제 이 타락한 꼴을 누가……."

그 한마디가 단영의 가슴을 날카롭게 찔렀다. 자기가 일마에게 느끼는 것을 훈이 지금 그대로 말해준 셈이다. 참으로 마음을 얻지 못하고는 사랑은 뜻 없는 것이었다.

뮤즈의 선물

:

시절의 선물로서 하얼빈교향악단의 공연같이 거리에 자자한 파문을 일으킨 것은 없었다. 신문의 선전이 야단스럽고 골목골목에는 포스터가 찬란하게 나부꼈다. 사람들은 포스터 앞에 서서 그 가을의 선물에 신선한 구미를 북돋우고 있었다.

찻집에서들 만나면 공연의 곡목을 앞에 놓고 어중이떠중이 비판과 이야기에 정신이 없었다.

"일마의 공이 적지 않어. 서울에 교향악단이 다 오게 됐으니."

"일마의 공두 공이지만 시민 전반의 교양이 높아졌다는 좌증이 아닌가?"

"아무렴, 서울이 어떤 문화 도시게. 동경 다음엔 가리. 이런 때 일마의 맡은 일이 중요하단 말야."

"곡목에 이의가 있네. 누가 좋아한다구 베토벤은 이렇게 많이 넣었을까. 사람의 혼을 온통 뽑을 작정이래두 베토벤에 속을 사람은 없거든."

"오라, 자넨 모차르트를 좋아했겠다. 베토벤 반대일 젠."

"암, 세상에 모차르트 이상 가는 음악가가 있겠나. 모차르트와 슈베르트 그리고 쇼팽—음악가치구야 그들이 제일이지. 베토벤은 미치광이야. 음악가다운 음악가는 아니야."

"그건 자네 취미. 그런 경솔한 판단을 내리다간 땅속의 베토벤에게 꾸중을 당하리. 어서 주제넘은 소리 말구 공연이나 들어보구 말하세그려."

남을 비판할 때의 사람은 항상 자기의 교양이 본위요 제일이다. 아무리 위대한 고전을 가져와도 자기 비위에 비추어 암팡지고 대담한 비판을 할 수 있으며 그것이 또한 즐거운 개인의 자유이기도 하다. 하기는 이것도 이곳의 음악 교양의 전반적 향상의 증거라면 반가운 일이 아닌 것도 아니다.

공연이 성황을 이룬 것이 반드시 향상의 예증은 아닐는지 몰라도 첫날 밤 공연의 성황은 사실 특기할 만한 초유의 것이었다. 수천의 음악의 팬들이 회장 안에 그득히 모여들어 거리의 교양의 정도를 그 외래의 단체에게 보였음은 통쾌한 일이었다. 원래의 그들의 수고를 위로하는 방법으로 그에 미치는 것이 없었다. 만당의 갈채가 일단을 더없이 기쁘게 한 것도 사실이었다.

일마와의 사건이 있고 훈과의 갈등을 가지게 된 단영은 그 후 여러 날 동안이나 겸연한 마음에 두문불출 아파트에만 박혀 있다가 오래간만에 거리로 나온 것이 마침 공연의 첫날 밤이었다.

사실은 명도가 여러 날째 찾아와서 단영의 잠잠한 자태를 보고 영문을 몰라 궁금히 생각하던 중 그날도 음악회의 초대권을 준비해 가지고 일찍부터 찾아왔던 것이다. 단영의 심사로는 벌써 명도의 앞에서도 부끄러운 생각이 나서 그와의 동행을 주저한 것이나 강잉強仍한 청에 마지못해 함께 나온 것이었다.

일마와의 비밀을 가지기 전에는 명도에게 대해서 대담하고 뜻대로 행동하던 단영도 오늘에는 풀이 없고 기가 죽어서 별반 거역이 없이 그의 말대로 쫓았다.

회장의 화려한 공기는 단영에게는 지나쳐 현혹한 것이었다. 수천의 얼굴들 속에는 물론 자기를 아는 얼굴도 많았던 것이며, 그들이 모두 자기 한 몸의 비밀을 눈치채고나 있는 듯이 보여서 단영은 저린 제 발에 얼굴도 의젓이 쳐들지 못했다. 많은 시선이 오고 가는 속에 명도와 짝지어 앉은 것부터가 유쾌한 일은 아닌 데다가 자기를 알아보고 찬찬히 살피는 시선 앞에서는 더욱 견디기 어려웠다.

그러나 이미 군중 속에 나타났다는 것이 뭇 사람의 눈에 뜨이자는 뜻이 아니었던가. 응당 일마를 만나게 되었고 이 층 한구석에서 훈을 발견하고 또 다른 좌석에서 미려와 혜주의 일행을 찾아내게 되었던 것이다.

일마는 그날 밤 공연에 관계되는 중요한 인물의 한 사람이었다. 아래층 앞자리에 나아자와 나란히 앉아 무대 위 단원의 연주를 열심히 바라보는 것이었다.

무대 위에서는 검게 단장한 수십 명의 단원이 밝은 등불을 받고 그 무슨 신령스런 일단같이도 보인다. 신령스럽지 않은 것도 아닌 것이 각각 가진 악기들이 조화되어서 영감의 음률로서 참으로 신령스런 감동을 자아내게 했다. 지휘자의 손짓 하나로 영혼의 목소리가 무수한 악기에서 새어 나와 조화되었다. 고전 작가의 명곡들이 그들의 손에 의해서 후대에 다시 살아나 감동을 전달하려는 것이었다.

무대만을 바라보며 물을 뿌린 듯이 고요한 장내에 베토벤의 《운명》의 선율이 우렁차게 고요하게 흘러왔다. 음악은 실생활의 감동을 전달하는 것일까. 사람들은 《운명》의 암시에 혼을 뽑히운 듯 조용한 속에서 감동에 사로잡히고 있었다. 운명의 문은 열렸다 닫혔다 하면서 사람의 뜻대로는 휘일 수 없는 것이다. 그 무서운 의지에 농간을 당해 사람들은 다만 웃고 울고 할 뿐이다. 수천의 청중은 《운명》의 곡조에서 자신의 운명을 반성하며 울고 혹은 웃으러 온 셈이다. 곡조를 따라 웃지 않는 사람 울지 않는 사람이 누구였으랴. 사람의 운명은 거개가 이 두 가지 요소 위에 섰는 것이다.

제2악장의 고요한 울음이 끝났을 때 단영도 마음속으로 느끼고 있었다. 3악장, 4악장까지를 울가망한 심사로 듣고 났을 때 알 수 없는 피곤이 전신을 엄습하며 현기증을 느꼈다. 아직도 제1부의 연주가 채 끝나지 않았건만 명도를 그대로 앉힌 채 단영은 잠시 자리를 떴다.

그러나 운명에 우는 사람은 단영만은 아닌 듯 그가 사람 속을 헤치고 휴게실로 나왔을 때 막 앞서서 나온 것이 미려와 혜주가 아니었던가. 그들 역 피곤한 마음에 잠시 자리를 일어선 모양이었다.

단영은 웬일인지 그들에게 그 자리로 동감을 느끼며 가까이 갔다. 외에 별로 사람들이 없는 휴게실은 외딴곳같이 고요하다. 단영은 물론 미려와 면목도 있었으나 같은 음악의 같은 감동 속에 잠기고 있는 그 당장에서는 더욱 친밀한 동무가 아닐 수 없다. 친밀한 태도로 미려의 앞에 자리를 잡은 것이 극히 자연스럽게 보였다.

"《운명》의 맛이 지독하죠? 사람의 혼을 제멋대로 뒤흔들어 놓는 것이, 무서운 심술쟁인가 봐요."

단영의 말에 미려도 그를 주의해 보면서 익숙한 낯을 지었다.

"《운명》에 쫓겨 나오셨수? 《운명》에 걸리면 대담하고 용감한 사람이 없는 모양이지. 당신 같은 분이 다 하소연을 할 젠."

"내가 그렇게두 용감해 보이나요. 내 생각으론 제일 약한 사람만 같은데."

말하면서도 단영은 사실 자기가 약한지 강한지를 헤아릴 수 없었다. 몰염치와 만용으로 물과 불을 헤아리지 않고 부딪쳐 감이 참으로 강한 것일까. 그렇다면 그런 행동 다음에 오는 실망과 번민은 대체 무엇인가. 단영은 자신을 도저히 강한 사람이라고는 생각할 수 없었다.

"용감하잖구 뭐요? 자기 뜻을 세우구 거기에 휘여오도록 세상사를 정복하려는 것이 강한 것이 아니고 무어요?"

미려의 말을 무슨 뜻인고 하고 단영은 그를 찬찬히 바라보다가 문득

"무대 앞에 일마를 보셨어요?"

하고 말머리를 돌려 보았다.

"나아자와 나란히 앉아 세상에서 내가 제일 행복스럽다는 듯 보이지 않아요?"

왜 하필 지금 이 자리에서 그런 소리를 꺼내는구 하고 혜주가 단영을 노려보는 동안에 미려도 들은 척 만 척 수심에 겨운 눈으로 딴전을 보았다.

"세상에 한 사람의 운명의 총아가 있다면 그건 일마예요. 제일 행복스럽고 굳센 것도 그이죠. 자기의 행복 때문에 몇 사람의 희생이 생겨두 그건 알 바 아니거든요."

"일마 얘긴 왜 자꾸 해요?"

미려는 견딜 수 없어 확실히 싫은 낯으로 단영을 보았다. 무슨 얄궂은 심술인구 하고 애숙해 하는 표정이었다.

"그런 일마를 미워하지두 못하구 멸시하지두 못하는 처지가 되려 측은한 것이 아닌가 해요."

단영은 대체 일마에게 대한 자기 자신의 감정을 하소연함인지, 미려의 마음속을 추측해서 말함인지 미려는 그의 속을 알 수가 없었다.

"아니 미워는 하지만, 그가 불행하게 되기를 빌지 못하는 마음 말이죠."

혜주는 단영의 수다스러움을 참을 수 없는 듯 자리를 일어섰다.

"일마가 오늘 밤 음악회에 무슨 상관이게 자꾸 일마 말만 한단 말요?"

단영을 책망하는 듯 말함은 곧 미려를 동정함이었으나 미려는 혜주를 뒤따라 일어서지는 않으며

"전 좀 더 앉아 있겠어요."

하고 혜주에게 먼저 가기를 권하는 것이었다.

혜주가 한 걸음 먼저 자리로 돌아간 후 미려는 단영과 단둘이 마주 앉게 되었다. 단영에게는 할 말이 많이 있을 듯 짐작되며 그것이 미려에게는 은근히 듣고도 싶었다.

단영이 일마에게 마음을 홀짝 기울이고 그의 뒤를 따라 만주까지 쫓아갔던 것은 미려도 이미 알고 있는 사실이었다. 말하자면 단영의 마음은 미려 자신의 마음과 똑같은 처지에 있다. 다만 미려보다 단영이 한층 적극적이요 대담하게 뜻을 나타내고 행동할 뿐이다. 같은 병을 앓고 있는 사람끼리라면 피차에 회포도 깊을 것이요 할 말도 많을 것이다. 미려는 그날의 단영을 귀치않기는커녕 전에 없이 긴하게 여겼다.

"차래두 청할까요?"

단영은 좀 더 자리를 갈아볼까 해서 휴게실 옆 찻방을 바라보면서 자리를 일어섰다. 미려도 거역 없이 선선히 뒤를 따랐다.

찻잔을 앞에 놓고 조용한 자리에 둘이 앉았으려니 음악회에 온 것이 아니라 흡사 그렇게 이야기할 기회를 타서 온 것 같은 느낌이 났다. 두 사람에게는 실없이 비싼 음악회였고, 음악회로서 보면 두 사람은 가장 게으른 청중이었다.

"……사람을 사랑하는 법이 사람마다 각각 다르겠지만 어떻게 하면 가장 만족스러울지–"

벌써 꺼릴 것이 없이 미려는 단영의 말을 순순히 받았다.

"이편만의 짝사랑이라면 만족하구 안 할 게 있수? 만족 이전의 더 큰 문제두 해결 못 했는데."

두 사람의 대상이 같은 한 사람임은 이제는 공공연한 비밀이었다. 굳이 일마의 이름을 집어내 말할 것도 없었다.

"생각해선 안 될 것을 생각하는 건 죄가 아닐까 하는 생각이 들어요, 요새 자꾸만."

"난 생각이 다른데요."

단영은 즉시 반박하면서 대담하게 의견을 말한다.

"생각해선 안 될 것이라면 세상에 그런 것이 얼마나 많게요. 세상은 그렇게까지 옹색한 곳은 아닐 법해요. 생각하구 안 하는 건 각자의 마음의 자유일 것이구, 맘속으로 생각한댔자 그것이 죄 될 것이야 없죠. 미려 씨야 요만큼두 죄진 것이 없으리라 생각해요."

그럼 자기 자신은 죄를 지었단 말인가. 무슨 죄를 지었단 말인가. 미려는 단영의 입만을 주의했다.

"난 미려 씨같이 그렇게 맘속으로 꿈만을 꿀 수는 없는 천성이에요. 맘먹은 것은 꼭 행동으로 옮겨야만 시원하지, 신선같이 꿈만 먹군 배가 부르지 않거든요."

"그래 어 어떻게 꿈을 행동으로 옮겼단 말요?"

단영의 심상치 않은 말투에 미려는 황당하게 반문한다.

"놀라지 말아요—일마를 휘어버렸죠. 손안에 넣구 맘대로 휘둘러 보았죠."

"뭐 뭐요? 휘두르다니."

청천의 벽력이나 본 듯 미려는 미상불 놀라서 어안이 벙벙했다.

"그러나 지내구 보니 다 헛것예요. 정복을 했다구만 생각한 건 내 불찰, 되려 정복을 당하구 보기 좋게 넘어진 셈예요……. 역시 행동보다는 꿈이 나은 모양이에요. 꿈만 꾸구 있었던들 이런 환멸을 느끼지 않았을걸."

단영의 말에 미려는 두 번째 놀라는 것이었다.

참으로 믿을 수 없다는 듯 미려는 단영을 노리나 단영은 대담하고 범연한 태도이다.

"거짓말인가 하시죠. 너무도 놀라운 사실이실 테니까요. 그러나 내겐 아주 범상한 사실이 됐어요."

미려는 행여나 실성해 하는 것이나 아닌가 하여 단영이 점점 무서운 존재로 보이기 시작했다.

"내가 말하구 싶은 건, 결국 뒤에 남은 결과 말인데—절망이 되려 그것을 가지기 전보다 더 크다는 거예요. 차라리 그대로 곱게 지냈던들 이렇게까지 괴롭지는 않았을걸. 모든 것을 알아 버린 때의 실망, 그게 얼마나 큰 지는 지금 나밖엔 아는 사람이 없을 거예요. 미려 씨는 그렇게 어느 때까지나 곱게 꿈이나 꾸세요. 그 이상 것을 더 바라지 말구."

"당신은 내게 무서운 것을 들려주었수."

미려는 새삼스럽게 몸서리를 치면서 단영에게서 시선을 옮겨 버렸다.

"—사람이 그렇게까지 모든 것을 깨트리고 멋대로 할 수 있단 말요. 인생은 아직두 그처럼 관대하단 말이지. 아 무서워. 괜히 쓸데없는 말을 내게 전했지. 비밀은 비밀대로 묻어 두지 못하구, 왜 무슨 요량으로 그걸 내게 말했단 말요. 진저리가 나라."

"내가 미워졌죠? 무서워졌죠? 그리구 일마두 싫어졌죠?"

단영의 말이 끝나기 전에 미려는 고개를 절레절레 흔들며

"싫어지구 말구. 모두가 싫어졌수. 추잡하구 불결하구 하나두 사람 같진 않구료."

사실 눈앞에 단영은 벌써 사람의 겉가죽을 쓴 짐승같이밖에는 보이지 않았다. 물론 질투로부터 오는 것이 아니요 온전히 결백성에서 오는 느낌이었다. 일마 또한 전의 꿈의 대상은 아니고 평범한 범부로 어리우는 것이었다. 추잡하고 비루한 사내라는 안타까운 결론이 서글프게 마음을 찔렀다.

"그러게 내가 좋은 일을 한 셈이죠. 일마에게 대한 경멸감을 일으켜 준 것만 해두 내 공이 얼마나 커요. 일마에게 대한 꿈조차 사라졌다면 내가 미

려 씨 한 사람을 구한 셈이 아닌가요? 괴롬 속에서 동무 한 사람만 구해낼 양으로 그런 행동을 하구, 지금 그걸 전한 것이라구만 생각하시죠."

미려는 마음이 아팠다. 일마에게 대해 환멸을 느낀 것은 사실이나 그렇다고 참으로 그를 미워할 수 있었던가. 단영의 뜻밖의 말은 겹겹으로 괴롬만을 가져왔다.

"당신은 꼭 악마만 같구료."

"어서 일마저 그렇게 여겨요. 그럼 맘이 한결 시원할 테니요."

단영의 납신거리는 것이 불유쾌해서 견딜 수 없을 때 두 사람 앞에 성큼 나타난 것이 명도였다. 단영을 기다리다 못해 자리를 일어나 찾아 나온 것이었다.

"웬일이요? 음악회가 거진 끝나려는데 딴 곳에서 놀구만 있으니, 그렇게 허름한 음악회란 말요?"

명도의 이야기가 더 길게 벌어만 질 것 같아서 단영은 자리를 일어섰다.

"아예 날 원망하진 마세요. 오늘 내 말이 참으로 고맙게 여겨질 때가 있을 테니요. 그럼 먼저 실례해요."

단영이 명도와 함께 나간 후 미려는 잠시 혼몽한 속에서 혼자 자리에 앉아 있었다. 누구를 원망했으면 좋았을꼬-그날의 운명을 저주하는 수밖에는 없었다.

연주회는 마침 제1부가 끝나고 휴게가 시작된 때였다. 잠시 자리를 일어서서 휴게실로 나오는 사람, 그대로 머뭇거리는 사람으로 장내는 어지러웠다.

종세 훈 능보 세 사람의 한 패가 막 휴게실로 나올 때 훌쩍 스쳐 들어가는 여인 보고

"미려가 아닌가?"

세 사람은 금시에 알아맞혔다.

"남편은 상해로 달아난 후 종무소식, 이혼 수속까지 마치구 인전 완전한

자유인이긴 하나 몸이 놓이니 생각하던 일마가 저 꼴이라. 세상은 뜻대로 돼야 말이지. 일마 부부의 꼴이 얼마나 여인의 가슴을 찌를꾸. 즐거운 음악회를 되려 괴롭게 여기는 사람이 얼마나 많은구. 사람 일 너무도 복잡해.”

제2부로 들어갔을 때 첫 곡목으로 차이콥스키의 《호두인형》의 연주가 시작되었다. 악장마다 북국의 정서가 가장 짙게 나타난 곡조이다. 단원의 태반에게는 그 자기들 조국의 곡조가 더욱 적절한 정을 일으킬 것은 사실, 연주는 어느 때보다도 즐겁게 시작되었다. 침착하고 혹은 가벼운 선율이 다른 어느 곡조와도 구별되는 선명한 인상을 주었다.

음악은 말하자면 하나의 발명이다. 한 구절 한 구절의 멜로디와 화음은 현실 속에 지천으로 흩어져 있는 음성과는 성질이 다르다. 음악은 자연의 음성이 아니다. 자연의 음성이 아무리 아름답고 묘하다 하더라도 한 토막의 음악을 당할 수는 없는 것이다. 음악은 꾸며진 감동이요 영감의 발명이다. 아무 데서도 들을 수 없는 유쾌한 음성의 배열이 자연이 주는 기쁨 이상 몇 곱절의 기쁨을 준다. 장내는 물을 뿌린 듯이 조용하고 청중은 감동 속에 젖어 있었다. 차이콥스키의 혼이 사람들 가슴속에 살아나 있는 셈이었다.

음악 속에 잠겨 있는 일마와 나아자의 마음 역시 모인 수천 사람과 똑같은 순간의 감정 속에 있었다. 같은 음악을 듣고 있는 사람들의 마음은 다 한 빛으로 칠해진다. 푸른 물속에 잠기면 다 함께 푸르게 물드는 것과도 흡사하다. 일마들도 푸른 물에 물든 눈으로 한결같이 무대 위만을 바라보는 것이었다.

단원들은 모두가 나아자의 고향 사람들이라 중에는 눈익은 사람도 많았다. 피차 하얼빈에 수십 년을 살면서 거리에서나 그 어느 곳에서 서로 눈에 띄었고 바라보았던 사람들이다. 그 면목이 있는 사람들의 연주를 먼 외지에 나와서 들으려니 나아자에게는 누구보다도 다른 또 한 가지의 감회가 솟았다.

특히 그 속에는 나아자가 친하게 지냈던 동무 이바노프가 있었던 것이다. 그에게로 시선을 집중시키면서 쉴 새 없이 일마의 귀에 수군덕거리며 남편의 동감을 구하려던 것이었다.

"어때요, 제법 잘 어울리지 않아요? 실수나 하지 않을까 해서 지금 맘이 조밀조밀해요."

이바노프는 첼로 뒤에 숨기다시피 하고 앉아서 긴 활을 느릿느릿 그었다. 사실 그 주체스런 꼴을 보면 실수나 하지 않을까 해서 걱정하게 되는 것도 무리는 아니었다. 그 어디인지 부실하고 맥이 없어 보인다.

"첼로는 원래 느린 악기니까."

말하고, 일마는 첼로의 침착한 음조와 이바노프의 늦조인 품성의 일치를 느끼며 신기한 발견이나 한 듯 유쾌했다.

"이바노프 군이 첼로를 하는 줄은 꿈에두 몰랐구료."

"저두 그가 이렇게 일행을 좇아 나오게 될 줄은 몰랐어요. 넓은 하얼빈에는 음악가두 어찌나 많은지 이바노프쯤은 음악으론 도저히 밥두 먹을 수 없어 쩔쩔매던 판인데 어쩌다 한몫 뛰어들었는지 일행이 도착하는 날 얼마나 놀랐는지요."

이바노프는 별사람 아니라 일마가 하얼빈에 머무르고 있을 때 나아자와 함께 묘지에 갔다 우연히 만나게 되었던 바로 그 이바노프였던 것이다. 가을임에도 얇은 여름 양복의 허절한 꼴로 일마의 주의를 끌었을 뿐이 아니라 한 조각의 감상조차 일으키게 했던 바로 그였다.

음악으로 밥을 먹기는커녕 낡은 자동차라도 한 대 얻었으면 택시 운전수로 입에 풀칠이나 하련만, 그것도 못 해서 쩔쩔맨다는 사정을 나아자의 입을 통해서 들었던 그가 그렇게 단원 속에 한몫 끼어 연주 여행을 나오게 될 줄은 사실 일마는 꿈에도 생각지 못했다. 나아자보다도 되려 놀람이 더 컸던 것이다.

"부디 이번 연주에 성공해서 이바노프에게두 행복이 돌아가기를 비는 바요. 모처럼 나왔던 길에 생애의 길이나 옳게 잡았으면 좋으련만."

아직도 그 부실하고 허절한 꼴을 보고는 사실 충심으로 동정이 갔다.

"성공하겠죠. 이번 길을 나온 그들에게 주의 뜻이 왜 냉정하겠어요?"

나아자는 확실히 고향 생각에 잠겨 있는 모양이었다. 이바노프들의 성공을 비는 마음이 누구보다도 두터운 것이 아니었던가.

연주회가 끝났을 때 청중의 대부분이 물밀 듯 문이 메이게 한바탕 쏟아져 나간 후에 남은 한 패는 연주자들의 모양을 보고 돌아가려고 문간에 어릿거리고들 있었다.

무대 뒷방에서는 주최자 측인 현대일보 사장 이하 관계자 여러 사람들이 단원들의 수고를 치하하러 밀려 있고, 텅 비인 장내에는 아직도 파도 같은 갈채의 반향이 남아 있는 듯도 했다. 무대 뒤에는 무수한 화환과 생화의 꽃다발이 찬란하게 널려 그것이 뒷방으로까지 연했다. 연주회로서는 전무의 성황이었고 더없는 성공이었다. 악단과 시민에게 다함께 기쁜 일이었다.

주최자 측의 치하에 단원들은 피곤한 속에서도 만면 기쁨으로 대답하면서 누구들보다도 당야當夜의 성과를 반가워했다.

주최자 측도 아니요 그렇다고 단원도 아닌 얼뻥뻥한 존재가 일마와 나아자였다. 즉 주최자 측에서도 감사의 말을 받고 단원들에게서도 반갑다는 말을 들으면서 일마는 모든 것이 자기의 공으로만 돌려지는 것이 낯이 달고 얼뻥뻥했다. 나아자는 솔직이 말을 받을 때마다 웃음의 표정을 지니면서 응대에 바쁠 지경이었다.

수다스럽고 어지러운 그런 한바탕의 절차가 지난 후 일행은 방 안에 치울 것을 치워 놓고 문간으로 나갈 때 어릿거리고 섰던 사람들은 가까이 줄레줄레 모여들었다. 그 속에는 훈과 능보도 섞여 있었고 멀리 떨어져 단영과 명도의 짝도 서성거리고 있는 것이 보였다. 미려의 자태만은 물론 보이지 않았다. 단영에게서 놀라운 소식을 듣고 그는 요란히 수물거리는 마음을 도무지 걷잡을 수 없어 자리에 잠깐 앉았다가 곧 일어나 휑하니 집으로 돌아간 것이었다. 단영만이 올차게 끝날 때까지 머물러 있었다.

훈과 능보는 일마에게 한마디 연주의 비판이나 들려줄까 한 것이 그렇게 수선스런 속에서는 그에게로 달려가기도 쑥스러워 우두커니 한구석에 서 있는 동안에 일행은 차례차례로 등대하고 서 있는 자동차에 앉는 것이었다. 일마도 같은 호텔이라 맨 뒤차에 부부가 나란히 하고는 늘어선 군중을 내버리고 호텔로 내닫는 것이었다. 버림을 받은 군중은 그 일렬의 긴 자동차의 행렬을 멀끔히들 바라보는 것이었으나, 중에서도 일마 부부의 인상이 가장 신선하게 눈 속에들 남았다. 특히 단영에게는 누구에게보다도 그들의 자태가 유달리 인상적이고 마음을 부질없게 들쑤셨다.

'아니꼽게 나 좀 보라는 듯이.'

꼴사납다는 듯이 단영은 그들과는 반대의 방향으로 발을 돌리면서, 기실 속으로는 긴 한숨을 뽑았다.

"바람이나 쏘이구 갈까?"

하는 명도의 청도 거절하고 혼자 저벅저벅 아파트로 돌아왔다. 그렇게 한눈 안 팔고 곱게 돌아와 보기는 처음이었다.

맥없이 침대에 풀썩 주저앉으니

'미려에게는 쓸데없는 소릴 괜히—'

하는 뉘우침이 솟았다. 아무리 되풀이해 보아도 그날 밤 일이 경솔하게만 생각되었다.

'결국 효과가 무엇이란 말인가. 내 자랑을 한 셈인가, 그의 길을 바로잡자구 한 셈인가. 허나 내 맘은 지금 이렇게 구역질만 나구 미려 또한 괴로워하게만 되지 않았는가. 괜히 긴한 척 쓸데없는 짓을 하구 쓸데없는 말을 피운 것이다. 나조차 점점 이렇게 괴로워지니……'

같은 때 미려도 자리에 일찌감치 누워서 괴로운 마음에 잠을 못 이루고 있었다. 남편이 상해로 실종한 후로는 다시 집으로 들어와 식모와 단둘만의 호젓한 나날을 보내는 것이다.

'그런 말을 들겨 준 단영이 나쁜 것두 아니구 일마가 그른 것두 아니구 내 맘이 원수일 뿐이다. 어떻게 하면 달아나는 이 맘을 잡을 수 있을꾸? 무슨 굴레를 가져오면 이 맘을 잡아 씌울 수 있을꾸?'

전등불이 눈에 빤히 비취이면서 바시랑바시랑 도무지 잠이 들지 않는다.

호텔로 돌아온 일행들은 각자의 방으로 곧들은 안 올라가고 아래편 객실에서 잠간 쉬며 잡담에 잠겼다.

나아자는 서울 길이 하루하루 익은지라 그들을 접대한다는 뜻도 있었던지 자연 행동을 같이하게 되었다. 일마의 생각 같아서는 그만큼 그들과 휩쓸린 뒤라 그만 헤어져 자기들은 먼저 방으로 올라갔으면도 싶었으나 나아자는 그 눈치를 채지 못하는 모양이었다.

"피곤한데 올라가지 않으려우?"

하고 말해도 나아자는

"좀 더 함께들 있다 가면 어때요. 위로 겸-"

하면서 좀체 몸을 뜨지 않았다. 여자라고는 나아자 한 사람인 까닭에 남자들만의 단원들 속에서는 한 이체인 것이 사실이었고 그가 자리에 끼어 있으므로 기분들이 부드럽고 즐거운 것도 사실이었다. 그러므로 나아자로서는 선뜻 자리를 뜨기가 어려웠던지도 모른다. 그 자리에서 그들에게 그 정도의 기쁨을 줌은 조그만 예의였을지도 모르니까.

"그럼 먼저 올라갔다 오리다."

굳이 나아자를 잡아 세울 수도 없어서 일마는 혼자 객실을 나와 이 층으로 올라갔다.

옷도 갈아입을 겨를도 없이 그 옷 그대로 침대에 피곤한 몸을 던지고 얼마 동안이나 누워 있었을까. 눈을 감은 채 건잡을 수 없는 명상에 잠기면서—확실히 말할 수 없이 피곤한 마음을 느꼈다.

무슨 까닭으로의 피곤인지 적확히 꼬집어 말할 수 없는 혼몽한 심사였다.

반 시간이나 그 모양대로 누워 있었을까. 나아자는 종시 올라오는 소식이 없었다. 눈을 뜨니 어찔하면서 방 안이 순간 캄캄한 듯하다. 벌떡 일어나서 무의식 간에 방을 나가 아래로 내려갔다.

객실에는 사람이 듬성했다. 거의 각기 방으로들 간 뒤요 나머지 몇 사람이 아직도 군데군데 남아 있는 속에 나아자는 이바노프와 한자리에 앉아서 이야기에 정신이 없었다.

"조금두 곤하진 않은 모양들이지?"

일마도 자리에 가 한몫 앉으니 이바노프가 빙글빙글 웃으며

"오래간만에 만나니 아는 처지에 할 얘기가 많구려. 하얼빈은 이젠 아주 추워졌는데 여긴 아직두 이렇게 선선한 게 견디기 좋단 말요. 묘지에서 만났을 적엔 생면부지 서름서름한 처지더니 알구 보니 이렇게 피차에 관계를 가지게 됐구려."

인사 겸 던지는 말 속에 필요 이상의 아첨하는 태도가 들여다보이는 듯이도 느껴졌다.

"조선의 인상을 서로 말하고 있는 중인데 이바노프의 인상이 대단히 좋았다는군요. 모든 것이 이국적이구 독창적이어서 맘을 댕긴대요."

나아자가 이바노프의 심경을 대신해 설명해 주는 것을 들으며 일마는 범범하게 고개를 끄덕였다.

"거 다행이오. 모처럼 온 데가 인상이 좋아야지, 나빠서야 쓰겠수?"

"아주 맘에 들어요. 될 수 있으면 나두 이곳에서 살아 보구 싶구려. 하얼빈은 싫증두 났거니와 우리 같은 사람에겐 너무 박절한 도회구, 좀 이런 낯설은 고장에두 살아 보구 싶구먼……"

그런 이바노프의 말이 반드시 쓸데없는 인사의 말만은 아닌 듯―진담의 고백으로 들리지 않는 것도 아니었다.

"오래도록 사시구료. 그렇게 맘에 든다면."

"첼로나 켜 가지구 먹을 곳이 있나요. 있다면 단연 머무르구 말구요."

"글쎄요."

그 이상의 질문은 벌써 일마에게는 과중한 부담이었다. 말머리를 흐려뜨리면서 딴전을 보니 그제서야 나아자도 피곤하다는 듯이

"자 그럼 이만들 헤어질까요. 밤두 늦은 것 같은데,"

제의하며 자리를 일어서는 것이었다.

일마도 이바노프도 뒤따라 일어서며 일마는 나오는 하품을 금할 수 없었다.

방으로 올라와 옷을 갈아입으면서 일마는 나아자와의 사이에 그 무엇인지 개운하지 못한 것을 느끼면서 마음이 무거워 갔다.

나아자 역시 일마에게 대해 전과 같이 말이 수다스럽지 않은 것은 일마와 같은 감정을 품고 있는 탓이었을까.

일마는 무거운 공기를 못 이겨 말의 실마리를 찾으려고 애썼다.

"이바노프가 이곳에 머물러 살구 싶다구 누차 말하니 그게 진정이란 말요? 공연한 인사말 같이만 여겨져서."

그런 일마의 질문이 그 자리에서 부당한 것이었을까.

도대체 그날 밤 일마의 감정의 개운치 못한 원인이 이바노프에게 있었고

그런 줄을 나아자 또한 알고 있는 것이라면 일마의 이바노프에 관한 질문은 사실 불필요하고 주책없는 것이었을는지도 모른다.

나아자는 이해하기 어렵다는 듯이 남편을 보며

"내가 어찌 안단 말요? 이바노프를 신사라고 생각한다면 그의 말을 믿는 것이 옳겠죠."

부드러운 말솜씨는 아니었다.

"누가 그를 신사가 아니라고 생각한단 말요. 외딴 곳이구 사정이 다르구 하니까, 그의 그런 말이 내겐 웬일인지 실없이만 들린단 말이지."

"외딴 곳이구 사정이 다른 것이 걸린다면 전 왜 이 먼 곳에 나와 있을까요?"

나아자의 그런 대꾸가 실책이었던지도 모른다.

"그럼 나아자와 이바노프의 경우가 똑같단 말요? 나아자는 대체 무엇 때문에 이곳까지 나왔수? 사랑 때문이 아니었수? 나를 믿으니까 나와 함께 나온 것이 아니었수? 이바노프는 무엇 때문에 이곳을 원한단 말요? 역시 사랑 때문이란 말요? 누굴 사랑해서란 말요?"

일마가 조금 흥분한 어조로 이렇게 반문했을 때 나아자는 사실 아무 대답이 없었다. 무죽거리면서 적당한 말을 발견하지 못하는 것이었다.

"사랑 때문이라면 외딴 고장두 두려울 것이 없겠지만, 그렇지 않다면 무엇을 구해 하필 이곳으로 나온단 말요."

여기에서 나아자도 비로소 말의 실마리를 얻은 듯

"사람이 반드시 사랑 때문에만 사나요—딴 고장에 오는 이유로야 사랑 외에 직업을 구하는 수두 있겠구, 자유를 구하는 수두 있겠구……."

하며 말문을 연다.

"그럼 이바노프는 직업과 자유를 구해서란 말요?"

"제게 물을 것이 무어예요? 아까 그에게서 들은 대로가 아니에요?"

"이곳에 무슨 알뜰한 직업이 있다구 그걸 구해서 이곳까지—"

말이 끊어진 채 한참 동안이나 침묵이 흘렀다.

나아자도 그제서야 일어서서 잠자리옷을 천천히 갈아입으면서

"말씀하는 속뜻을 누가 모를까 봐서요. 오늘 저녁 눈치두 다 알아채구 있었어요. 그러니까 저두 불쾌했구 우울했어요. 우울하니까 뻗서두 보구요."

의젓이 말한다.

벗은 옷을 침대맡에 걸고 잠옷의 띠를 졸라매면서

"다 오해예요. 제게 대한 이 며칠 동안의 추측은 다 오해였어요—말하기두 추접하나 이바노프와의 사이에 그 무슨 남모를 사정이 있지나 않은가 생각하셨을 것이나 임의의 추측에 지나지 못한다는 걸 제 입으로 똑바로 말해 드리는 거예요."

나아자의 입에서 그렇게 정면으로 명확하게 이바노프의 말을 듣는 것이 일마를 어질어질하게 했다. 부끄러운 생각이 나며 얼굴이 화끈 달았다.

먼저 그렇게 터놓고 말하는 나아자의 뜻에 거짓이 있을 것 같지는 않았다. 되려 지나친 표정을 지닌 것이 아닌가 하고 뉘우쳐도 졌다.

"누 누가 나아자를 오 오해한단 말요?"

"오해하지 않았거든 앞으로나 오해하지 말아요."

일마는 고개를 숙인 채 침대로 기어들었다.

'사실로 나아자에게 대한 공연한 내 의심이었던가.'

일마는 침대 속에서 여전히 생각에 곰실거렸다.

나아자와 이바노프와의 사이를 의심한 것은 불찰인가. 두 사람의 이야기가 자별스럽게 보였던 것은 사실이었고, 그런 때 아내를 범연히만 보는 남편이라는 것이 세상에 있을까. 한번 고부려 추측해 보는 것도 자연스런 심

정이 아닐까.

'하긴 그게 도덕과 교양의 차이일는지도 모르긴 하나.'

서양적인 것과 동양적인 것의 차이에서 오는 감정의 구별일는지도 모른다. 개인주의 도덕의 입장에서 보면 그 정도의 아내의 태도와 풍습은 당연하고 문화적이라는 것일까. 그렇다면 그것을 곡해한 자기의 태도는 부당하고 비문화적인 셈이 되는가. 일마는 협착한 자기의 도덕률에 비추어 나아자들의 그것이 눈부시고 한편 부끄러운 생각도 났다. 이기적이요 원시적인 그런 감정의 노출이 한없이 부끄럽게 여겨졌다.

무슨 염치로 나아자를 오해할 수 있는가. 사실 부끄럽다면 일마는 나아자를 오해한 이상으로 자기 자신이 부끄러운 것이다. 남편의 이기주의—남자의 특권인 듯이도 뭇 사람이 뉘우칠 줄 모르는 이기주의—그것이 아내에게 대해서 더없이 부끄러웠다. 단영과의 관계를 가진 일마의 처지로 누구를 책할 수 있는가. 그 무서운 허물에 비하면 나아자의 태도쯤은 문제도 안 된다. 숨은 비밀을 일마는 평생 가슴속에 감추어 가지고 있을 수 있을까. 설혹 있다고 하더라도 아내를 속이는 마음으로 일신이 어찌 편안할 수 있으랴. 그러나 대체 어떻게 하면 그것을 터놓고 말할 수 있을까. 말하고 그 결과 아무 풍파 없이 무사할 수 있을까. 이런 복잡한 궁리에 잠길 때 일마는 부끄러울 뿐 아니라 두려워졌다. 금시 파멸이 올 듯 두렵고 황당한 것이었다. 참으로 허물은 자기 편에 있고 죄는 내 몸에 숨어 있다. 나아자를 책망함은 천부당만부당이다. 도덕률의 차이가 아니라 그를 오해하고 책할 남편으로서의 자격이 없는 것이다. 쓸데없는 오해로 시작된 것이 결국은 그렇게 자신의 괴롬과 번민으로 변했다. 침대 속에서 어느 때까지나 잖으면서 그날 밤은 무한히 괴로운 밤이 될 것 같았다.

"할 말이 있으면 무엇이든지 어서 더 하세요."

그 역 무엇인지 생각에 잠겨서 앉았던 나아자는 의자에서 일어나면서 그제서야 침대로 왔다.

"할 말이라니 내게 무슨 더 할 말이 있겠수."

일마가 미안한 듯 고개를 돌리니 나아자는

"사람의 맘이란 멀끔하게 씻쳐 버려야 시원한 것이지 조금이래두 께름한 데가 있으면 잠시나 지낼 수 있나요. 하루 이틀이 아니구 앞으로 장구한 세월을 살아가야 할 텐데, 어금니 새에 께름한 걸 끼고야 편치 못해 어떻게 지내요."

일러 듣기듯 말한다.

일마는 더욱 부끄러워지면서 대답할 바를 몰라

"께름하구 안 할 게 있수. 살려면 이런 때두 있구 저런 때두 있지."

하면서 웃어 보이니 나아자도 웃음으로 대답하면서 덜썩 몸을 던진다. 일마의 얼굴을 거의 문지를 듯 늘 하는 야단스런 애정의 표현이었다.

그러나 그것으로서 만사가 해결된 것이었을까. 나아자와 이바노프와 일마 세 사람의 관계가 결말을 지은 것이었을까.

한 가지의 뜻하지 않은 돌발 사건이 잠시 일마의 정신을 빼앗아 그런 데로부터 주의를 돌리게 했으니, 다음 날 저녁 연주회 좌석에서 일마는 돌연히 한 장의 전보로 말미암아 그 자리로 혼란에 빠지게 되었던 것이다.

아직도 초저녁인 제1부의 둘째 곡조가 시작된 때였다.

무대 옆 검은 막 앞으로 등불 켜진 현판이 나타나며 청중의 주의를 끈 지 오래였다.

일마가 거기에 주의를 보냈을 때는 그 광고의 현판은 벌써 퍽이나 오랫동안 그곳에 방황하고 있었던 때였다.

일마는 현판의 글자를 발견하고 주춤했다. 자기를 부르는 것이다.

-천일마 씨 휴게실까지 오시오. 급한 일이 있소-

의 글발이 꺼졌다 켜졌다 하는 등불 앞에서 깜박깜박 반짝이는 것이 아니었던가.

일마는 두어 번 거듭 읽으면서 뜨끔해졌다. 천일마는 역시 자기에 틀림없는 것이다. 좌우를 휘둘러보아도 일어서 나가는 사람은 없다. 같은 이름은 없는 모양이었다.

'무슨 일일까, 나를 부르니.'

나아자에게 알리면서 일어서 나갈까 어쩔까를 망설이고 있는 동안에 두 사람 좌석 앞으로 허리를 구부리고 종종걸음으로 달려오는 그림자가 있었다. 일마의 앞에 와 머무른 것은 종세였다. 설레는 어성으로

"호텔에서 보이가 자네에게 전보를 가져왔네. 얼른 휴게실에 나가 받아 보게나. 기다리구 있으니."

무슨 전보인고 하고 일어나 종세의 뒤를 따라 나갔다.

"맘대로 펼 수두 없어서 자네를 데리러 왔네만."

휴게실에 나가니 앉았던 보이가 일어서며

"지급至急이기에 가져왔는데요."

하고 전보를 내보인다.

부랴부랴 뜯어 보면서 일마는 한참은 무슨 소리인지를 분간하지 못했다. 거듭 읽으니 차차 내용의 뜻이 알려졌다.

―사건돌발 황당불이 급래희망 한벽수―

하얼빈의 동무 한벽수에게서 온 것이다.

일부인日附印을 보아도 그럼이 틀림없었다.

"사건이라니 무슨 사건인구?"

함께 들여다보던 종세도 동무의 일이 궁금했다.

"낸들 어찌 알겠나."

일마는 대답하면서도 생각할수록 곡절을 알 수 없어

"필시 중대한 사건인 모양인데, 무엇이든 간에 '급래희망'이랬으니 가는 봐야지."

하면서 마음이 설렘을 느꼈다.

잠시 멍하니 서 있다가 그렇게만 있을 수 없다는 듯이 보이를 먼저 보내고 일마는 급히 휴게실을 나갔다.

"그래 떠날 작정인가?"

"막차로 떠나겠네. 전보를 쳐서 되묻재두 날이 걸릴 테구, 눈치가 대단 급한 모양인데 그대로 있을 수야 있나."

장내에 들어가 나아자에게 곡절을 말하니 그 역 놀라 당황해서 하면서

"정말 떠나실 작정이에요?"

하고 거듭 반문한다.

"먼저 호텔로 갈 테니 천천히 들구 오구려."

따라 일어서는 나아자를 만류해 앉히고 일마는 호텔로 돌아와서 조그만 트렁크에 대강 행장을 꾸리기 시작했다.

차 시간까지는 아직도 두어 시간의 여유가 있었다. 짐을 꾸려 놓고 나서 하염없이 앉았을 때 나아자가 쫓아왔다.

"저두 함께 떠나겠어요."

아내의 제의에 일마는 감격하면서

"고맙긴 하나 짧은 여행에 그럴 것까지야 있수."

타이르니 나아자는

"혼자 가시기 무료하실 테구, 하얼빈은 제 고향이니 아무리 자주 다녀두 제겐 괜찮거든요."

"거추장스럽게 그럴 것이 없구, 어서 악단의 손님들 접대두 있구 하니 그대로 머물러 있구료. 얼른 다녀올게."

"사랑하는 사람을 혼자 내놓다뇨."

아내의 마음씨가 일마에게는 말할 수 없이 고마웠으나 사정을 설명하면서 만류하는 수밖에는 없었다. 야단스럽게 얼싸안고 애무를 받으면서 나아자는 간신히 터득하고 구부러졌다.

사건

:

일마가 그날 밤 단독으로 하얼빈으로 떠난 것은 주위 동무들에게 즉시로 알려졌다.

그의 일거일동은 근변 사람들에게는 언제나 주의의 대상이었던 것이다.

괴롭다고는 하면서도 둘째 날 밤도 여전히 연주를 들으러 나왔던 단영은 그날 밤으로 그 일마에게 일어난 변동을 알게 되었다.

일마의 황당해서 어릿거리는 양을 보고 종세에게 물으니 그런 사연이었다. 일마가 또 하얼빈으로 간다고 생각하니 단영은 자기도 한번 밟았던 땅이라 알 수 없는 그리운 감회가 솟으며 공연히 가슴이 설렘을 느꼈다.

일마에게 대한 감정이 아직도 청산되지 못한 탓이다. 하얼빈은 깊은 마음의 상처를 받은 곳이언만 그 상처가 아직도 스러지지 않은 오늘 그곳이 여전히 그립다. 일마의 몸을 그곳에 두고 생각함이로다. 일마의 가는 곳이므로 변함없이 그리운 곳이다.

"무슨 일루 또 하얼빈에 가누. 생각만 해두 지긋지긋한 곳."

명도도 지난 일이 진저리가 나서 이렇게 말하면 단영은

"카바레의 밤을 생각하세요. 욕을 주었든지 욕을 받았든지 분간할 수 없는 그날 밤 일을."

하고 맞장구를 치면서도 속으로는 그렇게 원수의 곳으로는 생각되지 않았다.

'대체 무슨 일로 일마가 가게 된 것일구, 그렇게 급작히.'

의아해하면서 여행의 유혹을 느끼는 단영이었다.

이튿날 거리에 나갔다가 우연히 혜주를 만나 말결에 일마의 이야기를 전한 것은 자기도 모르는 결에 역시 일마의 일에 열중해 있었던 까닭이다.

혜주도 일마의 말이라면 범연히는 듣지 않았다. 미려와의 관련을 생각하므로였다.

그 말을 듣기가 바쁘게 그날 오후로 혜주는 미려를 찾아가 그에게 전했다. 미려가 적은 식구에 적적해하는 까닭에 혜주는 이틀 도리로 그를 찾았던 것이다. 일마의 소식은 살같이 빠르게 미려의 귀에 들어가게 된 것이었다.

"일마가 어젯밤에 별안간 하얼빈으로 떠났다는구료."

혜주의 전하는 말을 미려는 심상하게 들으려고는 하면서도

"무슨 까닭에 떠났을까요?"

하고 어성이 변해졌다.

"친한 동무에게서 전보가 왔는데 중대한 사건이 일어났다던가."

"무슨 사건일까……."

"급해서 사연두 알려 오지 못한 모양인데―일마가 돌아올 때에나 알 수 있을까."

"혼자 떠났을까?"

"같이 나서는 나아자를 떼 놓구 혼자 떠났다던가."

"오래 묵을 작정으로?"

"지내봐야 알 일이지. 일 처리되는 대로 올 테니까."

미려는 여러 가지로 궁금했다. 무의식 간에 황당한 목소리로 묻게 된 것이 겸연쩍어서 침묵하니 그 눈치를 아는 혜주는 동무의 속을 뽑아 잡았다

는 듯도 한 노련한 표정을 보이며

"신변이 그렇게두 수다스럽던 일마가 잠시래두 혼자 있게 된다는 것이 바라기 어려운 하나의 기회가 아닐까 생각하는데."

수수께끼나 걸 듯한 말 하니 미려는 무슨 뜻인고 하고

"일마가 혼자 있다는 것이."

하며 말을 받아 중얼거리다가 문득 혜주가 던진 암시를 홀연히 깨달으며 뜻을 이해하는 것이었다.

'하나의 기회라면-사실 바라기 어려운 기회일 것이다.'

"기회란 것은 놓치지 말구 잡아야 하거든."

"……일마를 쫓아갔댔자-"

"가서 모든 것을 확적히 하구 오구려."

"그런다구 시원한 게 무에 있수?"

"어서 주저하지 말구-눈앞에 차례진 일을 하라니까."

혜주는 거의 명령이나 하듯 미려를 재촉한다. 미려는 현혹한 생각에 사실 어쩌면 좋을까 하고 마음이 어지러운 것이었다.

며칠이 지난 후 일마에게서 종세에게로 사건의 내용을 알리는 기다란 편지가 왔다. 종세는 궁금한 판에 전보로까지 문의해도 회답이 없어 한층 당황해 하던 터이라 그 편지는 두렵고도 반가운 것이었다. 자기도 한몫 그 사건 속에 끼어나 든 듯이 흥분하면서 동무들 사이로 편지를 가지고 다니며 설레는 것이었다.

나아자에게도 편지가 온 것은 물론이요 같은 내용의 것임에도 틀림은 없었다. 따라서 종세는 사건의 내용을 나아자에게까지 전하러 다닐 필요는 없었으나 누구보다도 그가 가장 흥분되어 있었던 것은 사실이었다. 사건이란 순전히 한벽수 개인에 관한 것이었으나 원체 엄청난 일이었던 까닭에 일마의 조력이 필요했던 모양이었다. 내용의 한 토막 한 토막이 읽는 사람에게는 신기했다.

두 번 밟는 하얼빈이 달포 전과는 아주 달라져서 날도 차거니와 인상도 판이해졌네. 이곳에 오는 중 이번같이 마음이 어수선하고 산란한 때는 없어서 어찌할 바를 몰라 수선거리고 설레나 즉시로 해결이 솟지 않는 난처한 상태에 놓여서 근심과 걱정으로 지내는 판이네. 하얼빈이란 곳이 지금까지와는 달라 또 하나의 생각지도 못했던 요소를 가지고 있음을 처음으로 깨닫게 되었고, 이 새로운 요소의 발견으로 말미암아 도시의 인상이 지금까지와는 달라진 것을 신기하게 느끼고 있는 중이네. 하기는 그 어디인지 넓고 깊고, 그 깊은 속에 헤아리지 못할 그 무엇이 숨어 있으려니는 생각되었었으나, 그런 것이 실상으로 표면에 솟아나 사람을 놀랠 줄이야 누가 알았겠나. 깊고 어두운 구렁 속에 악의 꽃이 붉게 피어 있음은 누구나 쉽게 알 수 있고 볼 수 있는 것이었지만, 그런 악과 죄 이외에 공포가 숨어 있을 줄은 아마도 헤아리지 못했으리. 하얼빈은 향수의 도시만이 아니라 공포의 도시임을 처음으로 깨달았네. 무시무시한 전율의 도시라네. 안심하고 즐거운 날만을 보낼 수 없는 위험하고 무서운 도시임을 새로 깨달은 것이네.

하얼빈의 이 새로운 인상과 성질을 이렇게 야단스럽게 늘어놓는 것은 다른 까닭이 아니라 이번 사건의 성질을 이해함에 도움이 되는 까닭이네. 한없이 복잡한 이 깊이를 모르고는 이번 일은 이해할 수 없는 것이네. 자네들까지 놀라게 해서 미안하나 사건이란 것은 온전히 한벽수 군-보다도 그의 숙부 한운산의 일신에 걸린 것인데, 한마디로 내용을 말하면 운산이 대규모의 갱 일단의 손에 걸린 것이네. 그의 몸이 사라진 지 벌써 여러 날이 되었는데도 날마다 협박장만이 들어오고 소식은 아득하단 말야.

한운산은 자네도 알다시피 이곳에 들어온 지 수십 년에 적수공권赤手
空拳으로 백만 대의 재산을 쌓은 사람, '대륙당'의 큰 약포를 가지고 상계
에서도 손을 꼽는 터인데 하필 그가 갱의 손에 걸렸다는 것은 그가 그만
큼 사람들의 주목을 끌었던 까닭이요-갱은 주로 외국인들로 된 대규모의
일단인 듯한데 그런 것의 존재가 이 도회에 있다는 것이 아까도 말했지
만 의외요 놀랍단 말이네. 흡사 영화의 수법이야. 그 영화의 한 토막이 바
로 이곳에 일어났단 말이야.

나거拿去된 몸은 아마도 국경 지방이나 그렇지 않으면 바로 이 도회의
어느 구석에 있을 것으로 추측되는데 운산의 한 몸을 전당으로 삼십만
원을 강요하고 있네. 현금 삼십만 원을 갖추어 가지고 국경 지방의 모지
로 몸을 찾으러 오라는 협박인데, 처음 당하는 큰일이라 가족들은 어찌
할 바를 몰라 설레고 있을 뿐, 경찰 쪽과 협력해서 대책을 생각은 하고 있
으나 지체되면 당자의 목숨이 위험할 것도 같아서 역시 돈을 마련해 가
지고 몸을 찾아오는 수밖에 없으리라고 생각되는데, 거기에 따르는 위험
도 있어서 지금 진퇴유곡의 어려운 지경에 빠져 있다네. 일이 되어 가는
대로 또 편지는 하지만 벽수 군의 걱정과 그를 위로해야 할 내 입장을 생
각해 보게. 아득해 어쩔 줄을 모르는 형편들이라네. 그럼 동무들에게도
소식이나 전해 주게.

하얼빈서 일마

하얼빈 지단가 '대륙당'에서는 가가를 닫고 휘장을 내리고 근심에 넘치
는 나날을 보내고 있는 중이었다. 주인을 잃은 집안은 수심에 겨워 장사 여
부가 아니었다. 번화한 거리에서 그 한 곳만이 좌우와 구별되어 어두운 구
름 속에 싸여 있는 것이 지나는 사람들의 눈에도 역연히 알렸다.

가가 안에서는 한 간 방에 집안 사람들과 점원들이 밤낮으로 모여들 앉

아 경황없는 속에서 두런두런 설레고들 있었다.

집안 사람들이라고 해도 운산이 없는 후에는 허 씨 부인과 어린 아이들과 벽수의—불과 몇 사람이 안 되는 단출한 식구 외에는 한 식구같이 친하게 기숙하고 있는 몇 사람들의 점원뿐이다. 큰일을 당한 집으로서는 너무도 적적하고 쓸쓸한 지경이었으나 그러므로 벽수가 일마를 부른 것도 무리는 아니었다. 어른 없는 큰 집안을 혼자 손으로는 감당해 나가기 어려웠던 것이다. 흡사 상사집같이 경 없는 속에서 커다란 절망에 내려 눌린 채로 맥들을 못 추고 있었다.

가장 슬퍼하는 것이 허 씨 부인이어서 남편과 함께 수십 년 동안의 조강糟糠의 협력을 해 온 그로서 오늘의 뜻지 않은 조난은 자기 한 몸의 일과 진배없이 마음을 쳤다. 일을 당한 첫날은 정신없이 울고만 있었던 것이 날을 지낼수록 남편의 일신의 위험에 대한 걱정은 더욱 솟아서 절망과 낙담이 더해 갔다. 한 집안의 기둥을 잃게나 되지 않을까 하는 걱정에 몸부림을 쳐도 시원치 않으리만큼 속이 달았다.

아침에 경찰에서 서원이 소식을 물으러 왔다 간 후로는 더욱 괴괴한 속에서 반날을 지내기가 무한히 괴로웠다. 일이 있던 첫날은 서원들이 나와 가가 안에 진을 치고 밤을 새워 가면서 삼엄한 경계를 했었으나, 다음 날부터는 서원이 번갈아로 나와 출장 경계를 하는 한편 나날의 소식을 묻는 것이었다. 가가로서는 별도리 없이 경찰의 노력에 의지할 뿐으로서 수색의 결과가 어떨까 해서 시시각각의 정보를 고대하는 것이나 아득하기 짝이 없다. 고대하는 마음이란 괴로운 것이어서 하루 동안을 멍하니 기다리고 나면 말할 수 없는 피곤이 엄습하는 것이었다.

저녁때가 되니 벽수는 나른한 정신의 피곤을 느끼면서 감출 수 없는 절망의 빛이 더해 갈 뿐이었다.

"결국 협박장의 요구하는 대로 하는 수밖에는 없는 일인데 어떤 방법으로 하면 좋은가 하는 문제가 남았을 뿐이죠."

마지막 결론같이 말하는 소리가 집안 사람들에게는 별로 신기할 것이 없었다. 현금 삼십만 원이 문제가 아니었다. 벽수는 신문사의 직무까지를 버리고 이 며칠 동안 서두른 결과 수월하게 필요한 액수를 갖추어 놓게 되었다. 경찰의 말 한마디로 그것을 갱단에게 전할 수 있는 것이나, 어떤 방법으로 하는 것이 안전할까 하는 것과, 또 한 가지 그것을 옳게 전달한다고 그들이 나거한 몸을 어김없이 아무 박해도 가하지 않고 물려줄까 하는 것이 다음 문제요 걱정이었다.

원래 갱의 성질로 희생된 사람에게 해를 입히지 않는 법이 드물다. 자기들의 정체의 탄로를 겁내서 희생된 사람은 대개 목숨 하나를 잃어버리는 것이 상례이다.

소굴을 알리지 않기 위해 당자의 눈을 가리워둔댔자 안전한 책이 못될 그들로서 목숨을 천대함은 그들의 도덕일는지도 모른다면—지금에는 벌써 그 목숨에 대한 의심과 걱정이 가장 큰 것이었다.

"현금의 전달을 경찰의 손에 위탁하지 않을 수두 없지만 경찰의 손으로 괜히 설군혔다간 희생이 클는지두 모르구, 어떻게 함이 좋는지."

허 씨 부인도 적당한 방책을 몰라 난처했다.

"말이 국경 지방이지 단의 정체가 거리의 그 어느 구석에 숨어 있을 것이 사실인데 어수룩하게 변지까지 갔다가 또 무슨 봉변이 있을지두 모르는 일이구……."

해결 없는 하루가 또 그렇게 해서 무의미하게 저물려는 것이었다.

일마도 외에 별로 하는 일 없이 '대륙당' 진영 속에 한몫 끼어 날을 지우는 것이었으나, 결국은 벽수의 동무를 해 주는 셈밖에는 되지 못했고 그로서의 신통한 지혜나 방법의 연구가 있는 것은 아니었다. 하기는 그것으로서

족한 것이었으나 하루를 그렇게 앉아 지내노라면—그것만으로 피곤해지고 나중에는 답답해졌다.

그날도 벌써 그 이상 더 새로운 변화도 진전도 있을 것 같지는 않아 저녁 때 일마는 잠깐 숨을 돌리려 가까운 찻집으로 벽수를 끌고 나갔다.

여러 날 햇빛을 못 본 박쥐 같아서 대낮이 아닌 저녁의 등불이언만 벽수에게는 오히려 눈부시게 보이며 어질어질했다.

"어떻게나 돼 나갈는지 도무지 추측을 할 수 있어야지. 아무리 생각해 봐두 그렇게 수월하구 안전하게 해결될 것 같지는 않거든."

오래간만에 밝고 깨끗한 공기 속에 놓이니 정신이 드는 듯하면서도 한 편 그만큼 걱정도 커지면서 한시도 그 생각을 떨쳐버릴 수 없었다.

"최선을 다한 담에야 천명에 맡기는 수밖엔 더 있나. 무난히 돼 나가겠지. 걱정만 한들 무엇하나?"

성의 없는 소리가 아니라 일마로서는 마음껏의 대답이었다. 그 이상의 다른 대답은 없었던 것이다.

"경찰에 의탁한 것이 실책일는지두 모르구—그렇다구 숨겨만 둘 수두 없는 노릇이었으나—갱이라는 게 원래 험악한 성질의 것인데 화가 나면 감히 무슨 짓인들 못 하겠나?"

"자네에겐 미안하나 난 지금 흡사 미국의 갱 영화나 보구 있는 것 같은 느낌이 나서 못 견디겠네. 하회下回가 어떻게 될까 해서 맘이 조릿조릿하단 말야. 하얼빈의 한복판에 백주에 영화의 한 토막이 그대로 일어나다니."

"하얼빈이 얼마나 큰 도회라구 그러나. 넓기로야 세계에서 뉴욕 담에 간다네. 구석구석에 무엇이 숨었는지 이루 헤아릴 수 없단 말야. 나두 사실 이번 일을 당하구 나니 이곳이 무섭다는 생각이 자꾸만 치밀어 오르네."

벽수는 수십 년을 도회에서 다스려난 사람이나 이제는 벌써 자신이 없다는 듯 온순한 눈동자에 겁까지 머금어 보인다.

"─그날 밤 일을 생각하면 지금두 몸서리가 쳐. 아침에 볼일이 있다구 나간 아저씨가 종일 돌아오지 않네그려. 은행에 예금을 하러 가는 눈치였기에 시적시적 나서서 은행과 호텔과 감직한 곳을 모조리 들려봐두 안 보이길래 그 길로 돌아와 보니 다짜고짜로 그 협박장이네. 삼십만 원두 놀라운 숫자지만 사람을 대체 어디루 끌구 갔을까에 정신들을 잃구 볶아들 쳐야 소용이 있어야지─그날부터 무서운 도회라는 생각이 들기 시작했어. 생각할수록 맹랑한 곳이야."

"보기에 따라선 재미있기두 하구. 우리 같은 백 년 날탕이야 백 년 간들 그런 음모 속에 걸릴 리가 있겠나─백만장자라는 점이 편안한 생업은 못 돼."

일마가 굳이 껄껄껄 웃는 것은 벽수의 마음을 조금이라도 풀어주자는 뜻도 있었다. 그러나 벽수는 아무리 해도 현재 웃을 형편은 못 되었다.

"경찰에 의탁한 것이 실책이라는 데는 내로선 여러 가지 뜻이 있네."

알고 보면 가지가지의 걱정에 사로잡혀 있는 벽수였다.

"─자네두 알다시피 숙부의 반생이라는 것이 가시덤불의 길이었구, 오늘의 지위를 쌓아 올리는 데는 말할 수 없이 위험하구 비합법적인 수단과 방법을 써 온 것인데, 일단 경찰에 모든 것을 맡기구 결탁하게 되면 자칫하다간 그런 반생 동안의 경력이 탄로되지나 않을까 하는 것이네. 현재두 여전히 그 종류의 생업을 숨어서 하고 있는 처지이기 때문에 더욱 위태하단 말야─내가 항상 지적하구 충고하구 나무래 오던 일인데 그게 이번에 더 큰 일을 저지르지 않을까 하는 것이네."

"지금 이 자리에서 자네의 그 정의파적 반성과 비판이 무슨 소용이란 말인가? 괜히 사태를 복잡하게만 하구 생각이 혼란해질 뿐이지."

일마는 벽수의 '양심'이라는 것을 되려 핀잔주며 그의 용기를 북돋아 주는 수밖에는 없었다.

〉

그날 저녁 일마는 여러 날 만에 무료한 의무에서 해방되어 혼자만의 자유로운 하룻밤을 가지고 싶었다.

찻집에서 벽수와 헤어진 후 호텔로 돌아와 식사를 마치고 났을 때 비로소 놓이는 마음을 느끼며 아무에게도 매이지 않은 개인의 자유를 회복한 듯했다.

그러나 그 자유로운 하룻밤을 어떻게 지냈으면 좋을까 생각하다 문득 떠오른 것이

'에밀랴나 찾아볼까.'

하는 계획이었다. 이 생각이 마음을 얼마간 즐겁게 해 준 것이 사실이었다.

하얼빈에 도착하던 길로 호텔과 '대륙당'과의 사이를 왕래했을 뿐이지 아직 한 번도 거리의 탐험을 나서지 못했던 일마였다. 넓은 거리에 아는 사람이라고는 벽수를 제하고는 나아자가 없는 이제 사실 에밀랴쯤밖에는 없었다. 나아자와 가장 친했고 일마와도 알게 된 에밀랴. 나아자로부터의 문안의 말도 전해야 하거니와 건강하지 못하던 그가 요새는 어떻게 지낼까가 궁금해서 무엇보다도 그가 머리에 떠올랐던 것이다.

카바레 '숭가리'를 찾아가니 벌써 밤 시간이 시작될 무렵이라 댄서들은 모여들어 한편 구석에서 식사들을 한다 하며 설레는 것이나 그 속에 에밀랴의 자태는 보이지 않는다.

낯익은 한 여자에게 물으니

"몸이 아파서 여러 날째 나오지 않는 중예요."

라는 대답이다.

"또 앓는단 말요?"

"앓으면—늘 그 모양이죠. 애두 일 났어요."

정말 걱정해 하는 말인 듯도 하고 이제는 벌써 그의 신세에 심드렁해졌

다는 듯도 한 여자의 어투이다.

또 앓는다니 정말 일은 났구면—중얼거리면서 일마는 그렇다고 일부러 나선 길을 단념하고 그대로 주저앉을 수는 없어서 에밀랴가 아직도 전과 같은 아파트에 있다는 것을 물어가지고 카바레를 나왔다.

골목길을 더듬어 간신히 한번 다녀본 일이 있던 그곳을 찾아냈을 때에는 밤도 어두워진 후이라 초라한 아파트의 꼴이 어둠 속에서 한층 우중충해 보였다. 그러나 외모보다도 더 스산한 것이 에밀랴의 방이다. 쓸쓸할 뿐이 아니라 시절의 탓으로 추운 방 안이 얼음보다도 을씨년스럽다. 냉랭한 침대 위에 누운 에밀랴의 자태도 여름 때보다는 한 곱 더 축나 보인다. 일마가 들어섰을 때 한참이나 있다가 그임을 알고 벌떡 뛰어 일어나며 놀라는 표정이었다.

"웨 웬일이세요, 언제 오셨어요? 나아자는—"

목이 메이게 한꺼번에 물어댄다.

"지금 카바레로 갔다가 앓는다길래 찾아왔는데."

하고 일마는 벽수에 관한 일건으로 급작히 혼자 왔다는 것과 오늘 처음으로 거리에 나서 보았다는 것을 간단히 일러 들렸다.

"갱의 일건은 저두 신문으로 알구 있었는데—그래두 혼자 오시다뇨? 나아자가 섭섭해하잖아요."

"잠깐 길인데 괜히 야단스러울 것 같아서. 그리구 교향악단 일행이 머무르구 있는 까닭에 그 접대두 있구 해서."

"그래 나아자는 잘 있어요? 행복스럽구요? 언젠가 한 번 편지는 받았지만."

친우의 소식이 궁금한 듯 급하게 묻는 것이나 일마의 편으로 보면 에밀랴의 몸이 더 급하고 염려되었다.

"그렇게두 병이 잦구 몸이 고달퍼서 어떻게 한단 말요?"

"얼른 죽었으면 해두 목숨이 왜 그리두 질긴죠."

실감에 넘치는 목소리가 일마의 가슴속에 뭉클하는 것을 던지는 듯도 했다. 병든 소녀의 허술한 자태가 뼛속에 새겨지면서 그의 불행에 대한 동정이 애틋하게 솟아올랐다.

"정신을 채리구 용기를 좀 내야지―에밀랴의 일생은 꼭 하나밖엔 없는 절대적인 귀중한 것이 아니오?"

이런 말은 그러나 일마의 입으로보다도 벽 위에 걸린 에밀랴의 어머니의 초상이 더욱 충심으로 일러 들리는 것이 아닐까. 여름에 본 그 초상이 여전히 변함없이 침대 위에서 에밀랴의 불행을 내려다보는 것이었다.

몸도 불편한 것은 사실이었으나 에밀랴는 또 한 가지 불여의 때문에 그렇게 실망 속에만 누워 있었던 것이다.

일마는 조금이라도 그에게 용기를 주고 즐겁게 해 줄 생각으로 강잉히 그를 일으키고 거리에의 소요를 권했다.

몸을 가다듬고 옷을 갈아입은 에밀랴는 침대에 누웠을 때보다는 판이하게 신선해 보였다. 에밀랴의 강적은 병과 또 한 가지 가난이다. 가난만 없대도 그의 인생은 얼마나 더 유쾌한 것이었을까. 오늘 하룻밤의 외출이 그에게 그렇게도 기쁨을 주는 것이다.

에밀랴는 거의 앞장을 서다시피 하고 층대를 내려서더니 횡하니 먼저 문을 나간다. 세상에서 가장 즐거운 한 사람이라는 듯도 하다. 일마도 걸음을 맞추어 막 층계를 내려선 때였다.

층계 옆방 문을 열고 급작스럽게 나선 것은 주인 노파인 모양이었다. 문밖으로 사라진 에밀랴를 내다보면서 손을 들고 저주하는 듯이

"뻔질뻔질하게, 앓는다더니 놀러만 나가면서―"

중얼거리는 것이다. 그 말투로 일마는 날쌔게 그 무엇을 직각할 수 있었다.

"내가 대신해 드릴 테니 무엇이든지 말씀해 보시오."

급하게 물어대니 노파는 손가락을 꼽으면서

"석 달치가 밀렸어요."

빈정대는 것이다. 일마는 자기가 직각했던 대로의 그 대답에 그다지 놀라지 않았다. 노파의 자태가 눈앞에 나타난 순간 필연코 그런 뜻이려니 느꼈던 것이다.

"석 달치가 얼마요?"

지갑을 내서 노파의 말하는 액수를 그 자리로 셈해 치러 주고 나서 더말을 남길 필요도 없이 쏜살같이 문을 나갔다. 에밀랴가 몇 걸음 앞에 서서 기다리고 있었다. 급하게 뛰어가 미안하다는 듯 옆에 서서 걸으니

"무얼 하셨어요, 한참이나?"

에밀랴가 묻는다.

"잠깐 머뭇거리다 그렇게 됐구료."

천연스럽게 대답하면서 골목을 벗어져 나갔다.

노파와의 거래는 극히 짧은 시간의 일이었다. 일마가 그런 줄 눈치채고 급하게 서두른 덕으로 에밀랴에게 감쪽같이 그 눈치를 안 보이게 된 것이 일마로서는 행복스런 일이었다. 만약 에밀랴의 앞에서 그 변을 당했던들 그가 얼마나 무안해했을 것이며, 일마의 그런 호의를 받았을 리도 만무했을 것이다. 에밀랴의 모르는 뒤편에서 순식간에 하나의 그 조그만 결말을 짓게 된 것이 일마로서는 기쁘고 다행한 일이었다.

그러나 기쁜 한편 에밀랴의 신세를 생각하고 마음이 아파도 졌다. 에밀랴는 그렇게까지 가난하고 불행한 것이다. 그를 돌보아 주고 도와주는 사람은 세상에 아무도 없는 것이다. 외로운 어머니의 초상이 그를 보호해 주고 있을 뿐이다. 에밀랴 같이 측은한 여자가 어디인들 없으련만 그를 알게 된이상 가엾은 생각이 가슴을 쳤다.

"나아자의 편지엔 여러 가지 그쪽의 즐거운 인상과 재미있는 얘기가 그 뜩 적혀 있었는데, 대단히 행복스런 모양이죠. 아무쪼록 변함없이 유쾌하구 행복스럽게 지내기를 맘속으로 빌어 왔어요. 지금두 빌구요. 나아자를 생각하는 사람은 많겠지만 저두 누구에게나 밑질 것 없는 그중의 한 사람이에요……. 언제인가 노상에서 수우라를 만났더니—나아자의 아주머니 말예요—나아자의 소식을 묻겠나요. 세상에서 아마 제일 행복스런 사람일지두 모른다구 대답해 주었더니 콧잔등을 찌푸리면서 안심했는지 비웃는지 더 말없이 지나가던가요."

나아자의 행복에 대한 기다란 설화는 곧 에밀랴의 행복에 대한 갈망의 소리와도 같이 들렸다. 나아자의 행복은 자기 자신의 행복이나 되는 듯 흥분되어 말하는 것이 더욱 그의 불행의 인상을 선명하게 보이는 것이었다.

일마에게는 언제나 불행한 사람이 가장 가까운 사람으로 여겨졌다. 그 자신이 지금까지 그닷한 행복된 편이 아니었던 까닭일는지도 모른다. 오늘 밤의 에밀랴는 벌써 그에게는 다른 사람이 아니라 가장 친한 동족같이도 여겨지고 혈육같이도 느껴졌다. 그런 까닭에 마음이 기쁘면서도 한편 아팠던 것이다.

번화한 밤거리를 걸으며 어디로 갈까 망설이다가 일마와 에밀랴는 결국 카바레 '숭가리'를 찾기로 했다.

오래 나가지 않은 직장에 대한 에밀랴의 걱정도 있었고 그로서는 오래 간만에 낯을 내놓아야 할 의무도 있었다. 같은 값이면 에밀랴의 걱정도 덜어 줄 겸 일마는 낯익은 그곳으로 발을 돌린 것이었다.

직장이라고는 해도 오래간만이라서 그런지 에밀랴는 서먹서먹해하는 것이 한 사람의 낯선 손님과도 같다. 아직 몸이 허전한 탓도 있는지 모른다. 동료들 간에도 그 어디인지 어름어름해 하는 기색이 보였다. 일마는 그 외로운 에밀랴를 보호나 하는 듯 자리를 같이하고 잠시도 떨어지지 않았다. 그와 함께 있음이 의무라는 듯 그만을 위해서 술을 마시고 춤을 추고 했다. 일마와 같이 앉았다고는 해도 에밀랴는 아무나 손님의 상대를 하는 직업인 이다.

그러나 그에게 춤을 청하는 사람은 없었다. 에밀랴의 우울은 그런 곳에서도 오는 것 같았다. 그의 육체와 인기는 벌써 사람들의 주목을 끌지 않는단 말일까. 그 때문인지 그 쇠잔한 건강에 대중없이 술이 과했다. 발그레 물든 얼굴에 눈을 가슴츠레 뜨고 자기 손으로 얼마든지 따라서는 들이키곤 했다. 그것을 보는 일마의 마음도 편안하지는 않았다.

일껏 유쾌하게 하려고 한 밤이 차차 우울해 가기 시작했다.

'쭉정이의 비애는 뺄 날이 없구나.'

전번에 왔을 때 거리에서 느꼈던 '쭉정이'의 사상이 지금 또다시 일마의 머릿속에 떠오르는 것이었다. 거리의 장님 음악가와 꽃장수와 거지를 보고 느낀 비애가 오늘 밤 에밀랴의 신세를 봄으로써 또 한 번 새삼스럽게 솟는 것이었다. 에밀랴도 별수 없이 음악가나 꽃장수와 고를 바 없는 하나의 쭉정이다. 사회의 최하층에 묻혀서 광명도 희망도 가지지 못하는 고달픈 인생인 것이다. 혈족의 차이도 피의 빛깔도 쭉정이라는 사실과는 아무 관계가 없다. 혈족의 단결이 쭉정이를 구해 주지는 못하는 것이요, 쭉정이는 쭉정이끼리만 피와 피부를 넘어 피차를 생각하고 구원하고 합할 수 있는 것이다. 일마가 오늘 밤에 에밀랴를 누구보다도 몸 가까이 여기고 동정하고 측은해함은 말할 것도 없이 그 까닭이었다.

에밀랴의 모양을 보고 있으려니 일마는 점점 자신이 우울해 가고 슬퍼 갔다. 어느 세상이 되면 쭉정이라는 것이 땅 위에서 사라질 것인가, 사라질 날이 있을 것인가—하는 감상이 솟기 시작했다.

"내가 지금 무얼 생각하고 있을 것 같아요?"

에밀랴의 우울은 일마보다는 몇 곱절 더하다는 듯

"―이 잔의 것이 술이 아니구 독약이었으면 해요. 한 모금에 켜게요."

암팡진 말에 일마는 몸서리를 치면서

"술이 좀 과했나 부오."

하고 홀 밖으로 잠깐 에밀랴를 이끌고 나갔다.

홀에 붙은 긴 복도에는 등불이 침침한 속에 군데군데 소파가 놓여 있었다.

홀에서 제일 먼 자리에 에밀랴를 붙들고 앉으면서

"에밀랴는 오늘 밤의 내 말을 들어야 하우. 꼭 한 가지 내 청이니까."

에밀랴가 정색하며 자세를 바로잡는 것을 보고

"에밀랴에게 지금 필요한 게 꼭 한 가지 있어. 건강이야. 건강을 회복하기 위해서의 내 청을 아예 거절하지 마시오. 내가 잘났다는 것이 아니라 단지 보기 딱해서 그러는 것이니까."

에밀랴는 겨우 일마의 뜻을 알아채이고

"나를 구원하잔 말씀이죠. 벌써 썩어들어가기 시작한 여자예요. 잠시 구하게 된댔자 무슨 소용이 있어요?"

"한 반년이나 일 년 동안 휴양해 보구료. 그 정도의 힘은 내게 있으니."

"말씀은 고마워두, 그리구 그것이 얼마간 좋을 것은 사실이래두 내가 무슨 낯으로 그 호의를 받는단 말예요? 나아자와의 친분을 생각한들 내가 어찌……."

에밀랴를 주저하게 하는 것은 나아자에게 대한 도덕인 모양이었다. 무관하다는 것을 적절한 말로 일러주려 할 때 문득 두 사람 앞에 나타난 사람이 있었다. 뜻하지 않은 벽수였다.

"웬일인가?"

벽수가 그렇게 한가할 리가 만무한 까닭에 일마는 적지 아니 당황한 표정이었다.

"자네를 찾으러 왔네."

벽수의 대답에 일마는 더욱 당황해하며

"나를 찾다니?"

"진작 여기로 올 것을 괜히 몇 군데 들르느라구 지체만 한걸."

"무슨 일인데?"

"자네와 헤어져서 가게엘 갔더니 별안간 웬 손님이 찾아왔데나. 서울서 일부러 자네를 찾아왔다는데—누구일지 자네 생각나는 사람 없나. 옴직한 사람으로—여자 손님이데."

"여자?"

"단영은 아니구."

"단영이 아니구, 웬 여자 손님이 날 찾아온단 말인가? 꿈 같은 소리지."

중얼거리면서 일마는 사실 웬 소린고 하고 그 돌연한 소식에 얼뻥뻥했다. 아무리 고개를 흔들어 보고 머릿속을 들척거려 보아야 다따가 자기를 그곳까지 찾아올 여자의 이름이라는 것을 떠올릴 수는 없었다.

"내가 그를 모르는 것이 큰 불행으로 생각되리만치 아름다운 여인인데 단영쯤은 비比가 아니야. 자네가 알고 있는 여자 중에서 제일가는 인물을 골라낸다면 그가 바로 그 여인이리."

"제일가는 인물이라니 내가 웬 여자를 그렇게 많이 안다구."

"많든지 적든지 제일가는 인물야—하는 수 없이 자네 든 호텔을 가르쳐 주었으니 만나거든 내게 한 마디 전해나 주게. 수천 리 길을 찾아온 여자니 필시 곡절이 있을 텐데, 괜히 먼 길 왔다가 사건이나 일으키지 말게."

"사건이란 자네에게나 일어나는 것이지, 내게야 당한 것인가?"

대답은 했으나 일마는 어안이 벙벙해서 마음속으로는 여전히 곰지락거리면서 그 수수께끼의 여성을 찾아내기에 애쓰는 것이었다.

"전할 말 전했으니 난 되로 가게로 가겠네만, 아닌 곳에서 작작 놀구 어서 호텔로나 돌아가 보게나. 그런 줄 알았더면 이리로나 데리구 올걸."

타이르고 벽수가 나간 후까지도 일마는 잠시 옆에 앉은 에밀랴의 존재도 잊어버리고 궁리에 잠겼다.

"무슨 큰일이게 그렇게들 설레구 야단들이세요?"

에밀랴의 목소리로 겨우 되로 정신을 차리고 그를 새삼스럽게 알아보면서

'오라, 에밀랴를 구원해 보겠다구 그에게 휴양을 권해 보던 중이었지. 에밀랴는 나아자에 대한 체면으로 모처럼의 호의를 거절했겠다…….'

하고 몇 분 전의 자기로 돌아가면서 오늘 밤은 이왕 에밀랴와 함께 시작된 밤이니 그와 마지막까지 동무해 줄 것, 에밀랴가 아무리 사양한대도 일단 꺼낸 말은 끝까지 세워 그의 물질적 원조의 제의를 고집해 볼 것—을 마음속으로 작정하는 것이었다. 미인이 찾아왔든 무엇이 찾아왔든 지금 내게 무슨 아랑곳인가 중얼거리면서 '쭉정이'의 사상으로부터 시작된 그날 밤의 감상을 도로 일으켜 내면서 에밀랴에게로만 주의를 보내려고 애썼다…….

그러나 이튿날 아침 일마는 호텔에서 새삼스럽게 놀라지 않을 수 없었다.

늦잠을 자고 일어나 식사를 마치고 방으로 돌아왔을 때 뒤미처 들어온 보이가 의외의 손님을 안내해 온 것이다.

보이가 나가자 좀 있다 들어온 것은 뜻밖에도 남미려가 아니었던가.

순간 일마는 입이 꽉 막히면서 선뜻 말을 내지 못하는 지경이었다. 입과 함께 가슴도 막혔던 것이다.

"놀라셨지요?"

손님이 도리어 먼저 인사의 말을 던졌을 때 일마는 겨우

"그러구 보니……."

머뭇머뭇 입을 열었다.

"간밤에 왔더니 안 계시길래 오늘은 아침부터 왔죠. '대륙당'에서 물어서

이곳을 알았어요."

벽수를 놀라게 해서 그가 일부러 카바레까지 뛰어 주러 왔던 서울서 온 여자 손님이라는 것은 바로 미려였던 것이다. 간밤에는 심드렁해서 냉큼 자리를 안 뜨던 일마도 지금 그를 눈앞에 맞이하고서는 사실 그 의외의 방문에 놀라지 않을 수 없었다.

"밤새도록 생각했어두 날 찾아온 것이 미려 씨일 줄은 종시 터득하지 못한걸요."

일마의 솔직한 고백이 결국 반갑다는 뜻인지 귀치않다는 뜻인지 헤아리기 어려운 어조를 띤 것이었다. 반갑지 않은 것은 아니련만 반면에 귀치않다는 느낌도 없었을 것인가. 귀치않다느니보다도 위험하다는 기색이 얼굴에 떠돎을 어쩌는 수 없었다. 그런 기색을 또 미려가 알아채지 못할 리도 만무했다.

"당돌한 거동에 퍽이나 놀라셨겠지만 저로선 이러는 수밖에는 없었어요. 혜주에게서 이리로 떠나오셨다는 소식을 듣고 둘이서 생각다 못해 눈 꾹 감구 저두 떠나왔어요. 거추장스럽드래두 용서해 주세요."

"거추장스러울 것이야 무엇 있겠습니까. 미려 씨의 자유행동인데."

일마의 당연한 말일 것이나 미려로서는 그 냉정하고 범연한 어조 속에 한 줄기 섭섭한 기맥을 놓칠 수는 없었다. 그 무슨 다른 말이 있을 법도 하고 있어도 좋을 것 같다.

"뒤를 따라왔다면 선생께 책임을 씌우는 것 같아서 미안하나—어떻게 됐든 제가 여기까지 온 것은 아무 데두 매일 것 없는 자유로운 입장으로 왔다는 거예요. 남의 아내 된 몸으로도 아니요 가정에 매어 있는 몸으로도 아닌—그 이전의 일개 자유인의 자격으로서 온 거예요. 너무 귀찮아 하실 것 두 없구 엄청나 하실 것두 없으세요."

하고 미려는 무엇보다도 먼저 그동안의 자기 일신의 사정—남편 만해와의 절연과 법적 수속의 완성과 구속 없는 자유인의 생활의 시작 등의 사정을 설명하는 것이었다. 그것은 흡사 일마에게 안심을 주고 그의 경계의 기색을 누그려 주자는 뜻인 듯도 했다.

"무슨 자격으로 오셨든지 간에 이런 반지빠른 때 하얼빈 구경은 불찰이시죠. 가을두 아니요 겨울두 아닌 이때, 거리는 엉성하고 볼 것이라구 변변한 게 어디 있어야죠."

비유의 말로 비꼬아 말하면서 일마는 차차 내용의 실토로 들어가려는 것이었다.

"너무 늦었습니다. 모든 것이 다 해결될 대로 해결된 뒤가 아닙니까. 미려 씨에겐 최근 그런 가정적인 변동이 있어서 일신상에 큰 변화가 일어나긴 했지만, 그건 일종 우연에 지나지 못하는 것이구, 한 가지의 목적을 위해서 의지적으로 가져온 것은 아니거든요. 결과가 뜻과 맞게 됐다구 하더래두 벌써 때는 늦었구, 주위는 이렇게 침착하게들 결정되어 있지 않습니까?"

"알아요. 저두 그런 줄 알아요. 아니까 괴롭구 어쩔 줄 몰라 갈팡질팡하는 거죠."

"가령 내가 지금 이 호텔 한 방에서 미려 씨와 만나고 있는 것을—물론 그 속에 아무 뜻이 없다구 하더래두—가령 나아자가 안다면 그의 맘이 어떻구 우리를 뭐라구 생각하겠습니까. 더구나 난 지금 아내 나아자를 바꿀 것 없이 사랑하구 있는 터이기두 하구……."

흡사 책망하는 것과도 같다. 미려는 낯이 화끈 달면서 뼛속까지 아프다. 그러나 무안한 마음대로 화를 내고 울고 할 격도 못 됨이 미려의 슬픔인 것이다. 더욱 목소리를 부드럽히는 수밖에는 없었다.

"그러게 결코 선생께 이 이상 더 폐를 끼치거나 누를 입히거나 하지는 않을 생각예요. 다만 여기까지 온 목적이 꼭 한 가지 있어요. 낸들 지금 무슨 힘으로 한번 결정된 모든 것을 뒤엎어 놓구 바로잡구 하겠습니까. 힘도 없거니와 그럴 면목인들 있겠습니까. 다만 꼭 한 가지 선생께 물으러—선생의 입으로 한마디를 들으러 이렇게 떠나온 거예요. 말 한마디 들으러 수천 리 길을 온 것이 지나치게 비싼 대가인지는 몰라두 서울서는 그런 기회를 얻을 수두 없었구, 먼 곳에서만 속임 없는 선생의 말을 들을 수 있을 것 같아서요."

침착한 미려의 말이 한마디 한마디 가슴속에 배어들면서 일마에게도 비로소 경건한 마음이 솟기 시작했다.

"그래 그 한마디 말이란 대체 무엇인가요?"

"그 말을 꺼내기엔 제게 지금 큰 용기가 필요해요."

일마의 지금의 입장이 아무리 곤란하다고는 하더라도 미려는 그에게는 한 사람의 손님인 것이다. 손님 중에서도 가장 반가운 손님이어야 한다.

냉정하고 쌀쌀하게 하면서도 깊은 마음속은 속일 수 없었다. 경계하는 마음으로 그의 앞에서 얼굴을 찌푸려는 보았어도 그에게 대한 지난날의 회포를 어찌 순식간에 떨쳐버릴 수야 있었을 것인가. 차차 놀랐던 마음도 풀리면서 일마는 부드러운 태도로 미려를 대하게 되었다. 그의 의젓한 자태 앞에서 저절로 마음이 부드러워지기 시작했던 것이다.

호텔 식당에서 이른 오찬을 나누면서 이제는 벌써 원래의 진객을 접대하는 태도였다. 한마디의 말만을 하면 좋다는 수월한 책임의 배당이 마음을 얼마간 가볍게 해 준 탓이었는지도 모른다.

"얼른 그 한마디 말이라는 것을 들을까요?"

반드시 성급히 재촉하는 것은 아니었으나 궁금증이 나지 않는 것도 아니었다.

"그렇게 조르시면 더욱 말하기 어려워져요. 천연스럽게 모르는 결에 말하게 돼야 할 텐데—이러다간 주접만 들면서 옳게 말하게 될 것 같지두 않아요."

음식을 먹는 솜씨까지 서툴러지면서 미려는 사실 점점 몸과 마음이 굳어져 가는 모양이었다.

"오늘 하루의 시간을 온통 제게 못 주시겠어요?"

"벽수 군에게두 잠깐 들려 봐야 하겠구, 그렇게 한가하진 못한데요."

"오늘 하루만요. 더 원하지 않을게요."

'벽수 말마따나 이러다간 짜장 남의 사건 보러 왔다가 되려 제 사건 일으키게나 되지 않을까.'

이것은 물론 일마의 속으로의 생각이었으나 사실로도 어떻게 대답하면 좋을지 몰라 얼뻥뻥했다.

"그리구 거리에서 제일 조용한 데가 어딘지 그리로 반날 동안만 저를 안내해 주실 수 없으실까요?"

"조용한 데라니요?"

"그런 곳만이 제게 용기를 줄 것 같아요. 그런 곳에서만 제 말을 할 수 있을 것 같아요."

"그렇게두 중대한 말인가요?"

"선생의 소중한 대답을 들으려니까 말예요."

"어디가 제일 조용할까?"

아무리 생각해 보아야 조용한 곳이라면 교외밖엔 없을 것 같고, 교외라면 그가 아는 범위로는 묘지같이 고요한 데가 없을 법했다. 번잡한 공원보다도 강변보다도 어디보다도 한적한 곳이 묘지이다. 여자의 가슴 속속들이로 감추고 있는 그윽한 한마디를 들으러 묘지로 가는 수밖에는 없는 것이었다.

일마는 하는 수 없이 그날 하루는 미려에게 바치는 수밖에 없게 되어

'대륙당'에도 들리지 못한 채 호텔을 나온 길로 미려와 함께 자동차로 묘지를 향했다.

도중에서 문득 생각하고 꽃 가가에서 한 묶음의 꽃을 사 들었다. 나아자의 어머니의 무덤에 바치자는 뜻이었다. 차는 휑휑한 거리를 한달음에 달렸다.

여름과는 얼마나 달라진 풍경이었던가. 조금 흐린 날이라 묘지의 오후는 괴괴하고 쌀쌀했다. 휘추리만 남은 수목이긴 하나 원체 빽빽이 들어선 까닭에 깊은 수풀 바다가 일목에 내다보였다.

나무 그림자 밖에 드러난 사당의 벽화도 앙상하게 보이고 기름길과 나무 아래에 쌓이고 쌓인 낙엽도 이제는 벌써 색채도 형적도 없어져서 소슬한 기색이 구내에 그득히 넘쳐 있다. 백양나무의 흰 살결이 더욱 희게 눈을 끌고 느릅나무의 가는 휘추리가 연필 글씨같이 자자분한 획을 허공에 그었다. 사람 없는 벤치도 차고 쓸쓸하다.

미려에게는 그런 풍경이 처음이라 한층 소슬한 느낌을 금하지 못하며 자기의 쓸쓸한 말을 전하기에는 참으로 맞춤의 곳이 아닌가고 생각하는 것이었다.

일마는 나아자의 어머니의 무덤을 찾아 비석 앞에 꽃을 꽂아 놓고는 안으로 멀리 곧게 뻗은 기름길을 더듬으며 미려를 돌아보았다.

"조용한 곳이라면 이렇게 조용한 곳은 없을 텐데―어서 그 말씀이라는 걸 해보시죠."

"선생의 현재의 안온한 가정생활에 행여나 금이 나게 할 외람한 생각을 제가 어찌 먹구 있겠습니까. 그런 뜻이 아닌 까닭에 이렇게 선생을 찾을 수 있었던 것이지 딴 맘이 있다면 무슨 멋으로 뵈러 왔겠습니까. 선생의 행복을 비는 정성으로야 누구한테 뒤질 것 없다구 생각해요."

미려가 이렇게 현재의 사정을 새삼스럽게 뙤어 주는 것이 일마에게는 되려 괴로운 노릇이었다. 바로 나아자와 그렇게 나란히 서서 걷던 묘지이다. 등 뒤에는 나아자의 어머니의 무덤이 있고 그 무덤이 지금 두 사람의 자태를 감시나 하는 듯 슬퍼나 하는 듯 바라보고 있는 것이 아닌가. 그런 괴로운 처지를 일깨워 주는 것이 일마의 가슴을 겹겹으로 죄어 주는 폭밖에는 안 되었다.

"제 행복을 빌어 주신다는 건 고마운 말씀이나, 진정으로 제 행복을 생각해 주시는 도리는 저를 다치지 말구 그대로 가만히 버려두는 것입니다."

"알아요. 그러니까 전 제 맘을 억제하구 정복하려구 얼마나 오랫동안 남 모르게 싸워 왔는지 몰라요. 피투성이가 된 맘을 간신히 달래 놓구 나서 저두 제 길을 찾을려구 애쓰는 중이에요. 한눈을 판댔자 말씀마따나 시기가 늦은 이제 어쩌는 도리가 있어야죠. 다만 한 가지 가슴속에 밝혀둘 것이 있어요. 그 한 가지의 정리가 아마두 제게는 영원의 평화를 가져 올는지두 몰라요."

미려는 한참이나 사이를 떼면서 한숨이나 짓는 듯 고개를 드리우며 말을 이었다.

"그건 지난날에 관한 거예요. 벌써 칠 년이 되는지 팔 년이 되는지 제 맘두 몸두 순결하던 그때─제가 발을 빗디디어서 불행한 오늘의 길을 밟은 건 허영이었든지 운명이었든지 모르겠으나, 모든 것이 삐뚤어진 오늘 제가 가장 즐거운 것은 지난 그때를 생각함이에요. 지난날을 맘속에 되풀이하면서 아마도 앞으로는 그 추억 속에서만 살게 될 것 같아요. 추억에 잠길 때 그때의 일마 씨의 맘이라는 것을 생각하게 돼요. 열정의 깊이라고 할까─지금 가장 알구 싶은 게 그거예요."

"전 그때 노여워했죠. 횃불을 가지구 모든 곳을 살러 버릴 수 있다면 그렇게래두 하구 싶으리만치 분해하구 괴로워했죠. 어떻게 그런 격분이 지금까지 평온하게 사라졌나 생각하면 흡사 기적의 일만 같아요."

"괴로워하구 분해하셨다는 건 대체 무슨 뜻일까요?"

미려는 귀중한 실마리나 잡은 듯 조금 격해지면서 일마의 말꼬리를 조급하게 받치는 것이었다.

"괴로워하셨다면 저를……."

"……"

"저를 사랑하셨던가요?"

천근 같은 무게를 가지고 그 한마디가 떨어졌던 것이다. 말할 수 없는 용기가 미려의 얼굴에 나타나 보였다. 그 한마디야말로 미려의 듣고 싶어 하고 알고 싶어 하던 꼭 한 가지의 과제였다. 수천 리 길을 준비해 가지고 온 한마디라는 것이 바로 그 말이었던 것이다.

"저를 사랑하셨던가요?"

재차 떠받치면서 어세가 급한 게 거의 재촉하는 듯도 하다. 용기라느니보다도 일종 열정에 가까운 광채가 그의 눈동자에 빛난다.

"사랑하니까 괴로워한 것이겠죠."

일마가 겨우 무거운 입을 떼어 한마디 대답을 던졌을 때 미려는 거의 날뛰는 듯이

"사랑—아! 듣구 싶던 말이 바로 그 말예요. 지금은 어찌 됐든 한때 저를 사랑해 주었단 말이에요. 그 말을 들으러 이 먼 길을 떠났던 거예요. 오랫동안 듣구 싶던 말을 오늘에야 처음으로 들었어요. 이 이상의 만족은 없어요."

흡사 소녀 같은 가벼운 걸음으로 땅을 구르면서 손을 뻗쳐 길가의 나뭇가지를 무의미하게 휘어잡곤 하는 것이다. 일마는 그 미려의 양을 바라보면서 할 말을 했는지 못할 말을 했는지 자기가 던진 한마디의 영향이 얼마나 큰가에 새삼스럽게 놀라지 않을 수 없었다.

〉

긴 기름길을 깊은 속까지 걸어 들어가니 수풀은 더욱 빽빽하고 느릅나무와 백양나무의 어울린 가지가 허공을 덮어 버릴 지경이다. 겹겹으로 쌓이고 쌓인 낙엽이 발 아래에 푹신푹신 밟히고 찬 공기와 나무와 하늘만이 보이는 것이 흡사 깊은 산속에나 들어온 듯하다. 사람의 그림자는커녕 새소리조차 침묵해서 괴괴한 그 속이 두 사람에게는 무인지경의 별천지인 느낌이 들었다.

그 고요하고 쓸쓸한 수풀 속이 두 사람의 체온을 한 줌 한 줌 식혀 주는 것도 같다. 가슴속에 솟는 것은 피차에 대한 따뜻한 애정이 아니고 도리어 침착과 안정이었다. 더욱이 일마는 옛 생각과 미려의 감동으로 말미암아 마음이 달아지는 것이 아니고 반대로 침착해 가고 차졌다. 날이 몹시 추웠던 까닭일까. 사실 그는 옷을 얇게 입었던 탓인지 거의 몸이 덜덜 떨릴 지경으로 추워짐을 느끼며 미려의 말도 감동하는 자태도 가슴속에 그대로 얼어붙는 듯하다. 발에 힘을 주고 어깨를 활짝 펴면서 고개를 쳐들었을 때 나뭇가지 사이에 희끗 날리는 것이 있었다. 새털일까 하고 보고 있는 동안에 굵은 떡가루같이 어느 결엔지 부실부실 내려서 기름길과 어깨 위에도 떨어지기 시작한다. 눈이었다. 거리의 첫눈이었다. 일마는 그 첫눈을 신기한 것으로 바라보면서 추위는 이 눈의 탓이려니만 생각하는 것이었다.

그러나 미려는 그 시절의 선물에 새삼스럽게 주의를 보내지는 않았다. 추위보다도 첫눈보다도 마음속 일로 가슴이 그득 차서 여전히 말을 이었다.

"제게는 경쟁자가 한 사람 있어요."

다따가의 발설에 일마는 의아하면서

"경쟁자라니요?"

"일마 씨를 두구 말예요. 누군지 아시겠어요-단영이에요."

"단영."

"다 알구 있어요—단영이 제게 그동안 일을 말해주었다나요. 청하지두 않았는데 제 스스로 제 비밀을 죄다 털어놓았다나요."

"비 비밀이라니 무 무슨 비밀을?"

"그날 밤 단영의 아파트에서의 일 말예요."

거기까지 말하는 미려는 조금 잔인한 것이었을까. 그 한마디에 일마는 금시 얼굴이 파랗게 질리면서 입술이 떨렸다.

놀라고 부끄러워서 어쩔 줄을 모르는 것이었다.

"저두 사실 그것을 들은 당장에는 놀라구 구역질이 나서 불쾌한 느낌을 참지 못했어요. 그러나 모든 것이 성급하고 초조한 단영의 실책으로 말미암은 것이거니 생각하니 조금 노염두 풀렸어요. 지금은 벌써 남의 옛날얘기만 같으면서 아무치두 않아요. 이렇게 심드렁하잖아요?"

"······."

"그리구 오늘 이상한 걸 발견했어요—저와 경쟁자인 단영과의 어느 편으로 승부가 기울었나를 명확하게 발견한 것이에요. 어느 편이 이겼겠어요. 지금 이렇게 제 맘이 기쁜 것은 제가 이긴 탓예요. 단영이 자기의 비밀을 숨김없이 말했을 때 전 속으로 오늘 이 결론을 알아내구야 말 것을 맹세했어요."

"······."

"오늘 그것을 알았어도 제가 이긴 거예요. 일마 씨가 사랑한 건 단영이 아니라 저였어요. 아파트의 비밀쯤이 제겐 부러운 게 아니에요. 마음의 사랑—비록 과거 한때의 것이었다구 해두 나를 영원히 기쁘게 해 주는 건 그거예요."

부끄럽기만 하던 일마에게는 이제는 차차 미려의 그 감동과 열정이 두려운 것으로 여겨졌다. 불덩어리 옆에나 서 있는 듯 위험한 생각이 들면서 미려의 존재에 겁조차 났다.

"지금 제게 한마디의 말이 있다면 그건 감사의 말예요. 일마 씨에게 드릴 말은 감사의 말 뿐예요. 사랑의 말이라는 것이 여자에게 얼마나 고마운 것인지를 제가 똑바로 알려드리는 거예요."

"너무 흥분하지 마시오. 날두 추운데."

미려의 과도의 흥분이 심상한 것으로 여겨지지는 않아서 일마는 사실 진심으로 그의 몸을 걱정했다. 눈은 점점 내려서 이제는 벌써 나뭇가지 사이로도 보얗게 내려지는 것이었다.

호텔로 돌아온 미려는 묘지에서와는 달라 사람이 변한 듯 냉정하고 침착해졌다. 눈 내리는 수풀 속에서의 감동과 흥분은 어디로 사라졌는지 고요한 표정에 말조차 적었다.

행장이라고도 별로 없는 가벼운 몸에 잠간 동안의 여행이라 아무 데서나 하룻밤을 지낼 생각으로 일마와 같은 호텔 한 간 방에 트렁크만을 맡겨 놓았던 것이다.

일마에게는 그 하루는 벌써 그것으로 허비되고 채워진 셈이었다. 미려와의 반날로 말미암아 정신이 그 뜻하지 않은 충동으로 가득 차져서 남은 짧은 반날 마음의 고삐를 다른 곳으로 쉽사리 돌릴 수는 없었다. 미려의 던진 말과 그가 보인 표정과 태도가 마음속을 고집스럽게 지배하면서 다른 정신을 돌릴 겨를이 없었다. 그 분주하고 벅찬 마음으로는 그날 더 에밀랴를 찾을 수도 없는 것이요, 벽수의 일을 돌보아 주러 갈 여유도 없었다. 마지막 시간까지 미려와 동무하는 수밖에는 없는 것이다.

거리에도 눈이 보얗게 내리면서 행길을 어느덧 희끄무레 덮었다. 오고 가는 사람들은 그 첫눈을 기뻐하는 듯 조금도 발들이 뻣하지 않으며 눈 속을 번잡하게들 걸어간다. 일마는 몸이 으슬으슬해지고 추위를 느끼면서 위선爲先 거리로 향한 객실에서 더운 차를 분부했다. 목을 눅이며 행길을 내다보노라니 차차 몸이 녹아갔다. 포도를 스쳐 지나는 남녀의 옆얼굴들을 내다보면서 찻잔에서 피어오르는 김 위에 얼굴을 대고 있는 미려도 추위가 풀려옴을 느끼는 것이었으나─눈 오는 날 커피의 향기는 왜 그리도 슬픈 것인가. 묘지에서의 수다스럽던 미려는 어디로 사라졌는지 차를 마시는 지금의 미려는 한결같이 슬프고 고달픈 자태이다. 더운 김이 얼굴을 눅이고 막힐 듯이 코를 찌르면서 눈썹을 적시고 긴 속눈썹 끝에 맺힌다.

일마에게서 듣고 싶던 마지막 말을 들었고 그에게 감사의 말을 보내고 난 이제, 미려에게는 더 남은 일이 없고 여행의 목적은 그것으로서 다한 것이다. 그러나 그가 수풀 속에서 기뻐했듯 그렇게 참으로 지금의 마음이 만족스러울 수 있었던가. 사랑의 말 한마디를 들었다고 그것으로써 만사가 해결되고 마지막 만족에 도달한 것이었던가. 슬픔은 끝날 날이 없고 그러므로 인생은 영원히 서글픈 것이다.

"제게 남은 일은 이젠 떠나는 것밖엔 없어요. 더 드릴 말두 없구 더 받을 말두 없구─여행의 목적은 완전히 끝났어요. 오늘 밤으로래두 떠나겠어요."

하는 말은 만족에서 온 것이 아니요, 슬픔에서 오는 말이다. 서글픈 체관에서 던진 마지막 비명과도 같은 것이다.

"더 붙들어 둘 체면두 못 됩니다만─과거는 과거, 현재는 현재라구 생각하시는 수밖엔요. 사람이 현재의 만족을 영원히 지탱해 가는 수야 있습니까. 불필요한 것은 잊어버림이 인생에 있어서는 얼마나 필요한 일인지를 미려 씨가 몸소 밟아 보이셔야지 그렇지 않구야 무슨 도리가 있습니까?"

일마의 처지로 미려를 더 만류해 둘 수도, 그에게 더 진진하게 이야기할 말도 없는 것이다. 지금 가장 필요한 것은 피차에 한시라도 속히 작별하는 것뿐이다.

"어서 옷이나 갈아입고 내려오시죠. 만찬이나 같이 하시게."

미려를 방으로 올려보내고 식당 보이에게 최후의 만찬의 식탁을 준비시켜 놓은 후 일마는 거의 한 시간이나 기다렸을까. 시간이 훨씬 지나 식당에서는 번잡한 식사들이 시작되었건만 미려는 내려오지 않는다. 오 분 십 분 더 기다리다가 일마는 하는 수 없이 층계를 올라가 미려의 방문을 두드려 보았다.

대답도 기다리지 않고 밀치고 들어가니 미려는 침대에 쓰러져 울고 있는 것이 아닌가. 가만히 눈물만을 흘리는 것이 아니고 어깨를 떨며 얼굴을 편 지르르 반죽하고 있는 것이다. 손을 대고 말을 걸 재주가 없다.

"……잊어버리라니 어떻게 잊으란 말씀예요. 과거와 현재는 왜 그리 엄격한 것인가요. 그리구 미래는……."

"커다란 용기가 필요합니다. 아까 묘지에서 보이신 이상의 큰 용기요. 그 용기로 모든 것을 잊고 분별을 가져야 합니다."

일마의 말이 대체 미려의 귀에 들어갈 것이었을까.

비가悲歌

:

벌써 얇게 입고 산보할 시절은 아닌 성싶다.

단영은 반 시간 동안의 아침 산보에서 돌아오면서 입술이 파랗게 얼고 팔과 무릎이 떨렸다. 손에 꺾어 든 산사 나뭇가지의 붉은 열매도 찬 아침 공기 속에서는 앙상하고 스산하게 보인다.

산골짝 개울물 소리가 귀에 차고 여러 번째의 모진 서리를 맞은 단풍잎들도 이제는 벌써 신선한 빛을 잃고 불그칙칙하게 시들어버린 꼴이 시절의 마지막을 고하는 듯도 하다. 푸른빛은 물론 한 곳 찾아볼 데가 없고 붉은빛도 누른빛도 차차 종적을 감추어 색채 없는 겨울로 들어가려는 것이다. 모든 것이 차고 쌀쌀하게 보일 뿐 온천지의 풍물은 소슬하기 짝없다.

그 산골짝의 온천을 찾은 지 사오일에 나날이 절기가 달라짐을 느끼며 단영은 추위에 몸이 옴츠러듦을 깨달았다. 서울서도 경의선으로 하루가 걸리는 그 북쪽의 산골을 찾은 것은 하기는 한적한 맛을 구해서가 아니었던 가. 쓸쓸한 산속에서 며칠을 지내는 동안에 마음은 완전히 가라앉고 한 가지의 목적만이 선명하게 떠오르는 것이 아니었던가. 벌써 온천을 찾아올 시절이 아닌 반지빠른 때이라 사람의 그림자 드문 골짝에서는 단영은 자기의 자태가 새삼스럽게 돌아다보이고 마음속에 품은 목적이라는 것이 선명하게 떠올랐다. 고요한 곳에서 혼자서 가만히 가지려는 목적 한 점—그 목적만을 노리고 마음을 통일시키면서 아침저녁의 산보를 해오는 속에서 사파娑婆에 대한 의욕을 말끔히 떨쳐버렸다고 단영은 생각했다. 그렇건만 아직도 살아 있는 육체에는 아침 공기는 지나치게 차서 입술이 얼고 팔과 무릎이 떨리는 것이다. 어쩔 수 없는 감각의 슬픔이다.

여관으로 돌아오자마자 욕실에 내려가 더운 온수 속에 깊이 잠기니 얼었던 몸이 녹으면서 육체의 안정이 비로소 소생된다. 더운 김 속에서 전신의 피가 따뜻이 더워지면서 살았다는 기쁨이 본능적으로 솟는다. 마침 아침 햇빛이 높은 창으로 새어들어 김이 자옥이 우거진 욕실은 보야면서도 밝게 드러났다. 전면 하얀 타일을 깐 속에서 욕통의 바닥만이 푸른빛으로, 그 속에 햇살이 쪼이니 맑은 물은 바닷속같이 깊게 보인다. 그 좁은 바닷속에 인어같이 너볏이 몸을 잠그고 있으면 외에 아무도 없는 자유로운 욕실의 아침은 단영에게는 가장 즐거운 한때이기도 하다.

물속에서 나와 욕통전浴桶栓에 나른한 몸을 기대이니 불그스름하게 상기된 육체가 하얀 타일의 배경 속에서 막 익으려는 풋실과 같이도 아름답다. 몸을 굽어보고 매만져 보면서 단영 자신 자기의 육신을 더없이 아름다운 것으로 생각하는 것이었다. 곡선과 탄력과 색깔과—세상의 삼라만상 중에서 인간의 육체의 그것보다 더 아름다운 것이 있을 것인가. 반생 동안 몸 구석구석에 새겨진 육체의 역사를 생각하면서 숨김없는 내 몸을 바라보노라니 새삼스럽게 그 아름다움이 자각되며 인간됨의 행복을 느끼게 되었다. 그 근본적인 행복 이외의 모든 일신상의 불행의 기억은 적어도 그 순간만은 머릿속에서 사라져 있었다. 하나의 남모르는 '목적'을 생각하고 있는 그로서 오히려 따뜻한 피의 쾌감과 육체의 아름다움에 한눈을 팔고 있는 터이다. 인간과 사파娑婆에 대한 의욕을 참으로 말끔하게 떨쳐버릴 수 있었던 것인가. 욕실의 한때는 확실히 번뇌의 한때였다.

채 목욕을 마치지 못하고 유유히 육체의 사상에 잠겨 있을 때 욕실 밖에서 부르는 소리가 나면서 하녀가 문간에 나타났다.

"손님이 오셨어요-서울서 찾아오셨다나요."

"나를?"

대답하면서 단영은 그 순간으로 누구인지를 추측할 수 있었다. 물론 반가운 생각도 나지 않았다.

목욕을 마치고 방으로 돌아왔을 때 주인 없는 방에 뻔질뻔질하게 들어앉은 것은 추측대로의 명도였다.

"긴치않게 왜 또 쫓아왔단 말요?"

탄식도 같고 책망도 같은 단영의 어조였다.

승낙도 없는 자기 방 안에 장대한 명도의 자태가 태연히 웅크리고 앉은 것이 사실 단영에게는 억척같이 보였다. 욕실에서 얻은 아침 한때의 행복감이 그 순간으로 사라지는 듯했다.

"먼 데서 온 손님을 대하는 표정이 그래 기껏 그것인가?"

명도는 데설데설 웃으면서 들고 온 조그만 트렁크를 방구석으로 밀어 놓는다. 단영과는 당초부터 신경과 기질이 다른-종래從來의 그의 태도였다.

"애써 찾아선 무엇하려구 이런 유축까지 따라왔을까?"

"남의 고심은 생각지두 못하구 잔소리는-어떻게 이곳을 찾았게. 온천이란 온천은 가까운 데서부터 차례차례 다 들쳐보았다나. 서울을 떠난 지 며칠이 걸렸는지 이런 곳에 숨어 있을 줄은 꿈에두 몰랐군. 그동안의 고심참담이라니 이루 다 말할 수 없어."

"누가 고심참담을 하랬게. 괜히 긴치않게."

단영은 전과 다름없는 심상한 낯으로 경대 앞으로 가서 앉는다.

거울에 비추어진 깨끗한 얼굴이 명도에게도 바라보인다. 욕실에서 가제

나온 시원한 여자의 자태란 각별히 아름다워 보인다. 그날 아침의 단영의 욕의만을 걸친 염염한 자태는 명도의 눈을 유별히 끌었다. 여러 날만에 보게 된 탓도 있었을까.

"별안간 자태가 보이지 않는다구 회사 안이 떠들썩했을 때엔 벌써 사람들을 풀어 시내를 샅샅이 뒤졌으나 뵈어야지. 아파트 사람에게 물어서 행방을 점친 것이 찾구 찾다 결국 이 산골이란 말이야. 그동안 적적두 했지만 제일 어찌된 일인구 하구 불안해서 한시나 마음 편했을까."

"고맙다구 치사의 말을 하란 뜻이오? 치사의 말은커녕 되려—남의 속은 모르구……."

전과 다를 것이 없는 여전한 말투와 태도—따라서 두 사람의 관계도 그후 조금도 변동이 없는 여일한 것이었다. 말하자면 줄기차고 끈기 있는 인연의 계속이었고 변동이 없는 까닭에 그렇게 오래 끌어가는 것인지도 모른다. 명도는 우둔하리만큼 열정적으로 시종이 여일하게 애정을 구해 오는 것이요, 단영은 주체스러워 맥이 나면서도 이 또한 고집스럽게 막아 오는 중이었다. 겉으로 보면 아주 익숙하고 가까운 사이 같으면서도 마지막 일선은 엄격하게 지켜오는 두 사람이었다.

"결론부터 말할 텐데—내게 발견된 이상 즉시 함께 돌아가야 해. 더 긴말할 것이 없이 오늘 밤으로래두."

"무슨 탓으로 남을 가자니 말자니 하우? 인전 좀 더러 내 멋대로 내버려두어요."

얼굴 바탕을 만든 위에 분을 바르고 입술에 연지를 칠한다.

화장은 여자의 본능이라고 할까. 무엇하자는 것인지 그 산속에서 오히려 단영은 평소와 같이 공들여 얼굴을 가다듬는 것이었다.

"무슨 탓이라니 남에게 얼마나 손해를 끼쳐 놓구 그렇게 유유한 소리야. 촬영 준비를 앞두구 살며시 도망하는 법이 대체 어디 있단 말인구?"

사업의 이야기를 할 때에는 명도도 책임자인 만큼 그렇게 홀홀히 굽어들지는 않았다.

"훈이 각본을 쓴 지가 벌써 언제구, 배역이 작정된 지가 언젠데 지금 와서 그런 늑장을 부려? 남의 생각두 해 주어야지. 얼마 안 남은 이 시절을 놓치면 어쩌란 말인구."

"호령이요, 책망이요? 아무러나 내 뜻 하나지 언제 누가 무슨 약속을 했다구 이 야단이란 말요?"

명도도 사실 처음에는 단영의 마음을 잡을 생각으로 시작한 노릇이 이제는 벌써 사업 그것을 위해 어쩌는 수 없는 난처한 지경에 이른 것이었다. 명도의 초조는 애욕과 사업 두 가지에 걸려 있었다.

"속세의 매력을 가지구 나를 낚을래두 벌써 때가 늦었어요. 내 맘속에 지금 무엇이 있게 그걸 휘일랴구."

"어서 긴소리 말구 내 목욕하구 나오는 동안에 잘 생각해 놓아요. 내게두 화라는 게 있지 언제까지나 사람을……."

명도는 옷을 홀홀 벗더니 욕실로 갈 양으로 수건을 찾아 드는 것이었다.

명도는 단영의 실종으로 말미암아 촬영 진행에 지장이 생겨 곤란을 느끼고 있는 것은 사실이었으나, 단영의 고집은 휘어내는 재주가 없어서 강잉한 반대를 받는 그만 단영을 데리러 온 목적도 잊어버리고 그대로 주저앉는 것이었다.

뜻 없는 반날을 지내고 저녁때가 되어도 명도는 자리를 뜰 생각은 안 하고 도리어 유유한 휴양의 길이나 떠나온 듯 그대로 눌러앉을 태도였다.

"그래 아무래두 안 가겠다는 말요? 어디 누가 못 견디어 나나 지구전을 해볼까. 나두 그렇게 홀홀히는 안 뜰걸."

하면서 속으로는 그것이야말로 자기의 바라던 바라는 듯한 심보가 없지도 않았던 것이다.

그런 명도의 심보를 단영인들 알아채지 못할 리는 만무했다. 명도의 이번 길의 태반의 뜻—숨은 마음의 이유를 도리어 그 자신보다도 단영의 편이 정확히 뽑아 쥐고 있는 것이었다. 이번이야말로 뜻을 세워 보고 목적을 뚫어 보겠다고 명도의 마음이 초조할 것은 사실이었다. 벌써 오래전부터 가지고 내려오는 목적이요 뜻인 까닭이다. 그것 한 가지를 위해서 가지가지의 희생도 달게 겪어 온 터이다. 다시 말하면 그것의 대가를 벌써 한도 이상으로 치렀다면 치른 셈이다. 이제야말로 그것을 적극적으로 요구하고 주장할 때가 왔다고—명도가 마음 그 어느 구석으로 생각하고 있을 것을 단영은 충분히 추측할 수 있었다.

여관 뒤편 낙엽송 수풀 속을 혼자 거닐면서 단영은 명도의 일건을 생각하고 있었다. 휘추리만 남은 나무언만 원체 빽빽이 들어선 까닭에 그 속은 제물에 으늑한 수풀을 이루고 있었다. 발아래에 떨어진 잎새는 쌓이고 쌓여 누런 보료를 깔아 놓은 것과도 같다. 그 부드럽고 깨끗한 보료를 구둣발로 밟기가 아까워 맨발로 밟아 보았다. 그 폭신한 위에 전신을 뉘어 보았다. 팔을 베고 반듯이 누우면 얼크러진 나뭇가지 사이로 푸른 하늘이 실같이 복잡하게 헤끄러져 보인다. 그 위에 한 조각 구름이 걸려 유유히 한가한 자태를 보이고 있으나, 그것을 우러러보는 단영의 심중은 한가하기는커녕 얼크러진 나뭇가지같이 복잡했다.

'그래야 옳을까 저래야 옳을까—마지막으로 명도의 뜻을 들어주어야 옳을까 안 들어주어야 좋을까.'

하는 제목이 마음속에 떠돌며 어떻게 결론을 지을 지를 몰라 갈팡질팡 몇 시간을 그렇게 누워 있는 것이었다.

'마지막으로 자기 몸이나 희생해서 사내의 뜻 하나 살려 주는 것이 좋은 것두 같구—그러나 그만한 의리를 위해 비위에 안 맞는 짓을 하는 것이 어

리석은 것두 같구……'

생각하다 못해 벌떡 일어나 다시 수풀 속을 거닐기 시작했다. 몸부림이나 칠 듯 뜻 없이 나무를 흔드니 가지에 걸렸던 낙엽이 누런 눈송이같이 날려 떨어졌다.

결국 마음의 결정을 얻지 못한 채 방으로 돌아왔을 때 명도는 어둠침침한 저문 방 속에서 불도 켜지 않은 채 여전히 술을 마시고 있다. 반날 동안 혼자의 술타령이었다.

단영이가 들어오자 술을 따르던 하녀가 제 시중은 그것으로 끝났다는 듯 슬그머니 자리를 물러나갔다. 명도는 술기운에 흐리멍덩하게 빛나는 눈으로 단영을 흘끗 바라보는 품이 마음의 결정을 하구 왔느냐는 듯도 한 눈치다. 단영은 맥없이 풀썩 주저앉으며 피곤을 느꼈다.

"수풀 속에서 종일 무얼 했어? 사람은 혼자 방에 버려두구. 이래두 한평생 저래두 한평생인데 그렇게 꼬물꼬물 생각해선 무엇하누. 흐리게두 살구 맑게두 사는 법이지 고집을 피워두 소용없어. 자 한잔."

"……"

"아, 취한걸. 싸움이래두 한번 하구 싶다. 날 당할 사람은 없으렷다. 오늘은 내가 제일이야."

아닌 뽐을 내고 기염을 올리는 명도의 태도가 전에 없이 험상궂게 여겨지면서 무슨 일을 치려는 것인고 하고 단영은 섬찟도 해졌다.

"이렇게 권해두 내 술 한잔을 안 들겠다?"

소리를 지르는 명도의 태도는 지금까지와는 판이한 것이었다. 단영의 앞에서 고개 숙이고 애걸하고 복걸하고 사지를 못 쓰는 명도가 아니요, 꿋꿋하게 자기 뜻을 주장하고 입장을 세우려는 그였다. 무엇이 그에게 그런 용기를 주었던가. 돌부처도 노여워할 때가 있듯 사람은 지치면 노여워지는 것인 듯하다. 별것 없이 명도도 노여워진 것이다. 애걸하다 못해 피곤해지고 피곤한 끝에 화가 난 것이다. 화를 낸 사람같이 용기를 가진 사람은 없다. 명도의 그날의 자태는 전에 없이 험상궂게 보였다.

"대체 여자라는 게 얼마나 강한 것인가. 오늘이 마지막 시험이야. 나를 질근질근 밟아만 왔겠다. 언제까지든지 밟혀만 지내라는 법 있나. 정말 누가 강한가 어디 시험해 보구야 말걸."

"무얼 믿구 장한 소리만 탕탕 하우. 술은 안 먹겠다는데 자꾸만 지근덕거리면서."

"왜 안 먹어? 내 술을 왜 안 먹어? 오늘에 하필-입이 부르텄나? 난 사람이 아닌가?"

입에 거품을 뿜으면서-흡사 투정하는 아이다.

"왜 아닌 곳에까지 쫓아와서 남의 맘을 산란하게 휘저어 놓는단 말요. 그것두 사내의 권리요? 나는 나구 당신은 당신이지 어떻게 남의 맘까지를 휘이겠단 말요. 어디 휘일 수 있는 대로 휘어 보구료."

단영도 대꾸는 하면서도 전같이 팔팔한 기색은 없었다. 그 어디인지 풀이 죽어 보이는 것은 물론 명도에게 대한 새삼스런 공포에서 오는 것이 아니라 자기 한 몸의 고민에서 오는 것이었다. 지금은 벌써 명도와의 관계의 결말이 문제가 아니고 더 큰 생사에 대한 문제가 전폭적으로 마음을 잡고 있었던 것이다. 명도의 주정을 정면으로 받아들일 기맥도 생각도 없었다.

"세상에 사내라군 일마밖엔 없나? 천하 일남 천일마만이 모든 사랑을 독차지해야 한단 말인가? 녀석의 무엇이 그렇게 여자의 마음을 끄는구. 희구 예쁘장한 얼굴과 후리후리한 키에 음악을 좀 알구 문화니 뭐니 나서서 횟줄대구-꼭 그래야만 여자의 맘을 끄나? 그게 연애의 법칙인가? 그렇지 않으면 평생 여자 하나 잡아보지 못한단 말인가? 나같이 이렇게 검은 무드러기는 일생을 쓸쓸하게만 보내라는 팔잔가? 누가 맨든 놈의 법칙이야. 그런 불공평한 법칙이 무엇하자는 거야? 어디 내가 그 법칙 좀 깨트려 볼걸. 깨트려 버리구야 말걸. 이 무드러기두 사랑을 좀 차지해 보구야 말걸."

하소연이나 하는 듯 항의나 하는 듯 나다분히 지껄이는 명도의 눈동자는 점점 열을 띠어갔다.

"다 같이 조물주의 아들인데 사랑을 누가 하지 말라겠수? 아무리 추물이기로서니 사랑의 권리까지야 없겠수? 그러나 뜻같이 되지 않는 게 세상일이지. 사랑인들 어디 뜻대로 되우. 뜻대로 된다면 당신은 왜 그리 몸부림을 하구 낸들 왜 이리 괴로워하겠수? 사랑이 그렇게 수월한 문제랍디까?"

"마음으로 사랑하느니 뭐니 그런 비인 사랑의 말은 다 쓸데없어. 난 내 힘으로 내 원하는 걸 가지면 그만야. 그가 날 미워하든 말든 뺏구 싶은 걸 뺏으면 그만야."

하면서 명도는 다짜고짜로 단영의 팔을 나꾸는 것이었다. 부락스런 힘이 단영의 가벼운 몸을 송두리째 뽑아 가는 것이었으나, 단영은 굳이 항거하지 않으며 그 역 마음속에 이미 작정한 것이 있는 모양이었다.

"뺏을 것만 뺏으면 맘이 만족할 줄 아우? 그런 시험은 내가 벌써 언제 해 보았게. 만족을 얻지 못했으니까 이렇게 괴로워하는 것이 아니오?"

"내겐 정신이구 개뿔이구 다 일없어. 욕심뿐이야. 그것만 채우면 그만야."

명도가 지금까지 자기에게 대해준 희생에 대해 그 대상代償을 치러 주어야겠다는 생각이 단영의 마음 한구석에 싹텄던 것은 이미 오래전 일이었다. 지금 그 생각은 차차 더해 가면서 하나의 결의로 변하는 것이었다.

한마디로 지극히 대담한 생각이라고 말한대도 그만인 것이다. 단영이 그것을 결심한 것은 물론 그의 생애의 마지막 계단에 있어서의 자포자기적인 태도에서 나왔던 것이 사실이다. 그깟 마음의 이유로서는 첫째 명도의 호의에 대한 대상이 되기를 생각했고, 둘째로 그 비위에 거슬리는 비륜의 행동으로 자기의 육체를 멸시 학대함으로써 마지막의 계획—죽음의 길을 촉진시키자는 생각이었다. 자기의 육체를 벌써 혼 없는 기계로 여기면 그만이다. 잠시 기계된 몸으로 욕심쟁이 갈망 자에게 만족을 주든지 혹은 환멸을 주어서 자기와 똑같은 또 한 사람의 실망 자를 세상에 만들어 놓든지 그만인 것이다. 몇 시간 남지 않은 생명으로 마지막 선심을 쓰자는 것이 기구한 반생의 총결산으로서는 그다지 어그러진 것이 아닐 성도 싶었다. 명도의 자태를 한순간이라도 종래와는 다르게 고쳐 보는 것이 좋을 것 같아서 추잡하게 얼굴을 물들인 험상궂은 장정을 양같이 온순한 일면도 있었거니 생각하면서 추물의 아름다움을 그런 데서라도 발견하려고 애썼다.

저녁 식사도 하는 둥 마는 둥 이미 밤이 되었을 때 명도는 여전히 술을 계속했고 단영은 웬일인지 마음이 분주함을 느꼈다. 역시 마지막 준비와 마음가짐이 필요한 모양이었다. 마음 그 어느 구석으론지 남은 시간을 계산하고 생명의 방울을 헤아리고 있었다. 명도의 거칠은 태도와 요란하던 잔소리도 어느덧 머물러진 것을 깨달으며 언제부터 또 저렇게 점잖아졌노 하고 은근히 그의 모양을 살피니 고개를 떨어뜨리고 우는 것이 아닌가. 탁자에 반신을 의지하고 한 손으로 얼굴을 가리울 듯이 막고 울고 있는 것이다. 얼굴을 드니 두 볼에 눈물이 펀지르 흐르는 것이 이것은 확실히 양 이상의 온순한 표정이다. 하품할 때 이외의 눈물치고 불순한 눈물이라는 것이 세상에 없다. 깨끗한 감동 없이 눈물이 흐르는 법은 없음으로다. 무슨 눈물인지는 모르면서도 단영이 그 눈물에 감동한 것은 사실이었다. 위장부의 우는 꼴이란 보기 민망한 것이기는 하나 지금까지의 그의 모든 자태 중에서 그 우는 자태보다도 더 아름다운 것은 없었던 듯하다. 아름다운 것을 꼭 한 점이라도 발견하려고 하던 단영이 눈물에서 그것을 본 것이다. 몸을 부탁한다면 그 한 점이다. 그 한 점으로 모든 염오의 감정을 떨쳐버리고 몸을 맡길 수 있는 것이다.

"거울이나 좀 빌려줄까? 그 우는 꼴 흡사 두꺼비."

농을 걸어

"세상에 나같이 못난 놈두 드물걸. 못나서 그런지 맘이 착해서 그런지 마지막까지 부락스럽게 굴지 못하겠단 말야."

진정으로 하소연을 받은 것이 단영의 결심을 한결 더 조이는 결과가 되었다.

"그럼 이번엔 내가 또 용감해질 차렌가. 자 이 못난 사내 용기를 좀 내요."

전신을 맡기다시피 하면서 손바닥으로 명도의 면상을 문지르는 것이었다…….

단영의 계획은 성공되었다. 처음 생각했던 대로의 마음의 경로였다. 그것이 있기 전의 순간과는 판이한 감정이 마음을 엄습하면서 지금에 벌써 커다란 파멸의 문이 그의 낡은 육체를 기다리고 있을 뿐이다. 눈물로 추잡한 면상을 잠시 가리웠던 명도도 다시 눈물을 흘리기 전의 추물로 돌아가 보기만 해도 진저리나는 욕심쟁이로 변해졌고, 잔인하게도 학대받은 자기의 육체도 누추한 환멸 속에 잠겨 생각만 해도 구역나는 등신으로 화한 것이다. 세상에는 벌써 남은 것이 없다. 마지막이 온 것이다. 커다란 모욕과 타락 속에서 최후의 결심을 실행함은 단영으로서는 가장 쉬운 노릇이었다. 당초의 계획에 성공한 것이다.

웃음이 변해 눈물이 되었다. 단영은 반듯이 누운 채 눈물을 훔치면서 마음을 가다듬었다. 배부른 추물은 어느덧 옆에서 잠들어 있다. 고요한 마지막 일순이다.

'그것 하나를 위해서 죽어야 한다는 게 나두 결국 구식 여자에 지나지 못했던가. 그러나 이 고전적인 습속이 지금 제일 비위에 맞는 것이다. 인연이 있다면 딴 세상에서나 또 일마를 만날까.'

침착하게 몸에 지녔던 그것을 내어 유리잔의 물과 함께 단숨에 내려 삼키는 것이다.

피곤하고 고주가 되어 단잠이 들었던 명도가 어떻게 눈을 뜨게 되었던지 아마도 일종 특별한 영감으로 말미암은 것인 듯하다. 옆자리에 누운 단영의 신음 소리가 그의 잠을 깨우리만큼 높지는 않았다. 환몽 중에 벌떡 일어나 보니 의외의 신음 소리가 들리고 단영의 그 꼴이 눈을 놀라게 했던 것이다. 괴로워 몸부림을 치는 단영의 어지러운 옆에 흐트러진 약갑藥匣을 발견하고서야 비로소 괴롬의 뜻을 깨닫고 꿈이나 아닌가 하며 뛰어 일어났던 것이다.

엉겁결에 단영의 몸을 흔들어 보나 혼몽 상태에 빠져 입에 거품을 머금고 괴로워만 할 뿐 눈을 뜨지는 않는다. 육체의 괴롬과 정신은 각각 동떨어진 다른 것인 듯 정신은 육체의 말을 듣지 않는다. 사태가 위급함을 깨닫자 명도는 한꺼번에 겁이 치밀어 오르면서 허둥허둥 문을 밀고 복도로 뛰어나갔다.

"사람 구해 주오."

소리를 치면서 설레는 바람에 아직도 깨어들 있던 하녀 방에서 하녀들이 뛰어나왔다.

밤이 이슥한 때라 그러지 않아도 손님이 적은 한적한 여관은 죽은 듯이 잠들어 있어서 등불만이 누르꾸무레하게 고요한 속에서 명도의 목소리는 그지없이 당황하게 울렸던 모양이었다.

몇 사람의 하녀는 한꺼번에 달려와 방 안에 몰려들었으나 단영의 모양을 보고는 더욱 놀랄 뿐 그 자리에서 어떻게 했으면 좋을지들 분별조차 생기지 않았다. 사람을 구한다는 것은 제힘에 맞는 때뿐이다. 힘이 부치는 때는 벌써 놀람이 있을 뿐이다.

하녀들도 결국 명도와 한패가 되어 주인을 깨운다 하며 설렐 뿐이었으나, 산골 벽지에서 그 몇 사람의 지혜로는 위급한 한 사람 생명을 구해내는 재주가 없었다. 급변에 처할 준비와 지식을 사람은 평소부터 갖추어 가지고 있지 못하다. 그런 급변이란 드문 일인 까닭이다. 참으로 단영같이 신여성이면서도 구식의 정신을 사랑하는 여자도 드물 법하다.

요행 여관 뜰 앞에는 자동차 한 대가 머물러 있었다. 역과 온천지 사이를 내왕하는 차는 대개 역 앞 차고에서 밤을 지내는 것이었으나 그날 밤은 공교롭게도 운전수가 온천에서 밤을 지내노라고 빈 차를 세워 두었던 것이다. 주인의 알선으로 운전수를 깨워 명도는 전속력으로 읍내로 향하게 되었다.

가장 가까운 곳으로는 읍내에밖에는 병원과 의사가 없다는 것이었다. 야밤중에 의사를 데려오는 수밖에는 없다. 밤중이자 벽지이자─단영은 가장 불리한 기회를 고른 것이다. 아니, 하기는 그의 요량으로서는 가장 유리한 기회를 고른 셈이었을까.

급한 경우라 운전수도 불평이 없이 산골의 험한 길을 달렸다. 읍내로 향한 길은 좁은 데다가 더구나 그곳 일대는 험준한 절경으로 이름난 곳이라 무수히 구부러진 길이 위태위태하게 비탈로 뻗쳐 있다. 희미한 등불로 길바닥의 잡초를 비취면서 차는 된 듯 산길을 더듬어 내렸다.

"약을 먹다니 웬일인가요?"

운전수의 질문에 명도는

"뉘 아나요?"

범연하게 대답하면서도 속으로는 곰실곰실 타고 드는 것이 있었다.

"겉은 멀끔하게 채려두 사람의 속은 편편하지 못한 모양이죠. 그 젊은 청춘이 약을 먹다니."

"……"

명도는 침묵 속에서 마음속 한 점을 노리고 있었다.

'내 탓도 있지 않을까—적어두 죽음을 결심한 마지막 동기는 내가 주게 된 것이 아니었을까. 그 어디인지 자포자기적 태도가 있었다. 그런 태도로 나를 마지막 발디딤을 삼고 죽음의 길을 떠난 것이 아닌가.'

하고 생각할 때 깊은 자책의 염이 솟으면서 커다란 뉘우침이 가슴을 죄었다.

자기는 욕심쟁이 사내였다. 왜 한 여자의 순정을 그대로 살려두지 못했던고…….

'여자의 마음이란 그렇게두 아름다운 것인가. 죽음으로 순정을 표현하다니—세상에 일마같이 행복스런 사내가 또 있을 것인가.'

찬 밤기운에 몸이 젖으면서 마음도 함께 축축이 젖어갔다.

근 삼십 리나 되는 길의 안팎 육십 리를 내왕하니 밤중도 이미 지나 어느덧 이른 새벽을 바라보았다.

조그만 촌 읍의 의사는 신경이 장작같이 둔하고 몸이 느린 것을 간신히 애걸해서 차리고 나서게 했다.

의사를 믿고 명도는 얼마간 마음이 든든은 했으나 다시 온천까지 돌아왔을 때에는 어디서인지 첫닭이 한 홰 울고 난 뒤였다.

하녀 한 사람은 방에서 졸고 있고 단영은 여전히 눈을 감은 채 신음하고 있는 중이었다.

명도는 급한 마음이 앞서서 아이같이 설레는 것이나 의사는 침착한 것인지 무관한 것인지 심상한 태도로 베풀 수 있는 수단은 다 베풀었다. 주사를 놓고 입에 약을 머금였다. 의식 없는 속에서 약즙은 받지를 못하고 입 밖으로 흘러나왔다. 약의 효과는 무한량하고 진득이 기다리는 수밖에는 없었다. 손을 다한 후에는 단영의 얼굴빛의 변화를 바라보고들 앉아 있을 뿐이었다.

"회복의 가망이 있습니까?"

무시무시한 마음에 명도는 서성거리면서 간신히 이것을 물었다.

"글쎄요."

"꼭 회복이 돼야겠는데."

"요행 분량이 과하지 않았던 것 같아 안심은 됩니다만."

의사는 단영의 옆에 흐트러진 약갑을 집어 올려 내용을 살폈다.

교갑에 든 흰 약이 불과 몇 개 축났을 뿐이다. 의사의 말에 의하면 그 정도의 양으로도 목적의 효과가 나는 수가 있기는 있으나 실패하는 수가 많다는 것이었다. 단영은 겁결에 채 적당한 양을 못 마시고 쓰러진 모양이었다. 그 한 점에 명도는 희망을 붙이기는 했으나 다시 의사의 말을 빌면

"그러나 봐하니 원체 몸이 쇠약한 모양이래서 필요 이상의 고생을 할 것두 같습니다."

라는 것이다.

최근 단영의 건강이 어느 때보다도 쇠약해졌던 것은 명도야말로 가장 잘 알고 있었다. 한시도 그칠 바를 모르는 번민과 초려 때문에 그 염염하고 충실하던 육체가 어느 결엔지 바싹 바스러져서 명도를 놀라게 했다. 설상가상의 재앙이 명도의 가슴을 죄었다.

"아무튼 목숨 하나만은 돌려야겠는데 선생의 재주껏 좀 다해 주십시오."

손이라도 모고 빌고 싶은 마음이었다.

그러나 베풀 수 있는 수단이라는 것은 빤한 것이어서 의사도 그 이상 더 어쩌는 수 없이 다만 명도와 함께 앉아 잠시 더 동무를 해줄 뿐이었다.

분주한 몸에 밤을 새울 수 없다는 것이어서 밝기 전에 다시 자동차로 의사를 읍내까지 보내게 되었다.

이럭저럭 밤이 훤히 밝게 되었다.

잠 한숨 못 이루고 줄곧 뜬눈으로 새벽을 맞이한 명도는 그렇다고 그다

지 피곤도 느끼지 않으며 단영의 머리맡에 차지게 앉아 있었다. 그것이 지금에 있어서는 단영에게 보일 수 있는 단 하나의 정성이라고 생각했다. 자기 한 몸을 바스러뜨려서라도 그를 구하고 싶은 마음에 그 정도의 정성쯤은 대단한 것이 아니었다. 힘자라는 일이라면 무엇이든지 하고는 싶으나 지금에 할 일은 그밖에는 없었다.

아침이 되면 서울로 지급전보를 쳐서 친한 동무 의사를 부를 작정이었다. 저녁때까지는 다다를 것이다. 세상에서 할 수 있는 모든 방법을 써 볼 생각이었다. 단영같이 소중한 사람이 세상에는 둘도 없음을 더욱 절실히 깨달아 갔다.

참으로 진정으로 그를 사랑하고 있었던 것을 이제 점점 느껴가며 단영의 얼굴을 물끄러미 바라보려니 뼛속까지 쯔릿해 갔다.

얼마나 변한 얼굴인가. 어제까지의 건강한 얼굴이 아니고 초췌한 흰 얼굴이다. 괴롬과 슬픔이 넘쳐흐르는 얼굴이다. 무엇을 가져온들 그보다 더 가없은 것이 있을 것인가.

'단영에게나 내게나 왜 사랑은 뜻대로 되지 않는 것인구. 사람을 이렇게 슬프게만 해놓으면서.'

눈시울이 뜨거워지며 꾹 감으니 굵은 방울이 무릎 위에 떨어졌다. 두꺼운 손등으로 눈을 비비는 명도는 흡사 아이의 모양이었다.

부부의 길

⋮

    교수 안상달의 가정같이 한적한 집안도 드물다. 아내 혜주와 단 두 사람의 식구인 까닭이다. 아직도 아이 없는 것이 혜주의 편으로 보면 적적한 때도 있었으나, 한편 그 별나게 몸이 단정하고 깨끗하고 집안이 호젓해서 언제까지나 신혼의 기분 그대로 살아갈 수 있는 것이 편한 노릇으로 생각도 되었다. 둥우리 안의 자웅의 새같이 단둘이만 서로 쳐다보며 사는 것이 지쳐서 무미할 때도 있었으나, 그것은 세상의 근심 걱정을 모르는 사람의 배부른 흥정일지도 모르는 것이다.

    안상달은 교무에 그다지 매일 것도 없어서 평일도 한가한 편이기는 했으나 역시 일요일이 가장 고마운 날이어서 이날을 즐겁게 보내자는 것이 가정의 법도로 되어 있었다. 천편일률인 생활의 단조를 깨뜨려 보자는 것이 부부의 일상의 원이어서 생활의 계획도 갈아보고 연구도 하고 발명도 해보는 것이었으나 신기한 계획이란 무한정하고는 없는 것이다. 보통 사람이 하는 정도의 오락이나 얼마간의 사치—그런 것이 역시 생활의 흥미를 연명시켜 가는 수단이 되는 수밖에는 없었다.

    날이 추워지면서부터 늦잠의 버릇도 더해져서 더욱이 일요일이라 부부가 식사를 마치고 대청에 나앉은 것은 아침 해가 훨씬 퍼졌을 때였다.

모차르트의 실내악이 조용한 대청 안을 화려하고 조금 슬프게 장식했으나 늘 듣는 음악도 단조한 것의 하나, 곡조가 끝났을 때는 방 안은 한층 적막을 더한 듯하다.

혜주는 어느 결엔지 털실의 뭉치를 가져다가 의자에 앉은 채 편물을 시작하고 있었다. 남편이 올 겨울에는 스키를 해보겠다고 법석을 쳤던 까닭에 몸단속에 필요한 옷가지를 뜨기 시작하고 있었던 것이다. 둥그런 털실 뭉치가 아내의 발목 아래에 구르며 창으로 쪼여드는 햇살을 받아 폭신한 감촉을 준다. 그 따뜻한 한 폭의 시절의 풍경에 마음을 녹이면 녹일수록 신변의 적막을 느끼는 상달이었다.

"사람이 이렇게 아쉽구야―고양이 새끼래두 한 마리 기르는 게 옳지."

"논문이니 원고니 허구한 날 자기 일에만 골몰하다가 모처럼의 일요일이 뭐 그리 무료하단 말요?"

혜주도 남편과 같은 마음이기는 하나 이렇게 한 마디 거슬려 보는 것은 역시 단조에 싫증이 난 까닭이다.

"무료하다면 내야말로 무료해 못 견딜 지경인데 밤낮으로 집에만 갇혀 있으면서 할 일은 없구 손두 놀구 맘두 놀구 시간이 무진장이구―꼭 어떤 땐 지옥살이만 같구료."

"벽 밖엔 꽃이 있고 벽 안엔 책이 있고 집은 작으나 넓은 뜰엔 나무 그림자도 있고 어김없이 들어오는 얼마간의 수입과 사랑스런 아내, 나 이외엔 아무도 잘났다는 사람 없으나 거기에 만족하는 아내, 스스로 즐겨 집안의 죄수 되어 밖에서 부르는 새와 함께 노래하는 아내―이 작은 집과 넓은 뜰과 얼마간의 수입과 사랑스런 배필과 건강한 몸과 평화로운 마음과―나보다 더 위대한 사람을 보여다우―하던 누구던가 시인의 시를 읽은 건 벌써 까만 옛일만 같지. 시인이 노래하는 진리두 시간 앞에서는 어쩌는 수 없는 것인가?"

"지금 웬 뜰에 꽃이 있구 나무 그림자가 있단 말요. 꽃이 있을 때의 시가 꽃이 진 다음에까지 남아 있겠수? 뜰을 좀 내려다봐요."

혜주도 덩달아 지껄이다가 문득 그 무엇을 깨닫고 당황해서

"아니 시를 잊은 것이 대체 누구란 말요? 내란 말요, 당신이란 말요?"

"왜 난들 시 좀 못 잊어버리나. 당신 잊어버리는 시를 내가 왜 못 잊어버리겠수?"

"무어요? 그게 남자의 버릇예요? 가정을 소홀히 여기구 자기 맘만을 주장하는 것을 특권 같이만 여기면서."

혜주의 생각 같아서는 자기는 가정을 무시하더라도 남편만은 절대로 아내를 숭배하고 가정을 천국같이 여겼으면 하는 것일까. 남편의 눈으로 보면 그런 아내의 버릇이야말로 가장 꼴불견이요 되지 않은 것이었다.

"피차 마찬가진데 그렇게 얼굴 붉힐 것이 없구―영화 구경이나 떠납시다."

일요일의 운명이란 결국 그 지경이 가장 무난한 것이었다.

대개 식당에서 점심을 먹고 그 길로 영화관에 들어가 반날을 지우고 하는, 판에 박은 듯한 일요일의 과정을 그날도 그대로 밟는 것이었으나 신기한 자극은 없으면서도 주기적으로 돌아오는 그 행사가 역시 일요일의 기분을 느끼게는 했다.

가정생활의 권태라는 것에 대해서 부부의 책임과 권리가 어느 편이 더하니 덜하니 하고들 집에서 한바탕 따지고들 나온 판이라 혜주의 가슴속에는 아직도 그 논의의 여파가 서리어 있으면서 개운한 심사는 아니었으나 거리에 나와서는 역시 부창부화로 남편의 하는 대로 좇는 것이 예의인 것을 분별하지 못하는 그는 아니었다.

영화의 도중에서 상달은 잠깐 일어서 아내와 함께 휴게실로 나오면서 즐

거운 기색이었다. 노래와 춤의 유쾌한 음악 영화가 막 끝난 것이었다. 학문의 세상에서 이미 피곤해 버린 상달은 공연히 심각한 체하는 영화보다도 차라리 경음악의 가벼운 영화를 즐겼다. 피곤한 정신을 해방시키고 잠시 영화와 함께 웃고 어깨춤을 추면서 천치같이 지낼 수 있다면 그만이라고 생각했던 까닭이다.

"오늘 영화가 《남방비행》이 아니기 잘했지. 가정을 가진 여자가 아예 《남방비행》을 볼 것이 아니야."

껄껄껄 웃으면서 남편은 무심히 지껄인 것이나 말속에 미려의 일건을 가리키는 암시가 지나쳐 노골적으로 나타났던지 따라 나오던 혜주는 정색하면서 남편을 똑바로 노렸다.

"아니 《남방비행》이 어쨌단 말요? 쓸데없는 영화평은 좀 삼가는 것이 어때요. 세상에 영화 비평가두 많을 텐데 괜히."

"생각해 보구료. 《남방비행》을 모방하는 아내가 자꾸만 생기면 세상의 가정이 무슨 꼴이 되겠나를. 미려의 행동을 열 사람이면 열 사람이 다 찬성할 줄만 아우?"

"찬성 안 하군 어떻게 해요. 사랑 없는 가정에 어느 때까지 박혀 있어선 무엇하자는 거예요? 미려의 행동엔 손톱만큼두 파 잡을 데가 없어요. 괜히 왜 남을 헌단 말요?"

"미려의 말이라면 펄펄 뛰구 야단이니 그렇게두 죽자 사자 하는 사이였었나?"

"친한 동무래서만이 아니라 같은 여자의 입장으로서 미려를 변호하는 거예요. 사내만이 자기 뜻대로 해두 좋구 아내는 언제나 얽매어서만 지내라는 말인가요?"

"결국 아내에겐 누구에게나 다 《남방비행》적인 성격이 있단 말이지. 무서운 세상인걸.《남방비행》의 선조가 '로라'였겠다. 위험천만이야."

"사내는, 사내는 대체 어떻구요. 미려의 가정이 어떻구 남편이 어떤 위인인지 알구나 말요?"

휴게실 소파에 앉아서까지 부부는 시비를 그치지 않았다.

"글쎄, 미려의 경우는 특별하다구 하더라두 전반적으로 세상의 가정이 그렇게 믿을 수 없는 것이라면 첫째 불안해서 어떻게 산단 말요?"

상달은 가정의 남편으로서는 온건파의 한 사람이었다. 개혁을 즐겨 하지 아니하고 길만 있으면 타협해서 평화를 보존함이 옳다는 것이 그의 평소부터의 의견이었다.

그런 의견이 아내 혜주의 입장으로서 보아도 반갑지 않은 바가 아니되, 아내를 중심으로 했을 때 반가운 것이지 남편을 중심으로 한 것이라면 반가울 것이 없었다.

"필경은 남편이 더 아내를 존중히 여김으로써 문제는 해결될 것이라구 생각해요."

"문제를 캐려면야 그보다 더 근본적인 것이 있겠지. 당초에 사랑 없는 그릇된 결혼은 하지 말아야 할 것—일단 사랑의 결혼을 한 것이라면 권태가 오더래두 피차에 양보해서 안전한 타협의 길을 찾아야 할 것—부부의 생활이라는 것은 역시 한 가지의 노력이어야 하잖겠수? 권태와 고집만이 있다면 필경 파탄의 길이 있을 뿐이 아니겠수?"

"누가 아니라나요. 뻔한 이치지."

혜주도 동의하면서 대체 지금까지 무엇 때문에 시비를 했던 것인지 결국은 같은 결론에 끝나는 두 사람이었다. 부부란 원래 그런 것인지도 모른다.

일마는 하얼빈을 떠날 때 덜덜 떨었으나 서울로 돌아와도 추위는 마찬가지였다. 겨울은 그곳이나 이곳이 일반이어서 벌써 같은 빛 같은 추위였다. 나오는 길로 겨울옷과 겨울 외투를 두둑하게 입을 생각만을 차 속에서 한 것이 생각대로 고향으로 돌아와 가장 반가운 것은 그 겨울옷이었던 것이다.

겨울옷과 아내 나아자와 전前대로의 생활과―그것이 가장 반갑고 그리운 소원의 것이었다. 짧은 여행에 전에 없는 피곤을 느끼며 아내와 그와의 분위기를 새삼스럽게 갈망하게 되었다. 돌아올 곳은 그곳밖에는 없는 것이라는 생각이 들면서 일종의 초려까지 느꼈던 것이다.

짧은 여행 동안에 퍽이나 많은 일을 치른 것 같으면서 복잡한 심서를 이루 가릴 수 없다. 왜 그런 여행을 떠났던고 하고 뉘우치기도 했다. 원래 사건이 돌발한 까닭에 그것을 처리하려고 떠났던 것이 동무를 돕기는커녕 되로 자기 자신의 사건을 얻어 가지고 갈팡질팡하다가 돌아오고 만 셈이다. 가슴속에는 주름만 잡히고 그 주름 갈피갈피에 그림자만을 더 간직하게 된 것이다.

'대륙당' 주인 운산의 납치 사건은 거의 해결의 고패에까지는 이르렀으나 아직도 놓여 돌아온 운산의 자태라는 것을 보지 못한 채로 일마는 떠났다. 대륙의 갱은 뿌리 깊은 대규모의 것이어서 위협쯤으로는 까딱도 하지 않았다. 타협의 방법이 가장 무난한 것이어서 그 방침대로 교섭이 진행되어 청구의 액수가 겹겹의 손을 거쳐 갱단에 수교되고 이제는 그 대상으로 끌려간 운산의 몸만이 놓여 돌아올 날을 기다리게 되었다. 갱의 협기와 도덕에 비추어 약속을 이행하지 않을 것으로는 생각되지 않았다. 다만 어떤 경로와 방법으로 돌려보낼 것인가가 의문이었다. 집안사람들과 주위 사람들은 그 점에 흥미조차 느끼면서 운산의 나타날 날을 기다리게 되었다. 사건의 해결이라는 것은 아직 그 정도의 것이었다. 이제는 벌써 마음을 놓은 벽수의 권고도 있고 해서 일마는 떠나기로 결정했던 것이다.

물론 미려가 하얼빈을 떠난 것은 일마보다는 훨씬 이전이었다. 미려는 감정이 더욱 들끓게 될 것을 경계해서 호텔에서 일마와 마지막 만찬을 나눈 그날 밤으로 떠났던 것이었다. 미려를 떠나보낸 후 일마는 얼크러진 심서에 며칠 동안은 미려의 생각으로 가슴이 죄어졌다. 미려의 앞에서 냉정하게 하고 마지막까지 의젓이 군 것은 일마로서는 커다란 노력이었다.

건듯하면 피어오르려는 열정을 죽이고 마음의 고삐를 돌려 잡고 돌려 잡고 하면서 만신滿身의 남모르는 싸움을 한 결과였다. 탔던 자리에 불이 붙으면 얼마나 위험하고 맹렬한가를 잘 아는 까닭이다. 일마의 그때의 심정으로는 그런 위험성이 다분히 있었다. 그것을 떨쳐버리고 냉정한 심사로 돌아가려고 참으로 몸에서 땀이 날 지경의 분투를 했던 것은 일마만이 아는 그의 가슴속에만 숨어 있는 사실이었다. 현재 나아자를 사랑할 뿐이 아니라 열정에만 사로잡혀 질서라는 것을 모조리 깨트려 버림은 사회생활의 파멸을 의미하는 것이요 그런 배덕의 길이 인류의 바른길이 아닐 것이라는― 상식적이기는 하나 역시 가장 옳은 도덕률을 가슴속에 되풀이하면서 그것으로 열정의 고삐를 다구지게 채쳐 쥐었다.

미려를 보내고도 혼자 일주일 남짓이나 호텔에 묵은 것은 미려에게 대한 생각을 정리하고 속히 개운한 마음으로 돌아가고자 하는 생각으로였다. 병은 항상 두 사람의 서 있는 거리에서 생기는 것이다. 미려를 그렇게 만나지 않았던들 새삼스런 번민이 솟았을 리는 없었다. 만난 까닭에 감동이 생기고 회포가 소생되어서 괴롭히는 것이다.

억지로 가라앉힌 마음에 불현듯이 생각나는 것이 나아자와 그와의 생활이었다. 전에 없이 설레면서 서울로 돌아와 반기는 아내의 자태를 발견했을 때 새로운 감동이 솟았다. 아내와 외투는 시절의 선물과도 같이 여겨지면서 거기서 비로소 마음의 안정을 얻은 듯도 했다.

사정도 사정이었지만 신혼의 부부가 잠시라도 그렇게 갈라져 있는 것이 일마에게보다도 나아자에게는 더욱 큰일이었고 괴변같이도 여겨졌다. 교향 악단의 접대를 남아서 해야 했고 일마는 별안간 동무의 사건으로 말미암아 길을 떠나야 했고 한 것이 그 당장에서는 조금도 부자연스럽지 않은 당연한 일같이만 여겨졌으나, 일단 그런 신변의 잡사가 지나가 버린 후 혼자 곰곰이 남편과 갈라져 있는 입장을 생각할 때 나아자는 견딜 수 없는 적막을 느끼며 남편에게 대한 회포가 불현듯이 솟곤 했다.

그런 심회로 남편을 맞이하게 된 까닭에 반가운 마음은 어느 때보다도 유별히 솟아 나아자는 신혼의 감격을 새삼스럽게 회복해 맛보게 되었다.

아마도 일마의 반가운 마음 이상으로 격동했던 것이요 민첩한 여자의 감각으로 눈물까지 어리어 보였다. 굴속에서 쓸쓸해 하던 외로운 동물과도 같았다. 부둥켜안고 혀로 핥고 물어뜯고 하는 동물적인 애정의 표현이 사람에게도 그런 때 가장 바르고 자연스러운 것이 아닐까. 나아자의 야단스런 태도는 그대로가 거짓 없는 자연의 발로였던 것이다.

"떠나보내구 나서 얼마나 뉘우쳤는지 몰라요. 내가 혼자만 남아 있다는 것이 얼마나 부자연스러운 짓인가를 느끼면서 제 불찰을 깨달았어요. 왜 남았던지 몰라요. 한때의 악몽이었던가요."

아내는 야단스럽게 그때와 지금과를 비교해 심경의 변화를 말하면서 모든 것을 자기의 허물로 돌렸다.

"교향악단의 시중이라구 지내놓구 보니 결국 별일이 없었던 것을 괜히 흥분하구 설레구……. 다 버리구 함께 뚝 떠나야 될 것을─"

악단의 일건에 필요 이상으로 마음을 쓰는 것이 일마에게는 딱하게까지 여겨졌다.

"별일이 없긴 왜. 책임자인 내가 없는 때 나아자가 아니면 누가 친히 그들을 접대하구 돌보아 준단 말요. 그런 공이라는 것이 모르는 곳에 숨어 있는 것인데 그렇게 소홀히 한마디로 말해 버릴 수야 있수? 다 제각기 제 자리에서 필요한 일을 한 것인데."

"동경으로 악단을 보내구 벌써 며칠인데요. 근 일주일 동안을 얼마나 쓸쓸히 지냈는지요. 그들이 가버리니 그저 그뿐예요. 맥두 빠지구 홍두 빠지구 뭣 때문에 그렇게 흥분하구 설렜던가 해요. 차라리 여행이나 했던들 얼마나 마음이 신선해지구 보람두 있었을 것을."

"하얼빈은 추워서 그다지 재미있는 여행두 못했으나 나두 그간 쓸데없는 일 때문에 번잡하게만 지낸 듯하오. 악단이니 동무의 사건이니 하구 휘돌아치면서 중요한 생활을 잊어버리구. 이제는 신변두 안정했으니 앞으로는 두 사람의 생활이 있을 뿐이오."

일마가 말머리를 돌리려 해도 나아자는 무엇이 그렇게 마음에 걸리는지 고집스럽게 한 곳에서 여전히 답보하는 것이었다.

"단원들의 모두가 일마 일마 하면서 당신께 치사하는 것을 들었어요. 더욱이 이바노프는 안부를 전해 달라구 신신당부를 하면서."

결국 이바노프의 말을 꺼내자는 것이었을까. 이바노프와의 사이를 아직도 일마가 오해하고 있지나 않은가 해서 걱정을 하고 있는 모양이었을까. 그런 아내의 태도가 애처로워지면서 그 순결한 표정 속에 지금 새삼스럽게 오해를 해야 할 건더기는 들어 보이지 않았다.

부부의 순결성을 따진다면 일마는 아내의 앞에서 고개조차 쳐들 처지가 못 되었다. 이번 여행만 하더라도 의외의 일이기는 하나 미려를 만났던 것을 나아자가 들으면 그 또한 놀라고 오해하지 않을 것인가. 부부의 평화를 위해서 차라리 그 일을 이야기하지 말까도 생각하고 있는 중이었다. 부부 사이의 오해에는 한이 없는 것이며 결국에 필요한 것은 피차의 달관과 신뢰인 것이다. 일마는 어느 틈엔지 그런 철학을 터득하고 있었다. 짧으면서도 복잡한 몇 달이었다.

"필경은 다 지난 것이오, 이제 더 서로 맘을 죄여 지낼 것은 없어. 벌써 우리들의 사랑만이 남은 것이 아니오?"

〉

언덕 위 병원 조그만 병실에 단영은 누워 있었다. 벽도 희고 침대도 희고 단영의 얼굴도 희다. 희면서 그 어느 때보다도 곱다. 단영같이 핏기 많은 여자는 도리어 그렇게 쇠잔하고 약해 보일 때가 한층 아름다운 듯하다.

입원한 지 여러 날에 병세도 점점 쾌해져서 이제는 완전한 회복의 날을 기다리게 되었다. 그동안의 경과를 생각하면 단영은 신기한 생각이 나면서 침대에 지금 누워 있는 것이 짜장 내 몸인가 벌써 진했어야 할 내 몸이 왜 이때까지 이 자리에 누워 있는구 하는 느낌이 들었다.

촌 의사의 수완을 치하해야 옳을는지 원망해야 옳을는지 치료의 공이 있어 단영은 그 불서러운 온천 방에서 한 목숨만은 당겨 세울 수 있었던 것이었다. 하루 동안 혼몽한 속에서 신음하다가 저녁때가 되어 서울서 친한 의사가 달려왔을 때에는 의식을 회복하고 사선은 넘어선 것이었다. 생명에 지장이 없게 된 것을 명도는 자기 일만큼이나 기뻐했다.

그 꼴을 볼 때 단영은 다시 불쾌한 생각이 나면서 소생된 생명의 값을 무의미한 것으로 여기고 도로 질긴 한 목숨을 저주도 해보았으나 벌써 일생의 방향은 작정된 것이다. 다시 목숨을 꺾어 버릴 용기는 없었다. 며칠을 온천에 그대로 누웠다가 기맥이 약간 회복됐을 때 서울로 올라가 좀 더 병실에 누워 있게 된 것이었다. 무슨 꼴이라고 할까. 빼었던 칼을 다시 칼집에 꽂아 둔 보람 없는 자기의 꼴이 말할 수 없이 비굴하고 어리석게 여겨지면서 스스로 부끄럽다. 자기 염증을 금할 수 없었다. 그러나 숙명이거니 인생과의 연분이 그렇거니 하고 체관한다 하더라도 주위 사람에게 주게 된 자기의 인상을 생각할 때 얼굴이 화끈화끈 달 지경이었다. 무슨 낯으로 접질러진 인생을 또다시 걸어갈구 생각하면 생명의 불행을 가슴 갈피갈피에 느끼게 되었다. 같은 인생의 연장일진대 어떤 기적을 바라며 살아가야 옳을 것인가. 실패된 결의라는 것이 조금도 여생에 가치나 자랑을 더하지는 않았던 것이다. 결국 더 곪기게 된 상처를 가지고 평생을 앓으면서 지내게 될 생각을 하면 치가 떨릴 뿐이다. 저주된 생명을 바라보면서 침대 위에서 쇠약한 육신을 주체스럽게 뒤치락거렸다.

명도의 꼴은 볼수록 불유쾌한 기억을 일으키며 견딜 수 없었던 까닭에 당분간 그의 자태를 눈앞에서 물리치기로 했다. 그렇게 고분고분하고 알뜰히 시중을 들어주던 사나이가 눈앞에 감돌지 않게 된 것이 섭섭하면서도 시원한 노릇이었다.

'그 착하구 진짬인 사내를 왜 사랑할 수 없는구. 마음 한번 노엽혀 줄까. 그와만 지낸다면 평생이 안락할 것을.'

명도의 정성을 생각할수록에 이것도 숙명인가 하고 애숙해졌다.

종세가 찾아오고 훈이 위문을 오고 하는 번잡한 방문 속에서 미려의 자태가 가장 반가운 것은 웬일이었을까.

꽃을 가지고 와서는 방에 꽂아 주고 위로와 격려의 말을 들려주는 그가 누구보다도 친밀히 여겨졌다. 여자는 여자끼리만 참으로 마음이 통하고 합하는 것일까. 하기는 단영은 이미 자기의 모든 속을 미려에게 터놓고 헤쳐 보인 것이 아니었던가. 이제 충심으로 마음의 괴롬을 전해도 좋은 사람은 사실 미려를 내놓고는 외에 없었던 것이다.

"단영은 언제나 나보단 더 용감했겠다. 만주에 갈 때가 그랬구 돌아와서 두 그랬구 이번에도 또 용감한 행동을 보였으니."

"용감하려다가 이 모양이 되었구료. 불쌍한 어릿광대가 되었구료."

"난 단영의 뒤만 따라다니는 사람이니 나두 언제나 또 그 모양이 되지 않을까?"

일마의 뒤를 따라 하얼빈까지 갔다 왔음은 이미 단영에게 말해 듣긴 일이었다.

"사랑의 말 한마디를 들으러 그 먼 곳까지 갔다가 내가 단영을 이겼느니 어쨌느니 생각했더니 벌써 이기구 지는 문제가 아닌 것을. 내가 단영을 이긴 것이 무슨 소용일꾸. 이렇게 용감한 단영을."

피차의 신세를 말하는 패잔병같이 속에 숨김이 없는 두 사람은 지금 가장 친밀한 한 짝이었다.

남몰래 단영에게 마음을 기울였던 훈이언만 단영이 일마에게 미친 나머지의 사랑을 보이고 몸을 맡겼을 때에는 도리어 이를 거절하고 욕 준 훈이었다. 그러나 단영이 비참한 지금의 경지에 이르게 된 때까지도 냉정하게 할 것이 없어서 훈은 병석에도 자주 찾아오고 그를 측은히도 여기게 되었다.

단영의 편으로 보면 훈은 가령 명도 같은 사람과는 유가 다르게 비치었다. 아마도 단영의 마음에는 사랑할 수 있는 남자─만약 세상에 일마가 없었던들 단영은 두말없이 훈을 선택했을는지도 모른다. 일마 때문에 정신을 못 차렸던 까닭에 훈의 존재는 그의 눈앞에서 스스로 광채가 없었던 것이다. 그에게 중매의 대상으로 몸을 바치려고 할 때도 가령 명도 때와 같이 아주 싫은 것은 아니었다. 마음속 그 어느 구석으로 승낙을 받은 연후의 제의였다. 일마를 놓치고 완전히 그를 단념하게 된 지금에 가장 신변에 가깝게 느껴지는 것은 말할 것도 없이 훈이었다. 훈의 내방은 미려의 경우와는 또 다른 의미로 단영에게는 반가웠다.

그러나 물론 이것은 단영 혼자의 심중이었고 훈 역시 반드시 단영과 같은 생각은 아니었다. 한때 그에게 남모르는 열정을 기울이고 무한히 괴롭게 지낸 때가 있기는 있었으나 지금에는 벌써 모든 것이 지나가 버렸다고 생각하고 있는 훈이었다. 상하고 이즈러지고 곯을 대로 곯아버린 단영이다. 육체와 마음이 그토록 피폐한 그를 이제 전과 같은 신선한 생각으로 보고 바라게 되지는 않았다. 측은한 생각으로 동정하고 가엾게는 여길 수 있어도 이는 사랑의 대상됨과는 스스로 다른 문제이다. 사랑의 대상으로가 아니라 가엾은 동무로서 대하고 생각하고 하는 것이었다.

그런 훈의 심중을 알고서인지 모르고서인지 단영은 알뜰히 찾아와 주는 그를 대할 때 마음이 반가운 한편 겸연쩍었다. 그렇게 대할 면목이 없을뿐더러 그의 친절을 받기에 값 가지 못함을 부끄러워했다.

"모처럼의 결의가 관철되었어야 단영의 생애가 더욱 빛났을 것을, 중간에서 꺽이우고야 죽두 안 되구 밥두 안 됐으니 무슨 꼴이란 말요."

이만 정도의 농은 지난날에도 피차에 하고 지낸 터였다. 훈의 웃음의 말이 악담이 아님을 단영도 잘 안다. 알수록에 부끄러움이 더욱 솟으며 자기의 모양이 돌아보였다.

"누가 이 모양 될 줄 알았나요. 옳게 성공할 줄만 알았죠—허나 다시 또 한 번 맘 먹을 용기두 없구 이젠 별수 없이 세상의 조롱을 받으면서 그림자 속에서 살아가는 수밖엔 없게 됐어요. 살다 살기 싫으면 또 그때의 일이구……."

"세상일 심술궂다는 것이 이를 두고 한 말이렷다. 생사가 다 뜻같이 안되니. 용감한지 비굴한지 무서운 여자야, 단영은."

"작작 놀려요—화나는데 수틀리면 또……."

단영은 손수건으로 얼굴을 푹 가리우면서 돌아누웠다.

"괜히 일마만 더 행운아 맨들어 줄려구—세상에 일마보다 행복스런 사람이 있을까. 정신을 바치겠다는 여자가 없나 목숨을 바치겠다는 여자가 없나. 한 사람의 알뜰한 사랑두 구하기 어려운데 두 사람 세 사람, 여자란 여자는 모조리 사족을 못 쓰구 법석이니 옛날의 솔로몬인들 그보다 더 행복스러웠을까. 사내가 한번 나려면 그렇게 나보구 마련다. 잘나서 그런지 여자의 눈들이 메서 그런지—생각하면 가관이구 그런 불공평할 데는 없어. 큐피트의 망령이지, 원. 한 사람 사내에게 그렇게까지 염복을 쏟아버릴 법이야 있을까."

말이 수다스러웠던지 단영은 다시 돌아누우면서

"사내끼리두 질투를 하나? 못나게 게염은 무어요?"

"미상불 질투두 하고 싶은걸. 세상의 뭇 남성을 위해서 친구 한 사람 미워해두 내 허물은 아닐 것이야……. 어때 그래두 일마가 만나구 싶지? 한번 데려다줄까?"

"……."

"데려오구 말구. 그 행운아의 멱살을 바싹 끌어다가 단영의 눈앞에 진상 바칠 테니 원수의 낯을 싫도록 봐 두렷다."

훈에게서 단영의 일건을 듣고 일마는 미상불 놀랐다. 그런 격렬한 행동을 단행하는 용기에보다도 그것이 모두 자기를 위한 것임에 더욱 놀란 것이었다.

단영의 성격이라는 것을 곰곰이 생각해 보았다. 결이 세고 핏기가 넘치는 그로서 그만한 일을 단행 못할 바는 아니었으나, 조금 어지럽던 그의 생활이 그렇게까지 한 가지를 위해서 맑고 순수하게 개어 있었던가 하는 것이 일마에게는 의외였다. 자기를 사랑하노라고 정신없이 휘돌아쳤던 것도 알기는 아나, 마지막 것을 생각하게 되리만치 강렬하고 순결했던 것임은 추측하기 어려웠다. 죽음으로 사랑을 대신한다는 것이 얼마나 끔찍하고 큰일인가에 놀라며 그런 갸륵한 마음의 표현이 자기에게는 분에 넘쳐 눈부시게 여겨졌다. 이 놀람은 차차 일종의 책임감으로 변하면서 마음이 무거워지고 사건 그것이 주체스럽게까지 여겨졌으나, 단영의 한 몸이 소생된 것만 불행중 다행으로, 그것으로써 자기의 책임감도 얼마간 완화된 성싶었다. 만약 단영의 한 목숨이 완전히 진해 버렸던들 얼마나 자기는 괴롭고 죄 많은 사나이가 되었을까를 생각하는 것이었다.

"세상에 자네 같은 행운아는 없는 줄이나 알게. 남의 소중한 목숨을 한 손에 쥐고 있으니."

훈은 일마를 면대해서도 같은 말을 안 하고는 못 배긴다. 그 정도의 싫은 소리라면 백 번 들어도 괜찮은 신세라는 듯도 한 훈의 태도였다.

"자네 생각에 행운같이 보일 뿐이지, 내가 반드시 그런 걸 행운이라구 생각하는 줄 아나. 되려 불행일지두 모르지 않나?"

"건 욕심이란 거야. 행운은 행운, 불행은 불행―보아서 생각으로 작정되는 것이지, 행복을 불행으로 본다는 건 배부른 수작이야."

"그렇게 행복을 주는 단영을 자네가 왜 못 차지하구 그 야단인가?"

"내가 못 차지하니 자네가 행복스럽단 말이네. 아무에게나 매인 여자라면 자네에게 행복될 것두 없어―어서 위문이나 가 주게. 여자의 정성에 대해서 남자로서두 대답이 있어야 하잖겠나. 세상 남자가 그렇게 쌀쌀만 하다면야 여잔들 무얼 믿구 살겠나?"

"자네 하루아침에 여성 숭배자가 되구 말았네그려."

"자네 같은 남자만이 세상 남자의 전부가 아님을 세상에 알려 주구 싶네. 이번만은 난 절대로 단영의 편이야. 자네의 그 냉정한 태도에 반대야."

깊은 뜻이 있어서가 아니라 단영에 대해 그만 정도의 호의를 보임은 지금까지의 심정을 생각해도 훈으로서는 당연한 일이었다. 단영의 숨은 원이라면 또 한 번 일마를 데려다줌이 그를 조금이라도 위해 주는 소치라고 생각했다.

일마는 좀 어색하다고는 생각하면서도 꽃묶음을 사 들고 단영의 병실을 찾았다.

단영은 얼굴빛 까딱 동하지 않고 침착한 표정대로 눈도 깜짝 안 하고 누워 있는 것이었으나, 일마 외에 방에 아무도 없었기가 다행이지 만약 그 누가 있었던들 단영의 날카로운 목소리를 대체 무엇으로 들었을 것인가. 사랑하는 사람끼리의 꾸지람으로 들었을 것인가, 하소연으로 들었을 것인가.

"지옥에서나 만날 줄 알았더니 이 속세에서 또 만나게 되는구료."

사랑하는 사람에게만 던질 수 있는 그런 말투였다.

"지옥에선 왜, 천당에서나 만나면 만났지."

일마도 하는 수 없이 농으로 받기는 하면서도 확실히 얼마간 응석을 부리고 있는 단영의 태도를 직각할 수 있었다.

"나같이 죄 많은 여자가 천당에 비집구 들어갈 수 있나요? 지옥에서 만나는 게 분에도 맞구 상팔자기두 하지."

"어떻든 지옥두 아니구 천당두 아니구 다시 땅 위에서 만나기를 잘했지. 정말 단영이 세상을 떠났던들 내가 세상의 비난을 어찌 다 받았을꾸."

단영은 눈을 흘기는 것이었으나 하기는 그 정도의 응석은 여자로서의 본능인지도 모른다.

"단영은 대체 현명한 짓이라구 생각하구 그런 무모한 짓을 한 것이요? 그렇지 않으면 어리석은 줄 알면서 부러 한 것이란 말요?"

일마의 질문을 단영은 도리어 어리석은 것으로 생각하면서 한마디 쏘고도 싶었다.

"현명하구 어리석은 것이 무슨 상관이에요. 현명하다구만 생각해야 하구 어리석다구 생각하면 못하나요?"

일마의 공리주의를 배척한다는 듯이 편잔을 주면 일마는 일마로서의 생각이 있었다.

"열정만이 가장 바른 판단자인 줄 아우? 사람들이 다 열정의 명령대로만 행동한다면 세상 꼴 잘 되겠다. 열정같이 개인주의적인 것은 없는 줄이나 아시오. 무엇하자는 열정이오? 제 열정을 못 이겨 괜히 어리석게."

"그러게 내 열정 나 혼자 가만히 불살라 버리려구 한 것이죠."

"그래 불사르려 한 결과가 대체 무엇인구?"

"지금 실패한 결과와 원래의 뜻과는 다른 것이죠. 실패한 것은 하나의 우연의 결과이구, 실패했든 성공했든 뜻은 뜻이거든요."

"결과로 보아서—복받치는 열정을 못 이겨 설레다가 지금 이렇게 패한 꼴을 침대 위에 뉘이구 있으니 이게 무어란 말요? 어쨌단 말요?"

"그렇게 싫은 소리를 하려구 마지막으로 병원에까지 찾아왔단 말인가요? 세상에서 당신같이 잔인한 사람은 다시 둘두 없어요. 시원하게 죽어 버렸으면 좋았을 것을 이렇게 소생해 나니 또 당신의 신변이 귀치않아질까 해서 하는 소리죠."

확실히 지나친, 일부러 들으라는 듯도 한 소리였다. 일마는 픽 웃으면서 목소리를 부드럽혔다.

"단영은 한다 하는 신여성이 아니오? 신여성이면서두 맘은 아주 구여성이란 말야. 내 말은 그게 어리석단 말요. 왜 하치않은 내 한 사람을 위해 소중한 목숨을 그렇게 멸시한단 말요? 이 도령에게 바친 춘향의 절개라는 것이 몇 세기 전 옛이야기지 지금 이 복잡하구 야박한 현대에 있어서 무엇하자는 것이오. 쓸데없는 꿈속에서 살자는 것이지 현실을 똑바로 보구 한 짓은 아니야. 남에게 웃기우기가 십상이지. 사람이 갸륵하게나 여길 텐가, 열녀비가 설 텐가."

자기 자신을 욕 주고 학대하려고 한 소리언만 단영에게는 비난의 소리로밖에는 들리지 않았다.

"춘향이든 아니든 왜 이 조롱이란 말일꾸. 내 한 일은 내 한 일이지 당신께 조금두 누 끼치지 않았으니 걱정 말아요."

"내겐 지금 단영의 모양이 배우로밖엔 안 보이는데, 무대 위에 선 배우로 이 방두 침대두 모두가 무대 장치구. 그 장치 속에 등장한 가엾은 여배우가 단영이야. 비극 배우가 아니구 희극 배우야."

이 역 일마로서는 자기 조롱의 말이었으나 도가 지난 모양이었다. 단영은 화를 버럭 내며 침대 위에 상반신을 일으켰다. 얼굴이 금시에 상기되어 벌겋게 물들었다.

"뭐요, 배우라구요? 희극 배우라구요? 그래 이번 일두 연극을 했단 말이죠? 어느 입으로 그런 말이 나와요. 또 한 번 말해 봐요, 어디."

분하다는 듯 팔에 얼굴을 묻고 몸을 부르르 떠는 것이었다.

그 격동적인 거동에 일마는 비로소 자기가 던진 말의 빙자憑藉가 심했던 것을 깨달으며 놀라 어쩔 줄을 몰랐다.

문득 쳐든 단영의 얼굴에는 눈물이 어리어 있지 않은가. 눈썹이 젖고 입술이 빙긋빙긋 휘인 것이 흡사 서러워하는 아내의 모양이었다.

"그렇죠. 당신의 말이 옳구 말구요. 난 배우예요. 언제나 배우예요. 거짓 연극을 해서 관객을 속이는 배우 중에도 천한 배우예요."

하고는 목소리를 높여 손으로 방문을 가리키는 것이었다.

"나가요, 어서 나가요. 천한 배우의 방은 당신 같은 도도한 사람이 올 데가 아니예요. 냉큼 나가라니까요."

사태가 그렇게 빗나갈 줄은 예측도 못 했던 일마는 단영의 그 별안간의 노염에 간담을 차게 하면서 잠시 어쩔 줄을 몰랐다. 앓는 몸에 흥분을 주게 된 불찰을 뉘우쳤다.

"오해 마시오. 단영을 위해서 한 소리지 멸시해서 한 소리겠수. 멸시를 한다면 내가 이렇게 찾아나 왔겠수? 너무나한 괴변에 나두 놀라구 어이가 없어서 한 말이지. 그 외에 무슨 별 뜻이 있단 말요?"

빌 듯이나 하고 겸양해도 단영은 좀체 노기가 풀리지 않았다.

"나는 일개의 배우라는 관념이 당신 맘속에 처음부터 있었기 때문에 당신의 그런 태도가 생겼구 이런 결과가 된 것인 줄이나 아세요."

"내가 왜 배우를 멸시하나? 난 되려 단영이 그렇게 고집스러운 것이 화라구 생각하는 것이지 단영의 품성을 조금이나 의심할 리 있나. 되려 내 자신이 부끄러워서 견디기 어려운 판인데 단영을 조금이라도 헐다니."

"어떻든 난 이번에 배우로서의 행동밖엔 못 되는 짓을 했어요. 그러게 이렇게 개 값에도 못 가는 대접을 받게 됐지요. 어서 더 조롱두 말구 추스르지두 말구 내 앞을 물러나요. 무슨 인과로 이렇게 두구두구 괴롭힐까. 이 목숨이 붙어 있는 한 한시두 괴롬이 떠날 날이 없으니."

하면서 단영은 말할 수 없이 마음이 쓸쓸해졌다. 일마를 잊어버리려다가도 잊어버렸다고 생각했다가도 일단 그를 눈앞에 보고 말을 걸면 꼭 그런 결과가 되고 말았다. 그지없이 쓸쓸하고 안타깝다. 그 안타까움을 영원히 잊어버리려고 마음먹은 것이 이번 행동이었으나 그같이 실패를 하고 보면 모든 것이 되로 제 턱, 그 원수의 괴롬을 어떻게 해탈해 나갈꼬 하고 마음은 다시금 죄여지기 시작했다. 일마와의 거리를 멀리하는 수밖에는 없었다. 멀면 가까워지기를 원하고 가까우면 즐거우면서도 안타까워서 다시 멀어지기를 원하는 모순된 마음은 흡사 고집스런 심술쟁이와도 같이 얄궂은 것이었다.

괴롬을 무릅쓰고 쌀쌀한 마음으로 문을 가리키며 소리를 치는 것이 진정으로의 본의인지 본의가 아닌지 스스로도 분간하기 어려운 심경이었다.

"얼른 나가라니까요. 다시 내 눈앞에 나타나지 말기를 약속하구."

팔을 들어 뻗치면서 기를 쓰다가 기어코 단영은 침대 기슭으로 반신이 밀리면서 아래로 떨어질 듯 몸이 휘어졌다. 격동이 과했던 모양이었다. 얼굴이 달아서 붉고 머리카락이 흐트러졌다.

"흥분은 왜 할꾸?"

일마가 달려가서 몸을 붙들어 준 까닭에 침대에서 떨어지지는 않았으나 흥분에 몸이 떨리고 눈초리가 휘었다.

일마의 손을 굳이 뿌리치려고도 하지 않으며 바로 몸을 일으켜 세우고는 고요한 표정으로 먼 한 곳을 노린다. 그대로 몸이 다시 사라졌으면 원했다. 일순 전에 노여워했던 그였만 이제는 일마의 팔에 의지해서 얼마간 응석을 부리고 있는 듯도 한 태도였다. 자기의 한 몸을 참으로 위해 주고 끔찍이 여겨주는 마음—두말할 것 없이 그것이 참된 사랑이었으나, 단영은 반생 동안 그런 사랑에 주려온 것이다. 원하는 것은 그것이나 숙명이 허락하지 않는다. 지금 잠시 일마의 위무를 받는 것은 생애의 마지막 선물인 듯 꿈속 일같이 전신을 기쁨으로 채워 주는 것이었다.

"단영의 생애는 아직두 긴 것이오. 행여나 다시 주책없는 생각을 하지 말 것이 사람의 평생은 몇 번이나 변하는 줄 아우? 침착한 속에서 변해 나가는 운명을 고요히 바라보는 마음—그것이 사람에겐 무엇보다두 귀중한 것이 아닐까?"

"그렇게 아는 척하구 남을 타이르지 말아요. 내 앞길이 어떻게 되든지 이것이 정말 하직이에요. 차례진 길이라면 차례진 대로 나두 내 맘 잡아보죠."

단영도 겨우 정신을 차리고 일마의 몸을 고요히 밀치는 것이었다.

대체 일마는 천재일까. 그렇지 않으면 일마뿐이 아니라 남자의 근성이란 원래 그런 것일까. 대하는 여자의 세계를 각각 경우를 따라 명확하게 구별하는 것이다. 마음의 세계가 그렇게 넓고 풍족하면서도 겉으로는 늠실하고 평온한 표정을 지닌다.

단영을 찾아갔던 그 낯으로 아내를 대하는 것이 조금도 어색하지 않았다. 물론 단영의 일건을 나아자에게 말할 것인가 어쩔 것인가를 망설이기도 했으나, 말함이 부부의 행복을 상하는 것이라면 침묵도 하나의 방편이 아닐까. 그리고 그것이 반드시 아내를 욕 주는 것이 아니라고도 생각했던 것이요, 무엇보다도 단영과의 사이는 그 마지막의 방문으로 완전히 결말이 난 것이니 그것이 새삼스럽게 부부 사이에 현안이 되고 문제가 될 것은 아니라고 생각했다. 단영의 병석에서의 마지막 애끊는 표정이 일마의 가슴을 어지럽히는 것이기는 했으나, 원래 그를 사랑한 것은 아니었고 그 순간의 감정을 청산하기는 아무것도 아니었다. 이제부터야말로 모든 협잡물을 물리쳐 버리고 부부 사이에 순수한 기풍을 회복할 것이라고 마음먹는 것이었다.

하기는 일마는 나아자에게 대해서 충심으로 부끄러울 것이 없는 것은 표면의 변동이 복잡했다고는 해도 심중의 일념에는 조금도 변동이 없었던 까닭이다. 단영에게 대한 마음은 시종이 여일했던 것이요 미려에게 대한 먼 날의 회포도 나아자를 만난 때부터는 아득한 옛일로 돌아갔던 것이다. 결국 한 줄기 나아자에게 대한 사랑만이 모든 것과 구별되어 줄기차게 솟는 것이었으니 그에게 대해 부끄러운 것이 없다고 생각했다.

부부 도덕에 대한 회의가 없지는 않았다. 완전한 부부의 사이라는 것이 어느 정도의 것일고. 물과 물같이 합치되는 것이라고 한대도 그사이에는 과연 티끌만큼의 흐림과 협잡물도 없을 것인가. 남자라는 것이 대체 평생에 아내 이외의 여자를 몇 사람이나 만나는 것이며 그런 때에 각자의 감명의 방향은 어떤 것일까. 그 감정의 분석이 어느 정도로 맑고 어느 정도로 흐릴 것인지는 온전히 조물주나 악마만이 아는 일일 것이다. 악마의 척도로 일일이 인간의 감정을 헤아림은 필요한 일도 아니요 도리어 혼란과 불안을 낳을 뿐이다. 완전한 부부라는 것은 다만 그것을 생각하고 원함이 옳을 것이요 군이 엄밀하게 분석할 필요는 없는 것이다.

'나는 나아자의 눈 밖에서 단영을 만났고 미려를 만나지 않았던가. 그중에는 나아자의 모르는 고비도 있는 것이다. 그러나 다만 그 사실만으로 나아자와의 사이의 거리를 측량함은 반드시 지당한 일은 아닌 것이다. 나아자를 사랑하고 있지 않은가. 그 이상의 더 완전한 합치라는 것이 또 있을 것인가. 적어도 지금의 나를 부끄러워하지는 않는다.'

필요한 것은 감정의 분석이 아니요, 목표를 위한 피차의 달관이요 노력인 것이다. 원래 결혼부터가 말하자면 인간 생활의 한 가지 정리다. 꿈의 정리다. 짧은 생애의 허다한 꿈을 일일이 쫓기는 어려운 일이며 동시에 피곤을 줄 뿐이다. 허다한 꿈속에서 한 가지만을 선택하고 나머지 모든 것을 단념해 버리고 그 한정된 꿈속에 낙착하는 것이 결혼의 뜻이다. 최상의 꿈을 고르든 최하의 꿈이 차례지든—가장 이상적인 결혼을 하든 설핀 결혼을 하든 그것은 기회의 행불행인 것이나, 어느 편이든지 간에 조만간 피곤의 결과는 마찬가지다. 필요한 것은 그것의 극복이요 체관의 노력인 것이다.

부부 도덕의 뜻을 이렇게 생각하는 일마는 나아자와의 사이를 조금도 부족한 것으로는 여기지 않았다.

일마는 방에서 나아자와 단둘만의 단란한 시간을 보내는 것이었으나, 그늘 가지는 습관이 무료한 것이 아니고 특히 그날 그런 마음의 준비를 가진 일마로서는 한층 즐거운 것임에 틀림없었다.

그날 호텔 안은 간밤에 별안간 내린 기온 때문에 냉랭한 기운이 떠돌며 으슬으슬 추웠던 까닭에 나아자는 목덜미를 움츠리고 방 안에만 들어박히게 되었다.

차를 마시러 아래로 내려가기도 성가시어 보이에게 분부해 방으로 몇 번씩 날라다가는 일마와의 게으른 시간을 보내는 것이었다.

그렇게 방 안에서 한가할 때 나아자에게는 맡은 일과가 있었다. 벌써 언제부터인가 시작한 조선어의 공부가 그것이었다. 일마는 온순한 교사였다. 나아자의 갸륵한 뜻과 정성에 감동하면서 교사로서의 능력을 다하는 것이나 어학의 공부라는 것이 원래 한이 없는 것이다. 나아자의 진보는 빠른 듯도 하고 더딘 듯이도 보였다. 받침을 배우고 단어를 기억하다가도 다시 교과서 첫 장으로 돌아가서는 심심파적으로

"가갸거겨고교구규……."

도 해보고

"아야어여오요우유……."

를 되풀이도 해보았다.

"야니 유니 글자 하나로 음 하나를 완전히 표현하는 것은 꼭 러시아어와 두 같아요."

신기한 발견이나 한 듯 기뻐하는 것을 보면 일마도 덩달아 기뻐하면서 말할 수 없는 만족감을 느꼈다.

자기가 외국어를 지껄일 때에는 느끼지 않는 것이나 외국 사람이 외국어를 지껄이는 것이란 야릇하기 짝없게 들리는 것이다. 나아자가 자국어를 지껄이는 것은 극히 범연하게 들리지만, 그 푸른 눈과 누런 머리카락의 자태로 조선어의 발음을 어색하게 하는 것이 더없이 신기하게 들렸다. 사랑하는 사람의 고장의 말을 배우고자 하는 정성이 갸륵한데다가 서투른 발음을 내섬기는 것이 귀엽게 보이면서 일마에게는 미소를 자아내게 하고 만족감을 주었다. 사랑하는 사람의 풍습을 존중히 여기고 배우고 그와 동화되려는 뜻—사랑의 정성, 그보다 더 큼이 있을 것인가.

"외국 사람은 누구나 조선어를 어려운 말이라고들 하는데 나아자의 감상은 어떻소? 대개들 중도에서 집어치우구들 하면서."

일마가 선량한 교사의 태도로 웃어 보이면 나아자는 자신 있는 어조로

"두구 보세요. 몇 달 안 해서 옳게 깨치게 될 테니. 어려울수록에 배우는 보람도 있죠."

아내의 재주와 열성을 믿으며 일마는 더욱 아내의 뜻을 믿음직한 것으로 여겼다.

"얼마 안 가 미려와 함께 이야기하게 되지 않나 보세요. 미려들과 함께 여기 말로 사귀이구 놀게 되는 것이 지금의 제 원이에요."

솔직한 고백이다. 미려의 이름을 말했다고 해서 일마가 개의할 필요는 없

다. 조선의 여성으로 나아자가 처음 만나고 그 아름다움에 경탄한 것은 미려였다. 그와 사귀고 싶은 것이 나아자의 원이었다.

저녁때가 되었을 때 방 안이 별안간 훈훈해짐을 느끼면서 살피니 벽 옆 수난로에 스팀이 통해 오는 것이었다. 시절의 첫 시험이다. 쇠 다는 냄새가 나면서 모르는 결에 방 안은 따뜻해지기 시작했다.

나아자는 독본을 가지고 책상 앞을 떠나 난로 위에 가 배를 대면서 아이 같이 기쁜 낯이다.

"첫 추위의 난로같이 반가운 것이 없어요. 방 안이 금시 봄 같지 않아요?"

하다가 문득 책을 놓고 걱정하는 듯이

"집을 얼른 구해야지, 닥쳐오는 겨울을 어떻게 하겠어요. 호텔에서 날 수두 없구."

주택의 일건은 일마도 걱정해 오는 바이요 몇 군데 수배해서 구해 오는 중이기도 했다.

"내년 봄이면 교외에 집을 짓게 될 테니 겨울 동안만 들어 있으면 좋으련만—부탁해 논 것이 차차 결말을 가져오겠지."

생활生活 설계設計

⋮

사람은 평생에 몇 번이고 간에 재생하고 부활할 수 있는 숨 질긴 물건이다. 불행이란 그것을 당할 때는 절대적인 것이나 그것이 필경은 반드시 지나가 버리는 것도 절대적이다. 운명적인 영원한 시간의 밧줄 위에 원숭이같이 매어달려 사람은 잠시 피었다가 막혔다가 하면서 일생의 싸움을 계속해 가는 것인 듯도 하다. 변천하는 밧줄을 따라 경력이 각각으로 변하는 것은 필연의 형세이다. 안타깝기도 하나 반가운 일이기도 하다. 그 변화 때문에 막혔던 숨을 돌릴 수도 있는 까닭이다.

미려가 마음속에 아직도 그 어떤 괴롬을 감추었든 간에 표면으로 평화로운 표정을 회복하고 침착한 태도로 돌아온 것은 역시 마음의 변천의 결과임에 틀림없었다. 그 표정의 변화를 처음부터 살펴 오는 혜주에게는 마음 놓이는 반가운 일이었다.

"……흡사 미려 속에 두 사람의 미려가 들어앉았던 것 같구료. 오늘은 어제와는 다른 또 한 사람의 미려가 그렇게 이야기하구 계획하구 하는 것 같어 꼭."

"그러지 않구는 할 일이 또 무엇이겠수? 목숨이 붙어 있는 한 움직이구 경영하구 하는 것이 사람된 운명인 듯 분주하게 손발을 움직이노라면 지난 일두 차차 잊어버리게 될 것 같어……."

"이번 공연에 웬만큼 이름이 널려지구 했으니 일반의 인식을 잡아끌기에는 좋은 기회라구 생각은 되는구면."

"그까짓 선전이야 됐든지 말든지 이왕 맘을 냈던 김에 내게는 지금 그 일밖엔 할 일이 없는 것이구, 적으나마 문화사업이니 문화인으로서의 자랑을 맛보는 것두 괜찮은 일이구―여러 가지 의미로 내 맘은 희망에 넘쳐요."

오늘의 두 사람의 화제는 '녹성음악원'에 대한 계획의 일건이었다. 오랫동안 현안 중에 있었고 미려는 일단 단념도 해보았던 음악원의 실현을 이번에 새로 구체적으로 계획해 보게 되었던 것이다. 일마와의 사이가 어이가 없이 해결되어 버린 것이 그 결의를 재촉하게 된 동기라면 동기였으나 원래 음악 예술에 대한 이해가 남달리 깊었던 것이요, 교향악단의 후원을 자청했던 것도 그 때문이었다. '녹성음악원'의 발설은 반드시 종세들이 뛰어 준 것만도 아니었고 미려 자신의 희망의 표현이기도 했다. 지금의 심경의 변화는 그 계획을 절실하게 촉진시키는 이유가 되었던 것이다. 사업의 계획과 경영의 의욕이 미려의 낡은 마음을 닦아내고 새로운 용기와 희망을 넣어 주는 것이 사실이었다.

혜주는 친우의 정의情誼도 미려에게는 좋은 후원자였고 누구보다도 먼저 그와 의뢰하게 된 것이 마땅하고도 즐거운 일이었다.

"원장실에 앉은 아름답구 젊은 미려의 자태를 상상만 해두 통쾌한걸. 그 아름답구 젊은 원장의 조건만을 가지구두 '녹성음악원'은 사회적으로 주목되구 문제될 것이 사실이야. 침체된 문화 사회에 한 줄기의 청신한 공기를 인도해 넣을 수 있는 것만으로두 의미심장해."

혜주는 확실히 벌써 일종의 유쾌한 환상에 잠겨 있는 것이었다.

"내 원장 될 일보다두 혜주가 학감 될 일이 더 중요하구 어려울걸. 누구보다두 명학감 될 것을 나는 믿는 터인데."

"음악원에 학감이 무슨 필율꾸. 원장과 교수들만 있으면 그만이지. 학감 보다도 먼저 미용사를 두어야 하지 않을까. 음악 하는 여자가 추접하게 채 리구 나선다는 건 뜻이 없는 일이야. 교내의 기풍은 사치하구 고급하게, 학 생들은 아름답구 단정하게—반드시 종래의 고투를 밟을 것이 없구 그런 새 로운 독창적인 기풍을 맨들 필요가 있다구 생각하는데, 예술의 세계를 속 세의 것과 혼동할 것은 조금두 없으니까."

"기발한 좋은 의견이야. 어디 혜주의 맘에 맞도록 경영안을 세워 봐요."

"원생 선발시험의 표준은 학력보다두 용모에 두어가지구 될 수 있는 대 로 미모의 여성만을 모아서 교육시킬 것—이것이 '녹성음악원'의 무엇보다 두 첫째의 방침이래야 해. 아무리 교육의 기회균등이니 무엇이니 해두 예 술에 뜻을 둔다는 것부터가 선발된 특권이구 기회가 달려진 증좌가 아니겠 수? 용모를 본다는 것은 예술적 재능에다 또 한 가지의 조건을 더 붙여서 완전한 최상의 예술가를 맨들자는 뜻인데, 같은 예술이래두 그림이나 문학 은 작가가 스튜디오나 서재에서 혼자 숨어서 제작한 결과를 사람에게 보이 거나 읽히면 그만이지만, 음악에 있어서는, 특히 그 연주의 경우에는 반드 시 음악가 자신이 무대 위에 나서게 되는 것이기 때문에 예술과 용모 두 가 지의 매력으로 사람에게 감동을 줌이 한층 값두 높구 뜻두 깊구 인생의 기 쁨을 더해 주는 것이거든. 용모 제일을 주장하는 내 뜻이 곡해되구 비난을 받기가 첩경 쉬운 노릇이지만 그 진의를 곰곰이 음미하면 반드시 내 주장 을 따를 사람이 많을 것으로 생각돼요."

혜주의 이상주의는 더 말할 것 없이 미려의 마음을 그 자리로 혹하게 했 다. 무릎을 칠 듯이 몸을 쏠리면서 동무의 이론에 찬성하는 것이었다.

"동감이야. 나두 동감이야. 귀족적이구 고압적이긴 하나 독창적인 좋은 생각이야. 원래 음악 예술의 창조란 특별한 종족만이 능히 할 수 있는 일이니까. 그 특별한 종족의 조건이 더욱 특별해졌다구 시비할 사람은 없을 테구. 그렇게 해서 선출된 예술가들이 한층 인간 생활에 공헌되는 바 있다면 더욱 좋은 일이 아니겠수. 일반 학문의 교육기관도 아닌 것이니 나두 본디 아름다운 동산을 맨들어 보겠다는 생각에서 출발했던 거요. 언덕 위에 백아의 깨끗한 교사를 세우고 주위에는 잔디를 깔고 장미를 심구 수목을 빽빽이 우거지게 해서 보기만 해두 꿈속의 전당같이 눈에 뜨이게 맨들어 보구 싶었던 것이라우. 아름다운 집 속에 학생까지 아름답다면 그야말로 지상의 천국을 이룰 것이 확실하렷다. 미용사까지를 두어 아침저녁으로 가꾸어 준다면 얼마나 이상적인 학원이 될까. 단연 그 방침을 따를 테야. 이 땅에서 제일가는 곳을 맨들 테야."

미려는 푸득이는 공상의 날개를 건잡지 못하는 것이었다.

"학생만 미인이래서야 되겠수? 교수두 전부 여자로 미인만을 추려서 세계 제일의 미의 전당을 맨들구려. 그 덕실덕실 끓을 미인들 속에서 나 같은 것이야 애초에 빠져 나왔지. 할 일두 없겠거니와 그 속에 끼어 있을 턱두 없는 것이니까."

혜주가 겸양해 하면 미려는 그게 말이냐는 듯이 펄쩍 뛸 듯이 하면서

"천만에, 혜주가 미인이 아니면 세상의 누가 미인이란 말요. 딴소리 말구 한몫 맡아 줘요."

"미인 원장이 제법 사람을 놀리는 모양이지."

두 사람은 유쾌하게 깔깔깔 웃는 것이었다.

"……성악과 기악과 작곡의 세 과를 두구 따로 전부를 통틀어서 합창단 실내악단 교향악단을 조직한다나. 학생은 삼 년 동안의 과정을 마치구는 음악원을 나가 버리는 것이 아니라 눌러앉아 그대로 실내악단 교향악단의 일원으로서 일을 보게 되거든. 즉 음악원은 교육과 활동 두 가지 방면을 겸해 교육을 받은 후에는 즉시 그대로 원에 소속해서 사회적 활동을 할 수

있도록—그런 조직으로 할 생각이야. 한 가족같이 단란하게 지내면서……."

"바로 조그만 이상국이게. 생활과 예술의 합치—얼마나 그리운 경치일
꾸."

두 사람의 공상은 한없이 즐겁다.

연희장 그 호젓한 주택에도 그날 수난로가 통하기 시작해 두 사람으로
하여금 밖 추위를 잊게 했다. 휑휑한 집안에서 고독을 금치 못하던 미려였
만 따뜻한 방에서 동무와의 즐거운 계획은 마음을 제물에 훈훈하게 녹여
주는 것이었다.

이윽고 미려는 책상에서 도면지와 연필을 꺼내 오더니 음악원의 설계도
를 대략 그려보이는 것이었다. 연필을 놀리는 손 맵시도 익숙하고 슬픔을
잊은 기사도같이 용감하고 희망에 넘치는 그였다. 미려는 혼자 여러 차례
나 설계의 궁리를 해 보았던 것인 듯 휑하게 익은 도면에 혜주는 놀랐다. 집
과 뜰과 화단이 순식간에 제 들어설 곳에 들어서면서 도면지 안에 차는 것
이다. 집안은 다시 각각 세밀한 방과 부분으로 나누어지면서 미려의 머릿속
에 배어 있던 이상의 전당이 금시에 종이 위에 재현되었다.

"어느새 그렇게 능숙한 건축 설계가가 되었던구. 섣부른 기사쯤 왔다가
코 떼구 가겠는데."

"내 집이니까 내가 설계를 해야 맘에 맞지 않겠수? 얼마를 두구 궁리하
구 연구했게 그러우?"

건축은 설계만으로도 훌륭한 하나의 창작이라는 듯 자기의 독창에 대한
자랑과 기쁨이 은연중 나타나 보인다.

"화단과 후원과 휴게실이 이렇게 넓으니—공부하는 데가 아니구 바로 휴
양집인 셈이지."

혜주가 도면을 들여다보며 이곳저곳을 손가락질하니까 미려는 의견을 설

명한다.

"물론 휴양의 집이어야지. 공부와 휴양의 두 가지와 근로가 완전히 합치되어서 날마다의 가정이 기쁨과 흥미와 감격 속에서 진행되도록 하자는 것이 내 생각이니까 다들 말하는 생활의 예술화라구 해두 좋지. 예술과 생활이 일치되어서 그 어느 한쪽도 뜯어내기 어렵게 화해 버린 생활—그것이 인간 생활의 최고 이상이 아닐까. '녹성음악원'이 그 이상에 맞도록 설립되어야 할 것은 물론, 그 때문에 나는 본관에는 교실만을 두는 것이 아니라 그 외에 여러 가지 필요한 것은 다 둘 작정이오."

연필 자루로 그려진 도면의 군데군데를 가리키면서

"휴게실두 필요한 것이요, 홀두 있어야 하구, 식당두 있어야 하구. 이건 도서실이요, 이건 연습실이요—"

고개를 들어 연필로 볼을 고일 제 눈이 빛난다.

"—연습실에는 열 대의 피아노를 들여 놀 작정이오. 방과후에는 자유로 언제까지든지 연습을 할 수 있도록—저물어 가는 저녁 어둠 속에 혹은 달 밝은 초저녁에 나무 우거진 정원의 수풀 사이로 연습곡의 요란한 합주가 가을 벌레 소리같이 한꺼번에 쏟아졌다 멎어졌다 하는 정경이 그대로 음악원의 아름다운 한 폭의 풍속이 되게."

"옳아, 그것이 이상적인 건설이라는 것이렷다."

"휴게실에는 폭신한 소파를 얼마든지 설비해 놓아 누구나 자유로 들어가 쉬이도록 하구, 식당에서는 좋은 음식을 먹이게 하구, 홀은 가끔가다 음악회두 열구 연극두 할 수 있을 정도로 넓은 것이어야 하구. 도서실에는 음악 문학에 관한 서적과 미술품을 서고에 넣어 두구 임의로 열람하도록 할 것이구……."

"그만하면 본관의 설계는 됐을 테구."

"본관으로 들어가는 포치에는 진홍빛 줄기 장미를 뻗쳐 올려 기다란 홍

예문을 틀어 놓을 것이요, 앞뜰에는 전면 잔디 깔구, 그 속 군데군데에 여러 가지 모양의 화단을 꾸밀 것―"

"잔디는 영국종의 박래품이어야 하렷다."

"아무럼 한 가지 특색은 뜰 전부를 왼통 초록 속에 묻어 맨땅은 조금두 안 보이게 할 것이야. 포치로 통하는 기름길에다 흰 모래나 조약돌을 깔 뿐이요, 외는 전부가 초록과 화단의 각색 화초의 빛뿐이 있게. 화단에는 키 높은 화초를 피하구 땅에 깔리는 얕은 화초로 푸른 잔디의 바탕에다 '녹성음악원'의 글씨를 새길 테구."

"후원에는 나무를 심는단 말이지?"

"그렇지. 후원과 옆 뜰에는 으슥한 그늘이 지게 나무를 수북이 심는데― 백양나무 자작나무 단풍나무 느릅나무에다가 향나무 노가지나무 같은 상록수두 간간이 심을 테야."

의지에도 지쳐 미려는 혜주를 끌고 객실을 나와 자기 방으로 갔다.

불을 지핀 온돌의 따뜻한 맛은 의자의 세계와는 달라 으슬으슬한 시절에는 한층 각별한 것이다.

훈훈한 방바닥에 몸을 대고 두 사람은 유쾌한 공상을 그칠 줄 모르고 계속해 갔다.

"그뿐인 줄 아나. 굉장한 계획이 또 있거든."

미려는 새로운 재료로 혜주를 놀라게 하는 것이 지금 와서는 한 가지의 기쁨이 되었다.

"그러지 말구 숫제 왜 낙원의 한 귀퉁이를 떼다 놓지."

"―본관 옆에 별관을 짓구 거기다 체육실과 온실을 둔단 말야. 체육실에서는 팬츠 하나만으로들 뛰구 솟구 하면서 공 장난과 유희를 시키거든. 늠름한 처녀들이 길이길이 뛰면서 대순같이 꼿꼿하게 자라게. 온실에는 각색

311

화초와 열대 식물들을 심어 놓구 그 따뜻하구 후끈한 양지쪽에 학생들이 산보하는 터두 되게 하구.”

“또 무얼로 나를 놀래려누.”

“후원 한복판 나무 그늘로 가려진 속에 기막힌 것이 생기거든.”

“아담과 이브가 섰던 지혜 나무나 심는단 말인가?”

“아담은 왜, 이브들만의 세상인데. 이브들만에게 필요한 것을 맨들어 놓아야지.”

“어서 사람을 작작 놀리구.”

“풀이라나, 풀을 파 놓을 생각이야. 대리석으로 테두리를 한 깊은 못 속에는 아침저녁으로 새 물을 갈아대어 길이 넘는 푸른 물이 철철 넘쳐 있어서 여름에는 우거진 녹음이 비치어 물빛이 일면 파랗게 물들구 가을에는 붉구 누른 낙엽이 한 잎 두 잎 날아와서는 물 위에 둥둥 뜨렷다. 간들바람에 주름 잡힌 잔물결 위에—”

“그 속에서 이브들이 벌거벗구들 헤엄을 친단 말이지?”

“헤엄두 치구 가닥질두 하구 물싸움두 하구 유희두 하면서 공부에 지친 몸을 완전히 씻구 회복한단 말야. 그들이 기쁠 뿐이 아니라 그것이 한 폭의 아름다운 풍경을 이루어 보는 사람에게두 건강한 기쁨을 주게 되거든.”

“자 이젠 그만둬요. 그것만으로 배가 부르니.”

혜주는 듣기에도 지쳐 도리어 그편에서 자원하는 것이었다.

“그 모두가 결국 휴양에 속하는 일이니까 휴양부라는 것을 두어서 그 부의 의견과 재단으로 일체를 경영해 나가게 하는 것이 어떨까 생각하는데, 여기에 혜주와 상의해야 할 한 가지 의논이 있어.”

하고 혜주의 얼굴을 똑바로 바라보면서

“단영을 이용해 볼까 맘 먹구 있는데 혜주는 어떻게 생각하우?”

“단영을?”

혜주에게는 의외라고 하지 않을 수 없었다. 눈을 말뚱하게 뜨고 미려를 똑바로 본다.

"휴양부장으로 단영을 데려온단 말이야. 혜주는 학감이 아니겠수? 결국 그렇게 되면 나까지 세 사람이 음악원을 운전해 나가게 되거든. 세 사람이 단결해 나가면 무엇인들 못하겠수?"

"단영 한 사람을 구해내는 셈은 되지만 문제는 미려 자신의 맘에 있을 것이요. 지금까지의 피차의 기괴한 사이를 멀끔히 잊어버리구 새 맘으로들 대할 수만 있다면야 그만이지 더 물을 것이 있겠수."

"나야 단영을 맘에 둔 지 오래였다우. 과거의 관계쯤 아무것두 아닌 것이구, 이제 피차에 실패한 여자가 알몸으로 세상에 부딪쳐 다시 살아가려 구 할 때 단영에게두 따뜻한 재생의 길을 잡아 주는 것이 피차 여자된 몸으 로의 정의구 의무가 아니겠수? 무엇보다두 나는 단영을 실상으로 좋아해 왔구 앞으로두 정을 주구 지낼 수 있을 것 같으니, 문제는 되려 단영이 내 청을 받을까 어쩔까 하는 것인데."

"단영인들 왜 그런 호의를 거절하겠수? 영화계니 무어니 그런 불건강한 사회는 하루바삐 벗어 나오는 것이 이로운 일인데. 단영을 끌어들이도록 하 구. 그럼 벌써 만사가 해결이구료."

실현을 앞둔 것이므로 그 모든 공상은 한없이 즐거운 것이었다.

병원에서 아파트로 옮아온 단영은 완전히 회복이 되어 오랜 침대 생활과 도 하직이었다.

이 며칠 일어나 앉아 뜻 없이 방 안을 거닐다가 복도로 나가서는 아파트 구석구석을 기웃거렸다가 하는 것이 흡사 소생된 생명력을 시험해 보려는 것과도 같았다. 재기를 디디고 불끈 기지개도 써 보았다 사지를 죽죽 뻗치 면서 체조도 해 보았다 하는 것이 마치 기사가 사랑하는 기계의 능력을 살피듯 사랑하는 육체의 생활력을 조사하고 시험하자는 것인 듯도 했다.

'왜 그 짓을 했던구. 한 자리의 악몽이었던가.'

지난 과오를 뉘우치기까지 하지 않았으나 지금 새삼스럽게 거기에 마음을 쓰고 그것을 다시 원하지는 않았다. 소생된 육체를 굽어볼 때 그것을 아끼는 마음조차 솟으면서 지난날의 행동이 참으로 한 자리의 꿈으로 돌려지는 것이었다.

그 일이 있기 전보다 얼굴이 해쓱하게 씻겨진 것이 도리어 아름다워도 보이며 체경에 비추어진 상반신의 구석구석을 제 손으로 어루만질 때 내 육체의 신비로움에 새삼스럽게 마음을 솔렸다. 온실에서 자라난 것같이 전신이 맑고 희다. 귓불이며 콧등이며 손가락이 밀蜜같이 기름지고 부드럽다. 내 육체가 이렇게 아름다웠던가 하면서 시름없이 바라볼 수 있었다.

남쪽 창 기슭에 놓은 국화의 화분이 추위에도 시드는 법 없이 언제까지나 생생하고 기운차게 향기를 뿜고 있는 것도 전에 모르던 생명의 기쁨과 기운을 주는 것이었다. 시절을 극복하며 살아가는 그 자태가 말할 수 없이 귀한 것으로 여겨졌다. 국화를 바라보고 있노라니 어제 찾아왔던 미려의 자태가 다시 떠오르며 그가 남기고 간 말이 귓속에 쟁쟁하게 울려왔다.

"그럼 함께 손을 잡고 일해 봅시다. 여자가 약하지 않다는 것을 증명하기 위해서래두."

미려의 깨끗한 심정과 간곡한 말에 단영은 드디어 그의 청을 승낙해 버렸던 것이다. 피차에 원망을 품으려면 품을 수도 있는 처지에 그런 것을 넘어서 동성끼리의 따뜻한 정을 보여 주는 아량이 첫째 마음을 쳤고 음악 문화의 발전을 위한 그 사업 자체의 성질에도 흥미를 느낄 수 있었다.

새로운 일 속에 정신을 바친다면 지나간 사랑의 꿈쯤은 쉽게 잊어버릴 뿐이 아니라 차차 그것을 멸시해 버릴 수도 있을 듯 느껴졌다. 미려의 말을 고맙게 받고 함께 나가기를 맹세했던 것이다.

"사람에게 언제나 필요한 것은 멸망의 길이 아니라 재생의 길이요 부활의 길이 아니겠수. 용감해집시다, 언제든지."

하던 말도 마음속에 배어 언제까지나 남아 있을 것 같았다.

오늘 저녁은 '녹성음악원' 설립기성회의 연회가 있다는 것이다. 새출발의 첫 장부터 충실하기 위해 단영도 출석을 약속해 두었다. 벌써 오후부터 체경 앞에 걸어앉아 몸을 차리기에 골몰해 있는 중이다. 여자의 일상생활의 일부분인 화장이라는 것이 오늘에 있어서는 단영의 재생의 첫 표식도 되었다. 내어 디딘 첫걸음이요 첫 경영이었다. 밀같이 맑은 얼굴에 크림과 분이 보얗게 조화되었다.

어제 미려는 검은 외투에 몸을 툽툽하게 싸고 왔었다. 그 자태가 전에 없이 탐탁해 보이면서 단영에게 일종의 무언의 충동을 주었다. 툽툽한 외투― 그대로가 생활의 의욕의 강렬한 표징임에 틀림없다. 단영은 오늘 벼락같이 의걸이 속의 외투와 털목도리를 찾아냈다. 그것을 입고 오늘 첫걸음을 내놓을 생각이었다.

또 한 가지 미려가 신었던 새까만 구두도 마음속에 배어 생각났다. 은은히 빛나는 새까만 구두는 흡사 맹렬히 솟는 식욕과도 같이 생활욕을 불 질러 주는 것이었다. 단영도 오늘 새까만 구두를 내서 신을 때 빛나는 구두 끝에 푸른 하늘과 흰 구름이 비추어질 것을 생각하니 마음이 한없이 유쾌해졌다.

혜주는 남편 안상달에게

"'녹성음악원'의 탄생두 앞으로 시일을 다투게쯤 됐는데 여자들만의 손으로 아쉬운 일두 있구 하니 당신두 한몫 거들어 주어야 할 텐데."

《남방비행》이 음악원의 탄생으로 변했다? 나두 대체로 취지에 찬성이긴 하나 남자의 개입은 절대 엄금이라면서?"

"여자들만의 일이긴 하나 앞잡이로 나서서 말마디나 하는 사람이 필요하지 않겠수?"

"역시 남자와 타협하자는 것이지. 여자의 독립은 불가능한 모양이야."

"아따 큰 체는 말아요. 싫으면 그만이지."

"누가 싫기야 하다나. 결과가 어떻게나 될까 해서 하는 소리지."

그러나 어떻든 안상달은 아내도 한몫 끼어서 서두르는 그 일을 조력하기에 인색하지는 않았다. 아내의 하는 일을 책임상 버려둘 수만도 없어서 후원의 한몫을 맡아 나서게 되었던 것이다.

원래 '녹성음악원'의 계획은 교향악단 후원에서 비롯된 것이었고 교향악단의 초빙은 현대일보 주최의 사업이었으므로 음악원의 계획을 생각하게 한 것은 말하자면 현대일보였던 것이다. 그 책임으로 사社는 '녹성음악원'의 설립을 촉진시키자는 후원회를 조직했다. 그 후원의 소리 아래에서 미려는 음악원의 탄생을 더 원활하게 하자는 것이었다. 후원회에 직접 관계된 것은 사장을 비롯해서 주로 종세였다. 그 후원회에 안상달도 한몫 이름을 걸고 사랑하는 아내를 위해 한 줌의 힘을 아끼지 않게 되었던 것이다.

그날 밤의 설립기성회의 연회라는 데는 그 후원회의 한 패—신문사로서는 사장을 대신한 주필과 종세, 거기에 안상달을 넣은 세 사람이 출석하게 되었고, 그들을 맞이해 함께 상의하고 말을 듣게 된 것이 주인 측인 미려와 혜주와 단영의 세 사람이었던 것이다.

여섯 사람이 한자리에 모여 앉으니 제법 방 안이 차는 것이 회로서 결코 작고 소홀한 것이 아니었다. 그 단정하게 차리고 모여든 한 패가 앞으로 탄생될 음악원의 전도를 축복하는 듯 더없이 의젓하고도 청아하게 보인다. 더욱이 세 사람 여자의 각각 마음껏 아담하게 차린 단정하면서도 조금 화려한 모양들이 자리를 훤히 빛나게 하고 공기를 부드럽게 해서 아무데서도 볼 수 없는 명랑한 분위기를 이루었다.

그 청아한 속에서 단영이 유독 누구만도 못하고 빠질 것도 없었다. 그의 과거의 경력이나 어지럽던 생활이 무엇이랴. 주위가 그를 빛나게 해 주면 그는 자연 빛나는 것이다. 지금 그 자리에서 아무도 단영에게 지난날의 판단으로 편견을 가지는 사람이 없을 뿐이 아니라 도리어 한 사람의 인격체로 존경하는 것이었고, 따라서 단영 자신 과거를 어느 결엔지 멀끔하게 씻어 버린 맑은 자태로 총중에서 빛나는 존재가 되었다. 목욕재계하고 새로운 희망 앞에 단정하게 앉은 여자의 자태란 일종 성스럽게도 보이는 것이다. 그날 밤의 단영의 모양이란 그 어느 때에도 볼 수 없었던−몇 번이고 다시 바라보이는 고결한 것이었다. 말하자면 새로운 인물의 탄생이요 새로운 인격의 창조였다. 그날의 단영은 결코 지난날의 단영이 아니었다.

그런 단영을 옆에 놓고 친우 혜주를 또한 옆에 앉히고 맞은편에 세 사람의 사회의 중견 인물인 남자를 거느리고 복판 자리에 앉은 미려의 심중은 말할 수 없이 기뻤다. 활개를 편 공작같이 자랑스러운 것은 그 외모뿐이 아니었다. 마음속은 외모 이상으로 화려하고 자랑에 넘쳤던 것이다.

'경력이 새로 시작되려는 것이다. 나두 기어쿠 가두로 진출하게까지 되었던 것인가.'

생각할수록에 감개가 무량하다. 인생은 길고도 즐겁다. 이렇게 자랑스럽고 새로운 길이 있을 줄을 몇 달 전에 어찌 알았으랴. 넘치는 감격에 눈물조차 흐를 듯 가슴이 벅차다.

"'녹성음악원'의 탄생에 세상이 놀랄 것이 사실인 것은 지금까지 이 땅에는 그런 문화 기관이 하나도 없었던 것과 경영의 포부와 규모가 범속하지 않고 처음 보는 독창적인 까닭이라구 생각합니다. 그런 기관의 필요를 얼마나 우리들은 느껴 왔으며 그 출현을 고대해 왔겠습니까. 이제 그 오래된 갈망을 채워 주려구 '녹성음악원'이 생기려는 것입니다. 우리 몇몇 사람만의 기쁨이 아니라 이 땅의 모든 뜻있는 사람의 충심으로의 기쁨이어야 할 것입니다."

후원회로서의 축사도 지나고 거기에 대한 미려들의 인사말도 끝난 후 연회가 시작되고 자리는 차차 간담으로 들어갔다. 주필이 꺼내는 말은 축사를 할 때에 한 말과 다름이 없는—그날 밤은 결국 축사만이 필요하고 그것만으로 족하다는 것이었을까.

주필의 뒤를 이은 것이 안상달이었다. 그의 말도 필경은 칭찬의 말밖에는 되지 않았다.

"세상을 놀랜다면 무엇보다두 여자들끼리만의 기관이라는 점일 거요. 그런 것이 아직 없는 곳에서 얼마나 사람들의 이목을 신선하게 끌게 되는지 내게는 큰 흥미의 하나요. 이 사람들에게 주는 흥미와 인상을 언제까지나 깨끗하구 굳게 지속시켜서 유종의 미를 거두어야 할 것이 남겨진 단 하나의 임무일 것이요."

"특히 음악 사업이라는 점에 중대한 뜻이 있는 것인데 우리같이 일상에 음악을 모르구 지내는 백성이 또 있겠수? 문화가 높은 사회일수록에 음악을 사랑하구 그것을 생활화하는 것이니 음악원의 뜻이 큰 것이요, 음악의 일반화 민중화 생활화를 목표 삼구 장구한 노력을 해가는 동안에는 모르는 결에 우리 문화두 높아져 있음을 발견하게 될 것이요."

종세는 늘 하는 음악 필요론의 변설을 또 한 자리 늘어놓는 것이었다.

"사람의 사회가 아무리 변천한다구 해두 음악에 대한 사랑만은 변할 날이 없을 거요. 문학이나 그림이 다 예술의 부분으로 큰 것이지만 음악같이 직접 마음을 울리구 흔드는 데는 한 걸음 뒤설 거요. 즐거울 때나 노여울 때나 슬플 때나 음악을 들으면 모든 감정이 완화되구 부드러워지니 사람이 참으로 화합할 수 있는 마지막 조건은 음악이 아닐까. 음악 속에 잠겨 있는 뭇 사람의 감정의 순간을 포착할 수 있다면 고래의 허다한 정치가와 사상가가 이루지 못했던 인류의 이상적인 사랑의 나라를 가장 수월하게 세울 수 있지 않을까. 음악에서 받는 순간의 영감은 사상가의 백 가지의 이론보다도 더 즐겁고 효과적이요 강렬한 것이니까―음악은 생활의 밥이요, 아니 밥 이상의 것일는지두 모르지. 사실 나는 세상 것을 통틀어서 무턱대구 무엇이 제일 좋으냐고 묻는다면 음악이라구 단마디에 대답할 거요. 즉 밥보다두 옷보다두 사랑보다두 야심보다두 무엇보다두 음악이 좋은 것이구, 그것이 있으면 적어두 일정한 순간 모든 것을 잊을 수가 있겠단 말요. 세상 사람이 나를 음악광이라구 하거나 말거나 이 생각은 변할 날이 없을 테니."

종세의 의외의 열정을 좌중은 웃음과 박수로 대하게 되었다.

"더구나 아까 들은 주최 측의 계획과 포부가 장하구두 특색 있는 것이어서 그 점에두 우리는 두 손을 들어 찬성하는 것이어니와 앞으로 참으로 사회에 공헌함이 클 것을 믿는 터이며 아울러 우리는 후원의 손을 조금두 애끼지 않을 거요."

대답할 순서인 듯한 자기의 차례를 살피고 미려는 감사의 말로 대신하는 것이었다.

"여러 가지 말씀 고맙습니다. 선생님들의 응원의 덕으로 반드시 좋은 결과를 맺게 될 것을 믿으며 경험 없는 우리 세 사람일망정 힘을 다하겠습니다."

하면서 혜주와 단영에게로 고개를 돌리니 두 사람은 의젓이 긴장되어 있다.

"이런 좌석에 응당 사장도 나왔어야 할 것을 공칙히 되지 못할 자리가 있어서 내가 대신한 것인데―오늘밤 축배는 맛두 각별한 듯합니다."

주필은 잡담을 섞어가면서 잔을 거듭했다.

사장을 불러 간 피치 못할 자리라는 것은 별것 아니라 그날 밤 바로 그 같은 집에서 열린 일마 부부를 대접하는 조그만 회합이었다. 때늦은 감이 있기는 있었으나 사장은 알맞은 기회를 못 잡아 늘여오던 피로연을 마침 그날 밤에 열기로 했던 것이다. 신문사 주최의 교향악 연주회를 크게 성공하게 한 일마의 수고를 위로하자는 것이었다. 순전히 사장 자신의 뜻에서 나왔던 것이었으므로 그는 그날 밤 일마 부부를 상대로 한 주인이었다. 음악원 기성회의 자리에는 그러므로 주필을 대신 출석시켰던 것이다.

미려의 연회와 일마의 연회가 하룻밤 같은 집에서 열리게 되었다는 것이 그다지 신기한 우연도 아닌 것은, 사장이 열게 된 그 두 가지 잔치를 그 자신의 뜻으로 편의상 하룻밤으로 밀었던 까닭임으로다. 물론 한 집에서 여는 것이 편했기 때문에 한 방에는 주필을 보내고 한 방은 자기가 맡았을 뿐이지 그 외에 별다른 이유나 계획이 있었던 것이 아니다. 그 우연 아닌 우연은 그러기 때문에 그날 밤의 두 방의 운명에 이렇다 할 변화를 끼친 것도 아니요, 따라서 이 이야기에 지금 이상의 발전을 줄 것도 아니었다. 말하자면 무의미한 '우연'이다. 그런 '우연'도 있는 것이다.

하기는 미려는 그런 곡절을 알았을 때 공연히 뜨끔해지면서 마음이 설레기는 했다.

"다른 방에 일마들이 왔다구요. 반가운 일이군요. 하룻밤에 경사스런 잔치가 두 군데씩이나 되면서."

태연히는 말했으나 가슴속은 반드시 태연하지도 않았다. 그때까지의 침착이 잃어지면서 알 수 없이 설레는 것이었다.

단영 역시 그러했고 그런 두 사람의 모양을 혜주는 민첩하게 잘 알 수 있었다.

"그쪽은 피로연 이곳은 축복의 잔치─두 곳 다 경사스럽구 말구요."

"웬만하면 한 자리에서 같이 해두 좋았을걸요. 굳이 가르지 말구."

혜주는 늠실하고 웃으며 미려의 옆구리를 찌르니 종세가 도리어 그 말을 가로채어서

"글쎄요, 그러지 못할 법두 없을 것을."

미려는 더욱 얼굴을 발그레 물들이게 되었다.

"부부는 부부 저희는 저희죠. 굳이 합류할 필요야 있나요. 저희들은 여자끼리의 여자들만의 사업인데 쓸데없이 남자를 개입시킬 필요는 없어요. 오늘 밤 후원회의 뜻은 고맙게 받습니다만, 음악원에는 일절 남자는 금지거든요."

"오라, 참 금남禁男의 집이었겠다요. 황공합니다."

종세는 빙그레 웃음을 띠면서 곧잘 장단을 맞춘다.

"어떻든 두 편에 다 행복이 넘쳐흐르고 앞길이 광명에 차지기를 축수합니다."

하고는 잠시 자리를 떴다. 일마들의 방을 다녀올 생각이었다. 오늘 밤 종세는 두 방을 함께 맡은 양서兩棲 동물인 셈이었다.

미처 일마들의 방으로 들어가기 전에 복도에 나왔던 일마를 모퉁이에서 만나게 되었다.

종세의 입에서 미려들의 이야기를 처음 듣고 일마도 사실 뜨끔해졌다.

"그런 줄은 깜짝 몰랐네그려. 음악원 소리는 자주 들었으나 벌써 후원회까지 생겼다? 반가운 일이야."

"단영이며 혜주며 미려가 의젓하게 앉아서 포부와 계획을 이야기하는 광경이란 제법 그럴듯한데. 사람이 계획을 세우면 자연 거기에 맞는 품격과 위풍이 생기는 모양이야. 오늘 밤의 미려를 보구야 누가 원장감이 못 된다구 하겠던가."

"지금 세상에 여자끼리만으로두 무슨 일인들 못 하겠나. 그런 색다른 단체가 생긴다는 것이 문화 향상의 한 좌증도 되는 거야."

"단영두 아주 새침하게 앉은 것이 부장감 이상이지. 어제까지의 단영은 어디로 갔는지 아주 사람이 달라졌어."

"흐음."

종세와 함께 방문을 열면서 일마는 깊은 감회 속에 잠겼다.

사장과 과장과 연예부 주임에 일마들 부처를 넣어서 한집안 같은 단란한 모임이었다. 그 단란한 공기는 무엇보다도 일마 부처의 조화된 태도에서 오는 것이었고 더욱이 나아자의 스스러워하지 않는 유쾌한 거동에 말미암은 것이었다. 부부의 그런 태도는 늙은 사장의 원하는 바여서 그를 기쁘게 하고 좌석에 평화로운 기색을 떠돌게 했다.

미려들의 모임이 엄숙하고 의젓한 데 비겨 한 쌍의 좋은 대조였다. 세 사람 여자의 엄숙한 자태가 새로운 계획과 사업에 확실성의 인상을 준 것은 좋은 일이라고 하지 않을 수 없다. 그 모임의 분위기는 그것으로써 사업의 전도를 축복하고 예상하기에 족한 것이라면, 일마들의 모임의 평화롭고 단란한 것은 또 그 모임의 성질로서 적당하게 어울리는 것이다. 앞으로는 안온하고 단란한 생활의 경영만이 남은 일마 부부이다. 격동과 흥분은 두 사람에게는 벌써 지나가 버린 경력이다. 미려와 일마의 두 생활의 설계가 각각 감격과 기쁨을 품으면서도 그 모임에 나타난 인상이 다른 것은 그런 점에 원인된 것이었다.

종세가 들어갔을 때 나아자는 방바닥에 뻗은 두 다리를 처치하기 어려워 거북하게 가두고 앉아 식탁을 진귀한 것으로 대하고 있었다.

"어떻습니까. 조선 음식이 아직두 서툴죠?"

"서툴긴요. 아주 이렇게 익숙해졌답니다."

말을 듣고 보니 그런지 젓가락을 쥐는 솜씨가 확실히 전보다는 익숙한 것이다.

"온돌의 맛은요?"

종세가 뒤미처 물으니까

"이 따뜻하고 정다운 맛은 무엇보다두 나아요. 페치카보다두 낫구 스팀
보다두 낫구 난로보다두 낫구요."

그 훈훈한 맛에도 어느 결엔지 익은 모양이었다.

"나아자는 온돌주의자랍니다."

일마의 설명의 뒤를 받아 나아자는 선언하는 듯이

"그렇답니다. 온돌은 세계적이에요. 그 이상 가는 난방 장치가 있을 것
같지 않아요. 봄에 집을 지을 때 온돌방 한 간을 꼭 늘리도록 지금부터 일
마를 조르구 있는 중이에요."

하며 남편을 보고 웃는다. 사실 나아자에게는 온돌과 조선 음식이 그날
밤이 처음이 아니었고 몇 번 거듭 대하는 동안에 점점 그 찬미자로 변한 것
이었다. 그날 밤도 말하자면 그에게는 또 하룻밤 조선식 찬미의 밤이었다.
신선한 식욕으로 차근차근 식탁의 것을 모조리 맛보아 갔다.

약식이며 약과며 식혜며 정과며—모두 그의 즐기는 음식이다. 한입에 맞
는 음식이 다른 입엔들 그다지 어그러질 배는 아니었으나 나아자의 즐기는
정도는 또한 각별한 것이었다.

"수정과는 흡사 찬 커피 맛이에요."

하고 계핏가루의 향기를 커피의 향기에다 비겼다가

"약식은 달게 끓인 스튜의 맛 같구요."

하고 감상을 말하던 나아자가 오늘밤에는 벌써 그런 비평의 말은 불필
요한 듯 식사에만 열중했다.

방바닥에 앉아 얕은 식탁에서 조선 음식을 먹는 나아자의 자태가 문득
종세들의 눈에는 극히 자연스런 것으로 비추어 오면서 한때 거북스럽게 보
았던 인상도 오늘 밤에는 종적도 없이 사라져 있었다. 머리카락이 검든 붉
든 말소리가 다르든 같든 차려진 생활의 잔치 앞에서는 피차가 같은 것이
며 부자연할 것은 없는 것이다—이것은 중요한 일인지도 모른다.

생활 양식의 차이쯤이 근본적인 난관은 아니다. 밀을 먹든 쌀을 먹든 그 근본의 차이라는 것은 극히 사소한 것이다. 굳은 사랑이 있을 때 인류의 동화는 손바닥을 번기는 것보다도 쉬운 노릇일지 모른다.

요란하게 들볶아치는 유흥의 모임이 아닌지라 한 시간 남짓 지나니 대접도 거의 끝나고 조용한 자리는 더욱 적적해 갔다. 과장과 주임들의 재담으로 좌석의 활기가 지속되어 나가는 형편이었다.

종세가 다시 제자리로 돌아가노라고 나간 후 일마도 그만 그날 밤 모임은 그것으로 끝마칠까 하고 마지막으로 잠시 숨을 돌릴 생각으로 방을 나갔다.

요정으로서는 아직 초저녁인 셈이다. 복도는 사람의 그림자로 어지럽고 방방에서는 유흥의 소리가 바야흐로 높아가고 어울려 가는 중이었다.

일마는 그 무슨 생각에 사로잡혀 있었던 것일까. 그러나 마음속을 훑어보고 또 훑어보아도 이렇다 할 생각을 찾아낼 수는 없었다. 그렇다면 머릿속에 떠오르지 않는 숨은 의식이 모르는 결에 마음을 휘어잡고 있었다는 것인가. 그 무엇에 마음이 팔려 있었던 것이 사실인 것이 화장실로 들어갔다 나오던 길로 방을 찾는 것이 엉뚱한 옆 복도로 걸어간 것이요, 걸어가다 문득 문이 열린 빈방을 흘끗 들여다보고 그 안에 앉은 한 사람의 여인의 자태에 어쩔 줄 모르고 꽉 막혀 버렸던 것이다.

"누구던가, 저게 누구던가?"

바위 앞에서나 막혀 선 듯이 순간 정신이 깜빡 죽으면서 옳은 분별이 없는 것이다. 반드시 술을 몇 잔 했던 까닭도 아닌 듯싶다.

장승같이 버티고 섰다가 다음 순간 깜빡하고 바위가 물러가고 정신이 깨이면서 방 안의 인물의 정체를 옳게 인식했던 것이다.

"미려가 아닌가?"

극히 짧은 찰나의 일이었으나 일마는 얼떨떨한 머리를 흔들면서 부끄러운 생각조차 들었다.

무슨 까닭에 그런 순간의 몰의식 상태에 빠졌던 것일까. 그의 마음을 아까부터 사로잡고 있던 정체 모를 숨은 의식이라는 것이 미려에게 대한 것이었단 말인가. 마음먹었던 것이 별안간 앞에 놓인 까닭에 도리어 의식을 잃었던 것일까. 몸이 허전허전하면서 겸연한 마음을 금할 수 없었다.

"연회라면서 왜 여기는 혼자 나와 계신가요?"

방문을 들어서면서 물으니 미려는 정면으로 뚫어져라는 듯이 일마의 얼굴을 노리더니 고개를 숙이고

"숨을 좀 돌리러 나왔어요-자리는 점점 요란하구 수다스러워져서요."

대답한다.

미려와 만남이 웬일인지 그것이 마지막이 될 것 같은 느낌이 불현듯이 치밀어 올라오면서 그 순간의 충동으로 일마는 분별을 잃고-방문을 닫고 미려의 앞에 앉아버렸다. 마지막 작별의 말을 해야 할 것같이 느껴졌던 것이다.

"'녹성음악원' 설립의 소식은 종세 군에게서 자세히 들었습니다만-뜻대로 되어 나가 좋은 결과를 맺게 되기를 빕니다."

미려 역시 일마와 같은 생각에 잠겼던 것일까. 일마의 얼굴을 다시 대담하게 노려보면서 그 타는 눈동자 속에 말로는 나타낼 수 없는 천 가지 회포가 묻혀 있음이 보인다.

"축복의 말은 되려 제가 먼저 드려야 할 것 같아요-앞으로 가정생활에 만복을 누리소서고."

충심으로서의 말일는지는 몰라도 일마가 비꼬아 든다고 안 될 법도 없을 듯하다.

"앞으로두 함께 이 서울에 살아가게 되련만 웬일인지 더 만나게 되지 못

할 것 같으면서……."

"만나지 못하는 것이 차라리 좋지요. 자꾸 만나서 어떻게 하게요."

빗나가기만 하던 미려도 참말을 해야 할 때도 있다.

"그러나 만나지는 않는다구 해두 서로 서울에 있다는 것이 웬일인지 든
든은 해요."

이 말이야말로 속임 없는 진실이 아니었을까.

"인생은 짧다구 해두 긴 것이니까. 또 앞길이 어떻게들 될는지 뉘 알겠
수."

"편안하시구 일 잘하시구 안녕히들 계세요. 이 비는 맘에 거짓은 없어
요."

목소리가 흐려지는 것을 경계하며 미려는 이 자리에서 또 울어서는 안
된다고 입술을 꼭 물고 마음을 다구지게 먹는 것이었다.

신문사 사람들의 덕으로 주택도 의외에 수월하게 알맞은 것을 구하게 되
었다.

외국 영사관이 바라보이는 언덕 위의 조그만 한 채는 첫눈에 나아자의
마음에 들었다. 일마도 다행으로 생각하면서 집을 돌아보는 날 나아자에게
밑지지 않을 정도로 기뻐했다.

외국 선교사가 들었었다는 그 집은 조그만 벽돌 외채에 넓은 뜰이 달
려 있었다. 뜰이 넓은 까닭에 집이 한결 작게 보이는지도 모른다. 펑퍼짐하
게 열린 언덕 일대가 그 집에 붙은 것이었다. 누렇게 시들은 잔디 위에 장미
나무 가시덤불이 군데군데 퍼져 있고 단풍나무가 사이사이에 들어서서 그
도회의 한 폭 위에 전원의 맛이 넘쳐 있었다. 낡은 벽돌 벽에는 담쟁이넝쿨
이 일면으로 시들어 붙은 속에 머루 같은 조그만 열매가 지천으로 달려 있
다. 여름이면 담쟁이 속에 왼통 싸이게 될 그 푸른 집이 얼마나 아름다우려

니 짐작되었으나 넝쿨만 남은 겨울 풍경도 그다지 스산하고 살풍경한 것은 아니었다. 더구나 잠시 동안 내 집이거니 하고 바라보니 부부에게는 달갑고 정다운 생각이 들었다. 새봄에 새집을 짓기 시작해서 들게 될 때까지 한 반 년 동안 들어 있을 집이다. 하루하루의 생활이 귀중하고 즐거울 때 반년 동안의 생활이란 길고 오랜 것이다. 부부생활의 첫 집임을 생각할 때 한층 정회가 깊다.

포치를 들어선 바로 옆방 남쪽 창에 의지하면 시가의 거의 반이 한눈에 바라보인다. 남쪽 시가지의 굵은 집들과 은성한 인상이 손에 쥐일 듯이 굽어보이며 더구나 불 켜진 밤경치는 신선하고도 아름다운 것이어서 그런 조망이 행복감을 한층 더 주는 것도 사실이었다.

집을 살펴본 그날로 위선 석탄을 들여 벽로에 불을 피우고 침대를 들여놓고는—호텔에서 벼락 이사를 하게 되었다. 여러 가지 집안의 정리와 잔손질은 들어서 살면서 조금씩 해 갈 작정이었다. 호텔에서 나르는 이삿짐이라고는 몇 짝의 트렁크뿐이었고 일마는 한편 능보의 아파트에 묻어 두었던 세간, 책과 책상과 의걸이 등속을 나르게 했다.

원체 새살림의 시작이라 새집이 된 후에 쓰게 될 모든 세간 그릇을 미리 사들이게 되었다. 결코 용이한 일이 아니었다. 즐거우면서도 힘드는 일이었다. 찬찬한 계획과 세밀한 주의와 명민한 거래와—그 위에 끈기와 노동이 필요했다. 살림에 드는 것은 의자나 의걸이뿐이 아닌 것이요, 한 바람의 실과 한 개의 못조차 필요한 것이기 때문이다. 실과 바늘과 못과 장도리 걱정까지를 하다 나면 머릿속은 실오리같이 헐크러져서 이루 두서를 가릴 수가 없게 되었다.

"생활의 경영이란 쉬운 노릇이 아니구료."

"그르믄요. 인간사의 근원인데 쉬울 리가 있어요. 설계 중에서두 제일 중요한 것이 새살림의 설계가 아니겠어요? 괴롭구두 즐겁죠."

나아자는 잠만 깨면 또 신선한 정신과 새로운 용기로 그날 일을 맞는 것이었다.

수많은 의자와 탁자와 책상과 의걸이와 침대와—대강 굵직한 것을 차례차례로 들여놓으니 방은 한 간 한 간 모양을 갖추어 갔다. 그러나 나아자에게 무엇보다도 중요한 것은 부엌일에 관한 일체의 도구였다. 어느결에 그렇게 살뜰한 주부가 되었는지 그는 찻잔 한 개의 선택에도 자기의 취미를 주장했고 접시 한 개를 골라도 세밀한 주의를 아끼지 않았다.

조리장의 설비가 대강 갖추어졌을 때 첫솜씨의 음식을 만들어 보면서 한편 수많은 창을 가리울 커튼을 만들기 시작했다. 나아자의 의견에 의하면 커튼은 한 집의 가장 중요한 인상을 주는 물건이라는 것이다. 교양과 취미를 외부에 보이는 마음의 표징이라는 것이다. 손수 끊어 온 여러 가지 색깔의 헝겊에 독창적인 의장을 베풀면서 재봉기 앞에서 소리에 맞춰 휘파람을 부는 나아자였다.

며칠 동안의 부부의 노력으로 빈집은 살뜰한 새 손님의 보금자리로 변했다. 색채가 귀한 때이라 뜰이 단조하고 집 외모가 헌출하기는 하나 그러나 또 겨울인 까닭에 집안의 공기는 도리어 옥신하고 따뜻한 것이었다. 나아자가 공들여 만든 커튼의 짙은 빛이 창을 가리어 밖에서 보면 그것이 집 전체를 치장하는 한 점의 화려한 터치였다. 단조한 벽돌 벽이 그 안에 풍부한 것을 간직한 듯 연상시키며 사치하게 보였다. 굵은 네모의 굴뚝에서는 종일 가는 연기가 피어오르면서 그것이 흡사 찻그릇에서 피어오르는 따뜻한 김 같이도 달갑게 보인다.

젊은 여주인 나아자는 겨울옷 위에 짧은 행주치마를 입고 제법 일가의 주부다운 풍격을 보이고 있다. 선량한 아내라는 것은 언제나 동시에 알뜰한 주부여야 한다. 식모를 두자는 의논이 있어서 구하고 있는 중으로 그가 올 때까지 주부의 노역을 면하지 못할 것이며 비록 온 후이라도 나아자는 주부의 특권을 알뜰히 행사할 것이다.

"한 가지 무에 빠진 것이 있는 것 같지 않아요?"

"글쎄 무엇일까―이것만으론 좀 적적한 듯하면서."

"옳지, 음악이에요. 음악이 빠졌어요."

며칠 동안 바쁜 통에 두 사람은 음악을 잊었던 모양이었다. 한시도 그것 없이는 살지 못하던 그들이 이제서야 그 필요를 느낀 것은 일에 얼마나 골몰했던가를 말함이다.

조그만 피아노 한 대를 객실에 날라다 놓고 나아자는 적지 아니 만족한 모양이었다.

행주치마를 벗고 하루 한때씩은 그 앞에 앉았다. 그런 때 나아자는 반드시 몸을 가다듬고 새 옷을 갈아입고 새로운 자태와 경건한 마음으로 그 즐거운 시간을 시작했다. 생활의 잔을 한 방울 한 방울 침착하게 맛보는 것이다. 즐거운 생활일수록에 경건한 마음이 상반相伴되는 것이며 경건하게 할 수 있어야만 참으로 즐거운 생활인 것이다.

다뉴브강을 노래한 왈츠의 곡조가 흐를 때에는 일마는 나아자의 옆에 의지해서 그의 경쾌한 손가락의 움직임을 바라보며 멀리 생각을 하얼빈으로 달렸다. 지난 하얼빈의 나날의 회상은 언제나 왈츠의 곡조와 얼크러져 떠올랐다. 나아자의 마음과 부딪친 것은 왈츠의 밤이 아니었던가.

다뉴브강의 향수가 나아자에게는 바로 송화강에 대한 향수인 듯 건반을 스치는 손가락이 그대로 하나의 표정을 가진 듯도 하다.

맑게 개인 날이면 피아노의 선율은 한층 또렷하게 흘러나와 그 언덕 위의 집에다 생명과 성격을 주었다. 그때까지 그 집에 들었던 식구들과 또 나아자들 이후에 그 집에 들어 살 식구들 중 그 어느 식구들과도 다른 성격을 지금의 그 집은 가지고 있는 듯하다.

겨울날로서는 드물게 푸른 하늘을 내다보면서 부부는 창에 의지해서 행복의 포화 상태에 있었다. 지금 그들에게 더 필요한 것이 또 무엇일 것인가.

"가이 없는 푸른 하늘—"

행복도 무한하고 불행도 무한한—무한한 인생같이도 가이 없는 창공을 바라보며 나아자는 자기 한 몸이 푸르게 물드는 듯도 한 착각을 느꼈다.

"—저기서 무엇이 떨어질까요?"

"무엇이 떨어질꾸. 정녕코 떨어질 것은 같구먼."

반문하는 일마를 바라보며 나아자는

"어디 눈을 감아 보세요. 무엇이 떨어지나?"

"자—"

눈을 감으니 또 한 가지 분부.

"입을 벌리구요."

"아!"

눈을 꾹 감고 입을 아 벌리고 푸른 하늘을 우러러 향하고 있는 일마의 얼굴에 떨어진 것은 부드러운 촉감과 따뜻한 체온이었다—푸른 하늘에서 떨어진 것은 나아자의 몸과 사랑이었던 것이다.

창공의 선물로 그에 지남이 어디 있으랴. 일마는 내 몸의 행복을 새삼스럽게 느끼며 아내의 힘에 응하는 것이었다.

여담餘譚

:

아파트 청운장의 일마가 옮겨 간 뒤의 빈방에는 다음 날로 즉시 한 사람의 새로운 생활자가 들게 되었다. 은파였다. 능보의 바로 옆방에 동무 일마 대신에 동무라기보다는 좀 더 사이가 가까워진 은파가 옮아온 것이다.

능보와 은파의 관계는 겉으로는 서로 험구와 싫은 소리를 건네면서도 남모르는 사이에 점점 깊게 맺어졌다. 일종 기묘한 사이였다. 만나면 개와 고양이같이 부질없이 응얼거리던 그들이 어느 결엔지 그렇게 동거를 약속하게까지 되었음을 알았을 때 사실 동무들도 놀랐다. 은파의 알지 못할 숨은 매력에 의함이었을까. 피차의 겉으로의 반목은 도리어 참된 사랑의 역 표현이었던가.

능보는 아직 개업은 하지 않았으나 두 사람의 생활비를 지탱해 갈 만한 능력은 가졌다. 은파가 '실락원'의 초라한 직업을 버리고 능보와 공동생활을 시작하게 된 것은 연래의 희망이었고 희망의 성공이었다. 결혼이니 무어니 하는 구식의 귀치않은 생각을 버리고 뜻이 맞는 때까지 한 지붕 아래에서 살아가자는 것이었지 그 이상의 엄격하고 주체스런 작정은 없었다. 능보는 독신 생활보다는 그편이 훨씬 편리하고 낫다고 생각했던 것이요 은파도 물론 그 정도의 같은 생각으로였다.

은파가 가져온 짐이라고는 트렁크 두 짝밖에는 안 되었다. 공동생활이라고는 해도 역시 은파가 능보 쪽에 합류하게 된 셈이다. 두 개의 트렁크만을 들여놓기에는 빈방은 너무도 넓고 휑휑했다.

"차라리 당신 방에 함께 들여 놀까요?"

은파가 방 가운데 서서 그 휑함을 탄식하면 능보는

"될 말인가. 두 사람은 언제나 두 개의 인격인데 좁은 한 방에서 복작거리다니. 각각 제 방 한 간이야 제가 지배해야지."

하며 반대하는 것이었다.

"일마의 혼이 그 어느 구석엔지 남아 있는 것 같아서요."

"육체와 짐과 함께 완전히 나아자에게로 날아가 버린 일마의 혼이 그 냄새 한 방울이나 여기에 남길 줄 아우?"

결국 은파는 완전한 방 한 간을 차지하게는 되었으나 실상에 있어서는 그것은 은파만의 방이 아니라 능보의 방이기도 했다. 은파는 두 짝의 트렁크만을 부치고 기실 능보의 모든 세간—의걸이며 책상이며 의자며를 함께 공유하게 되었고 그 한 간의 새 방은 두 사람의 침실로 작정했던 까닭이다. 두 방은 결국은 한 방인 것이요 두 사람은 두 몸이며 한 몸인 것이었다. 벽을 사이에 두었을 뿐인 두 간 방은 그 새로운 인물을 한 사람 더하자 종래와는 판이한 새로운 성격과 풍속을 띠게 되었다. 은파는 '실락원' 시대보다는 나날의 생활이 말할 수 없이 자유롭고 즐거워져서 다시 낙원을 얻은 셈이었을까. 뭇 사람에게서 천대를 받은 인간이 아닌 것이요 자기를 옳게 주장하는 사람이 되었다. 한 가정의 주부처럼 조그만 두 방을 알뜰하게 다스려 감이 얼마나 즐거운지 갱생한 자신의 자태를 돌아보고 또 돌아보고 했다. 능보가 출근 시간이 되어 연구실로 나간 뒤 혼자 남은 은파의 맡은 일과라는 것은 두 간 방을 깨끗하게 치우고 정리하는 일이었다. 머리를 수건으로 가리고 빗자루를 들고 휘파람을 불면서 그는 스스로 즐거서 점점 의

무에 매인 암탉이 되어 갔다.

능보가 소중해 하는 현미경을 닦을 때에는 세심한 주의를 해가며 능보의 비위를 맞추기에 노력했다. 그 노력이 물론 즐거움의 하나였다.

능보가 돌아왔을 때 기뻐하는 양을 보는 것이 하루 동안의 아마도 가장 즐거운 순간이 아니었을까. 의자에서 냉큼 일어서는 은파를 보고 능보는 무슨 대명사로 그를 불렀으면 좋을지를 몰라 빙긋이 웃으면 은파 역시 능보를 무엇이라고 부르는 것이 좋을꼬 하면서 망설이다가

"저녁이나 먹으러 나갑시다."

귀치않은 대명사는 빼어 버림이 결국 제일 편안함을 느끼는 두 사람이었다.

훈은 성냥 통을 사 들고 능보들의 새살림을 보러 왔다. 아닌 게 아니라 그 말끔하게 정돈된 데 놀랐다.

"공동생활이 독신 생활보단 아무래두 나은 모양인데. 이렇게 깨끗할 법이야 있나. 아주 방 안 공기가 달라졌으니."

"어떻게 달라졌단 말인가?"

능보는 반문하면서도 자신 그의 말뜻을 모르는 바도 아니었다.

"전에야 자네 같은 보헤미안이 있은 줄 아나? 게으르구 지저분하구 추접하구—말할 수 없는 넛보였었지. 지금은 사람이 변한 것 같이도 보이네. 방안이 깨끗해졌을 뿐 아니라 자네 일신까지가 멀끔해졌어. 양복바지에 언제나 곧게 줄이 서구 내의가 날마다 깨끗하구 구두가 반짝이구 하는 걸 자네는 되려 모르리. 오늘의 자네는 어제의 자네가 아니야—여자란 남자를 멀끔하게 솔질하구 닦아 놓는 마부인 모양이지."

"마부는 좀 심한데요."

알코올 풍로로 차를 끓이느라고 설레던 은파는 그 비유에 불만의 표정을 보인다.

"심할 것두 없지. 말을 다스리는 마부의 직책이 얼마나 중하구 크게."

"그럼 난 별수 없이 말이 됐네 그려."

이번에는 능보가 불만해 한다.

"말두 마부두 다들 싫다니 욕심쟁이들이야. 만약 그런 알뜰한 마부가 생긴다면 난 즐거이 말 되기를 자진해 나서겠네."

세 사람은 서로 바라보고 웃으면서 결국 훈이 말한 비유는 굳이 불만으로 여길 것도 없는 한자리의 농으로 변하고 말았다.

은파는 한편 탁자 위에 끓인 홍차를 내놓고 잔에 위스키를 몇 방울씩 떨어트렸다.

훈에게는 그 차 맛이 또한 각별하게 여겨졌다. 더운 차에 술 향기가 섞여 전신을 훈훈히 녹이는 듯도 하다. 그 어디서 먹은 차보다도 풍미가 한결 나은 듯하다.

"이것두 바루 가정의 맛인가 부지, 이 따뜻하구 향기로운 맛두."

"공동생활의 이득이라면 그 외에두 여러 가지가 많다네."

능보는 한 가지 한 가지 감동만 하는 훈에게 더욱 자기의 입장을 설명하려는 것이었다.

"홍차 맛이 따뜻하구, 내 몸이 깨끗해진 것만이 이득이 아니야—그 외에 첫째 마음이 침착해졌구 일상생활이 편리해졌구 경제적으로두 되려 피게 됐다네. 밤마다 술을 먹으러 다니지 않아두 좋으니 말야."

"흠, 듣던 중 걸작이야. 아닌 곳에 생각지 못한 이득이 숨어 있었네그려."

"결국 나는 꿈을 가장 가까운 곳에서 잡구 말았네. 꿈이라는 게 멀구 높게 가지면 가질수록에 더욱 한이 없는 것이거든. 눈앞에 꿈이나 만 리 밖 꿈이나 잡아보면 마찬가지일 것이구, 아무 꿈이나 한 가지를 잡아서 그 속에서 맘을 안정하게 잡는 것두 필요한 일일 것 같아서."

"만 리 밖 꿈이 못 돼서 미안합니다."

은파가 샐룩은 해도 반드시 능보의 태도에 불만인 것도 아니었다. 그런 피차의 뜻임을 처음부터 알고 결합된 두 사람이 아니었던가.

"자네는 꿈을 잡아서 맘이 안정됐다구 해두 우리는 다시 '실락원'을 찾을 흥미가 없어졌거든. 은파가 없으니까 가게는 텅 비인 것 같구-인전 은파에게 대해 전과 같이 농을 걸 수두 없게 됐구."

"어서 단영이나 놓치지 말게. 자네두 어느 때까지 망설이지만 말구."

능보에게서 이렇게 말을 듣지 않아도 사실 훈은 요새 단영에게 대해 다시 무심하게 지낼 수 없게 되어 갔다. 명도들과도 말끔하게 손을 끊고 새로운 의기에 갱생해 가는 단영의 자태는 지금과는 다른 새사람의 탄생과도 같았다. 새로운 의욕이 불현듯이 솟기 시작함을 느꼈다.

오늘도 훈은 그길로 단영을 찾아가 볼까 마음먹고 있었다. 능보와 은파의 자별스런 태도가 그런 마음을 한층 불 지른 것도 사실이었다.

나아자에게로 온 에밀랴의 편지로 일마는 그 후의 만주의 소식을 대강 알게 되었다.

무엇보다도 궁금해하던 '대륙당' 사건의 하회를 알게 된 것이 일마에게는 말할 수 없는 기쁨이요 안심이었다. 조만간 벽수에게서도 자세한 편지가 오련만 일마는 우선 아내를 통해서 에밀랴의 입으로 하루바삐 소식을 듣게 된 셈이었다.

결국 예측대로 삼십만 원을 갱단에 보내고 나거拿去되었던 운산의 한 몸이 무사히 놓여 돌아왔다는 것이다. 소문대로 몸이 국경 지방에 구금되어 있었던 것이 사실이요, 한 몸에는 별로 박해와 상처를 입지 아니하고 탈 없이 돌아왔음이 불행 중 다행이라는 것이었다. 어떤 경로로 놓여 왔는지는 알 바 없으나 그 부대한 몸이 겨우 숨을 돌렸을 것과 벽수와 허씨 부인과 집안 식구들이 근심에서 풀려서 비로소 편안한 잠을 이루게 될 것이 반갑게 추측되었다. 거리에서도 큰 이야깃거리가 되어 사람들은 공포와 불안에서 놓여 일종 흥분된 안심에 잠겨 있고 갱의 정체에 대한 비밀은 밝혀지지 못한 채 여전히 오리무중에 숨겨져 버렸다는 것이었다. 에밀랴조차가 그 정도로 자세히 소식을 전했을 제는 거리의 소문이 얼마나 자자할까를 미루어 생각하기에 넉넉하다.

외로운 외지에서 적수공권으로 수십 년 고생에 한 몸을 겨운 한운산에게 평생에 한 번이 될 그 끔찍한 경험이 얼마나 위대한 감회를 주었을까를 생각할 때 일마는 그 자신 남의 일이 아닌 듯한 일종의 회포를 느꼈다. 놀라고 혼을 떼우기도 했겠지만 필시 한편 그에 값갈 만한 교훈도 받았을 것이니 앞으로의 생활 방침에도 변화가 있지 않을까. 숙부의 사업에 불만이던 벽수도 앞으로는 함께 협력해서 참으로 대륙에서 굳건한 발돋움을 닦아 나가는 것이 아닐까도 느껴졌다. 인간 생활의 행복과 불행의 교착을 거기에서도 또 한 가닥 본 듯해서 일마는 가지가지로 생각이 복잡했다.

"갱의 정체는 밝히지 못하고 놓쳐 버렸다니 하얼빈이 위험한 도회라는 사실은 그대로 남은 셈이지. 안심하구 여행이나 할 수 있나?"

"우리 같은 사람에게 갱이 두려울 것이 무에 있어요? 남의 눈에 너무 뜨이게 되니 일상 탈이죠. 언제나 보통인 한 사람의 시민으로 지내는 것이 편한 노릇이지. 뭇 사람 위에 솟아난다는 것이 반드시 행복의 길은 아닌 모양이에요."

"하긴 복잡한 사회에서 어느 때 그런 암흑면이 곱게 없어질 날이 있겠수만."

"어떻든 잘 해결되었어요. 이렇게 시원하고 안심될 데는 없어요. 일마가 다시 하얼빈으로 혼자 여행을 떠나지 않어두 좋게 되었으니까요."

하면서 나아자는 웃는 것이다. 전번의 일마의 여행이 그렇게까지 나아자에게 걱정을 주었다는 것보다도 그 한마디는 차라리 나아자의 재롱으로 들는 편이 옳을 듯하다.

"갱보다두 한 가지 제게 걱정되는 것이 있어요."

새삼스런 어조에 일마가 무엇이냐고 물으니까

"에밀랴 말예요. 요새는 몸이 어떻게 추운데 얼마나 고생을 하고 있을지. 편지로는 그런 말을 안 해두 뻔히 짐작되는 일인데."

나아자가 에밀랴와 얼마나 친한지 아마도 숙모 수우라와보다도 더 친한 것은 일마도 잘 아는 일이다.

"한 가지 청을 들어주시겠어요?"

기어코 주저하던 말을 집어냈다.

"무엇이오? 못 들어줄 것이 무어 있겠수."

"에밀랴를 잠깐 데려다가 함께 지내두 좋아요. 이 겨울 동안이래두 고생을 덜어줄까 해서요."

일마에게도 그다지 어려운 청은 아니었다. 도리어 자청해서 해도 좋은 일이었다.

"에밀랴만 승낙한다면야 이곳에야 무슨 이의가 있겠수. 선뜻 와줄까?"

"승낙해 주시겠어요? 고마워라. 답장에 곧 그 말을 적어 보내겠어요. 얼마나 기뻐할까요. 곧 떠나오게 할 테예요."

종세도 능보들의 새살림을 보러 가자고 동무 삼아 일마를 끌어냈다.

"자네들 집을 먼저 보러는 가야겠으나 무얼 들구 갔으면 좋을지 몰라서 아직 주저하구 있는 중이네만—성냥 한 통을 들구 갈 수두 없는 노릇이구."

종세는 아직도 일마의 신가정을 못 찾은 것을 변명해 말한다.

"들구 오긴 무얼 들구 오나. 그저 맨손으로 오게나."

"살림두 한 사람쯤이 채릴 젠 말이지, 이건 동무들이 하나씩 둘씩 개개 들 집을 가지구 나서니 누구부터 찾아가야 옳을지 사실 난처하단 말야. 결국 그렇게 살림을 차리고 나서는 것이 인생의 마지막 행복의 길인지 원."

"미안하네. 괜히 아닌 걱정을 끼치게 돼서. 살림 채린 게 모르는 곳에 그런 의외의 걱정을 끼치게 되다니."

"그래 오늘 우선 능보들을 찾아볼까 해서."

"나두 마침 생각하던 중인데ー"

두 사람이 잠시 들어가 앉은 찻집은 창이 바로 포도를 향해 있는 곳인 까닭에 흐린 거리를 오고 가는 사람들의 발과 다리가 어지럽게 창 앞을 스쳐 지났다.

겨울 거리의 분주한 모양이 그 어디인지 드러나 보인다.

"하긴 자네들이 새살림들을 채린 것을 내가 이러쿵저러쿵 시비하는 것은 아니네만ー그러나 자네들의 안식처는 각기 그 따뜻한 가정이라구 하구 남은 우리들은 대체 어떻게 하란 말인가. 훈이나 내가 동무에게선 떨어지구 집으로 돌아가면 싸늘한 방이 있을 뿐이니."

종세는 사실 일종의 안타까운 고독감을 금할 수 없다는 듯한 어조였다.

"이렇게 말하면 자네들을 시기하는 것두 같으나ー자네들의 걷는 길이 역시 하나의 틀림없는 진리인 것 같아서 하는 말이야."

창밖을 내다보니 눈이 퍼붓기 시작한다. 함박 같은 눈송이가 사람들의 어깨를 덮고 다리 사이를 허옇게 스친다. 거리가 보얗게 흐린 것이 큰 눈이 될 듯하다.

"어서 독신 생활을 좀더 즐기게나. 원대한 꿈을 그렇게 쉽게 깨뜨려 버릴 법은 없어."

"아무리 원대한 꿈을 가졌기로 자네 이상의 결과를 얻을 수 있단 말인가. 실현하구만 보면 결국 꿈은 다 마찬가지야."

"한눈팔지 말구 앞만 꼭 바라보구 있어. 이제 큰 호박이 굴러오지 않으리."

"굴러올 호박보다는 아무리 적어두 굴러온 호박이 낫거든."

하고는 종세는 창밖 눈송이를 내다보다가

"올겨울에는 화풀이로 실컷 스키나 타겠네. 머릿속을 개운하게 씻어버리는 건 스포츠밖엔 없거든."

"스키―좋은 말이지. 나두 한몫 끼워 주게. 몇 해 만에 장쾌한 맛 또 한번 보게."

"스키장에서까지 부부의 꼴을 보이려는 심정인가?"

"눈에 거슬린다면 나 혼자래두―"

"안상달이 올해 처음 시작해 보겠노라고 벌써부터 구두니 점퍼니 장만해 가지구 법석이라네. 올에는 스키 패가 버쩍 늘 모양이야."

"일 소대를 조직해 가지구 주일마다 삼방으로 원정을 가세나."

"안상달이 움직이면 혜주는 가만있을 줄 아나? 거기서두 재없이 부부의 꼴을 보게 될 마련이지."

"그럼 '녹성음악원'의 패들이 전부 동원하게 된단 말인가?"

묻다가 일마는 문득 뒤미처

"자네 요새두 미려를 자주 만나나?"

천연스럽게 떠보는 것이나 종세는 일마의 말투를 민첩하게 짐작하고 물끄러미 그를 볼 뿐 짐짓 대답이 없었다.

미려와의 사이가 행여나 어떨까 하고 일마가 추측하고 있는 것 같아서 종세는 면구스러웠으나 그러나 사실 자기 스스로도 자기의 심중을 가장 정직하게 떠볼 수는 없는 것이었다.

"그 후로는 못 만났네만, 만난댔자 미려가 어떤 사람에게―그렇게 홀홀히 남에게 도적맞을 여잔 줄 아나?"

대답하고는 그럼 만약 마음을 도적맞을 인물이라면 자기가 그 마음을 도적해 보겠다는 생각인가 하고 종세는 자신의 깊은 마음속을 의심하고 매만져 보았다. 알 수 없는 전율이 오면서 순간 몸서리가 쳤다. 모두가—엄청나고 두려운 일만 같으다.

"미려가 만만치 않은 사람인 줄야 내 모르지만."

"사람의 앞일을 뉘 알겠나. 한 발자국 앞서 어둠인지 광명인지는 언제나 지내 놓구 봐야만 아는 일인 걸……. 인간사를 작정하는 건 세월뿐이야 세월……. 세월의 뜻에다 모든 것을 맡기는 수밖에 없어."

지껄이다가 종세는 정신을 차리고

"내가 무얼 이렇게 지껄이누. 미려의 일이 내게 무슨 아랑곳이게. 미려보다두 난 차라리 자네에게 청매의 이 얘기를 해야겠네. 상해로 간 청매에서 이제야 겨우 편지가 왔단 말야. 자네두 읽어 보게. 상해 재미가 어떤가."

주머니 속에서 집어낸 꾸겨진 편지를 일마에게 전한다.

"청매의 편지라……. 오래간만에 청매의 이름을 듣게 되네그려."

"고생을 하는지 단꿈을 꾸는지 사랑의 줄행랑을 놓은 아귀의 팔자를 뉘 알랴만 낯선 곳이라 저두 고향 생각이 더러 나렷다. 편지 준 것만도 고마워."

"사랑의 편지나 아닌가? 남의 편지 읽기가 웬일인지 어색한데."

일마는 진정 어색한 듯 봉투에서 낸 편지를 펴들었다. 그런 여자치고는 익숙한 글씨요 유식한 필치였다. 일마는 대강 군데군데 추려서 읽어 갔다.

……고향을 떠난 지도 벌써 몇 달이 되었는지 그동안 시절도 바뀌어졌건만 분주한 마음에 옳은 정신 없이 지내노라고 이제야 겨우 고향의 소식을 묻게 되었습니다. 몇천 리 거리나 되는지 고향은 먼바다 건너의 조고만 등불같이 마음속에 아득하게 깜박거리고 있을 뿐입니다. 이제 오래간만에 고요히 생각하면서 붓을 드노라니 아닌 게 아니라 한 가닥 회포가 유연히

솟아옴을 느끼게 됩니다.

꿈결 같은 몇 달이었습니다. 너무도 당돌한 행동을 삽시간에 가져 버리고 나니 이것이 정말 현실 속의 일인가 싶으면서 얼떨떨한 착각을 금할 수 없어요. 제게는 그럴 수밖에는 없었고 그렇게 하는 것이 가장 마땅하다고도 생각하면서 지금도 결코 그것을 뉘우치지는 않으나 원체 저질러 놓고 보니 엄청난 일이라 제 자신 놀라고 있는 중이에요. 선생이 저를 오해하고 꾸중이야 하실까만 아무래도 뒤에 남는 생각이 개운치 못하면서 마음 한 구석이 무거운 것도 사실입니다. 그러나 내친걸음을 지금 새삼스럽게 어떻게 하겠습니까. 이것도 하나의 운명이요 전세의 인연이 아닐까 하고만 생각합니다. 선생께 대한 미안한 말씀은 적지 않고 그저 제 말만 자꾸 하게 되는 것을 용서해 주세요. 앞으로는 마음을 좀 더 다구지게 먹을 작정입니다. 지난 일을 생각하고 되풀이해야 소용없는 것. 차례진 길을 굳세게 걸을 수밖에는 없어요. 지금보다도 더 강해지려고 마음먹고 있습니다.

편지는 더욱 계속되었다. 여러 장으로 두툼한 것이 제법 만리장서였다. 군데군데 주워 읽기도 일마에게는 지리한 노릇이었다.

……상해, 상해 하고 말로만 크다는 소리를 들었다가 막상 와 보고 그 넓음에 놀랐습니다. 가이 없는 육지의 한 부분입니다. 바다에서 잠을 자고 기슭이 안 보이는 강을 올라와 무연한 육지의 한구석에 짐을 내리니 온 곳이 사람 사는 도회가 아니라 한없는 호지胡地 의 한복판 같습니다. 분간할 수 없는 벌판에다 일부러 한 몸을 던지러 온 것 같습니다. 몸을 던지러 왔음에는 틀림없으나-사실 이 넓은 천지 속에서 제 한 몸쯤은 바닷속에 모래알 하나 맞잡이도 안 됩니다. 그러니까 몸을 던지러들 숨으러들 모여드는 것이겠지만 사람의 씨는 왜 그리 많은지요. 많고 천한지요. 와글와글 끓는

불개미 떼 같아서 한꺼번에 수천 수만쯤 으깨어 없앤대도 이렇다 할 흔적조차 남을 것 같지 않아요. 물론 저도 그 불개미 떼 속의 한 사람이요, 따라서 그 무엇이 으깨어 주어도 그만이겠습니다만.

상해에 왔다고는 해도 아파트 방에 박혀 있는 까닭에 어디가 어딘지 몇 달을 지내야 아직도 분별을 못 하겠습니다만-언제까지 호텔에만 묵을 수도 없는 까닭에 아파트의 방 두 간을 얻어 오래 살 잡도리를 했습니다-어쩌다 거리에 나가 대로를 거닐어 보면 낯설은 곳에 왔다는 느낌이 불현듯이 들곤 해요. 고향과는 얼마나 모든 풍정과 물정과 인심이 다른 곳이겠습니까. 모든 것이 다른 까닭에 되려 안심될 때는 있다가 때로는 안타깝고 답답한 심사가 불끈 솟습니다. 외국 조계租界 근처를 거닐다가 강가로 나섰다가 다리를 바라보았다가 하노라면 가슴을 파고드는 고향에 대한 근심을 억잡을 수가 없습니다. 지금 고향의 하늘도 개었을까 흐렸을까 하는 걱정조차 솟아요. 다시 고향의 땅을 밟아 볼 수 있을지 하는 조바심이 생기면서 공연한 짓을 한 것이 아닐까 반성되는 것도 반드시 그런 때랍니다.

……제게 대한 소문이 얼마나 자자하고 죽일 것 살릴 것 하고 험구가 많겠습니까. 세상 사람이야 언제나 욕하길 좋아하지 어디 이해하고 칭찬하기를 즐겨 하나요. 필연코 제 소행도 고향에서는 벌써 검은 판에 박힌 것일 게구, 제 이름은 개천 속에 버림받은 것이겠죠. 그럴수록에 고향은 제게는 더 어려운 곳이 되고 멀어만 지는 듯해요. 안타까운 생각은 이런 데서도 솟아요.

사시장천 밤이나 낮이나 쳐다보는 건 만해의 얼굴뿐이죠. 역시 저는 그를 사랑한다고 하는 수밖에는 없어요. 사랑하니까 지금까지의 행동도 취한 것이고 일이 이렇게 되어 보니까 앞으로는 더욱 사랑하지 않을 수가 없게 되었어요. 그를 사랑하지 않고야 지금 제게 남겨진 일이 무엇이겠습니까. 그가 저를 생각하는 심정이 또한 이만저만한 것이 아니기 때문에 제 마음은 그에게로 더욱 쏠리는 수밖에는 없어요.

이왕 이곳에서 오래 지내게 될 바에는 언제까지 놀고만 있을 수도 없어서 무슨 일이라도 시작해 보겠다고 요새는 자나깨나 그 계획인 모양인데, 사람 일 모르죠. 여기서 또 장차 크게 성공할지 뉘 아니오. 요행 떠나올 때 앞에 차려진 것은 몽땅 가져왔던 까닭에 그것만 가지면 못 할 일도 없을 듯해요. 아무튼 여기서 마음을 붙여 볼까 하는 중이므로 고향과는 자연 당분간 멀어질 것 같아요. 정말 제 말만 해서 미안합니다만 곡해와 비난을 풀어 주시고 그리고 저를 한시바삐 잊어 주세요. 이것만이 피차를 생각하는 소치일 거예요. 제 말을 귀애하시거든 더러 막아주시고요. 또 소식 드릴 기회 있을까 합니다. 오늘은 첫 편지라 제 이야기만으로 이만 실례하겠습니다. 내내 안녕하세요.

청매 올림

청매의 긴 편지를 읽고 났을 때 일마도 일종의 감회를 금할 수 없었다.

비록 청매가 자기와는 먼 사이요, 다만 동무 종세의 호의로 그것을 읽게 되었을 뿐인 것이나 한 여자의 솔직한 마음의 고백을 들었음이 가슴속에 한 줄기 감동을 일으키게 했던 것이다.

"여자란 항용 약하다군 해두 기실 강한 것인지, 청매두 어느새 한 사람의 늠름한 여자가 된 모양이지?"

일마의 감상이나 종세의 그것이나가 일반이었다.

"약하다면야 당초에 그런 길을 취하기나 하겠나. 아무리 사랑의 길이라군 해두 그곳이 어딘가. 맹랑하구 올찬 여자야, 청매는."

"고향 생각에 잠기는가 하다간 되로 현재의 입장을 자각하구 꿋꿋이 돌아서는 모양이 눈에 선히 뵈이는 듯도 하네. 제법 인생에 처해 가는 태도가 잡혔단 말야."

"하긴 사람이 그런 입장에 서게 되면 제물에 강하게 됐지 별수 있겠나. 개천 앞에 닥쳐서면 그것을 건너뛰어야지 그 밖에는 무슨 재주가 있겠나? 환경이 사람을 맨든다는 것두 사실일 것 같아."

"어떻든 오늘 편지는 유쾌하게 읽었네. 한 여자의 숭엄한 자태에 접한 것 같아서 맑은 감동을 오래간만에 받았어."

일마는 거듭 말하면서 사실 유쾌한 심정인 모양이었다.

"그의 행동이 바르느니 그르느니 하는 시비는 그다음 문제야. 그르다면 그를는지두 모르나 세상에 또 그다지 바른 일이 무엇인가. 사랑의 문제만은 생각하기는 따라서 얼마든지 판단이 다를 것이야."

이 점에 있어서도 종세는 일마와 같은 의견이었다.

"거리의 소문은 대체로 청매에게 불리한 듯하나 그런 때 으레히 허물을 둘러쓰는 것은 언제나 여자 편이 아니겠나? 건듯하면 남자가 여자의 유혹에 걸렸다구, 여자만을 죽일 것 살릴 것 욕질이지만—불공평하기 짝없는 노릇이야. 실상을 따져보면 언제나 유혹의 첫손을 거는 것은 되려 남자의 편이리. 남자가 꿈적하지 않을 때 여자의 뜻 하나로만이야 어떻게 한단 말인가?"

"만해가 사업에 실패한 까닭에 상해 행을 생각해서 거기에 청매가 휩쓸려 맞장구를 친 것이니까 시비의 귀착점은 빤한 것이지만."

"나타난 행동이 무엇이든지 간에 지난날의 청매와 나와의 관계가 어떤 것이었던지 간에 나는 지금 청매를 비난할 생각은 없네. 편지의 부탁대로 사람들의 부당한 소문을 되려 항의하구 교정해 주구 싶은 생각두 있어. 그리구 아예 고향 돌아올 생각 말구 오래도록 상해에 머물러 사업에 성공하도록—회답은 그렇게 할 작정이네."

"과거의 사랑을 말끔하게 잊어버린다—자네로선 대단한 용단이야. 청매를 후원하구 만해를 원망치 않구……."

일마의 표정에 종세는 잠자코 먼 전을 보다가

"생각해 보게나. 청매들이 지금 다시 돌아온다면 미려들의 계획은 어떻게 되구 '녹성음악원'의 장래는 어떻게 될 것인가를. 물론 만해와 미려의 사이는 청산된 것이기는 하지만 그래두 장차 지장이 없을지 뉘 알겠나. 비록 내가 청매를 그렇게 쉽게 잊을 수는 없다구 해두 사업의 장래를 생각하면 그렇게 충고하는 수밖엔 없단 말야."

"알겠네 자네 뜻을."

알고 보면 종세의 심중은 복잡한 것이었다. 일마는 한마디 한마디 찬찬히 새겨들으며 동무의 심중을 갈피갈피 들여다볼 수 있었다.

"―결국 모두 미려 때문이라는 것을."

"왜 하필 미려 때문이겠나? '녹성음악원'의 전도를 나는 걱정하는 것이네."

"'녹성음악원'은 미려의 대명사가 아닌가?"

일마가 빙그레 웃음을 띠니 종세는 더 길게 지껄이다가는 말이 거북해질 것 같아서 그만 자리를 일어서려는 것이었다.

"남의 살림 보러 간다는 게 실없이 너무 오래 앉아 있지 않았나―"

찻집을 나와서 눈 오는 거리를 걷다가 일마는 문득 먼 앞쪽을 걸어가는 한 쌍의 남녀를 발견하고 호기의 눈동자를 빛내었다.

"자네 저걸 보나? 눈이 번쩍 뜨이는 한 쌍이네. 저렇게 모던한 남녀는 이 거리에서는 처음인걸."

종세에게 주의하니 그도 그들을 바라보고 걷던 터이라

"모던하다느니보다두 유행어로 시크하지 않은가. 훌륭한걸. 눈이 번쩍 뜨이기는 고사하구 둘러 패일 지경이네."

여자는 검은 외투에 진홍빛 머플러를 옷섶 위에 비죽이 내민 것이 눈 내리는 속에서 형용할 수 없이 아름답고 단정하게 보인다. 검은 구두의 뒤꿈치가 유리 조각같이 반짝인다. 남자의 차림도 여자의 모양과 어울려 손색이 없다.

"아니!"

종세는 자기 눈을 의심하는 듯 몸을 앞으로 쏠리는 듯하면서

"단영이 아닌가?"

놀라니 일마도 덩달아 몸을 으쓱하면서

"정녕코 단영은 단영이야. 단영이 어느결에 저렇게 몰라보게 됐나? 옳지 옆에 선건 훈이구, 틀림없는 훈이야."

"훈과 단영의 자태를 이렇게들 몰라봤나? 딴은 저렇게 시크하게 차렸으니 눈이 어두워진 것두 무리는 아니렷다."

종세는 감탄해 마지못하는 듯 정신없이 두 사람을 바라보았다.

"훈과 단영의 산보하시는 그림이라—대체 언제부터 저렇게 단짝이 됐단 말인가……. 쫓아가서 놀래나 줄까, 아웅 하고."

"글쎄."

일마도 응하고 함께 두 사람의 뒤를 따라 덜렁덜렁 재게 걸어가다가 문득 돌려 생각하고 그 장난을 단념하기로 했다.

"오늘은 그만두고 다음날 만날 때나 톡톡히 족쳐내세. 저 알뜰한 사이를 휘저어 놓기가 아까워."

종세는 그 말에 좀 트죽했으나 필경은 동의하는 수밖에는 없어서 요번만은 신사답게 두 사람의 자태를 도리어 피해서 일마와 함께 옆 골목으로 들어선 것이었다.

훈과 단영은 자기들의 자태가 그렇게 두 동무에게 발견되었을 줄은 꿈에도 모르고 무심히 걸어가는 중이었다. 그날 그 자기들의 호사스런 모양이 뭇 시선을 끌고 있음을 알고서인지 모르고서인지 침착하고 정다웁게 소

곤거리는 것이었다.

"……그대로가 꼭 소설이란 말요. 조금두 채색할 것 없이 지낸 대로를 써두 좋은 소설이 될 거요. 틈을 타는 대로 나는 붓을 대기 시작할 거요."

훈의 계획에 단영은 급작스럽게 찬성할 수는 없었다.

"자기도 그 속의 한 사람이면서두 지내온 이야기를 소설로 쓴단 말요?"

"나도 그 속의 한 사람이니까 더 좋은 소설이 되거든. 소설가가 자기를 사정없이 그려냄은 소설가가 된 의무일 것이니."

"그러니까 소설가가 싫어요. 뭐든지 보고 겪기만 하면 곧 소설을 쓰려는 태도, 아마도 소설가의 본능인 모양이죠."

"소설을 쓰지 않곤 어떻게 한단 말요. 자기 얘기나 남의 얘기나 소설 속에서는 다 함께 무자비한 재료가 되는 거요. 당신두 예술가면서 그렇게 몰이해하단 말요."

단영이 뻗서도 하릴없는 노릇—결국은 훈에게 굽고 타협하는 수밖에는 없었다.

"그럼 어서 소설에 쓰려거든 잘이나 써 주세요. 아예 무참히 난도질은 말구—"

"흡사 화가에게 초상을 그려 달라는 여자가 얼굴을 이쁘장하게만 그리라는 것과 마찬가지구료. 그러면서두 예술간가."

훈이 껄껄 웃으니까 단영은 무참無慚해서 훈의 옆구리를 찌르면서 갸웃이 흘겨보았다.

"어서 내 음악이 성공인가 당신 소설이 성공인가—경쟁이나 해봐요."

단영은 음악 수업을 가제 시작한 것이었다. 늦공부이든 말든 음악원의 책임자 될 의무이기도 했다. 오늘은 훈과 함께 피아노 교사를 찾아가는 길이었다. 작정된 일과의 날이었다.

"남의 십 년 수업의 소설과 지금 막 시작한 음악과 경쟁을 하다니—그것두 망발이야. 취소 취소!"

훈과의 관계에서는 단영은 늘 한 수 꿀리기만 했다. 그러나 그것으로써 단영에게 불만이 없다면야 다른 사람들의 무슨 참견할 바 되랴만.

*《매일신보》, 1940년 1월 25일 ～ 1940년 7월 28일, 총 148회에 걸쳐 『창공』으로 연재함. 1941년 단행본으로 간행될 때 『벽공무한』으로 개제改題함.

작품 해설

일제 강점기 서구 수용의 새로운 양상
― 이효석의 북만주 여행과 『벽공무한』

김남극(시인, 엮은이)

일제 강점기 서구 수용의 새로운 양상
– 이효석의 북만주 여행과 『벽공무한』

김남극(시인, 엮은이)

1. 이효석의 작품 세계에 대한 기존의 시각

지금까지 연구자들은 이효석의 작품 세계를 크게 세 가지 시각으로 살펴왔다. 초기 작품 세계를 경향파 문학으로 보는 시각이 하나요, '구인회'에 가입하여 활동하던 시기를 중심으로 쓴 작품을 모더니즘 문학으로 보는 시각이 두 번째요, 평양으로 이사한 후 쓴 작품을 중심으로 심미주의적 문학으로 보는 경향이 나머지 하나이다. 이 세 가지 시각으로 이효석의 문학 작품을 바라보는 경향은 해방 이후 지금까지 지속되었다고 볼 수 있다.

이효석의 초기 작품들은 1920년대 지식인 사회에 유행처럼 나타난 사회주의를 받아들여 쓴 작품들이 주류를 이루고 있다. 사실상 이효석의 데뷔작이라고 할 수 있는 단편 「도시와 유령」이 대표적이다. 도시화가 빠르게 이뤄지는 자본주의 이면의 빈민 문제에 주목하고 있는 작품으로 독자의 자각을 요구하는 마지막 작가의 강한 어조는 이 작품의 동반자적 작품 세계를 잘 보여 준다. 그 외에도 「노령근해」, 「북국사신」, 「북국점경」 등 러시아 혁명과 관련하여 사회주의 혁명 사상을 함께하는 작품, 사회주의 운동에 복무하는 인쇄공을 보여 주는 「오후의 해조」, 어촌 노동자의 조직적 파업을 보여 주는 「마작철학」 등이 이 시기를 대표하는 작품이다. 이 시기의 작품들은 첫 단편집인 『노령근해』에 수록되어 있는데 문학사적으로 가치 있는 시도로 여겨지지만, 문학성이 우수한 작품으로 평가받지는 못하고 있다.

이효석은 1932년 함경도 경성으로 이주한 후 모더니즘 예술가들의 모임인 '구인회'에 가입하여 활동하면서 모더니즘으로 볼 수 있는 작품을 창작했다. 성과 사랑의 문제를 다룬 「돈(豚)」, 자연의 가치를 새롭게 등장시키는 「산」, 자연 속에서 이뤄지는 인간의 근원적 욕망과 사랑을 다룬 「들」 등의 작품을 통해 이효석은 서구적 관념을 바탕으로 인간의 사랑과 욕망을 다룬 작품들을 창작했다. 이 시기의 작품들은 시대의 예술적 주류를 잘 반영하였고, 문학적 성과도 거두고 있어 우리 문학사에서 중요한 위치를 차지한다고 볼 수 있다.

1936년 숭실전문학교 영문과 교수로 취임하면서 이효석은 평양으로 이주하여 1942년 세상을 떠날 때까지 작가로서 전성기를 누렸다. 대표작으로 언급되는 「메밀꽃 필 무렵」을 비롯하여 유럽 음악 연주단의 비애와 이를 바라보는 주인공의 쓸쓸함을 다룬 「여수」, 음악가와 예술에 대한 관점을 논쟁적으로 펼치면서 예술의 고귀한 가치를 강조하는 「풀잎」 등의 작품을 창작하였고, 장편 『벽공무한』을 《매일신보》에 연재하기도 했다. 이 시기의 작품은 모더니즘적 시각을 바탕으로 예술의 본질에 대한 고민을 담고 있어 심미주의 문학으로 언급되면서 우리 문학사에서 중요한 부분을 차지하고 있다.

이 세 가지 문학적 경향 이외에도 이효석의 문학 세계는 다양한 평가를 받아왔다. 실천적 지식인의 삶을 작품에 드러내지 못해 '위장된 순응주의'로 평가받기도 했고, 서구적 관념이 우선하여 조선의 삶을 관념적으로 살피는 데 그쳤다는 혹평을 받기도 했다. 반면 자신이 태어난 강원도 산골의 삶을 사실적으로 기록하려고 노력한 작품(「개살구」, 「산협」 등)은 새로운 작가 의식으로 주목받았고, 일본어로 쓴 「은은한 빛」과 「가을」과 같은 작품에 드러나는 조선적인 것의 발견은 친일 문학이 주류였던 당시의 시대적 상황을 고려하여 새로운 가치를 인정받기도 했다.

2. 이효석의 서구 인식과 하얼빈

최근 몇몇 학자들은 이효석의 서구를 수용하는 새로운 양상이라는 관점에서 그의 작품들을 바라보고 있다. 근대문학을 공부한 사람이라면 누구나 알고 있듯이 우리 근대문학은 일본의 결정적 영향력 아래에서 성장해 온 것이 사실이다. 1920년대부터 활동한 조선의 작가들 대부분은 일본 유학을 했으며, 일본에서 배운 문학 이론을 통해 작품을 쓰고 작품을 평가한 게 현실이었다. 일본을 경험하지 않은 작가들은 '현해탄 콤플렉스'를 가질 수밖에 없었으며, 일본을 통해 서구를 배우는 것을 지극히 당연한 일로 받아들였다. 이를 연구자들은 '이식문학론'이라 지칭했고, 일본을 통한 근대문학 유입은 식민지 시대의 문학을 이해하는 데 가장 중요한 배경이 되었다.

해방이 되기까지 이러한 일본을 통한 근대문학의 유입과 조선화가 갖고 있는 문제를 주체적으로 인식한 경우는 찾기 어렵다. 이는 당시 조선의 현실 속에서는 당연하다고 볼 수 있다. 일본은 조선보다 먼저 서구를 받아들였고, '메이지 유신'을 통해 근대적 국가의 기틀을 다졌으며, 엘리트를 유럽에 유학 보내면서 서구를 배워 일본화하려고 노력했기 때문에 당시 조선인의 눈에 비친 일본은 대단한 나라였을 것이기 때문이다. 지금도 도쿄의 '우에노 공원'에 가면 '국립서양미술관'을 방문할 수 있고, 그곳에서 그 유명한 인상파 화가인 '마네'와 '모네'의 작품을 만날 수 있으며, '피카소'와 '호안 미로'와 '로댕'의 원작을 직접 볼 수 있다는 사실을 생각해 보면 1920년대 일본으로 유학을 떠난 조선인들의 심리적 충격은 충분히 예상할 수 있는 일이다. 문학 영역에서도 이는 예외가 아니었다. 유럽에서 유행하던 문예 사조를 공부할 수 있었고, 서구를 경험하고 서구적 글쓰기를 실천하던 작가를 직접 만날 수 있었기 때문에 일본은 조선 문학의 모델이자 지향점일 수밖에 없었다.

이와 같은 1920년대 문학적 상황에 문제 의식을 가진 작가가 이효석이라 할 수 있다. 이효석의 문제의식은 경성제일고등보통학교(경성제일고보) 개학 시부터 생겨난 것으로 볼 수 있다. 1920년 14세였던 이효석은 경성제일고보에 입학하면서 일본인 교사로부터 문학을 배웠고, 일본에서 발간된 다양한 문학 작품을 읽고 토론하면서 자신의 문학적 소양을 길렀다. 이러한 사실은 그의 고등학교 시절을 회상한 여러 산문에 잘 나타나 있다.

그의 서구 문학에 대한 관심은 1925년 경성제국대학에 입학하면서 더 커졌다. 법문학부 예과에 입학한 이효석은 법학보다는 문학에 이끌렸고, 본과로 진학하면서 영어영문학 전공을 선택하여 자신의 학문적 지향을 확고하게 다졌다. 그리고 자신의 문학에 결정적 영향을 미친 영국인 영문학자를 만나면서 영문학 연구로 깊이 빠져들었다. 그 영문학자는 바로 '블라이스(Reginald Horace Blyth)'라는 영국인이었다. '블라이스'는 런던대학에서 영문학을 전공한 후 인도에서 외교관으로 근무하다가 동경제국대학 영문과 교수로 취임한 영문학자로 경성제국대학으로 발령을 받아 영문학을 강의했다. 이효석은 영국인에게 직접 영어로 영문학을 학습하면서 서구 문학이 가진 매력에 빠졌고, 자신이 일본어로 읽은 문학 작품의 문제점을 되짚으면서 자신의 문학 세계를 완성해 갔다. 그래서 이효석은 영어 번역을 중요하게 생각하여 영국의 여러 시와 소설을 번역했으며, 조선과 유사한 역사적 상황을 겪은 아일랜드의 희곡 작가 '씽그(John Millington Synge)'의 문학 세계에 대해 졸업 논문을 쓰면서 자신의 문학적 신념을 완성해 나갔다. 그 과정에서 이효석은 서구를 직접 탐구하는 것이 바람직하며, 일본을 통해 얻은 서구의 모습은 왜곡된 것이란 점을 명확하게 알게 됐다고 볼 수 있다.

이효석에 대해 공부하면서 갖게 되는 질문 중 하나인 '그는 왜 일본에 유학도 하지 않았고, 일본에 관심도 없었는가'라는 질문에 대한 답을 여기에서 찾을 수 있다. 즉 일본은 서구의 아류이므로 이효석의 관심사가 아니었던 것이다. 일본에서 만나는 서구는 일본화된 서구라는 점은 이효석의 문학을 이해하는데 중요한 요소라고 할 수 있다. 물론 경성제국대학을 경험한 그에게 일본의 고등교육은 관심 밖이었다는 점도 생각해 볼 수 있는 부분이다.

이러한 상황을 감안하면 이효석이 '현해탄' 너머에 관심이 없었던 것은 당연한 일이었다. 이효석의 관심은 유럽이었고, 동아시아에서 유럽을 경험할 수 있는 공간으로 탐구한 곳은 바로 '하얼빈'이었다.

'하얼빈'은 '동양의 모스크바'로 1920년대에 이미 외국인이 20만 명이나 거주하던 국제적인 도시였다. 유대인이 운영하던 은행, 미국인이 운영하던 극장, 러시아인이 운영하던 백화점과 호텔 등 동아시아에서는 볼 수 없던 유럽의 풍경을 그대로 만날 수 있는 곳이 바로 하얼빈이었다. 하얼빈은 러시아가 개설한 시베리아횡단철도 중 '동청철도'의 종착역이자 철도국 소재지로 지정학적으로 가장 중요한 도시였다. 또한 하얼빈 철도국은 교향악단을 운영할 정도로 경제력이 막강했으며, 다양한 문화사업을 추진할 정도로 지역의 핵심 세력이었다. 특히 러시아 혁명 후 제정 러시아 시대 귀족들이 혁명 세력을 피해 도착한 곳이 하얼빈이었고—그 사람들을 '백계 러시아인'이라고 별칭하기도 하였는데—백계 러시아인들의 수준 높은 문화 예술적 역량이 다양한 모습으로 살아있는 곳이기도 했다.

이러한 하얼빈은 서구의 참모습을 보고 느끼고 즐기려던 이효석에게 매력적으로 다가왔다. 이효석의 초기 소설부터 꾸준하게 등장하는 하얼빈이라는 공간은 곧 서구이자 근대의 상징이라고 할 수 있다. 그는 하얼빈을 꿈꾸고 하얼빈에서 사랑을 이루고 하얼빈을 극복하고 그리던 유럽으로 나아가고자 했다.

3. 하얼빈으로 떠난 한 조선인의 사랑 이야기, 『벽공무한』

이 책에 수록한 『벽공무한』은 1940년 《매일신보》에 연재된 소설이다. 이 작품은 복잡한 애정 관계를 중심으로 인간의 다양한 욕망을 보여 준다는 점에서 신문 연재소설의 특성이 잘 드러나 있다. 또한 경성과 '신경', '상하이', '하얼빈' 등 동아시아의 주요 도시가 배경으로 등장하는 국제적 스케일을 보여 주어 당시 시대상을 알 수 있는 자료로도 의미가 큰 작품이다.

이 작품은 주인공 '일마'가 하얼빈으로 교향악단 초청 임무를 수행하러 떠나 '나아자'라는 러시아 여성과 사랑하고 함께 귀국하여 행복한 삶을 누리는 이야기이다. 물론 '단영', '미려', '만해' 등 다양한 인물들의 애정 관계와 그들의 현실적 욕망 추구와 좌절의 일대기를 보여 주기도 하고, '하얼빈'에서 일어난 '갱단'의 조선인 납치 사건을 통해 당시 북만주에 정착했던 조선인의 삶을 보여 주기도 한다. 하지만 이 작품의 핵심 줄거리는 '일마'와 '나아자'의 사랑이다. 이 두 인물의 애정 관계 변화와 그 과정에서 겪는 다양한 일들은 작가가 이 작품을 통해 드러내고 싶었던 자신의 문학 세계의 핵심이라 할 수 있다.

'일마'의 하얼빈 방문 목적은 하얼빈 철도국이 운영하는 교향악단을 경성으로 초빙하여 음악회를 여는 것이다. 여기서 눈여겨볼 내용은 하얼빈 철도국이 교향악단을 운영할 정도로 거대한 세력의 중심이었다는 점과 이 교향악단에는 러시아 혁명 후 모스크바를 떠난 러시아 최고의 연주자들이 소속되어 있었다는 점이다. 즉 일본의 음악보다 하얼빈의 음악이 훨씬 수준 높다는 것을 작가는 암암리에 보여 주고 있는 것이다. 이와 같은 내용은 작품 후반부에 하얼빈 교향악단의 성공적인 경성 연주회 장면을 제시하여 그 개연성을 높이는데, 작가가 수준 높은 서구 음악을 만날 수 있는 곳으로 하얼빈을 선택했다는 점은 당시 일본을 중심으로 세계를 인식하던 시대상에 견주어 주목할 만한 부분이다.

교향악단 섭외를 쉽게 마친 '일마'는 그전에 하얼빈을 방문해서 알게 된 백계 러시아 댄서 '나아자'를 만나 사랑에 빠진다. '나아자'는 백부가 제정 러시아의 육군 소장이었을 정도로 귀족 가문 출신이나 러시아 혁명 후 모스크바를 떠나 하얼빈으로 피난 온 후 부모를 잃고 같은 일을 하는 러시아 댄서 '에밀랴'와 함께 생활하는 인물이다. 이 인물에게 장밋빛 미래는 없다. 그 옛날 제정 러시아 시기로 돌아갈 수 없다는 향수와 절망 사이에서 방황할 때 나타난 인물이 '일마'였다. 두 인물은 러시아 묘지로 '나아자'의 부모를 찾아가 인사를 하고 조선으로 향한다. '나아자'에게 조선은 새로운 희망의 공간으로 선택된 곳이다.

이 선택 또한 당시로는 혁신적인 작품 전개라 할 수 있다. 친일이 강요되고 식민지 침탈이 극에 달하던 1940년을 생각해 보면 러시아 여성과 사랑을 이루는 작품의 설정이나 조선을 희망의 땅으로 선택한 부분은 작가의 새로운 세계관을 보여 준다고 할 수 있다. 주인공 '일마'가 자신을 짝사랑하는 조선 최고의 여배우 '단영'의 구애를 거절하고 러시아 여성을 선택한 것은 작가 이효석의 미적 지향성을 보여 주기 때문이다. 이효석이 생각하는 아름다움이란 유럽적 아름다움이고, 유럽 여성의 아름다움이었던 것이다. 이는 조선적인 아름다움보다는 새롭고 근사한 아름다움을 추구하는 것으로 모더니즘적 작가의 취향이 잘 드러나 있는 부분이다. 또한 유럽을 선망하던 작가의 꿈을 작품 속에서 실현해 보는 대리만족의 한 모습으로도 볼 수 있다.

하지만 이 작품에 등장하는 백계 러시아인이 모두 '나아자'처럼 매력적이고 조선의 친구들이 모두 감탄할 만큼 수준 높은 여성으로 그려지는 것은 아니다. 아편 중독으로 비극적 삶을 살아가는 '에밀랴', 제정 러시아 시대 육군 장교였으나 지금은 보잘것없는 청년 '이바노프' 등의 인물들은 실패한 인생을 보여 주는 동시에 세계적인 혁명이었던 러시아 혁명의 암울함을 잘 드러내고 있다. 이는 젊은 시절 이효석이 지향했던 사회주의 혁명의 이면을 돌아보는 것이고, 현실의 비애를 극복할 수 있는 대안으로 문화 예술이 고양된 사회를 찾아가는 이야기로 전환하는 계기가 된다.

'일마'를 통해 자신의 가치 지향점을 보여 주는 이효석은 주변 인물의 '나아자'에 대한 언급을 통해 당시 조선 지식인의 미적 취향을 보여 주기도 한다. '나아자'와 '일마'가 경성역에 도착하자 일군의 '일마' 친구들이 마중을 나가 '나아자'의 미모에 감탄을 금치 못하며, 친구인 '훈'은 나름 미모가 출중한 '은파'를 '말뚝'에 비유하면서 '은파는 벌써 여자가 아니'라고 언급하기에 이른다. 이는 지독한 러시아 여성에 대한 찬양인데, 당시 조선 지식인의 서구 취향을 드러낸 흥미로운 부분이다.

이러한 '일마'와 '나아자'의 애정 관계를 둘러싼 이야기들은 작가 이효석의 미적 지향성을 잘 드러내고 있다. 조선적인 것보다 서구적인 것이 우월하다는 인식과 동시에 조선인도 러시아 미인과 사랑할 수 있다는 자신감, 서구의 조선화가 가능하다는 문학적 설정은 당시로서는 새로운 시도라고 할 수 있다.

4. 예술이 생활이고 생활이 예술인 세상을 꿈꾸는 『벽공무한』

우리가 주목해야 하는 『벽공무한』의 또 하나의 주제 의식은 심미주의적 가치관이다. 심미주의는 아름다움을 추구하는 예술적 태도로 정의할 수 있는데, 이 작품에는 예술의 아름다움을 조선적 현실 속에서 실현하려는 인물들이 등장한다. 즉 1940년 당시 조선은 예술적 삶을 실현하기에 어려운 시대였고, 예술적 삶의 가치를 인식하지 못하는 시대라는 이효석의 현실 인식이 담겨 있다고 볼 수 있다.

예술적 삶의 추구는 작품 속에서 '녹성음악학원' 설립과 관련된 등장인물들의 언급에서 찾아볼 수 있다. 부유한 집안의 '미려'는 여성만 뽑아 음악 교육을 전문적으로 실시하는 '녹성음악학원'을 설립하기로 하고 '혜주', '단영', '능보' 등과 함께 실현해나간다. 이 과정에서 '미려'와 '혜주'는 음악학원을 '이상국'으로, '생활과 예술의 합치'가 이뤄지는 공간으로 꾸미려고 근사한 계획을 수립한다. 그리고 '단영'과 '능보' 등의 인물은 그 계획 실현에 필요한 현실적 조건들을 충족시키는 데 앞장선다.

이 장면을 통해 이효석은 현실 속에서 실현하기 어려운 자신의 예술적 취향을 작품 속에서 실현하려 했다는 점을 알 수 있다. 작품이 쓰인 1940년은 일제 강점기 말기로 조선에 대한 핍박은 극에 달했고 조선어로 제작된 신문은 이 작품이 발표되던 《매일신보》가 유일했던 시기로 현실 속에서 고귀한 예술적 삶을 생각하기 어려운 시기였다. 전쟁 물자로 제기(祭器)까지 공출하던 시대이니 시대적 한계가 명확했다고 할 수 있다. 이러한 시기에 자신의 예술적 지향을 충족시킬 수 있는 방법은 작품 속에서 하고 싶은 일을 마음껏 해보는 것이라고 할 때 이 작품에 드러난 작가의 가치 지향성을 찾아볼 수 있다. 물론 냉혹한 현실 속에서 이뤄질 수 없는 꿈만 꾸는 태도가 무슨 의미가 있느냐고 비난받을 가능성도 충분한 부분이다.

이효석의 예술에 대한 생각은 '녹성음악학원' 설립과 관련된 부분 이외에도 여러 곳에 드러나고 있다. 하얼빈 교향악단 초청 공연을 섭외하게 된 '일마'가 느끼는 자부심이 대단하다는 서술과 친구인 '종세'의 '동경극단의 공연이 요새 흔한 박사 논문쯤보다는 시민에게 문화적 뜻이 크다'라는 언급은 작가 이효석의 예술 지향적 가치관이 드러난 부분이라 할 수 있다. 또한 '미려'가 예술에 대한 이해가 깊고 열정을 가진 인물로 높이 평가되는 반면 그의 남편 '만해'는 최고학부를 졸업했으나 예술에 대한 역량이 부족해 교양인으로 대접받지 못하는 장면에도 작가의 가치관이 잘 드러나 있다.

그 외에도 눈여겨볼 부분은 '일마'의 입을 통해 조선의 아름다움에 대해 언급하고 있다는 사실이다. '나아자'에게 '일마'는 조선으로 동행할 것을 제안한 후 '나아자'가 조선 옷을 입으면 정말 아름다울 것이라고 말하고, '꽃신, 버선, 흰 저고리, 검은 치마'를 조선의 가장 아름다운 것이라고 '나아자'에게 알려주고 있다. 또 '일마'는 '우리 할아버지들은 세상에서 제일가는 문화인이었었다'라고 자부심을 표현하고 '나아자'는 '조선의 자랑 속에 살'고 싶다고 대답한다. 이 장면을 통해 작가는 조선적인 것의 아름다움도 현실 속에서 추구해야 할 것이란 점을 잘 드러냈다고 볼 수 있다.

이와 같이 『벽공무한』은 작가 이효석이 생각하는 아름다움에 대한 자신의 가치 지향성을 보여 주고 있다. 서구적 아름다움을 추구하는 인물들을 통해 현실의 저급함을 극복할 수 있는 예술적 삶을 꿈꾸었다고 할 수 있다. 또한 조선적인 아름다움에 대해서도 언급하면서 조선적 아름다움이 가진 세계적 우수함을 새롭게 발견해 냈다고 볼 수 있다. 이러한 태도는 일본어로 쓴 단편 「은은한 빛」, 「가을」, 「봄 의상」 등의 작품에도 잘 드러나 있어 주목할 만하다.

5. 『벽공무한』을 따라가는 하얼빈 기행

이효석은 1939년과 1940년 두 번에 걸쳐 만주 여행을 했다. 그 여행에서 보고 들은 것과 생각한 것들을 일본어로 발표했는데 「대륙의 껍질」(1939년 9월), 「북만주 소식」(1939년 11월), 「새로운 것과 낡은 것」(1940년 11월) 세 편이 그것이다. 이 세 편의 산문에는 이효석이 바라본 만주의 모습이 잘 나타나 있다.

「대륙의 껍질」은 봉천(현 심양)과 신경(현 장춘)과 하얼빈을 다녀온 여행기로 이효석의 북만주에 대한 인상을 잘 볼 수 있는 산문이다. 이 산문에서 이효석은 봉천과 신경을 지저분하고 무질서하고 혼잡한 도시로 경멸하듯 언급한 반면 하얼빈은 '뉴욕에 버금가는 세계 제2의 도시'로 조선의 도시와 비교가 되지 않는 '유럽에 가면 이렇겠거니 싶은' 곳으로 서술하고 있다. 하얼빈은 그만큼 이효석에게 매력적인 도시로 나타나 있다. 키타이스카야 가의 '마르스' 카페에서 마시는 커피도 특별하고 극락사를 지나 찾은 러시아 묘지와 '우스펜스카야' 사원에 대한 인상도 각별하다. 『벽공무한』의 등장인물과 동일한 '나아자'와 '슈우라'가 실제로 등장하여 이야기를 나누는 마지막 부분을 통해 이 산문이 『벽공무한』 창작에 결정적인 역할을 했다는 점을 알 수 있다.

「북만주 소식」은 제자 K 군의 초대로 하얼빈을 여행한 감상을 적은 산문인데, 제자의 혼인 문제에 대한 자신의 생각을 다소 장황하게 쓰고 있다. 여기서 주목할 것은 제자가 혼인을 고민하는 '다냐'라는 소녀와 관련된 서술이다. '다냐'의 인종은 기술되어 있지 않으나 문맥으로 보아 백계 러시아인으로 볼 수 있는데, '다냐'가 고아이고 제자에게 조선 이야기를 들려달라고 조르는 등의 이야기는 『벽공무한』의 이야기와 일치한다. 또한 제자가 '다냐'와의 혼인을 고민하는 이야기도 『벽공무한』의 '일마'와 '나아자'의 결혼과 흡사하여 작품을 이해하는 데 도움이 된다.

「새로운 것과 낡은 것」은 신경과 하얼빈에 대한 기록이다. 만주국의 수도인 신경을 찾은 이효석은 '대동대가' 중심의 새로운 도시 건설보다는 '대마로'를 중심으로 한 옛것에 깊은 애정을 보인다. 그리고 하얼빈을 찾아 포도(鋪道)와 사원과 마차를 언급하며 오래된 것의 가치를 중시한다. 특히 지인이 음악과 무용을 공부하러 하얼빈으로 떠났다는 언급과 '음악에 대해서는 하얼빈이 어느 곳보다도 풍요로운 듯하다'라는 언급에서 하얼빈의 문화 예술을 아시아 최고로 인정했던 이효석의 생각을 알 수 있다. 또한 주목할 부분은 당시 아시아 최고의 바이올린 연주자였던 '모기레프스키'가 자신의 연주보다 만주인의 호궁(胡弓) 솜씨 앞에서 고개를 들지 못했다는 이야기를 전하면서 '만주는 호궁을 좀 더 소중히 여겨야 한다. 그것이 진정으로 만주를 육성하는 일이기 때문이다.'라는 말로 글을 마무리하고 있다는 점이다. 이 부분은 『벽공무한』의 '일마'가 조선의 아름다움에 자부심을 느끼는 부분과 맞닿아 있다.

이 세 편의 여행기는 여러 면에서 『벽공무한』과 맞닿아 있다. 공간에 대한 정확한 묘사와 주인공의 인상 서술, 등장인물의 이름과 인물 간의 관계, 신경과 하얼빈에 대한 역사와 문화 등 모든 면에서 이 세 편의 여행기는 『벽공무한』을 이해할 수 있는 단초를 제공하고 있다.

필자는 이효석 탄생 100주년이 되던 2007년 만주로 이효석의 흔적을 찾아 여행을 떠난 적이 있다. 인천공항에서 심양까지 비행기로, 장춘과 하얼빈을 기차로 이동하면서 『벽공무한』의 흔적을 그대로 답사했다. 그 여행기를 《작가세계》에 발표하였는데, 당시 이효석의 흔적과 『벽공무한』을 따라가는 만주 여행은 흥미진진한 것이었다. 소설에 등장하는 키다이스카야가 지금 '중앙대가'라는 이름으로 여전히 유럽의 어느 도시를 보여 주는 듯했고, '극락사'를 지나 찾은 '우스펜스카야' 사원은 놀이동산 입구로 변해 폐허 같았지만 과거의 정취를 느끼기에 충분했다. 『벽공무한』의 '일마'가 묵은 '모데른' 호텔도 성업 중이었고, 맞은 편 '마르스' 카페도 100년이 넘은 유화를 벽에 걸어놓고 진한 커피를 팔고 있었다. 『벽공무한』의 주인공이 찾았던 '추림 백화점'도 아직 그대로여서 입구에 들어서서 만나는 러시아인 창업자 '추린'의 흉상은 하얼빈의 역사를 느끼기에 충분했다. 지금은 기념관으로 바뀐 러시아정교회 소피스카야 사원의 둥근 지붕은 하얼빈이 모스크바만큼이나 유럽적이라는 사실을 증명하고도 남았고, 격식 있는 복장을 갖춘 팔순 러시아 노인이 건네는 짙은 커피는 이효석이 80년 전 하얼빈에서 만난 서구를 생각하기에 충분했다.

6.『벽공무한』을 다시 읽어야 하는 이유

앞에서 언급했듯이 이효석은 동시대 작가들과는 다른 가치관을 가지고 있었다. 모두 현해탄 건너 일본을 동경하고 있을 때 이효석은 유럽을 꿈꾸며 하얼빈을 찾았다. 이는 이효석이 동양 최고의 대학이었던 경성제국대학에서 '블라이스'와 같은 유럽인에게서 문학을 배웠기 때문이기도 하지만, 스스로 조선의 문화 예술을 탐색하고 문제를 찾고 전망을 모색하려는 노력의 소산이라 볼 수 있다. 영문학을 전공하면서 직접 원서를 읽고 일본어로 번역된 작품과 비교하면서 조선 문학의 미래를 모색했던 것이 이효석의 진면목이라는 점을 다시 생각할 필요가 있다.

『벽공무한』은 이효석의 서구 지향적 가치관을 잘 볼 수 있는 작품에 머무르지 않는다. 당시 왜곡된 서구 지향적 가치관을 극복할 수 있는 방향을 찾으려 노력한 흔적이 바로『벽공무한』이기 때문이다. 또한 곽곽한 현실 속에서도 수준 높은 문화 예술이 함께하는 생활을 꿈꾼 이효석의 마지막 희망이 나타나 있는 작품이다. 서구의 문화 예술에 대한 향수에서 머무르지 않고 조선의 문화 예술의 가치를 새롭게 발견하고 인식하고 있기에 이 작품은 다시 읽을 만한 가치가 있다.

『벽공무한』을 읽고 하얼빈 여행을 한번 떠나보면 어떨까. 북한 여행이 자유로워진다면 평양에 들러 이효석이 살던 창전동도 찾아보고 기차를 타고 심양에서 장춘으로 다시 하얼빈까지 이효석의 80년 전 여행을 따라가 보자. 만주벌판을 달리는 기차 속에서 우리는 고독하게 창밖을 응시하며 유럽과 조선을 생각하는 이효석을 만날 지도 모를 일이다. 그리고 이효석을

따라가면서 우리의 고단했던 과거가 고단하기만 했던 것은 아니었다는 것
을 느낄 수 있을 것이다.

『벽공무한』 어휘 사전

㉠

가가(假家)	'가게'의 옛말.
강잉(强仍)하다	억지로 참음, 또는 마지못하여 그대로 함.
개끼다	'북한어', 갑자기 재채기를 하듯이 연거푸 기침을 하다.
거누다	기운이나 정신, 숨결 따위를 잘 가다듬어 차리다.
게염	부러워하며 시샘하여 탐내는 마음.
공칙하다	일이 공교롭게 잘못된 상태에 있다.
과즉(過則)	'기껏해야'를 예스럽게 이르는 말.
과혹(過酷)하다	지나치게 참혹하다.
교갑(膠匣)	아교풀로 얇게 만든 작은 갑. 맛이나 냄새, 색상 따위가 좋지 않은 가루약이나 기름 따위를 넣어서 먹는데 사용함.
귀애(貴愛)하다	귀엽게 여겨 사랑하다.

㉡

나거(拿去)	납치.
늿보	됨됨이가 천하고 더러운 사람을 얕잡아 이르는 말.
능걸치다	'능갈치다'와 같은 말. '아주 능청스럽다'의 뜻.

㉢

다따가	난데없이, 갑자기.
대상(代償)	상대편에게 끼친 손해에 대한 보상으로, 그것에 상당한 대가를 다른 물건으로 대신 물어줌.
도연(陶然)하다	술이 취하여 거나하다.

도하(都下)	서울 지방, 또는 서울 안.
드난	임시로 남의 집 행랑에 붙어 살면서 그 집의 일을 도와주는 고용살이.

ⓜ

만당(滿堂)	사람들로 꽉찬 방이나 강당.
만리장서(萬里長書)	아주 긴 글.
만신(滿身)	몸 전체를 이르는 말.
망간(忙間)1	총망지간(怱忙之間)의 준말. 매우 급하고 바쁜 틈.
망간2	'방금'의 사투리.
먼전	눈앞에 있는 사물과 관계없이 멀리 떨어져 있는 쪽.
면목(面目)	남을 대할 만한 체면.
무드러기	화톳불이 꺼진 뒤에 미처 다 타지 않고 남아 있는 장작개비.
무연하다	아득하게 너르다.
무죽거리다	미적거리다. 망설이다.
무참(無慚)하다	매우 부끄럽다.
무트럭	두툼하고 투박한 모양을 나타낸 말로 여겨짐.
미목(眉目)	눈썹과 눈을 아울러 이르는 말.

ⓑ

반지빠르다	어중간하여 쓰기에 알맞지 않다.
배덕(背德)	도덕에 어그러짐.
백악(白堊)	석회로 칠한 흰 벽.
번국질하다	'뒤집게질(물건을 이리저리 뒤집는 짓)하다'의 사투리.
벽안(碧眼)	눈동자가 파란 눈.
봉절(封切)	봉한 것을 떼어서 열다.
불여의(不如意)	일이 되어가는 과정이나 그 결과가 뜻한 바와 같이 아니함.

| 빙자(憑藉) | 어떤 목적을 위하여 무엇을 이용하거나 어떤 일의 핑계로 삼음. |

ㅅ

사동(使童)	관청이나 회사, 학교, 영업처 등의 사무실에서 잔심부름을 하는 아이.
삼방(三防)	함경남도 안변군에 있는 명승지.
설궂히다	어수선하고 안정되지 않게 만들다.
설피다	짜거나 엮은 것이 거칠고 성기다.
설화(屑話)	자질구레한 이야기.
소양지판(霄壤之判)	하늘과 땅의 차이와 같은 두 사물 사이의 엄청난 차이를 비유적으로 이르는 말.
스파시보	(일본어) スペゾ-ポ. 고맙습니다.
신색(神色)	'얼굴빛'을 높여 이르는 말.

ㅇ

아나(穴)	(일본어) あな. 구멍 또는 노다지나 화수분.
애목(木)	어린 나무.
얘숙하다	'야속하다'의 사투리.
어거(馭車)하다	거느리어 바른길로 나아가게 하다.(사람이 소나 말을) 부리어 몰다.
어성(語聲)	말하는 소리.
엄벙하다	(북한어) 어리둥절하여 정신을 차리지 못하다.
염복(艶福)	아름다운 여자가 잘 따르는 복.
염오(厭惡)	마음으로부터 싫어하며 미워함. 또는 그런 느낌.
엽렵(獵獵하다)	매우 슬기롭고 날렵하다. 또는 분별 있고 의젓하다.
예료(豫料)	앞으로 있을 일을 미리 헤아려 짐작함.
올똘하다	정신이 맑고 또렷하다.
용담(用談)	일이나 업무에 관계된 대화.

울가망하다	근심스럽거나 답답하여 기분이 나지 않음.
유축	이따로 떨어져 구석진 곳.
율연(慄然)히	두려워 떨 듯이.
위선(爲先)	어떤 일에 앞서서.
윗길	질적으로 훨씬 나은 수준. 또는 그런 것.
은성(殷盛)하다	번화하고 풍성하다.
음특(淫慝)하다	음탕하고 간악하다.
이채(異彩)	특별히 두드러지게 눈에 뜨임.
일도(一途)	한 번, 또는 한 번 다다름.
일부인(日附印)	서류 따위에 그날 그날의 날짜를 찍어 넣는 도장.

ㅈ

자별(自別)하다	가까이 사귄 정도가 남보다 특별하다.
짜장	말그대로. 틀림없이.
재봉춘(再逢春)	불우한 처지에 놓였던 사람이나 쇠하던 일이 봄을 맞은 듯이 회복됨을 이르는 말.
재없이	근거는 없지만 틀림이 없이.
정의(情誼)	서로 사귀어 친해진 정.
조강(糟糠)	가난한 사람이 먹는 보잘것없는 음식을 이르는 말.
조(造)짜	진짜처럼 만든 가짜 물건을 이르는 말.
조밀조밀하다	(북한어)조심스럽고 꼼꼼하다.
종래(終來)	끝까지 내내.
좌증(左證)	참고가 될 만한 증거.
지릅	'미립'의 북한어. 경험에서 얻은 묘한 이치.

ㅊ

착목(着目)하다	눈을 돌리거나 주의하여 바라보다.
체경(滯京)	몸 전체를 비추는 거울.
체관(諦觀)	품었던 생각을 아주 끊어버림. 체념 또는 단념.
채표(彩票)	오늘날의 복권과 같은 것.
초려(焦慮)	애를 태우며 생각함. 또는 그런 생각.
총중(叢中)	뭇 사람 가운데.
칭탁(稱託)하다	무엇 때문이라고 핑계를 댐.

ㅋ

쿨리	(중국어) 苦力, 육체 노동에 종사하는 하층 중국인 노동자를 지칭하는 말.

ㅍ

풋—실(實)	덜 익은 열매나 과일.

ㅎ

하이야	(일본어) ハイヤ, 운전수가 딸린 승용차를 이르는 말.
해스무레하다	색깔이 조금 옅게 드문드문 하얗다.
허겁결	마음이 실하지 못하여 겁이 많음. 그 상태.
허절하다	'누추하다'의 함경남도 방언.
헤뜨러지다	쌓이거나 모인 물건이 흩어지다.
호지(胡地)	오랑캐가 사는 땅.
황차(況且)	앞 내용보다 뒤 내용에 대한 더 강한 긍정을 나타낼 때 쓰여 앞뒤 문장을 이어주는 말.
휘추리	곧게 뻗은, 가늘고 긴 가지.

벽공무한

1판 1쇄 인쇄 2021년 10월 10일
1판 1쇄 발행 2021년 10월 20일

—

지은이 이효석

엮은이 김남극

발행처 도서출판 해토
발행인 고찬규

신고번호 제2009-000194호
신고일자 2003년 4월 16일

주소 (121-896) 서울특별시 마포구 양화로7길 84
전화 02-325-5676
팩스 02-333-5980

값은 표지에 있습니다.
ISBN 978-89-90978-67-7 (03810)

* 이 책은 평창군과 (재)평창군문화예술재단의 후원으로 발간되었습니다.